L'AFFAIRE RACHEL

Caroline O'Donoghue

L'AFFAIRE RACHEL

ROMAN

Traduit de l'anglais (Irlande)
par Sylvie Doizelet

MERCVRE DE FRANCE

BIBLIOTHÈQUE ÉTRANGÈRE

Titre original :

THE RACHEL INCIDENT

Aux hommes présents dans ma vie.
À Ryan Farrell pour m'avoir aimée à l'époque,
Gavin Day pour m'aimer maintenant,
et Papa, pour m'aimer de tout temps.

Cela n'a jamais été mon projet d'écrire sur aucun de ces sujets.

Je sais que les journalistes disent tout le temps ça, mais dans mon cas, c'est vrai. Presque tous nous reposons sur une grande expérience de vie que nous espérons transformer un jour en livre. Je le jure devant Dieu, cela n'a jamais été mon intention. Le processus d'élaboration d'un livre a été démystifié pour moi à l'âge de vingt et un ans, et depuis je n'ai eu aucune inclination à m'y retrouver mêlée.

1

Il n'y a qu'avec James Devlin que je parle vraiment du Dr Byrne, alors j'ai toujours pensé que s'il ressurgissait dans ma vie, ce serait par son intermédiaire.

J'avais tort. C'est via le *Toy Show* qu'il a fait son retour.

The Late Late Toy Show est un événement télévisuel irlandais annuel où des enfants font la critique des meilleurs jouets de l'année et en conseillent d'autres pour leur liste du Père Noël. C'est toute une affaire si vous êtes un enfant en Irlande, et encore plus si vous êtes un adulte irlandais vivant à l'étranger. C'est difficile à expliquer à ceux qui ne font pas partie du clan. Ce qui, en soi, participe du plaisir. Vous comprenez, ou pas. Vous faites partie des nôtres, ou pas. Tant de gens se réclament de l'esprit irlandais, c'est peut-être pour éliminer les intrus que nous plaçons la barre de nos blagues d'initiés de plus en plus haut.

Partout dans le monde il y a des projections où des adultes irlandais acclament des enfants de cinq ans essayant des Polly Pocket en direct à la télé. Je suis rédactrice en chef à *L'Hibernian Post*, un journal pour les Irlandais d'Angleterre. C'est mon travail d'écrire au sujet des faits et gestes d'expats, et donc d'écrire au sujet du *Toy Show*.

« Tu es sûre ? demande Angela. Je ne veux pas t'envoyer jusqu'à Soho par ce froid, trois semaines avant Noël.

— C'est bon, je réponds, enroulant une longue écharpe jusqu'au menton, m'étouffant une seconde au passage.

— Je ne veux pas m'exprimer comme *ce* collègue, dit-elle. Mais dans ton état...

— Je suis en pleine forme, je t'assure. » Je caresse le renflement de mon estomac, étant tout juste parvenue à une période de calme relatif dans ma grossesse. La nausée violente et l'incertitude périlleuse des premiers mois m'avaient donné l'impression d'aborder une longue traversée de pêche à la baleine. Après tout, j'avais déjà fait une fausse couche. Mais au septième mois, j'ai atteint une sorte de folie océanique dolente. Je ne peux plus imaginer la terre ferme. En ce qui me concerne, je vais rester enceinte pour toujours.

Je me dirige vers le bar de Soho qui, juste pour un soir, s'est transformé en refuge pour ceux qui ont le mal du pays. Il fut un temps où je venais souvent à ces soirées pour expats, organisées lors de référendums ou de revendications. Je prenais tout ça à cœur. Je m'investissais. Je me faisais également beaucoup d'argent. Les journaux anglais consacraient de nombreux articles au combat des Irlandaises pour l'avortement, et j'étais l'une des personnes chargées de les écrire. J'ai interrogé des militants, du personnel des cliniques Marie Stopes, des gens ayant perdu une fille ou une épouse lors d'un accouchement difficile et un médecin qui avait refusé de prendre une décision au nom de la mère. Ce fut un court instant où être une journaliste irlandaise en Angleterre signifiait quelque chose. Je participais à des manifestations et me retrouvais aux fêtes qui suivaient. Ma liste de contacts regorgeait de personnes à qui, sous l'effet de l'alcool, j'avais promis un truc, un reportage ou autre, qu'il n'était absolument pas de mon ressort de fournir.

Mon téléphone les a toujours en mémoire, quatre années et une actualisation d'iPhone plus tard. CLARA ABROGATION, SIOBHAN ABROGATION, ASHLING ABROGATION, DONNACHA ABROGATION. Étrangères les unes aux autres, mais brièvement connectées à un arbre généalogique de personnes qui toutes voulaient la même chose et, maintenant qu'elle est obtenue, n'ont pratiquement plus rien en commun.

Nous sommes heureux d'avoir l'avortement et le mariage gay, mais des soirées comme celle-ci nous manquent.

Il n'y a pas de siège libre et, dans mon état actuel de folie océanique, j'oublie que j'ai à présent droit à une chaise. Un homme d'environ mon âge, confortablement installé avec une bande de copains, m'offre la sienne.

« Je ne veux pas briser le cercle. » Le groupe, prenant si vivement plaisir à la soirée, me frappe comme étant essentiellement gay. Par respect pour les dieux de la société gay, je dois au moins faire semblant d'avoir scrupule à être la femme hétéro qui s'immisce. Alors que, de toute évidence, je meurs d'envie de les rejoindre.

Il hoche la tête et, doucement, me guide jusqu'à son siège. « Pas de souci, mademoiselle, pas de souci, dit-il, l'accent de Dublin affleurant. On aurait l'air de quoi, à laisser debout une dame enceinte à Noël ?

— Que penserait l'Enfant Jésus ? » fit un autre et, parce que nous sommes à présent tous assis si près les uns des autres, je ne peux faire autrement que de devenir membre honoraire de la bande. Je leur en suis reconnaissante. Ça me donne l'impression d'être volumineuse et spéciale, comme Marie flottant devant les Enfants de Fatima.

La première coupure publicitaire commence, et je sens un tapotement sur ma jambe. « Désolé », dit-il. Il fait partie de ceux qui sont de l'autre côté du cercle, à qui je n'ai pas encore parlé. « Je peux juste vous demander... »

Ce qu'il dit ensuite se perd. L'animateur de la soirée appuie sur la touche silence de l'écran télé et augmente le volume du haut-parleur. « C'est la vie » de B*Witched résonne, bien trop fort, faisant sursauter tout le monde. Le présentateur s'empresse de baisser le son, levant une main en un geste d'excuse.

Je reporte mon attention sur le type.

« ... auriez-vous par hasard de ses nouvelles ? » dit-il, finissant une phrase que je n'ai pas entendue.

Peut-être parce que je suis entourée de gays, ou parce qu'on me pose si souvent des questions sur mon meilleur ami. Peut-être est-ce le brouillard de la grossesse. Mais j'ai vraiment pensé qu'il m'interrogeait au sujet de James Devlin. C'est le point précis où normalement on me parle de James. Il se trouve à une drôle d'intersection sur le diagramme de Venn de la renommée : célèbre en tant qu'Irlandais, en tant que gay, en tant que star des réseaux sociaux, mais pas célèbre tout court. Assez célèbre, s'il était là ce soir, pour qu'on le prenne en photo, mais pas assez pour qu'on lui demande un autographe. Assez célèbre pour qu'un des journaux locaux titre : « Un film hollywoodien signé d'un natif de Cork », lorsqu'il fait partie des cinq scénaristes.

« New York, dis-je avec fierté. Tout se passe vraiment bien pour lui, vous savez, et pas seulement sur les vidéos Instagram. Il écrit pour l'un des talk-shows. »

Il me regarde d'un air absent, alors je nomme le talk-show. Nouveau regard vide.

Il fronce les sourcils. « Vous étiez dans son groupe de séminaire de troisième année, non ? Dr Byrne, littérature victorienne ?

— Dr Byrne. » L'espace d'une seconde, mon cerveau décroche. Comme une coupure de courant. Un millier de lumières dans un immeuble d'habitation s'éteignant toutes à la fois.

« Vous étiez à l'UCC avec moi, j'en suis quasiment certain, dit-il lentement. Vous étiez dans mon groupe avec lui. Le cours de Fred Byrne.

— Oui. » Malgré le choc ressenti en entendant ce nom, je prends vite conscience du message « relations publiques » que mon visage renvoie. J'adoucis mon expression, mais c'est trop tard. Il faut que j'explique quelque chose à cet inconnu, mais par où commencer ? Comment comprendre l'année à Shandon Street à moins d'avoir été là, avec nous, et de l'avoir vécue ?

« Écoutez, je ne voulais pas..., fit-il, se rendant compte qu'il avait dû faire un faux pas, sans savoir lequel ni comment revenir en arrière. Je pensais juste, vous savez, vous étiez l'une de ses préférées, on avait cette impression en tout cas, et donc vous étiez peut-être au courant.

— Au courant de quoi ? » Comment pouvais-je indiquer de manière subtile à cet inconnu que je n'avais jamais, malgré le mythe populaire qui courait à Cork à l'époque, couché avec le Dr Byrne ?

« Il est dans le coma, fit-il, lâchant l'information comme s'il s'en débarrassait. Il a attrapé une sale maladie du cerveau et maintenant il est dans le coma. »

Être enceinte à ce point me donne l'impression que mon corps est composé de couches : croûte, manteau, cœur – et le tout se met aussitôt à gronder quand je pense au Dr Byrne. Le grand, l'étrange Dr Byrne, amoureux de vin français et de petits gâteaux chics. Les pastéis de nata qu'il nous apportait, encore chaudes, de l'English Market. Le goût jaune prononcé, les minuscules taches de sucre noirci sur le dessus.

La musique s'échappe du haut-parleur, nous informant que la pause pub est terminée et le *Toy Show* fait son retour, et un petit garçon de Wicklow tourne en rond sur son vélo.

Il faut que j'appelle James.

2

C'est drôle que James et moi soyons devenus de si bons amis, vu que pendant les deux premières semaines de notre amitié il pensait que j'étais quelqu'un d'autre.

Je me souviens de notre rencontre comme si c'était la scène d'un film, sur la vie de quelqu'un d'autre. Un mardi de novembre, je me tenais derrière le comptoir d'O'Connor Books. Année 2009. J'étais en dernière année d'université, et il restait vingt-neuf jours avant Noël. Ben, notre manager, craignait déjà que la saison ne soit décevante, et déambulait en marmonnant des choses au sujet de « l'industrie ». Il parlait de l'industrie du livre comme d'un dragon enchaîné à l'entresol, pouvant à tout instant nous tailler en pièces. Il parlait de la vague de livres destinés aux cadeaux de Noël cette année-là – les biographies rivales de Dawn French et Julie Walters, je crois – comme de cadavres carbonisés que nous jetions à la gueule du dragon pour le tenir tranquille.

« Ça fera tourner l'industrie », disait Ben, avec une sincérité presque touchante. Il avait plus foi dans les souvenirs d'actrices que Julie Walters ou Dawn French elles-mêmes lorsqu'elles les avaient couchés sur le papier. Je sortais une nouvelle pile de la réserve, la tour de livres débutant à ma taille et s'arrêtant sous mon menton.

James Devlin avait débuté comme renfort pour Noël le jeudi précédent, un jour où j'avais pris un congé afin de terminer ma dissertation de fin d'année pour la fac. C'était avec Sabrina que James avait fait équipe la première fois. Plus tard, il dirait qu'être ainsi submergé de nouveaux visages et noms avait créé une sorte de flou, et lorsque j'avais répondu que c'était de la foutaise, il avait levé les mains et dit que pour lui toutes les femmes hétéros se ressemblaient.

Ces premiers moments avec Sabrina, ils avaient dû bien s'amuser – plutôt étonnant, vu à quel point elle était peu connue pour apprécier le *craic*[1] –, car lorsque James a poussé le panneau de bois du comptoir, il avait l'air d'un conspirateur : « *Quelqu'un* ici a la gale et a laissé son tube de crème dans les chiottes. »

Cela semble étrange à présent de présenter ainsi cette première conversation, car ça ne dit absolument rien de James. De la façon dont cette entrée en matière m'avait enchantée : « *Quelqu'un* ici a la gale. » Il avait dit cela comme s'il était Poirot enquêtant dans une maison de campagne souillée par le meurtre. Comme une personne qui voit les préjugés inhérents à la bonne société et s'apprête à les dévoiler. La deuxième partie de la phrase était d'un tout autre acabit : « ... et a laissé son tube de crème dans les chiottes. » Il venait du comté de Cork, Fermoy pour être précis, ce qui pour moi était strictement la province. Mais James avait grandi au Royaume-Uni – un peu partout, j'allais l'apprendre plus tard – et sa voix avait donc une qualité particulière difficile à situer. J'étais née à Douglas,

1. *Craic* : mot gaélique qui désigne le sens de la fête ou ce qui est amusant de façon générale.

un petit village à deux miles au sud du centre-ville, et je vivais toujours là.

« Quoi ? » ai-je dit, le choc de la phrase faisant voler en éclats la réserve lisse que je cultivais comme partie intégrante de mon personnage. Personnage généralement connu comme la Fille Qui Travaille en Librairie. « Et la gale c'est quoi ?

— Une sorte de parasite.

— Comme les vers ?

— Les vers sont à l'intérieur. La gale, à l'extérieur. Tu as déjà eu des vers ?

— Non.

— Même enfant ? »

J'ai réfléchi. « La teigne. C'est pareil ?

— Comment as-tu attrapé ça ? »

Il était sincèrement intéressé. Cela m'a fait exhumer des souvenirs qui ne m'étaient jamais revenus, et j'ai eu l'impression de découvrir un nouveau morceau du plancher de l'océan. « On avait un chat, un chat errant. Je crois que c'est lui qui me l'a refilée ?

— C'est drôle comme tous les animaux de compagnie ont d'abord été des animaux errants dans les années quatre-vingt-dix », fit-il. Il était en train de se connecter à la caisse, composant un nombre à six chiffres. « À l'époque, on trouvait tout simplement son chien dans la rue. »

J'avais une certaine attente, lorsque j'ai commencé à la librairie, quant à la manière dont les conversations s'enchaîneraient, et quant au fait qu'elles concerneraient bien sûr les livres. Mais nous parlions rarement de lectures. Dans l'équipe les goûts en la matière étaient extrêmement diversifiés mais, au lieu de stimuler des débats animés sur la littérature, nous restions tranquillement assis chacun avec son livre dans la salle de pause. Ben appréciait son Joyce. Sabrina aimait Terry Pratchett et

Douglas Adams et tous ces écrivains dont on ne sait jamais vraiment s'ils plaisantent ou non. D'autres membres du personnel étaient diversement fascinés par la psychologie pop, l'économie déjantée, l'histoire locale, et la franchise Simon's Cat, mais je n'ai jamais trouvé de terrain d'entente avec eux non plus.

En général je lisais... eh bien, des romans. Pour la plupart assez anciens. Des livres vieillots, populaires au milieu du vingtième siècle et donc approuvés par l'establishment culturel, mais suffisamment oubliés par mes contemporains pour que je puisse me sentir un peu spéciale. J'aimais les femmes mortes parlant tranquillement de la société. J'aimais les longs paragraphes sur le rationnement et l'éveil sexuel en France. Jusqu'à ce que je commence à travailler à la librairie, je m'estimais assez cultivée.

J'étais décidée à ne pas interroger James sur ses lectures, car j'avais déjà perdu trop d'amitiés potentielles à cause de ce type de questions. Je voulais lui demander quelque chose de réel, du moins ce que mon cerveau de vingt ans considérait comme tel. Je voulais trouver quelque chose d'aussi bien que son truc sur la gale.

Mais le temps a manqué, car à cet instant une demi-douzaine de clients sont arrivés et nous nous sommes occupés, côte à côte, de leurs achats. J'avais déjà fait ça des centaines de fois : rester pendant des heures à côté d'un collègue, tenant la caisse, bavardant un peu entre deux clients. Je m'étais toujours totalement sentie sur ma propre planète. Ça paraît idiot de dire ça, comme si j'associais des émotions intenses à cette nocturne longtemps après les faits, mais cette soirée me parut différente. Chaleureuse, comme les silences occasionnels dans les virées en voiture avec des amis proches.

Quand notre journée fut terminée, il m'a demandé ce que je faisais ensuite.

« Je retrouve mon petit ami », ai-je dit, aussitôt inquiète à l'idée qu'en allant rejoindre Jonathan j'allais rater ma seule occasion de devenir la meilleure amie de James.

James était déjà en train d'allumer une cigarette. « Tu pars dans quelle direction ?

— Sober Lane.

— Ah ! fit-il, et je ne sus pas trop s'il s'était brûlé ou s'il avait eu une sorte de révélation. J'habite Travers Street. Je t'accompagne jusque-là. »

Nous avons donc pris cette direction ensemble, et malgré mon désir d'ouvrir James en deux et de m'installer dans sa tête, ça ne semblait pas le bon moment pour poser des questions. James non plus ne voulait pas vraiment en poser. Il préférait faire des suppositions.

« Bon, on y va. Ton père travaille dans une banque. »

Je souris. « Faux.

— Ton grand-père alors. Il y a un petit côté bancaire.

— Mon grand-père était bien dans la banque, oui. Mais mon père est dentiste.

— Tu vois. Je le savais.

— Tu ne savais rien du tout. »

Il a agité la main au-dessus de moi, comme s'il jetait un sort. « Ah, tu sais, je sens ce truc propre à la classe moyenne distinguée. *Vieux* fric, *vieux* Cork. Ta mère est alcoolique, mince et fabuleuse, ou complètement à la masse, je n'ai pas encore choisi. Petite bouche pincée, comme un cul de canari. Je brûle ? »

J'ai ri, me demandant comment il pouvait savoir ça. « Tu brûles presque. Plutôt la deuxième solution », ai-je ajouté, et je me suis sentie nulle. Ma mère travaillait elle aussi dans ce cabinet, et comme les interventions chirurgicales de mon père étaient essentiellement esthétiques, ils avaient souffert tous les deux des changements de priorité d'un pays où il y avait moins de raisons de sourire.

« Et le petit ami... le petit ami, le petit ami, *le petit ami.* J'hésite entre deux, là aussi. »

Il avait tellement bougé les mains en parlant que l'extrémité brûlante de sa cigarette était tombée, et il s'est interrompu pour la rallumer.

« Ensemble depuis le lycée, « sweethearts of your year[1] », tout le monde pense que vous allez vous marier, mais toi tu n'en es pas si sûre. Projets d'aller ensemble en Thaïlande. » Il exhala la fumée. « Ou bien homme plus âgé, préparant un postdoc ou un truc du genre, une différence d'âge légèrement inappropriée, un peu rabat-joie, tes amis le détestent mais ne te l'ont pas dit. »

Je ne sais pas pourquoi il croyait pouvoir insulter toutes les personnes que je connaissais, les réelles comme celles imaginées. Mais il semblait persuadé de s'en tirer à bon compte, alors je l'ai laissé continuer.

« Ni l'un ni l'autre, ai-je dit, prenant la défense de Jonathan. Il n'est rien de tout ça. On ne peut pas le cataloguer.

— Mais il se rapproche duquel ? »

J'ai réfléchi. « Le premier, je suppose. » J'ai dit ça uniquement parce que c'était le portrait le moins à charge.

J'étais amoureuse, du moins je le croyais. Que les gens me prennent au sérieux, c'était mon grand problème. J'avais vingt ans et j'avais besoin de deux choses : être amoureuse, être prise au sérieux.

Jonathan et moi étions tous deux des gamins de Cork qui avaient grandi en banlieue, et nous étions pleins de ressentiment à l'idée d'être allés à l'université dans la même ville. Il y avait six bons pubs et trois boîtes de nuit acceptables, du moins à nos yeux, et on

1. D'après la chanson de Ray Price, « Sweetheart of the year ».

en faisait des tonnes sur le fait d'être blasés de Cork, mais sans prendre la peine de visiter ou de faire le moindre truc qu'on n'avait pas fait ou visité à dix-sept ans.

Nous étions un couple sérieux jusqu'à l'ennui, et étrangement conservateurs dans notre manière de penser. Il n'y a pas longtemps, j'ai dû retourner sur un vieux compte mail et changer mon mot de passe, je ne sais plus pourquoi. Là je suis tombée sur l'une de mes dissertations de sociologie de cette période, l'époque Jonathan, envoyée à mon directeur d'études. Elle était intitulée « Le patriarcat dans l'Irlande d'aujourd'hui ». J'ai ouvert le fichier, curieuse de voir ce que mon jeune moi avait à dire sur l'assujettissement des femmes en Irlande.

Que le patriarcat soit ou non un facteur de l'Irlande d'aujourd'hui est hors de propos, ainsi commençait la phrase d'ouverture. *La question est : pourquoi le patriarcat a-t-il été si injustement tourné en dérision en tant que principe d'organisation ?*

La dissertation m'a choquée. J'étais absolument sincère. C'était bien moi, dix-neuf ans, la même fille qui deux ans plus tôt avait utilisé tout l'argent de son anniversaire pour se procurer la pilule du lendemain dans un pays qui l'avait sciemment rendue difficile et humiliante à obtenir, luttant au nom du patriarcat. J'ai lu le devoir en entier et j'ai supprimé le fichier. Ensuite pendant deux jours j'ai marché dans Londres, paranoïaque. J'étais parano de la manière dont seuls les gens de ma génération peuvent l'être, comme si j'allais être publiquement tournée en dérision par une foule en ligne, invisible, pour des crimes idéologiques commis adolescente. J'avais cru que j'étais une féministe depuis toujours. Que j'étais *née* en sachant que les choses étaient injustes. Mais non, tout cela était apparu plus tard, au milieu de la vingtaine, quand je vivais à Londres.

Mais c'était ce moi que Jonathan connaissait, celui que nous avions créé ensemble. On allait au pub et on inventait des opinions, en général en partant d'un consensus banal qu'on inversait ensuite. La pensée radicale, pour nous, c'était détester le film *Présentateur vedette.*

James m'a laissée devant le Sober Lane. Je lui ai demandé s'il voulait entrer et rencontrer mon petit ami. Il a dit non.

« Je ne voudrais pas te causer d'ennuis. Je ne voudrais pas qu'il pense que je lui vole sa petite amie. »

J'ai ri, car James était gay de manière si évidente, et l'idée qu'il me vole à qui que ce soit était ridicule. Mais le rire dura trop longtemps, fut trop fort, et la façon dont il me regarda me fit monter le rouge aux joues. Il était blessé et il était encore « caché » dans le placard, et il croyait que sa cachette était bonne. Je cessai de rire.

« Il n'est pas du genre jaloux », ai-je ajouté, et un peu de lumière est revenu sur son visage.

Je dis au revoir à mon nouvel ami et, me maudissant d'avoir été grossière, je disparus à l'intérieur du bar sombre où Jonathan attendait.

Mais James m'a bel et bien volée à Jonathan. En un mois seulement, j'allais être colonisée par James à un niveau moléculaire, et ma personnalité se façonnerait autour de la sienne chaque fois qu'il y aurait l'espace pour le faire. La version officielle, c'est que Jonathan m'a larguée. La vérité, c'est que je l'ai abandonné pour un autre homme.

Voici une histoire que James aime raconter : *Rachel et moi nous sommes disputés une seule fois, et c'est arrivé avant même qu'on se connaisse vraiment.*

Et j'ai l'habitude de répondre : *Nous nous sommes disputés une fois, alors que James pensait encore que j'étais une fille qui s'appelait Sabrina.*

Et il enchaîne : *Donc en fait, ma première dispute était avec Sabrina.*

Nous nous sommes disputés plus d'une fois bien sûr. Deux fois. Nous n'abordons jamais le sujet.

Cela faisait deux semaines que James m'avait accompagnée au Sober Lane, et il n'avait plus montré autant d'intérêt pour moi. Je commençais à lui en vouloir. Ce n'était pas juste de faire briller sa lumière aussi fort pour ensuite s'éclipser, me laissant sombre et glacée parmi ma bande ennuyeuse. La plupart de mes amis les plus proches étaient partis à l'université. Les meilleurs à Trinity, ceux qui voulaient enseigner à Mary I. Et moi je restais avec les filles avec qui j'avais sympathisé de loin au lycée, ou bien avec les amis de Jonathan.

James était la seule personne que je rencontrais depuis des années avec qui je voulais désespérément devenir amie, mais il semblait que lui n'en avait pas envie De plus, il avait séduit tout le monde à la direction de la librairie au point d'être toujours prioritaire pour choisir les meilleurs créneaux horaires.

Je ne savais pas encore comment être furieuse contre quelqu'un, alors j'ai juste imité le comportement vu à la maison : adresser à la personne des petites phrases sèches et laconiques, jusqu'à la rendre folle. C'était comme ça que ma mère se disputait avec moi, que moi je le faisais avec mes jeunes frères, et eux avec leurs amis. Ce n'est pas que nous n'étions pas capables de chaleur, en tant que famille. Mais régulièrement nous étions séduits par l'idée qu'on nous avait *causé du tort.* Les gens nous causaient toujours du tort. Que la plus récente crise économique ait dévasté l'activité de mes parents et fait fondre leurs investissements n'était qu'une preuve supplémentaire que le monde s'acharnait contre les Murray. Notre réponse, à l'époque, était de le battre froid, ce monde.

Au bout d'un moment, James a fini par percevoir ma réserve glaciale et a tenté de se rapprocher de moi. Il essayait sans cesse d'attirer mon attention, blaguant au sujet de mes lointaines origines « bancaires ». La plupart du temps je l'ignorais. Ces histoires d'horaires m'ennuyaient vraiment. J'étais arrivée à la conclusion que James était une personne égoïste, superficielle – un sociopathe peut-être – et que j'allais l'éviter jusqu'à ce qu'il réalise son erreur et cesse d'accaparer les bons créneaux.

Après que j'ai ignoré quelques-unes de ses tentatives d'attirer mon attention, il est venu derrière le comptoir pour s'occuper des commandes. Et il m'a donné un coup de stylo à l'arrière du genou. Il a touché, comme il continuerait de le faire, un point sensible. Mon genou a cédé, et j'ai légèrement basculé en avant. Je ne suis pas tombée, mais la perturbation de la gravité a fait faire un bond à mon cœur et ça m'a agacée. Je lui ai dit d'arrêter. Il a ri et s'est esquivé pour servir un client comme si de rien n'était.

Une heure plus tard, il a recommencé. La même chose s'est produite. Le genou qui cède, le cœur qui saute, la colère. Je lui ai crié d'arrêter et il a fait tout un cinéma : le petit Jerry aux yeux écarquillés devant l'énorme, le mastodonte Tom – moi. Il avait déjà repéré que j'avais un problème avec ma taille. J'avais pris l'habitude de dire que je mesurais un mètre quatre-vingts (en réalité, pas tout à fait) pour couper court à toute discussion.

Il n'y avait personne dans les parages sauf notre manager, Ben, et à l'instant même où je me suis retournée James a recommencé, et le geste a été si rapide que je suis tombée à la renverse. Ben a ri si fort qu'il en a oublié le dragon. J'étais tellement en colère que j'ai momentanément mis de côté mes bonnes manières et j'ai poussé James de toutes mes forces contre le mur derrière le comptoir. L'étagère au-dessus, chargée de livres en précommande mis de côté pour les clients fidèles, a tremblé et la pile s'est renversée. Les pensées en grand format de Dawn French ont frappé James et lui ont fait une entaille au-dessus de l'œil. Il s'est mis à saigner, sa frange lissée se tachant de sang autour de la blessure comme de la gaze.

« Rachel ! hurla Ben. Qu'est-ce qui te prend ? »

Ce fut alors que James apprit que mon prénom n'était pas Sabrina. Il m'a souri pendant que Ben courait chercher la trousse de secours.

« Enfin, a-t-il dit, riant avec une sorte de gentillesse étrange et familière, la voilà. »

Je m'en suis tellement voulu que j'ai emmené James prendre un verre après le travail.

« Ok, tueuse, fit-il, souriant et enroulant son écharpe incroyablement fine autour de son cou mince. Tu as ta table réservée au club de golf ? »

La fascination de James pour mon côté classe moyenne n'a pas changé depuis le jour de notre rencontre, et parfois je me demande si toute l'amitié qu'il me porte ne repose pas sur un certain besoin de répertorier avec précision les moyens d'existence des dentistes et de leurs enfants. Une question type, qui pouvait venir à n'importe quel moment du jour ou de la nuit : Est-ce que Bridget sert les carottes coupées en rondelles ou en lamelles ?

Lamelles, je répondais.

Je le savais, répondait-il à son tour.

À ce stade, je n'aurais pas été surprise d'apprendre qu'il était en train d'écrire un livre.

C'était la période des fêtes de Noël et après quelques tentatives ratées dans des pubs banals, on a trouvé un restaurant de tapas sur Washington Street, qui essayait de convertir Cork au concept des petites assiettes en offrant la possibilité de venir avec son propre vin. Tout cela prenait malgré nous une tournure romantique, et j'eus peur que James pense que je cherchais à rattraper mon faux pas de tout à l'heure en l'obligeant à sortir avec moi. Je me suis mise à commenter le menu à voix haute, accusant le restaurant de vouloir faire passer le jambon pour un produit de luxe.

James, son fin visage posé sur ses deux poings fermés, s'amusait de mon discours sur le jambon.

« Petites assiettes, fit-il. Donc, si j'avais eu besoin de points de suture, j'aurais eu droit à des grandes ?

— Des huîtres.

— Et si je m'étais cassé une jambe ou un bras ?

— Je ne suis pas un organisme de bienfaisance, ai-je rétorqué, ce qui l'a fait rire.

— C'est comme ça que ça se passe. Je lis les journaux. Les riches essaient de vous acheter avec des largesses pour vous empêcher d'intenter une action en justice.

— Pourquoi tu penses que je suis riche ? Je ne suis pas riche. »

Il montra d'un geste ce qui nous entourait, le menu sur le tableau noir, les bougies dans les bouteilles de vin vides sans doute apportées par des clients venus des quatre coins de la ville.

« Je vis chez mes parents, c'est tout.

— Ah. Tu travailles pour avoir de l'argent de poche, alors ? »

J'ai dit à James de commander ce qu'il voulait et malgré ses conjectures sur ma richesse, il a choisi le vin le moins cher et un bol de noix de cajou. Quelques secondes plus tard, on nous a apporté une bouteille d'eau et deux minuscules verres.

« Non, a-t-il fait, versant l'eau. Personne ne travaille autant s'il n'en a pas besoin.

— En effet. » J'ai haussé les épaules.

« Tu travailles les jeudi, vendredi, samedi et dimanche, fit-il en comptant sur ses doigts. Et je crois bien qu'un jour je suis passé un lundi après-midi et je t'ai vue. Mais tu vas aussi à la fac ?

— Je viens chaque fois que Ben m'appelle. » J'étais encore en train de hausser les épaules, et je prenais conscience que c'était vraiment barbant en tant qu'outil de conversation.

« Écoute... » Le serveur apparut avec le vin et les noix de cajou et demanda, *On a choisi ce qu'on allait manger, les gars ?*, et James a dit que les noix de cajou suffisaient pour l'instant.

« Continue, fit James, une fois le serveur reparti.

— J'ai dû payer mes frais d'université », ai-je repris, essayant de garder un ton assuré plutôt que pitoyable. Je lui ai raconté ce que je n'avais jamais dit à personne : mes parents, après avoir pu sans souci nous envoyer, mes frères et sœurs et moi, en école privée, n'avaient pas les moyens de payer la fac.

Au bon vieux temps, lorsque les finances de ma famille et ma réputation d'enfant responsable étaient intactes, mon père m'avait donné une carte de crédit. J'avais un emploi régulier de baby-sitter, mais la carte servait pour les frais occasionnels comme les livres, les cahiers et les taxis pour les retours de soirée. Elle m'avait été remise avec cérémonie, après un long discours vantant les avantages d'en avoir une, parce que ça voulait dire que je pourrais prétendre à un indice de solvabilité.

C'était quelque chose que Jonathan trouvait très drôle. Ses parents étant fonctionnaires, avoir une petite amie qui possédait « la carte de crédit de papa » était une source d'amusement pour lui. Mais en vérité, je me servais à peine de cette carte. Jusqu'à ce qu'elle cesse de fonctionner, quelques semaines après le début de mon premier semestre à l'UCC.

« Papa, ai-je dit, debout dans la librairie du campus, m'étant écartée de la file de clients pour l'appeler, as-tu oublié de créditer ma carte ?

— Non, je n'ai pas oublié. »

Mon estomac s'est retourné, ça ressemblait à de la peur mais c'était en fait la toute première dose de réalité que je goûtais.

Depuis le krach, mes parents avaient cessé de voyager, d'aller au restaurant, d'acheter de nouvelles affaires. Je croyais qu'ils se montraient prudents. Je n'avais pas compris à quel point nous étions fauchés. C'est lors de cet appel que j'ai appris que, en plus d'avoir ma carte de crédit annulée, j'allais devoir trouver un moyen de payer mes frais d'université.

Ces frais étaient plutôt symboliques en Irlande à l'époque, quelques milliers d'euros par an tout au plus et, pour tous les étudiants que je connaissais c'était les parents qui payaient. C'est une manière de dire à quel point mon monde était stratifié. Mon père avait honte et j'étais gênée pour lui.

« Il faudra qu'on trouve un arrangement entre nous, Rachel », a-t-il dit, comme s'il calmait un bookmaker en colère. Il ne voulait pas que je prenne un prêt étudiant. Sa confiance dans les banques était trop abîmée pour ça.

« Bien sûr, ai-je aussitôt répondu. Je peux travailler.

— Bien. Et ce serait... *entre nous.* Les garçons n'ont pas besoin d'être au courant. »

Je l'avais gardé pour moi. Mais à présent c'était entre moi et James aussi. Ça m'ennuyait de briser la confiance de mon père, mais je voulais attirer James dans le filet des confidences. Et par chance, ça a marché. James a tout de suite perçu le côté dramatique de la situation.

« C'est très... Je ne sais pas. On dirait *une pièce de théâtre.* »

J'éclatai de rire. « Ce n'est pas une pièce de théâtre.

— C'est tout à fait une pièce de théâtre, reprit-il d'un ton grave.

— Ce n'est pas si terrible, ai-je dit, ne voulant pas être prise en pitié. J'ai payé les frais pour cette année et je ne vais pas faire de master, donc maintenant je suis tout simplement... en fonds. » Je montrai la table. « On devrait commander de la vraie nourriture.

— On devrait vivre ensemble.

— Quoi ? » Je me suis étouffée avec mon vin. « Tu ne me connais même pas.

— Je sais que tu t'appelles Rachel. »

À ce moment, ça ressemblait à une plaisanterie, car je n'étais pas encore au courant pour le Sabrina.

« Et que je t'aime bien. De toute manière, je n'aime pas ma piaule, en l'état actuel des choses. » Il fixa une noix de cajou. « Et je crois qu'on s'amuserait bien, non ? Il y a des endroits sympas du côté de Shandon Street. Techniquement, c'est au nord, je sais, mais tu t'y ferais, non ? La princesse de la rive sud tombée dans la déchéance, les mauvais quartiers. Du théâtre, une vraie *pièce de théâtre.* »

Je l'ai regardé de travers. « La piaule, tu l'as déjà trouvée ?

— Oui.

— Et la personne, qui que ce soit, avec qui tu allais emménager t'a laissé tomber ?

— Oui, fit-il sans la moindre gêne.

— Et je suis ton dernier recours.

— Non, non, Rachel ! Non ! » Il me regarda d'un air atterré. « Je viens juste d'y penser, à la minute même. Tu es l'échappée aléatoire de fantaisie *avant* que je consulte ma liste de la dernière chance.

— Oh.

— Eh bien, réfléchis à tout ça. »

On a changé de sujet, parlé de toutes sortes de choses idiotes, et quand je suis rentrée à la maison avec le bus de onze heures du soir mes parents étaient tous les deux à la table de la cuisine. Le propriétaire de l'immeuble où se trouvait le cabinet de mon père s'était suicidé en se jetant dans la Lee. C'était dans l'*Evening Echo.* Mon père ne l'avait jamais rencontré, il était toujours passé par un notaire. Mes parents s'inquiétaient à l'idée que la veuve puisse augmenter le loyer ou vendre l'immeuble.

Au cours des années qui ont suivi, j'ai demandé à d'autres Irlandais s'ils se souvenaient des suicides – les suicides d'hommes d'affaires de cette période. Tous ont répondu non, pas vraiment. Je demande peut-être aux mauvaises personnes, ou alors tout le monde a simplement oublié. Cork a peut-être été frappée le plus durement, ou bien la récession n'était qu'une idée, pas une chose réelle dont on parlait tous les jours.

« Je pars vivre ailleurs ! » ai-je annoncé, et ma mère m'a regardée comme si j'avais fait tomber un pot de sauce tomate par terre et sautais dedans à pieds joints, sous prétexte qu'un taxi m'attendait.

« Avec qui ?

— Un type du boulot. »

Ce manque de tact. Cela me donne envie de monter dans une voiture et de m'immoler par le feu. Cela me donne envie de hurler à mon propre enfant pas encore né, *Ne me fais pas le coup de m'abandonner comme ça !*

« De toute façon vous avez parlé de chercher plus petit », ai-je dit. Ce qui était vrai. On avait cinq chambres : la leur, la mienne, celle de Christopher, celle de Kevin, et une petite pièce en plus qu'on utilisait comme bureau. Dehors, il y avait un jacuzzi, un cadeau de mon père à ma mère pour ses quarante ans. Ils n'arrêtaient pas de parler de vendre la maison.

« Dans quelques années vous serez tous partis, disait mon père, et la maison aura encore perdu de sa valeur. »

Et à ce moment ma mère intervenait : « Ou bien elle en aura repris. Nous ne savons pas comment les choses vont tourner. »

Ma mère me fixait. Elle m'en voulait de collaborer à ce projet de chercher plus petit. Mais c'était trop tard, j'avais pris ma décision.

Je suis revenue, avec ma lessive, pour Noël. Je me souviens d'avoir pensé qu'ils avaient l'air plus vieux, mais personne n'aurait pu vieillir autant en dix jours. La vérité, c'est que j'avais été extrêmement préservée. Je voyais mes parents comme des statues de l'île de Pâques, et il a fallu que je déménage à deux miles de là pour me rendre compte qu'ils étaient depuis toujours des gens réels.

« Vingt ans, c'est tard pour prendre conscience de ça », dit James. Il avait probablement raison.

3

Un texto de James.

Comment vont les selles babydoll ??

Le septième mois, je me suis retrouvée constipée et les seules personnes au monde qui le savent sont mon mari et James Devlin. Ce n'est pas mon genre de parler de mes selles. Mais tout au long de cette grossesse jamais je n'aurais imaginé ne pas raconter à James chaque mouvement, chaque phase, chaque symptôme.

Shandon Street fait historiquement partie d'un coin pauvre de la ville de Cork, mais la rue est étonnamment pittoresque. Pleine de vieilles maisons, mais aussi d'improvisations modernes à partir de l'architecture ancienne. Un théâtre construit comme un panthéon ; un vieux marché couvert qu'on appelle simplement le Butter Exchange ; une église avec des cloches authentiques et un gros poisson sur le clocher.

La maison elle-même était simple, bâtie pour loger les familles tuberculeuses des années trente, et l'unique salle de bains se trouvait en bas, en passant par la cuisine. Il y avait deux chambres rectangulaires en haut, chacune pouvant contenir un lit queen size, une armoire en pin et une commode. Dans mon esprit, aucune n'était mieux que l'autre. James, lui, avait vécu dans plus d'endroits que moi – quinze à l'époque, alors qu'il n'avait que vingt-deux ans – et savait immédiatement faire l'état des lieux. Il avait tout de suite vu des choses que moi je n'avais pas vues, par exemple dans quelle chambre on pouvait le mieux tirer parti de la lumière matinale, et laquelle avait une fenêtre trop près de la tête de lit.

« Veux-tu la chambre la plus proche de l'escalier ? » a-t-il demandé, d'une manière qui suggérait que c'était la meilleure et qu'il se montrait chevaleresque en me l'offrant.

« Bien sûr », ai-je répondu en lançant un sac-poubelle noir rempli de vêtements sur le lit, où il a éclaté comme un ravioli trop cuit.

Les radiateurs de nos chambres fonctionnaient mais en bas, il n'y avait qu'une cheminée murée et, sous les marches, une série de chauffages d'appoint. Le salon était très grand, deux canapés et une table où l'on pouvait tenir à six. Il y avait une jolie cuisine et une petite cour, et même un jardin d'herbes aromatiques laissé par le locataire précédent.

J'avais du mal à croire qu'à nous deux on ne payait que six cents euros par mois. Je comprends à présent que la maison était incroyablement délabrée, qu'il était inacceptable que seules deux des quatre plaques de cuisson fonctionnent, et qu'emménager dans une maison pratiquement non chauffée au cœur d'un hiver irlandais n'était pas raisonnable. Ces choses compteraient pour moi aujourd'hui, mais ne comptaient pas à l'époque, et bien que j'aie passé pratiquement toute l'année suivante ivre et mal nourrie, je me demande parfois si je ne me portais pas mieux quand je me moquais de mon confort.

James avait un iPod, un gros modèle d'une génération déjà dépassée, et il m'a laissée choisir ce que serait la chanson de notre entrée dans la maison. J'ai déplacé un doigt autour du cadran circulaire, terrifiée à l'idée de me tromper, ne me rendant pas compte qu'il n'y avait que la musique choisie par James et, par conséquent, il était impossible de faire le mauvais choix. Je me dis aujourd'hui que, si James avait vraiment pensé que je le croyais hétérosexuel, il ne m'aurait pas donné accès à son iPod. La sélection formait un étrange méli-mélo : quelque part entre celle d'un hétéro d'âge moyen et d'un homo, d'âge moyen aussi. Cher côtoyant Creedence Clearwater Revival, les Eagles suivant Elton John. La seule chose rappelant de loin notre génération, c'était Britney Spears.

Je me suis décidée pour « Cecilia » de Simon & Garfunkel. Sans autre raison que le mot « jubilation », répété tout au long de la chanson, ce qui était exactement ce que je ressentais, même si j'étais bien trop timide pour l'admettre.

On a posé le haut-parleur de l'iPhone dans le couloir et on est montés dans nos chambres. Je me sentais soudain extrêmement embarrassée, maladroite, comme si je défaisais mes bagages dans la maison de Big Brother, consciente que le public allait juger la manière dont je pliais mes sous-vêtements.

Cette sensation dura deux minutes et cinquante-cinq secondes, « Cecilia » se termina et reprit aussitôt.

« Connard ! a crié James, se dirigeant vers le haut-parleur. L'écran s'était figé, laissant « Cecilia » en boucle. « Ça arrive de temps en temps », fit-il, et une rougeur grimpa le long de son cou. « Putain de *saloperie* qui sert à rien. » Il détestait avoir un truc qui marche mal. C'est heureux que James soit riche à présent car être pauvre n'avait jamais convenu à son tempérament.

« Ça ne fait rien », ai-je dit.

Et donc nous avons de nouveau écouté « Cecilia », encore et encore. On s'est mis à chanter, nos voix rebondissant contre le plâtre bas de gamme. Au bout de la huitième fois, on s'est précipités dans la chambre de l'autre pour chanter en synchro, nous agitant dans tous les sens et nous acharnant sur la chanson. Si elle avait été un annuaire, nous l'aurions déchiré en deux.

Au bout du seizième « Cecilia », James et moi avions accouché de notre amitié et elle se mit à errer dans la maison comme un poulain curieux et un peu collant. On attrapait les affaires de l'autre : des T-shirts nazes, des livres prétentieux, des billets de concert conservés – et pour chacune on posait la même question : *C'est quoi ce putain de truc ?*

« C'est quoi ce putain de truc ? » ai-je demandé en découvrant une collection de bandanas.

« C'est quoi ce putain de truc ? » a-t-il demandé devant mon exemplaire du *Mangeur de citrouille* de Penelope Mortimer.

« C'est quoi ce putain de truc ? » ai-je répliqué, découvrant le haut d'un uniforme Subway.

« C'est quoi ce putain de truc ? » a-t-il proclamé en trouvant un paquet de lingettes Femfresh qui avait fait partie d'un kit Santé Étudiante et que j'étais trop méfiante pour utiliser et trop effrayée par mon propre vagin pour jeter.

Ce que nous demandions en fait c'était, bien sûr : Qui es-tu ? Qui étais-tu ? Ça t'ira si on a le genre de maison où je te critique parce que tu lis ? Comment t'es-tu fait mettre à la porte de Subway ? Es-tu vraiment cette sorte de fille capable de laver sa vulve avec une lingette désodorisante ?

On était tellement occupés à tomber amoureux que j'en ai complètement oublié Jonathan, à qui j'avais demandé de passer vers cinq heures. Une des raisons principales pour lesquelles je déménageais était le sexe. Tous les deux nous avions habité chez nos parents toute la durée de la fac ou presque, et nous dépendions des fêtes, des parkings et de l'emploi du temps des parents pour avoir l'occasion de coucher ensemble. Et aussi, ça devenait fatigant de faire l'amour à la fac. Baiser dans les toilettes d'un campus, c'est excitant la première fois, mais il y a quelque chose de déprimant quand on demande à son petit ami de se retrouver dans « *nos* toilettes ».

Il a sonné à la porte et s'est aventuré dans une couveuse de private jokes. Je l'ai serré dans mes bras, un peu étourdie et en sueur, excitée à l'idée de l'attirer dans mon nouvel univers, essentiellement pour que le nouvel univers puisse avoir un témoin.

« Et voici James ! » ai-je annoncé. Ils se sont salués avec un semblant de chaleur, mais en les regardant j'ai senti un flash immédiat de répulsion envers celui qui était mon petit ami depuis deux ans. Ses traits n'étaient pas bien marqués. Il était doté d'yeux et de lèvres et d'un nez, mais j'avais l'impression qu'ils avaient été fabriqués par le Bauhaus, rationnalisés pour qu'ils remplissent une fonction, sans plus. Quel que soit celui qui avait assemblé James, il avait au moins essayé. Aspect chétif, grands yeux et grands sourcils noirs sur un visage soit elfique, soit bouffi, selon la semaine qu'il passait. Son nez ressemblait parfois à celui d'un vieil homme. Il avait un look que la plupart d'entre nous décrivaient comme « emo », ce qui en fait voulait juste dire que ses vêtements étaient ajustés et qu'ils venaient de chez Topman.

J'ai à nouveau serré Jonathan dans mes bras, manifestant les signes d'une petite amie enthousiaste pour noyer mes nouveaux sentiments. Il avait l'air gris, comme un champignon. Il m'a embrassée sur le front. « Allez, fais-moi visiter », a-t-il dit, et la visite a duré trente secondes avant qu'on monte à l'étage et que je lui montre ma chambre, les draps pas encore mis, et que j'enlève mon chemisier. C'était surtout parce que j'avais transpiré et je ne voulais pas qu'il sente l'odeur de sueur.

Coucher avec un partenaire de longue date quand on a vingt ans, voilà le sexe le plus déprimant de toute votre vie. Au moins, avant vingt ans, on est tous logés à la même enseigne. On est tous gênés, personne ne sait ce qu'il fait, c'est plutôt une suite de *ça va comme ça ?* et *c'est bon ?* Dans un sens, les relations sexuelles que j'ai pu avoir adolescente étaient plus mûres que celles que j'ai eues entre dix-huit et vingt ans, lorsque les garçons s'étaient persuadés d'avoir trouvé la formule gagnante. Jonathan a eu une petite amie avant moi et il m'a raconté qu'elle s'évanouissait quand il la léchait. Ce qui voulait dire que j'étais censée m'évanouir aussi, ou du moins m'approcher de l'évanouissement. Je m'en voulais tellement de ne pas apprécier le cuni davantage. Tout cela me paraissait bien solitaire, et ressemblait à une séance de chatouilles.

Il est tentant, lorsqu'on parle de sa vie sexuelle de jeune femme, de glisser des apartés mélancoliques sur la manière dont on fixait le plafond, les paupières lourdes, pendant qu'une brute ennuyeuse vous labourait. Le sexe était insatisfaisant, mais je n'aurais pas pu être plus acharnée à le pratiquer. J'étais toujours au-dessus, gémissant comme un cochon qu'on égorge. Si demain quelqu'un disait à Jonathan que, selon Rachel Murray, il était un mauvais coup, il rirait en lui disant d'aller se faire foutre. Je ne crois pas qu'il y croirait une seule seconde.

« Comment tu t'entends avec ton copain ? » a demandé Jonathan plus tard, alors qu'on était allongés sur le lit.

— James ? Super bien ! Et puis, prudemment : Je crois qu'on va devenir amis, tu sais.

— Tu vas devenir une de ces filles à pédés ? Comme dans *Will et Grace* ? »

(Gardez votre calme : c'était considéré comme une chose extrêmement spirituelle à dire en 2009.)

« Tu crois qu'il est gay ? » ai-je demandé avec le plus grand sérieux.

Il m'a regardée, ne prenant même pas la peine d'argumenter. Il a juste haussé les sourcils, l'air de dire : *Oh, allons.*

« Qu'est-ce qui te fait penser ça ? » ai-je insisté. Depuis mon faux pas au Sober Lane, j'étais fascinée par ce qui *donnait l'air* gay. Aucun de nous n'avait encore eu d'amis homosexuels. Il y avait certainement des gays parmi les connaissances et personnes qui évoluaient autour de nous, mais pour une raison ou une autre, nous n'étions jamais devenus amis avec l'un d'eux.

Nous étions complètement coupés de la culture gay, et pourtant nous avions tous les deux une certitude absolue quant à cette hypothèse au sujet de James.

« J'ai des yeux », s'est contenté de dire Jonathan, et il est parti peu de temps après.

Nous avons commandé une pizza pour le dîner et James a branché sa télé et son lecteur DVD. Ses seuls DVD, c'était les trois saisons de *Frasier*.

« Ton petit ami pense que je suis gay », fit-il, sans manifester d'émotion.

J'ai attendu un instant avant de répondre : « Non. »

Il a mis le DVD sur pause sur le visage crispé de Kelsey Grammer, en pleine diatribe au sujet des adhésions aux spas de Seattle. « Écoute », dit-il, comme s'il était sur le point d'énoncer une règle importante concernant la maison, on ne garde pas ses chaussures sur la moquette, par exemple. « Je sais à quel point j'ai l'air gay, mais je ne le suis pas. »

J'ai ri un peu bêtement.

« Tu ne crois pas que si je l'étais vraiment, j'assumerais tout simplement ? »

J'ai acquiescé. C'était logique. Si vous vous baladiez avec Cher dans votre iPod, vous vous étiez probablement demandé, plus sérieusement que le mâle alpha moyen jouant au rugby, si vous étiez attiré par les hommes. Je voyais James comme un être extrêmement évolué, une personne qui avait interrogé toutes les facettes de son âme. Qu'une musique ou une attitude semble gay ou hétéro, il était trop intelligent émotionnellement pour se retrouver piégé dans le marasme de ce type de questions.

À cet instant, il ne fut pas seulement une personne à mes yeux. Il fut l'avenir du genre humain.

La vérité, c'est qu'il se sentait terrifié.

« C'était quoi la fin de partie pour toi ? lui ai-je demandé un jour, des années plus tard.

— Attendre jusqu'à ce que je puisse quitter l'Irlande, a-t-il répondu. Et puis aller quelque part où personne ne me connaît. »

Ce qu'il fit. Ce que nous avons fait tous les deux.

Mais je vais un peu vite, car avant que cela se produise, il y a eu le Dr Byrne.

4

Le Dr Byrne était le seul autre homme dans ma vie dont les opinions m'importaient. Quand je n'étais pas suspendue à la parole de James, je m'accrochais à celle du Dr Byrne. J'ai dû me soucier des pensées de Jonathan à un moment donné. Mais les interminables années de relations étudiantes étant ce qu'elles sont, cela fait longtemps qu'il ne reste plus rien du profond respect que j'ai pu avoir pour lui. On se comportait déjà comme un vieux couple marié, fonctionnel mais rasoir.

Le Dr Byrne s'habillait exactement comme s'il voulait interpréter le rôle d'un professeur d'université. Dans mon souvenir il a des empiècements sur les manches de son manteau. Il se peut que j'invente ce détail, mais tout le reste de sa tenue suggère ces empiècements. La première fois que je l'ai vu il avait dix minutes de retard et il transpirait. Il semblait en colère contre nous, les premières années, qui avions le culot d'assister à un cours à neuf heures.

Le matin, il était d'une humeur épouvantable, ce que j'attribuais à sa très grande taille, un mètre quatre-vingt-dix-huit, et à sa carrure, celle d'un paysan. Dès ma jeunesse j'ai eu cette idée que le corps d'une personne est une usine, un gros ouvrage edwardien, et qu'il faut que chaque ouvrier soit confortablement installé à son poste avant que la journée de travail puisse commencer. Plus la personne est grande, plus les ouvriers ont du chemin à parcourir : gravir péniblement des escaliers, tourner dans les couloirs. C'était ma justification pour être moi-même désagréable le matin, et j'étais heureuse d'en faire profiter Fred Byrne.

« Bon, commença-t-il. Les Victoriens. »

Il s'est donné un petit coup sur le sourcil avec le talon de sa main, essayant d'arrêter une goutte de sueur avant qu'elle tombe sur le pupitre.

« Qui connaît Sherlock Holmes ? »

Il savait qu'avant la fin de l'année la plupart d'entre nous auraient abandonné. Ça se passe comme ça avec les lettres. Les gens en aiment la variété mais ont du mal à en supporter l'inutilité rampante, et quand les gueules de bois et les dépressions frappent aux alentours de février, la pensée de Cronos mangeant ses bébés n'est pas vraiment suffisante pour s'extraire du lit.

Le Dr Byrne se passionnait pour son sujet mais il n'aimait pas gaspiller son énergie, alors dans ces premiers cours il nous a donné juste assez d'informations sur les Victoriens pour qu'on puisse un jour répondre à un quiz au pub.

Il répéta sa question, après le silence qui l'avait suivie. C'était avant le règne de Benedict Cumberbatch sur la BBC, alors culturellement c'était la disette pour Mr Holmes, et on ne savait pas grand-chose de lui.

« Détective », dit quelqu'un.

« Londres », un autre.

Un long silence.

« La drogue, fit l'un des élèves, et un ricanement se fit entendre car nous avions dix-huit ans et imaginions avoir inventé la drogue. C'était un drogué, non ? »

Quelques ouvriers de l'usine Dr Byrne se sont installés devant leur machine à cet instant, et soudain il se mit à parler avec une telle frénésie qu'il fut d'abord difficile de dire s'il était furieux contre ce garçon d'avoir prononcé le mot « drogue », ou bien au contraire très heureux. Il se mit à parler d'opium, de laudanum, de morphine et de cocaïne, légaux dans l'Angleterre victorienne à cette époque. Il fit remarquer que les écrivains non blancs n'ont pas tendance à publier des livres d'exploration des drogues avec la même ténacité, et n'est-ce pas parce qu'ils ont des choses plus importantes à dire sur elles, par exemple la manière dont elles ont détruit leurs communautés. Il a parlé de ses cinq années passées aux États-Unis quand il était plus jeune, et comment la guerre contre la drogue ne servait là-bas qu'à alimenter le système pénitentiaire privé. Il a ainsi discuté avec lui-même, présentant à la fois le pour et le contre des drogues, le visage de plus en plus rouge. Il avait trente-huit ans en 2009, ce qui doit lui en faire cinquante aujourd'hui.

« Bon », a-t-il dit à la fin de son laïus. Il terminait toujours le cours comme il l'avait commencé : avec le mot « bon ».

Ça nous plaisait, bien sûr. Pour nous il était Le Mec des Drogues. Plus tard on apprendrait que ce qui intéressait le Dr Byrne, ce n'était pas tant les drogues que le fait de prendre un thème déjà ancien pouvant être discuté selon de nombreux points de vue. L'inceste, la sodomie, l'avortement, la prostitution : tout ce qui existait depuis deux mille ans et avait toujours été sujet à controverse. J'imagine qu'il aimait les Victoriens parce qu'ils ont essayé de mettre en place des règles pour tout, et il aimait débattre de la nécessité ou non de ces règles. C'était le conférencier préféré de tous, ce qui était dû, à mon avis, non pas à son génie mais au fait que le département d'anglais était majoritairement composé de femmes. On sait déjà que j'étais quelque peu misogyne. Comme tout le monde à l'époque, je suppose. Je crois aussi que ça tient un peu au fait que la plupart des professeurs d'anglais dans la plupart des lycées sont des femmes. Avoir un homme bien bâti qui vous parle d'un livre était excitant, comme dans *Le Cercle des poètes disparus.*

J'avais déjà assisté à plusieurs cours du Dr Byrne quand j'ai rencontré James, fin 2009. À ce stade de sa carrière il était si populaire qu'il avait droit à toutes les stipulations qu'il voulait pour son groupe de séminaire, et tous ceux qui s'inscrivaient devaient rédiger une dissertation sur n'importe quel aspect de la sensibilité victorienne encore présent dans la culture d'aujourd'hui. Le séminaire se tiendrait de janvier à avril, mon dernier trimestre universitaire. Il n'y avait que quinze places, et environ cent cinquante d'entre nous avaient tenté de s'inscrire. Je serais déjà étonnée si vingt personnes ont rédigé l'essai.

J'ai reçu un message me demandant de passer le voir dans son bureau, situé dans une maison appartenant au département, sur la route de l'université. Ça paraissait plutôt miteux. Toutes les facultés sont-elles comme ça ? Les membres du corps enseignant relégués dans de minuscules maisons qui sentent le vieux radiateur ? Quoi qu'il en soit, il voulait discuter de ma dissertation. Pour moi c'était très excitant. Assise dans son bureau exigu, je pensais, comme chaque fois que je me retrouve dans une petite pièce avec un homme qui n'est pas de ma famille : *Est-ce qu'on va baiser ?*

Je ne sais pas pourquoi. Ça ne s'est jamais passé. J'ai connu des coups d'une nuit, bien sûr, mais toujours à la suite d'un rendez-vous ou d'une soirée. Mais je ne me suis jamais retrouvée dans un ascenseur ou une arrière-boutique ou les allées d'une bibliothèque avec un parfait inconnu, et puis brusquement dans ses bras. Malgré tout, je suis toujours prête à cette éventualité. Je pourrais me retrouver avec un homme de soixante-dix ans dans un ascenseur et me dire : *J'espère qu'il ne veut pas qu'on ait des relations sexuelles, mes règles ne sont pas terminées.*

Le Dr Byrne était de toute évidence différent. Je voulais *vraiment* coucher avec lui. Ce n'était pas seulement un inconnu dans une petite pièce. J'entretenais depuis la première année un léger béguin pour lui, que je gardais pour moi tellement ça semblait banal, convenu. Je ne parlais pas vraiment aux filles de ma promo mais j'étais pratiquement sûre que toutes nous espérions baiser le Dr Byrne. Il était immense, passionné, et le seul homme en dessous de cinquante ans du département de littérature anglaise.

Et plus alléchant encore – oh mon *Dieu* –, il avait une épouse. Mais pas seulement.

Cette épouse *avait été une étudiante.*

Bien qu'étant si peu impliquée dans la vie universitaire, j'étais très sensible à la situation de la femme du Dr Byrne. C'est comme ça quand on a le béguin. Peu importe votre niveau de vigilance, il y a toujours un micro resté ouvert, et il n'enregistre que des informations concernant votre désir. Lui et sa femme étaient mariés depuis quatre ans, s'étaient rencontrés six ans auparavant. *Quand elle était en premier cycle ?* Alors on a compté sur nos doigts. Non, fut la réponse. En master. La vingtaine bien avancée. C'était moins intéressant, mais pas mal quand même. Ça prouvait que ça *pouvait arriver.*

J'étais donc assise dans la petite pièce et je regardais son visage. Il avait ce que James appellerait plus tard des « traits de bébé dinosaure ». Le front large, le nez épais, les yeux aux paupières lourdes pris ensemble vous faisaient penser à un brachiosaure mangeant avec nonchalance des feuilles directement sur l'arbre.

« Bon, fit-il. Rachel Murray. »

Il lut mon nom inscrit sur ma dissertation, puis releva les yeux et sourit, comme s'il était content d'arriver à mettre un nom sur un visage. J'avais déjà assisté à quatre de ses modules.

« Bonjour », ai-je dit, me déplaçant pour fermer la porte derrière moi.

— Non, non, laissez-la ouverte. Asseyez-vous. »

Je devais avoir l'air un peu agitée. J'ai un truc avec le fait d'être assise dans une pièce avec la porte ouverte. Ça me rend nerveuse. Portes ouvertes, « tu es née dans une étable ? » comme on demande aux gens malpolis, etc.

« Il faut que la porte reste ouverte, fit-il distraitement. Au cas où j'essaie de vous sauter dessus. »

Je l'ai regardé, interloquée. Il n'avait même pas daigné croiser mon regard.

« Ça arrive malheureusement souvent dans l'enseignement supérieur », dit-il d'un ton grave, et j'ai pensé : *Ne la joue pas au plus fin avec moi ; je sais comment tu as rencontré ta femme.*

« Quoi qu'il en soit. Les pyjamas. Expliquez-vous.

— Je l'ai écrit dans ma dissertation.

— Je sais, mais je veux vous entendre l'expliquer. Dans mon groupe je veux des personnes qui savent s'exprimer. Allez-y. »

J'avais rédigé une dissertation sur les pyjamas en me fondant sur l'idée qu'à l'époque victorienne les jeunes femmes ont commencé à acheter des négligés venus de France pour leur trousseau de noces. La pensée de ce que ces jeunes mariées faisaient au lit avait provoqué une grande panique morale, et on s'était demandé si elles n'adoptaient pas les procédés des prostituées bas de gamme. J'avais fait le lien avec les sensibilités modernes, car à ce moment-là pas mal de titres du *Daily Mail* évoquaient les femmes qui se rendaient au supermarché en pyjama. La moralité et le pyjama. Je me sentais plutôt intelligente d'avoir pensé à ça. Mais en l'expliquant à Fred Byrne, je me suis demandé si cette dissertation n'était pas elle-même un truc de prostituée bas de gamme. C'était si embarrassant et si intime, de parler de porte-jarretelles et de dentelles.

« Et en effet, ai-je dit, la gorge sèche, le style des sous-vêtements victoriens allait se poursuivre et s'inscrire dans d'autres mouvements culturels. Comme celui des garçonnes. Leurs tenues n'étaient autres que des combinaisons, et le fait que le sous-vêtement devienne vêtement, c'était comme... c'était un signifiant, marquant l'indépendance grandissante de la population féminine dans les zones urbaines. Le privé devenu public. »

J'ai continué comme ça un moment. Signes et signifiants. Ses yeux sont devenus légèrement vitreux, comme chez grand nombre d'hommes intelligents quand la discussion devient trop féminine, trop pointilleuse, trop préoccupée par des bouts de dentelles.

« Pourquoi ne faites-vous pas des études de cinéma, si ça vous intéresse tant ? Ou de mode ? »

J'aurais dû dire quelque chose d'un peu chichiteux, genre *Parce que j'aime le roman, tout simplement*, mais je savais que ça ne marcherait pas avec lui.

« L'anglais semble un meilleur moyen de garder les options ouvertes. Il n'y a pas de débouchés dans le cinéma ou la mode.

— Vous n'êtes pas au courant ? » Il sourit. « Il n'y a de débouchés nulle part.

— Non, ai-je argumenté, mais on dirait que le monde entier est plein de petits bouts de textes, non ? Des brochures, des panneaux, des tas de trucs. Quelque chose finira bien par se présenter.

— Des brochures, des panneaux, des tas de trucs. Et c'est pour ça que vous préparez un diplôme d'anglais ? »

Je ne sus que répondre. J'avais choisi l'anglais, au départ, parce que j'aimais lire. Mais ce que je préférais dans la lecture, même alors, c'était que j'étais douée. Enfant j'avais vite appris. En l'absence d'autre don apparent, cela semblait une bonne chose à laquelle se consacrer, ne serait-ce que pour recevoir plus d'éloges.

Quelqu'un frappa à la porte ouverte, et en me retournant je vis une autre fille qui attendait pour discuter de sa dissertation et éventuellement se faire baiser par le Dr Byrne. *N'y pense même pas*, ai-je eu envie de dire.

Le lendemain j'ai reçu un mail disant qu'il était enchanté de m'accueillir dans son séminaire. C'était une lettre type, avec juste mon nom ajouté en haut, sans formule personnalisée ni PS d'aucune sorte.

Je l'ai quand même imprimée. Je l'ai encore quelque part.

5

Le 14 janvier 2010, devant la Crawford Art Gallery, Jonathan m'a larguée sous le prétexte qu'on s'éloignait l'un de l'autre. Je lui ai demandé de quelle façon. Il a murmuré quelque chose sur le fait que « j'avais l'air de faire semblant », puis il s'est sauvé en direction de St Patrick's Street avant que je puisse savoir ce qu'il voulait dire par là.

Bien sûr, je comprends maintenant. Je vivais avec James, travaillais avec James, et parlais comme James. Je ne peux vraiment pas en vouloir à Jonathan. Je devais lui taper sur les nerfs. Ce qui le rendait vraiment dingue c'était ma nouvelle manie de décrire la situation dans laquelle je me trouvais comme s'il s'agissait d'un film ou d'une série.

Exemple de dialogue :

JONATHAN : Je crois qu'il va pleuvoir.
RACHEL : Tu es sûr ?
JONATHAN : La météo a annoncé de la pluie.

(Un temps)

JONATHAN, *regardant par la fenêtre* : Je crois qu'il commence à pleuvoir. On devrait peut-être rester à la maison.

RACHEL, *prise de vertige* : J'ai l'impression d'être dans un film français où nous sommes deux amants qui espèrent faire pleuvoir par la force de leur volonté pour pouvoir rester peau contre peau sous les draps.

(Silence)

RACHEL : Ah, monsieur*[1], le ciel lui-même ne conspire-t-il pas pour nous faire rester à la maison ? Profiter des joies de la chair, ah-ahh-ahh ?

JONATHAN : Bon, si c'est comme ça, je m'en vais.

Ce n'était pas très sympa pour lui. Jusque-là notre relation avait été directe et affectueuse, et nos blagues se faisaient généralement au détriment des autres. Je ne pouvais pas attendre de lui qu'il se mette à jouer à des petits jeux idiots, du genre de ceux que James et moi pratiquions à présent, alors que rien ne nous prédisposait à le faire.

La seule raison pour laquelle je me souviens de la date, c'est parce que je travaillais cet après-midi-là, et le Dr Byrne est entré dans la librairie.

Le Dr Byrne était déjà venu auparavant, bien sûr. Comme tous mes professeurs d'université. C'était une grande librairie, avec pas mal d'ouvrages publiés par des petites maisons d'édition irlandaises. Souvent l'un des enseignants de l'UCC me faisait un signe de tête, pas forcément l'un de mes profs, mais quelqu'un qui me reconnaissait et voulait échanger quelques mots sur les vacances. Mais à présent c'était différent. Il m'avait personnellement choisie pour être dans son séminaire d'étudiants de dernière année, alors il me connaissait.

C'était un jeudi soir, il faisait un froid de canard, et on

1. En français dans le texte.

s'attendait à ce que ce soit calme à la librairie jusqu'à la fermeture à vingt et une heures. Essayant de faire le deuil de ma relation avec Jonathan, j'étais en train d'étiqueter un lot de calendriers à thème sur le comptoir. SOLDÉ : 4,99 (au lieu de 9,99).

« Rachel, a dit le Dr Byrne, je ne savais pas que tu travaillais ici.

— Bonjour, ai-je répondu tout sourire, me heurtant à ce problème de jeune adulte ne sachant jamais comment s'adresser à ses professeurs, aux amis de ses parents, aux parents de ses amis. Oui ! »

— Des conseils ? » a-t-il demandé poliment. On vous pose toujours cette question quand vous travaillez dans une librairie. Je n'arrivais jamais à me souvenir du titre d'un seul livre.

J'ai baissé les yeux sur sa pile : une réédition d'un recueil de poèmes de révolutionnaires irlandais et un thriller ambiance chalet de montagne. Je voulais absolument lui recommander quelque chose d'intense, sobre et masculin pour lui montrer que je comprenais les hommes.

« ... Hemingway, ai-je lancé comme une idiote.

— Ah, fit-il, impassible. Le Batman des gros garçons toujours plongés dans un livre. » Puis il baissa le menton pour se regarder. « J'en prends deux. »

J'ai éclaté de rire. Je n'étais pas encore libérée de l'habitude de pouffer des lycéennes. J'étais toujours nerveuse et je riais toujours aux éclats.

« De même que Dorothy Parker est la Wonder Woman des filles déprimées », ai-je dit.

Je n'en revenais pas d'avoir trouvé si vite une telle repartie. Il a ri, a cherché mon regard, et j'ai pensé : *Baise-moi et je dirai plus de trucs comme ça !*

Il a levé les yeux au ciel, essayant de se souvenir du vers[1] : « Les fusils ne sont pas légaux ; Les nœuds se défont ; Le gaz sent mauvais… » À voix plus basse :

« Alors autant vivre. » Nous l'avons dit en même temps, avant de sourire. J'ai compris, avec une parfaite certitude, que j'étais en train de rebondir de mon ex-petit ami à mon professeur d'université. Tellement chic !

« Elle a assisté à une corrida avec lui une fois, tu sais, a-t-il repris. Pour une revue. Je crois qu'ils voulaient qu'elle soit horrifiée par lui, mais elle n'aurait pas pu tomber davantage sous le charme.

— Moi non plus », ai-je répondu. Avant d'ajouter : « D'Hemingway, je veux dire. »

Il m'a regardée, perplexe devant ce demi-flirt, mais pas tout à fait indifférent.

« Est-ce que je pourrais te demander de vérifier un titre pour moi, a-t-il dit en montrant l'ordinateur au bout du comptoir.

— Bien sûr, ai-je répliqué en me postant devant le vieux PC. Je vous écoute.

— Eh bien, euh, c'est un peu particulier. »

Il a toussé, et j'ai eu la pénible appréhension qu'il soit sur le point d'entamer notre liaison en requérant, rouge de confusion, *Les Joies du sexe* ou quelque chose dans ce goût-là. Je me suis demandé si je donnerais suite si c'était le cas. Certainement pas, Rachel ?

« Auriez-vous, en précommande, l'ouvrage *Le Régime de Kensington* par… » Il a fouillé dans sa poche, et regardé le

1. Poème « Résumé » (sur le suicide) de Dorothy Parker, publié en 1926 : Razors pain you / Rivers are damp / Acids stain you / And drugs cause cramp. / Guns aren't lawful / Nooses give / Gas smells awful / You might as well live. (Les rasoirs font mal / Les rivières sont humides / L'acide vous tache / Et les drogues donnent des crampes…)

panneau « Sortie de secours ». « Par, euh, le Dr Frederick Byrne.

— Oh, ai-je répondu, étrangement gênée pour lui. Bon ! D'accord ! » J'ai commencé à taper. « En précommande, vous avez dit ?

— Oui, fit-il précipitamment. Il ne sort pas avant février.

— Le 11 février », ai-je fait, lisant sur l'écran. J'ai cité la maison d'édition. Elle était célèbre, et irlandaise. Elle avait découvert un grand nombre d'auteurs qui plus tard l'ont abandonnée pour des contrats plus intéressants au Royaume-Uni.

« Je voulais savoir combien la librairie en avait en commande, a-t-il repris. Tout à fait pathétique, mais c'est la première fois que je publie en dehors des Presses universitaires, et j'espère qu'il aura plus de quatre lecteurs. »

J'ai vu que le nombre de commandes s'élevait à zéro.

« Quinze, ai-je dit. Quinze exemplaires.

— Oh ! » Il eut l'air surpris. « Pas mal, alors.

— Oui, ai-je répondu en essayant de réprimer le rougissement qui accompagne toujours mes mensonges. On est très emballés par ce titre. »

Il a froncé les sourcils, craignant que je ne me moque de lui.

« Je veux dire, c'est évident que nous sommes emballés, si mon responsable commande des exemplaires. De quoi parle-t-il ?

— Des écrivains irlandais pendant la famine, la réponse artistique à Victoria nous affamant sous couvert de nous aider, a-t-il répondu. Tout à fait réjouissant, je t'assure. »

Je me suis souvenue du poème d'Eavan Boland que j'avais étudié pour le bac. Adrienne Rich et elle étaient les deux seules poètes que j'avais aimées à l'école.

« Et votre corps, qu'est-il aujourd'hui, ai-je cité, sinon une route de la famine.

— Très bien », a-t-il fait, et l'atmosphère fut de nouveau tendue, rappelant trop le rapport professeur-étudiante. Il était de plus en plus conscient de sa vulnérabilité en se renseignant ainsi sur son livre. Ce poème en particulier faisait également écho à sa vie personnelle, mais nous en parlerons plus tard.

James s'est approché et s'est mis à scanner une pile de livres qu'il venait juste de conseiller à une vieille dame. James ne lisait pas tant que ça mais il regardait constamment des films, et pour cette raison il vendait souvent *Chronique d'un scandale* et *Le Parfum, histoire d'un meurtrier*. De toute l'équipe, c'était lui qui faisait le meilleur chiffre de ventes, c'est pour ça que Ben l'a gardé longtemps après la fin de la période prévue en renfort pour Noël.

« C'est quoi le *craic* ? » a-t-il fait d'un ton plein d'entrain. Jamais James ne vous aurait jugé si vous parliez avec un ami au travail, et vous pouviez toujours compter sur lui pour vous couvrir si quelqu'un passait vous voir.

« James, voici le Dr Byrne, l'un de mes professeurs.

— Enchanté, comment allez-vous ? » fit James. Il n'était pas allé à l'université mais il aimait parler à des personnes en lien avec elle, comme maintenant. Quelque part entre ironie et admiration sincère.

« Très bien, merci. »

Le Dr Byrne s'est vite éloigné, comme s'il venait de réaliser qu'il s'était attardé trop longtemps. J'aurais voulu plonger par-dessus le comptoir et l'empêcher de s'échapper de notre univers privé plein de petites poses et de plaisanteries sexy sur la littérature. Mais c'était impossible, alors il a réglé ses achats et il est parti.

Le temps qui restait passa rapidement. Maintenant qu'on vivait ensemble, James et moi aimions choisir nos horaires de manière à faire tous les deux la fermeture. On a baissé le rideau avec dix minutes d'avance et on a mis notre propre musique pendant qu'on rangeait.

Il me fallut plus de temps que d'habitude.

« Qu'est-ce que tu fabriques ? » Il a posé la tête sur mon épaule, fixant l'écran. « Qui est le Dr Frederick Byrne ?

— Mon prof de fac. Celui qui est passé plus tôt ? Et c'est son livre.

— Et qui est Moira Finchley ?

— Une ancienne cliente. Elle est morte il y a quelques années. C'est aussi l'une des personnes qui a commandé son livre.

— Quoi ? Pourquoi ?

— Parce que bêtement je lui ai dit qu'on avait plein de précommandes de son livre. Il n'y en a aucune, mais si Ben pense que des clients le demandent, il en commandera plusieurs.

— Ok. » James hocha la tête. « J'ai une question.

— Pourquoi je fais ça ?

— Oui.

— Parce que... Je ne veux pas qu'il soit déçu. Il est tellement emballé par la parution de son livre. »

James fit un bond.

« Espèce de *petite garce* !

— La ferme.

— La ferme ? Tu fais payer à une vieille dame morte un ouvrage qu'elle ne lira pas, juste parce que tu es en chaleur ?

— Non. Elle n'aura rien à payer. Personne ne viendra le chercher, et on le mettra juste en rayon.

— À qui d'autre tu feras commander le bouquin ? Qui d'autre est mort ?

— Les autres, je les invente simplement, ai-je dit, un peu embarrassée. Je crée des nouveaux profils de clients dans le système. »

Il parut choqué par ce qu'il perçut comme le premier comportement vraiment dingue de ma part.

« Jonathan a rompu avec moi aujourd'hui », ai-je fait, espérant qu'il interpréterait mon attitude folle comme une sorte de noble chagrin.

« Il a rompu avec *toi*? a-t-il répondu, l'air écœuré. J'aurais plutôt pensé le contraire, à la rigueur.

— Pourquoi ? Je l'aimais !

— Allons, Rachel.

— On est sortis ensemble pendant deux ans.

— Eh bien, je suis heureux qu'il soit parti. »

Le fait qu'il ait pu me parler comme ça, alors qu'on se connaissait depuis un mois et demi, m'abasourdit encore. Il y a dans ma vie des personnes que je connais depuis des années et à qui j'hésiterais de signaler que l'étiquette de leur vêtement dépasse.

« Eh bien, Ben va voir qu'il y a un drôle de truc si tu ne changes pas la date des commandes, a-t-il dit en montrant l'écran. Elles sont toutes du 14 janvier. »

Et donc nous sommes restés une heure après la fermeture pour inventer des précommandes antidatées pour le livre du Dr Byrne sur l'Irlande victorienne au temps de la famine. J'ai compris que je n'avais jamais été amoureuse de Jonathan, finalement. J'avais connu l'amour de mes parents et l'étrange affection d'une relation de fac qui était d'une certaine manière à la fois moribonde et naïve. Mais James et moi et les précommandes : ça, c'était de l'amour.

Ça a marché au-delà de nos espérances. En fin de semaine suivante, Ben fixait ses sorties papier A4 quand il nous demanda : « Mais bordel, c'est quoi ce *Régime de Kensington*? C'est comme le régime Atkins ? »

J'avais beau être jeune, cela faisait presque trois ans que je travaillais dans une librairie. Même à l'époque, j'avais de sérieux doutes au sujet de l'éditeur du Dr Byrne, qui avait le culot de publier un livre avec le mot « régime » dans le titre à une date si rapprochée du Nouvel An.

James a saisi la balle au bond :

« Bon sang, Ben, tu ne les as pas entendus en parler au *Fergal O'Riordan show ?* Ils recevaient ce brillant docteur. » James fit claquer ses doigts, comme s'il essayait de se souvenir. « Rachel, tu connais ce type, non ?

— Le Dr Byrne », ai-je dit, essayant de paraître indifférente.

Ben a de nouveau regardé sa feuille. « Il y a pas mal de buzz autour de lui, j'imagine.

— Il enseigne à l'université de Cork. » Puis, dans un éclair de génie : « On pourrait lui demander de faire une signature ici.

— Ou un lancement, intervint James. Un lancement à Cork, pendant sa tournée de tous les patelins du pays.

— Ce serait très bon pour la librairie », ai-je fait, acquiesçant devant Ben comme si la suggestion venait de lui.

Ben a tapoté sur ses dents avec un stylo. « L'industrie est mal en point », fit-il. À la récession s'ajoutait pas mal d'angoisse à cause de Kindle et de son impact sur les librairies. Faire venir un auteur pourrait plaider en la faveur d'O'Connor.

Mes cours de séminaire avec le Dr Byrne avaient lieu tous les mercredis matin et duraient quatre-vingt-dix minutes. Ils étaient intenses. Ses thèmes l'enflammaient. Rien de ce qu'il enseignait n'était particulièrement époustouflant. Il s'agissait surtout d'Irlandais morts vus par des Anglais morts puis réinterprétés par des universitaires irlandais qui, comme Fred Byrne lui-même, avaient besoin d'un sujet pour écrire un livre.

Chaque semaine, quinze enfants peu soignés se retrouvaient assis dans un quasi-silence tandis que leur odeur suggérait qu'on était en train de les transformer en saumure. Je ne valais guère mieux. J'avais renoncé à exposer mon esprit aux lumières et je me contentais de me saouler tout le temps. James et moi sortions trois soirs par semaine, en général avec les intérimaires de Noël de la librairie, parfois juste tous les deux.

Le Dr Byrne ne voyait pas d'objection à ce que nous ayons la gueule de bois, mais il voulait qu'elle nous stimule, pas qu'elle nous rende muets. Je crois qu'il aimait l'idée d'une foule d'ivrognes puants débattant de Trollope. Ce qu'il ne pouvait pas supporter, c'était le silence. Ce jour-là, il s'emporta contre un garçon de Kerry du nom d'Elliot, à propos de la pièce *The Playboy of the Western World*[1].

« Elliot, selon vous, la controverse autour de *Playboy* était-elle une réaction inappropriée ? »

Elliot a cligné des yeux. « Oui.

— Monsieur O'Donovan, votre propre père est lui-même un agriculteur, fit le Dr Byrne. Êtes-vous en train de me dire qu'une vision globale de l'Irlande où les gens tuent leur père à coups de pelle ne vous pose aucun problème ?

— Non, c'est pas ça. C'est genre... Ce sont des stéréotypes. »

Le Dr Byrne n'a pas insisté, écœuré. Il y en avait toujours quelques-uns qui avaient lu l'ouvrage et souhaitaient en discuter, et la majorité de la classe comptait sur eux pour faire le plus gros du travail. J'étais en train de devenir l'un de ces étudiants sûrs d'eux et toujours prêts à argumenter, du haut de mon aptitude à plagier une opinion. J'ai repris le fil et débité un peu de Yeats, massacrant une citation lue dans JSTOR disant que lorsqu'un pays crée un génie, le pays est toujours en colère

1. Pièce de John Millington Synge (1907) écrite en anglais irlandais, qui raconte l'histoire de Christy Mahon, un jeune homme s'enfuyant de sa ferme après le meurtre revendiqué de son père.

contre ce génie car il n'en reflète pas la vision exacte. (Ce qui, curieusement, est une phrase que j'ai répétée à James des années plus tard quand l'un de ses tweets est devenu viral pour de mauvaises raisons.)

La citation de Yeats plut au Dr Byrne. De toute évidence il la connaissait, mais il était content que je la connaisse aussi.

Après le cours je me suis attardée et j'ai dit au Dr Byrne que mon responsable voulait savoir s'il aimerait faire le lancement de son livre chez O'Connor Books.

James et moi avions soigneusement planifié cette conversation, et dans chacune des versions, Fred Byrne était enchanté. Dans l'une de ces éventualités, il m'emmenait prendre un verre ensuite.

Mais il fut simplement déconcerté.

« Je ne comprends pas, Rachel. Ça ne va pas vraiment attirer les foules. Ça reste un texte plutôt universitaire, même s'il vise un public plus populaire. »

Ce n'était pas une conversation qu'il avait avec moi, mais une répétition de propos que quelqu'un d'autre lui avait tenus récemment. Un agent ou un éditeur ou peut-être sa femme, essayant de tempérer ses espérances.

« Mais non, ai-je dit. On est tous très emballés.

— Vous recevez souvent des écrivains ?

— Tout le temps ! »

Ce qui était vrai, mais il s'agissait essentiellement d'auteurs de fiction. Le dernier dimanche de chaque mois, on invitait un auteur de livres pour enfants, dont la liste semblait infinie, pour faire la lecture aux gamins.

Le Dr Byrne finit par être d'accord pour le lancement. Je lui dis que je lui ferais un mail, et que je le présenterais à Ben. « Attends », fit-il, arrachant une feuille d'un bloc-notes. Un bref et génial instant, j'ai cru qu'il inscrivait son numéro. « Assure-toi de mettre Deenie en copie. »

J'ai baissé les yeux sur l'adresse mail qu'il avait notée. Aiden.Harrington80@hotmail.com.

« Et qui est... ?

— Mon épouse, a-t-il répondu. Et, aussi, mon éditrice. »

J'étais devenue toute rouge. « Oui, bien sûr. »

6

Un jour, pendant un voyage de presse en Islande, je me suis retrouvée coincée dans un car en panne à une heure de Reykjavik. On revenait des geysers. Le geyser était magnifique, et il avait éclaboussé tout le monde, et les éclaboussures avaient été accueillies avec tant de bonheur qu'on se serait cru au SeaWorld pour les gens qui lisent le *New York Times* sur leur téléphone. Mais sur le chemin du retour, l'eau qui s'était collée à notre peau se mit à geler, et nous avions attendu et attendu la dépanneuse. Pendant tout ce temps j'ai tapé du pied et mangé mon panier repas à moitié gelé en pensant : *Mais fait-il aussi froid qu'en janvier à Shandon Street ? Non.*

Il faisait tellement froid que nous ne pouvions plus passer de temps au rez-de-chaussée. On descendait chercher à manger et utiliser la salle de bains, mais on vivait dans la chambre de James, nos deux duvets empilés sur le lit, le radiateur en marche, les chauffages d'appoint nous étouffant de leur air rance. On a monté la télé à l'étage et regardé des coffrets entiers de séries trouvés chez Oxfam.

James était beaucoup plus soigneux que moi. Il lavait ses draps chaque semaine, les repassait, et avait des idées bien précises sur l'adoucissant. Je n'avais jamais fait ma propre lessive.

Je ne savais même pas que les vêtements pouvaient moisir si on les laissait trop longtemps dans la machine à laver.

« Tu sens le troll », a-t-il dit un jour.

J'ai reniflé sous mes bras, surprise que mon corps puisse même être assez chaud pour transpirer.

« Non, je veux dire, comme si tu vivais sous les ponts. Tes vêtements sentent l'eau sale. »

Et ce fut à lui que revint la mission de me montrer comment faire une lessive.

J'étais particulièrement ignare concernant les tâches ménagères, ma mère nous ayant tous dorlotés sans même qu'on s'en rende compte. Je croyais que puisque chez mes parents je vidais le lave-vaisselle, je savais tenir une maison. Pour ma défense, James avait un coup d'avance. Il avait dû s'occuper de lui très tôt, et il avait tout un tas de règles concernant la tenue d'une maison. Il était aussi obsédé par les magazines, et achetait *GQ* ou *Take a Break* ou *Hello!* comme moi j'achetais une barre chocolatée.

Un jour je lui ai demandé pourquoi, et il a répondu : « C'était mes jouets.

— Quoi ?

— De temps en temps ma mère venait dans notre chambre et disait : “On part demain”, et il fallait qu'on remplisse deux sacs de courses. On peut faire tenir pas mal de magazines dans un sac de courses. »

Rien dans son intonation ne tendait à présenter l'information comme signe d'antécédents tragiques. Parfois il laissait simplement échapper ce genre de choses dans la conversation et je devais le forcer à revenir en arrière, pour lui poser toutes les questions que lui m'avait posées sur mon père le dentiste, sauf que ça ennuyait vite James de répondre et qu'il passait à autre chose.

Pendant le premier mois où nous avons habité ensemble, voici ce que j'ai appris : James est né à Manchester, son père était un toxicomane et se retrouvait régulièrement en prison. Il avait deux sœurs plus âgées que lui, et une mère qu'il aimait beaucoup. Quand il sortait de prison, son père essayait souvent de retrouver la trace de la famille dans l'espoir de revenir parmi eux, et donc la mère de James les faisait déménager. Pas parce qu'elle détestait le père de James, mais parce qu'elle l'aimait, et savait qu'elle ne pouvait pas lui dire non, et que si elle disait oui, la vie de ses enfants empirerait. Elle-même essayait de se reprendre. Quand James a eu neuf ans, ils se sont installés en Irlande, où elle a rapidement rencontré celui qui deviendrait son beau-père. Depuis, il vivait à Cork.

Son accent anglais avait en grande partie disparu, mais il saupoudrait encore sa conversation de mots comme « minge[1] ». Il appelait la fac « uni », ce qui me plaisait car « Rachel est partie pour l'uni » me donnait l'impression d'avoir eu une éducation bon chic bon genre.

Je lui ai parlé de ma conversation avec le Dr Byrne alors que nous étions sous les deux duvets en train de manger un chow mein trouvé au rayon surgelés de Tesco et dont les châtaignes d'eau n'avaient pas tout à fait décongelé. Les dents glissaient à travers, des particules de givre croustillantes atterrissaient sur la langue.

« Ah mon Dieu, a-t-il dit. Il faudra faire en sorte que ce soit très glamour.

— Quoi ? Comment ?

— Tenue de soirée exigée par exemple.

— James ! C'est le lancement d'un livre, pas un gala.

— D'accord, mais habillé quand même. Oh, et tu devrais faire un discours de présentation.

— De présentation ? De quoi ?

1. Façon vulgaire de désigner le sexe féminin en anglais britannique.

— De sa lecture. Tu te mets derrière le pupitre et tu dis : “J'ai l'honneur de vous présenter…”, bla-bla-bla.

— C'est ce qu'on fait d'habitude ?

— Tout à fait, oui. »

Aujourd'hui je suis allée à suffisamment de lancements de livres pour savoir qu'il arrive que le libraire fasse une courte présentation et donc, oui, dans un sens on peut dire que c'est habituel. Mais franchement, si James m'avait dit que c'était normal d'enlever son haut quand on tenait la caisse, je l'aurais probablement cru.

On a passé le restant de la soirée à faire des recherches sur Deenie Harrington, qui avait trente ans et travaillait comme directrice de publication chez l'éditeur du Dr Byrne. Il n'y avait pas grand-chose à « rechercher », sinon quelques photos granuleuses prises lors d'événements liés à l'édition.

« Bon sang, a-t-il dit en zoomant sur son visage, on voit qu'il aime l'époque victorienne. »

C'était facile de comprendre ce qu'il voulait dire. Deenie avait des cheveux noirs et brillants et ce genre d'yeux globuleux qu'on trouve dans les portraits de l'époque. Elle avait un nez pointu, un menton arrondi, et le côté élégant d'une universitaire mais avec un petit air sauvage.

Même ainsi, je pouvais dire que c'était une personne sympathique. Sur les photos, elle souriait toujours, un sourire chaleureux et nerveux, et elle avait un faible pour les bandeaux en soie style années soixante-dix avec des motifs variés et bariolés.

« Elle a l'air d'une andouille », a dit James, andouille étant un autre mot qu'il affectionnait.

James n'avait pas de vie amoureuse, alors il était prêt à mettre beaucoup d'énergie dans la mienne. Je crois que j'aurais mis de côté mon béguin pour le Dr Byrne si James n'avait pas été là pour m'encourager. Il voulait qu'après Jonathan je vive un épisode glamour et excitant, mais il lui fallait aussi du mélodrame. Il voulait arranger toute l'affaire comme un reportage photo dans le magasine *Heat.*

« J'ai pensé à une chose, a-t-il annoncé quelques jours avant le lancement. Une fois que tout le monde aura pris un verre et sera reparti, on le garde avec nous.

— Comment ?

— On lui fait signer tous les exemplaires de son livre. Tu le coinces dans la réserve. Et tu le séduis. »

C'était une technique de séduction copiée du film *Empire Records* qu'on regardait souvent, car il parlait de jeunes travaillant dans un commerce de détail.

« Dans la *réserve* ?

— Tu n'as jamais fantasmé à l'idée de baiser quelqu'un dans la réserve ? »

Bien sûr que si. James le savait, et je ne sais pas trop pourquoi il me posait la question. On était déjà arrivés à un stade où je lui avais parlé de mon obsession pour les inconnus dans les espaces clos.

Le matin du lancement j'ai reçu un mail de Deenie Harrington demandant si elle pouvait venir à la librairie une heure plus tôt pour apporter le vin. J'ai répondu oui, bien sûr.

Je me sentais comme une enfant dont l'ami imaginaire se mettait à mordre des gens. Le jeu était déjà allé trop loin. Le jeu était censé n'être qu'un jeu. Quelque chose pour nous distraire James et moi en attendant que notre mois de janvier glacial prenne fin.

Je ne voulais pas vraiment entamer une liaison avec mon professeur. C'était une idée ridicule. Il y avait aussi le fait incontournable que le Dr Byrne n'avait pas manifesté le moindre intérêt d'ordre sexuel à mon égard.

Lorsque je suis arrivée au travail cet après-midi-là, Ben était derrière le comptoir avec deux grands cartons du *Régime de Kensington.*

« Rachel, ça parle... d'histoire ?

— D'histoire et de littérature, ai-je répondu. L'histoire de la littérature.

— Bon. Ça ne parle pas de régimes. »

Sur la couverture on voyait la reine Victoria, et aussi un dessin politique d'une personne qui semblait mourir de faim. Pas vraiment attirant.

« Je n'ai jamais dit que c'était sur les régimes.

— Tu as dit que c'était écrit par un nutritionniste.

— J'ai dit que c'était écrit par mon professeur de littérature. Le Dr Fred Byrne. D'où tires-tu cette histoire de nutritionniste ?

— Je ne sais pas. Je croyais que c'était comme... le Dr Gillian McKeith par exemple. Pourquoi... Pourquoi est-ce qu'on fait un lancement ?

— Il y a pas mal de buzz », ai-je dit avant de m'éclipser.

Mais je n'ai pas pu m'empêcher de me poser cette même question toute la journée. Comment la situation avait-elle pu nous échapper à ce point ? James et moi n'avions pas la moindre expérience en lancements de livre. On avait imprimé et disposé dans tout le magasin quelques flyers, qui ne stipulaient ni ne précisaient si *Le Régime de Kensington* était vraiment un régime. On avait mis « Entrée libre » sur le prospectus, et je commençais à me demander avec inquiétude si mon professeur adoré n'allait pas être humilié par une foule de gens voulant des conseils sur les glucides.

Deenie est arrivée à quatre heures. Elle m'a demandée personnellement. À part les yeux globuleux, elle était très séduisante en vrai. J'étais en train de porter une pile de *The Help* de Kathryn Stockett.

« Bonjour », a-t-elle dit. Son approche, en toutes choses, était un curieux mélange de timidité et d'assurance. C'était comme si elle assumait d'être timide. « Je venais juste dire bonjour. Je suis l'épouse de Fred. »

Je suis l'épouse de Fred. Pourquoi ne disait-elle pas qu'elle était son éditrice ? Elle n'avait pas pris son nom, donc elle ne devait pas accorder trop d'importance au fait de montrer qu'elle était mariée.

« J'espérais que vous auriez une sorte de cuisine où laisser le vin au frais, a-t-elle continué. J'ai apporté quelques boissons gazeuses également, il faut toujours s'attendre à ce qu'une personne soit enceinte.

— Ah bon ?

— Oh, dans le monde de l'édition, toujours. » Elle sourit. Elle avait de toutes petites dents. « Et aussi, je voulais vous remercier d'avoir organisé ça.

— Oui, oui. » J'ai haussé les épaules, déposant *The Help* par terre. « Il y a déjà eu pas mal de buzz dans la librairie autour du livre. J'ai juste saisi l'occasion.

— Bien, répondit Deenie. Et quand avez-vous remarqué le buzz pour la première fois ? »

Elle ne fit pas l'effort de paraître convaincue. Il m'était possible d'expliquer le lancement au Dr Byrne en faisant appel à sa vanité, mais pas de duper Deenie. En tant qu'épouse, elle pouvait *penser* qu'il était le plus grand auteur de sa génération, mais en tant qu'éditrice elle avait sans doute une pile de relevés prouvant qu'il était loin de l'être.

« En fait, je n'étais pas du tout au courant pour le livre, ai-je dit, essayant de rester décontractée, mes intestins se liquéfiant. Jusqu'au jour où le Dr Byrne est venu se renseigner, et j'ai vu qu'on avait plein de précommandes. Toutes par des clients réguliers.

— Des clients réguliers, a-t-elle répété. Comme c'est intéressant.

— Tout le monde aime ses cours à la fac. Il a plein d'admirateurs. »

Deenie Harrington m'a examinée de ses yeux globuleux en essayant de mesurer mon intérêt pour son mari. Il y a trop de clichés sur les professeurs d'anglais et leurs jeunes étudiantes en adoration pour qu'elle n'ait pas été sur le qui-vive. Elle avait elle-même suivi son cours, bien que ce soit comme étudiante en master.

Voilà ce que c'est d'aimer un homme peu fiable, ou d'avoir un travail intenable, ou un parent instable, ou un enfant malade. C'est comme la tenue qu'on ne finit pas de rendre plus habillée ou plus décontractée, l'accessoirisant pour masquer au mieux le manque d'assurance, faire disparaître les signaux d'alerte. Mais nous étions proches en âge ; mais j'étais encore son étudiante ; mais nous sommes amoureux ; mais comment être sûre qu'il ne va pas tomber amoureux de nouveau.

« Ça doit être sympa de travailler ensemble, ai-je dit sans conviction.

— Oui, ça l'est. Les jours où il supporte qu'on lui fasse des remarques sur son travail. »

Elle a légèrement levé les yeux au ciel, avant de sourire pour confirmer que oui, c'était très sympa.

« Bon, je vous reverrai tout à l'heure, a-t-elle dit. C'était un plaisir de vous rencontrer enfin. »

Le « enfin » a résonné entre nous, comme les répliques mortelles d'une catastrophe naturelle. J'ai reculé d'un pas et elle a quitté la librairie. Il était quatre heures. Le lancement devait commencer à six heures et demie. Je l'animerais pendant que James serait à la caisse pour les clients de fin de soirée.

Deenie voulait savoir si j'étais cette sorte de fille qui a des béguins inappropriés mais non réciproques pour ses professeurs, ou bien celle qui organisait des lancements de livres pour les séduire. Je ne crois pas qu'elle ait trouvé la réponse. J'étais bizarre et grande et je n'étais pas maigre. Je ne lui ressemblais en aucune façon. Mais peut-être, a-t-elle dû se dire, qu'il approchait de la crise de la quarantaine et qu'une partie de cette crise consistait à désirer une ingénue qui lui rappelait surtout lui-même.

Si elle a trouvé une réponse ce jour-là, je ne sais pas ce qu'elle avait en tête. Je ne crois pas qu'elle m'aurait menacée. C'était avant tout une personne extrêmement gentille.

7

Quand on est jeune, on a tendance à vivre dans l'extrême. Dans mon esprit, le lancement du livre ne pouvait se passer que de deux façons. Ce serait soit une humiliation profonde, abyssale, soit le meilleur lancement de livre de l'histoire des événements à petite échelle, sans traiteur.

La réalité s'est située, comme d'habitude, quelque part entre les deux. Il a plu très fort tout l'après-midi, j'ai donc supprimé mentalement dix personnes de la liste des invités. On a vendu quelques exemplaires ce jour-là, la table que nous avions consacrée au livre lui ayant conféré une certaine importance, et nous n'avons pas manqué de dire à tous ceux qui l'ont acheté que l'auteur ferait une lecture le soir. Ben, ayant surmonté sa déception que l'ouvrage ne soit pas du Dr Gillian McKeith, commençait à parler de la soirée comme d'un « galop d'essai » pour d'autres lancements, et dans son enthousiasme il évoquait la possibilité de développer un « lien » avec Deenie et sa maison d'édition. Il sortit acheter des chips au grand Tesco dans une tentative de sceller ce potentiel partenariat. Il refusait de les appeler des chips. Il n'employait que le mot « rafraîchissements ».

Je n'ai pas beaucoup parlé à James ce jour-là, et c'était tant mieux. Je savais qu'il ferait des tas de blagues sur « la soirée du siècle », et je ne voulais pas lui dire que ça n'avait jamais été vraiment le but. Je voulais qu'on fasse tous comme si c'était un événement normal pour un auteur local et j'espérais que la vie reprendrait tranquillement ensuite.

Le Dr Byrne est arrivé juste après six heures. Il portait une veste sport gris foncé et une paire de brogues beiges, dégoulinantes de pluie. Il avait l'air beau et flétri, comme une fleur résistante qui survit vaillamment malgré un arrosage excessif. J'ai alors compris à quel point mon béguin avait pris de l'ampleur, malgré ma décision de l'enterrer. J'admirais le Dr Byrne, mon immense et fougueux professeur. Il m'a permis de me sentir mieux à l'idée d'étudier la littérature anglaise dans un contexte de récession, parce que c'est un prof qui se comporte comme les profs se comportent dans les films. Il a donné du poids à la grande futilité de rêver sur les classiques des manuels. Mais au cours des dernières semaines, mon culte du héros avait gagné en texture, en complexité. Il avait été si heureux de me croire au sujet des précommandes. Je voulais le protéger contre les nombreuses déceptions du monde, le protéger de mon corps comme je le ferais pour un bébé ou un petit chien.

Et par-dessus tout, c'était le seul homme que j'avais rencontré qui me faisait me sentir frêle, et se sentir protecteur de quelqu'un qui vous domine physiquement est une sacrée drogue.

« Mon Dieu, a dit James lorsqu'il l'a vu entrer. Je parie qu'il est monté comme un âne.

— La ferme.

— Tu as une culotte propre ? a-t-il insisté. Pas ta culotte de clocharde qui a passé la nuit sous les ponts ?

— Je ne parlerai pas de ça ici.

— Personne n'aime faire trempette dans les marécages.

— James !

— Je disais ça comme ça. »

C'était le genre de choses que nous trouvions hystériquement drôles à la maison, mais que James de temps en temps exportait en public, alors que j'essayais d'être la Fille qui Travaille en Librairie. Je voulais être surprise dans un rayon de soleil, l'air chic et mélancolique, en train peut-être d'écrire un poème. Cela faisait des années que je m'y entraînais et il a fallu que j'atteigne le milieu de la vingtaine pour comprendre que c'était strictement réservé aux femmes de petite taille.

Cela dit, je portais effectivement une jolie culotte.

Je me suis approchée du Dr Byrne par le côté, comme pour ne pas effrayer un cheval, et il m'a adressé un grand sourire nerveux. Il sentait la pluie et la cigarette.

« Bonjour. Vous venez juste de rater votre femme.

— Quand ?

— Oh... il y a deux heures, ai-je répondu, mal à l'aise. Elle a l'air sympa. »

Il s'est contenté d'un signe de tête, et j'ai pensé : *De quel droit je peux dire à ce grand type que sa femme est sympa ?*

« On est vraiment emballés pour ce soir, ai-je continué. Tout le monde, à la librairie. »

James s'est avancé, preuve que quelqu'un d'autre travaillait ici. « Bonjour. Si je peux me permettre, votre livre est fantastique. J'ai commencé à le lire pendant ma pause de midi. J'en suis déjà au chapitre deux. Dingue ! »

Fred Byrne sourit avec gratitude. « Vraiment ?

— Oui. Et je suis plutôt nul comme lecteur. Mais bon, j'ai grandi en Angleterre et là-bas, on ne leur apprend rien de tout ça. C'est tout le temps l'Empire ceci, l'Empire cela, et personne ne saurait comment tenir couteau et fourchette si l'Empire ne leur avait pas appris à le faire.

— C'est juste, fit le Dr Byrne, sa confiance d'habitué des amphis commençant à revenir. Et quand êtes-vous venu vivre ici ?

— En 1997. Ma mère a épousé un agriculteur.

— Dans quel coin ?

— Fermoy.

— Ah.

— Je sais. Ne vous en faites pas. Moi non plus je n'ai rien de bien à dire sur Fermoy.

— Ce n'est pas si mal.

— Aucun endroit n'est trop mal si on a un lecteur DVD dans sa chambre.

— Bon sang, si seulement on en avait eu un quand ma famille est partie vivre au Canada. »

À chaque mot prononcé, j'avais l'impression de devenir un peu plus invisible.

« Vous avez vécu au Canada ? ai-je demandé, la voix bizarrement étranglée.

— Pendant quelques années », a-t-il fait, et à cet instant Ben s'est approché avec un bol de « rafraîchissements ».

Finalement, il y a eu une trentaine de personnes pour le lancement. Vingt-deux étaient des amis, de la famille ou des collègues des Harrington-Byrne. Les autres étaient des paumés, ou des gens entrés pour s'abriter de la pluie. J'ai marmonné une courte présentation, inspirée du communiqué de presse rédigé par sa femme. Ensuite le Dr Byrne a lu l'introduction de son livre, et je me rappelle avoir eu l'impression que ses écrits étaient loin d'être aussi fascinants que lui. L'ouvrage alternait entre déclarations destinées à devenir un titre accrocheur dans la section culture de *The Irish Times* (« dans tout l'art irlandais, que ce soit Yeats ou The Corrs, la grande ombre de la famine s'étend encore ») et longues digressions sur la façon dont les

Irlandais n'ont pas seulement été affamés de manière littérale, mais continuent à l'être par les Anglais, au niveau spirituel. On aurait presque dit qu'il pensait que la famine était une bonne chose. Il semblait penser que la plupart des livres et des tableaux dignes d'intérêt étaient nés du mildiou de la pomme de terre, et je me suis demandé si Deenie lui avait jamais suggéré d'être un peu plus modéré.

Je me suis posé cette question depuis : comment l'*Hibernian Post* aurait-il chroniqué ce livre, ou l'aurions-nous même fait ? Depuis que j'ai été nommée rédactrice en chef, il m'est arrivé d'envisager la possibilité que le Dr Byrne soumette d'autres ouvrages, et ce que j'en dirais le cas échéant. Je crois que je rédigerais une critique en vitesse, la glissant dans l'édition du week-end, cinq cents mots, votre humble serviteur. Je crois que je serais généreuse en employant des expressions comme tour de force*, me justifiant en disant qu'il existait aujourd'hui un marché bien plus important pour les réflexions sur l'oppression irlandaise. Ces dernières années nous nous sentons confiants, et prêts à entendre parler des torts que nous avons subis.

Mais à l'époque on y était beaucoup moins enclins. Notre opinion de nous-mêmes était très basse. Je me souviens d'être rentrée chez moi un dimanche en répétant les théories du Dr Byrne sur la famine vue comme une tentative de génocide, et mon père a replié son journal pour me regarder. « Et qu'est-ce qu'ils étaient censés faire ? a-t-il dit, parlant des Anglais. C'est nous qui avons été trop bêtes pour cultiver quoi que ce soit d'autre. »

Après la lecture, le Dr Byrne fut installé à une table qu'on réservait d'habitude aux livres « à lire dans les toilettes ». Ses amis et ses collègues ont fait la queue pour lui parler. Un photographe de l'*Evening Echo* devait prendre des photos pour la rubrique agenda. C'est Deenie qui l'avait fait venir, et elle semblait le connaître. Le Dr Byrne a pris la pose, tenant le livre dans différentes positions. Le photographe remplissait la même fonction qu'un clown à un anniversaire d'enfants. On s'imaginait que, sans lui, il ne s'agissait que d'un groupe d'amis se connaissant et cherchant à participer au jeu de rôle dans lequel l'un d'eux était la célébrité d'un jour. Cela semblait un acte révolutionnaire de gentillesse, comme la Fondation Faites-Un-Vœu, mais pour des hommes approchant la quarantaine.

À neuf heures tout fut terminé. Les amis ont filé au pub et le Dr Byrne, sans aucune incitation de notre part, a dit qu'il allait s'attarder un peu dans la librairie pour signer les exemplaires restants. Deenie l'a embrassé, se hissant sur la pointe des pieds, et a dit qu'elle le verrait au pub. La pointe des pieds, l'attitude faussement gauche due à sa petite taille, tout cela m'a agacée. Petite Deenie. *Va te faire foutre*, ai-je pensé. *Je vais baiser ton mari juste pour ça.*

Une fois de plus, je m'étais un peu avancée. Ben voulut que je range d'abord les étagères, mises à mal par les amis de l'auteur qui avaient navigué de l'une à l'autre. La section fiction-grand format était complètement désorganisée. James a mis de la musique, branchant son vieil iPod sur le câble auxiliaire. Paul Simon de nouveau. « You Can Call Me Al » était notre morceau dédié au ménage, une chanson réservée à la maison, les paroles chantées à tue-tête parmi les piles d'ouvrages. Cela semblait étrange, avoir le Dr Byrne ici pendant notre chanson spécial ménage. Il paraissait l'apprécier, cela dit, signant ses livres sur le comptoir et fredonnant avec nous.

Ben m'a fait remettre la table à sa place habituelle, et on a rempilé les livres spécial toilettes dessus. On s'est disputés pour savoir si *Orgueil et Préjugés et Zombies* appartenait à la section humour ou fiction. Puis il est monté à l'étage avec l'argent de la caisse pour commencer à compter la recette du jour.

« Under African Skies » a démarré et je me suis rendu compte que j'étais seule. Tout était dégagé, chaque livre soigneusement remis en place. L'éclairage de la librairie, qui fonctionnait par capteur de mouvement, s'était éteint sur le reste de l'étage. Je me tenais dans la semi-obscurité, une seule ampoule fluorescente allumée au-dessus de moi.

J'ai erré ici et là, perplexe, comme une fille perdue dans un monde parallèle, les différences ne m'étant pas encore tout à fait apparues. Je finis par me convaincre que le Dr Byrne et le reste de l'équipe étaient partis au pub sans me le dire. Ou peut-être avaient-ils hurlé pour couvrir le bruit des haut-parleurs, et je n'avais pas entendu.

Il y avait un carton à moitié rempli d'exemplaires du *Régime de Kensington* qui ne rentreraient pas sur les étagères, alors je les ai pris et me suis dirigée vers la réserve. Où se trouvait le Dr Byrne, et où James paraissait si petit dans ses bras qu'il me fallut un instant pour comprendre qu'il n'était pas seul.

8

Si vous voulez savoir combien de temps je suis restée à observer mon professeur embrasser avec passion mon meilleur ami, je dirais que ce fut un peu plus longtemps que « jeter un coup d'œil » et un peu moins que « contempler ». Le temps a ralenti et m'a permis de saisir des détails que je n'aurais jamais remarqués autrement. Le fait que les mains du Dr Byrnes soient dans la chevelure brune et hirsute de James, des mains suffisamment grandes pour que l'une recouvre totalement l'oreille gauche de James. Il paraissait le saisir avec une telle détermination qu'on aurait dit que la tête de James était un melon prêt à dévaler une colline.

Même si le baiser n'avait pas été une trahison, il m'aurait quand même captivée. Si le baiser avait eu lieu dans la rue, j'aurais ralenti pour l'observer. Pas seulement parce qu'il s'agissait de deux hommes. Mais plutôt parce qu'ils semblaient tous les deux tellement absorbés par le baiser qu'on aurait dit que chacun essayait d'empêcher l'autre de fuir. Fred Byrne, la main fermement posée sur le cou et le crâne de James, et James pressant son corps si fort contre celui du Dr Byrne que celui-ci aurait dû le repousser à deux mains s'il avait voulu arrêter de l'embrasser.

Ce qu'il ne fit pas.

Ils ont dû entendre la porte de la réserve claquer derrière moi. Personne ne me suivit ou ne me cria d'attendre. Je suis restée quelques secondes dans la librairie, puis j'ai attrapé mon sac et j'ai filé à la maison.

Il y avait seize minutes de marche entre la librairie et Shandon Street. Pendant le trajet, je me suis récité ce que j'allais faire dès mon arrivée : allumer la bouilloire, enfiler mon pyjama et me réfugier sous les couvertures pour pleurer. La pluie avait cessé mais les rues étaient pleines de flaques d'eau. J'étais tellement sonnée que je n'arrêtais pas de marcher dedans, et le temps d'arriver à la maison j'étais trempée jusqu'aux genoux.

Mais tout ce que j'ai pu faire, c'est rester debout dans la cuisine et frissonner, engloutissant des poignées de céréales à même la boîte. Quand j'ai commencé à avoir la bouche sèche, j'ai ouvert l'une des canettes de Coca Light que James a toujours en réserve dans le réfrigérateur et je l'ai bue en trois gorgées. J'aurais désespérément voulu avoir quelqu'un à qui parler. Il n'y avait personne. J'avais créé une mer de problèmes et James en était le seul navigateur, car il était le seul à connaître mon béguin pour le Dr Byrne. Et il n'y avait personne à qui parler de la trahison de James sans trahir James en même temps. Même alors, furieuse comme je l'étais, je restais consciente du fait que James pouvait trouver une colocataire tout aussi intéressante dès le lendemain, alors que pour moi il n'y avait qu'un seul James.

Je me suis demandé si c'était sa toute première expérience homo. Je m'inquiétais à l'idée que mes sentiments blessés puissent être en fait de l'homophobie refoulée ; puis j'ai compris que, si James avait été une fille, j'aurais été bien plus furieuse encore.

Lorsqu'il a fini par rentrer, j'étais toute tremblante dans la cuisine comme un caniche effrayé. James a lancé ses clés sur la table du couloir. J'ai attendu les quelques pas qui allaient suivre. Il n'y en a eu aucun.

« Rache », a-t-il appelé. Il l'a répété, depuis l'escalier. « Rache ! »

Il n'y avait pas de porte entre la cuisine et le salon. La cuisine était plus un passage qui menait à la salle de bains qu'une véritable pièce. Il s'est arrêté en me voyant.

« Bon, fit-il.

— C'est bon alors ? ai-je répondu sans croiser son regard. Tu fais ton coming out ?

— Qu'est-ce que tu veux dire ?

— Je veux dire que je ne vois pas l'intérêt que tu sois dans le placard, ai-je fait d'un ton sec, et que moi je dise aux gens que tu es hétéro, si tu dois baiser mon professeur.

— Qu'est-ce que le fait que tu *dises aux gens* que je suis hétéro a à voir avec quoi que ce soit ? »

J'avais trouvé un filon de colère à exploiter, quelque chose d'autre que ma propre honte d'avoir perdu le Dr Byrne. « Je me suis *portée garante* de toi, ai-je dit. Les gens me demandaient si tu étais gay et je répondais *non*.

— Tu y croyais ? a-t-il demandé calmement.

— Non ! ai-je explosé. Mais tu étais mon ami. Et moi je me comportais comme une véritable amie. »

Il baissa les yeux sur mes chaussettes trempées. « Tu es gelée. Viens, on monte. »

Nous avons gravi l'escalier comme un vieux couple marié, mains sur la rampe. James s'est mis en pyjama. Il m'en a aussi donné un, sachant que tous les miens séchaient en bas. Il était doux et sentait le propre, comme tous ses vêtements. Je n'ai jamais pu reproduire cette odeur, quelles que soient mes tentatives en matière de lessive.

J'emportai son grand T-shirt gris et son grand pantalon gris dans ma chambre. Comme d'habitude, elle ressemblait à l'endroit où un portier de nuit aurait pu dormir entre deux appels de service d'étage. J'abandonnais mes vêtements à mes pieds, et le couvre-lit était tout le temps en boule. Il y avait un fish and chips un peu plus bas dans la rue, et un soir pendant qu'on attendait notre poisson, j'avais remarqué un seau à mayonnaise vide de taille industrielle derrière le comptoir. « Est-ce que je peux avoir ça ? » avais-je demandé. James n'en croyait pas ses yeux. Je l'avais rapporté à la maison et m'en étais servi comme panier à linge. Encore maintenant, il se réfère à cette période de notre vie comme l'Époque Seau à Mayonnaise.

« Tu entres ? » a-t-il demandé, et je me suis glissée dans sa chambre propre, où il faisait chaud, et me suis mise au lit avec lui.

« Je suis désolée, ai-je dit une fois la lumière éteinte.

— Non, c'est moi », a-t-il fait à son tour. Je pouvais sentir son souffle sur mon visage. « Il était à toi.

— Non, non, ai-je répondu. Il n'a jamais été à moi. »

Les années qui ont suivi, j'ai si souvent entendu parler du soir où James s'est fait embrasser pour la première fois par Fred Byrne que j'ai l'impression d'avoir été là, d'en avoir vécu chaque instant. J'ai cette impression pour beaucoup de choses concernant la vie de James. Je passe devant certaines gares lors de longs voyages en train et je me dis : *Sandhurst. Quand suis-je venue à Sandhurst ?* Et puis je me souviens que je n'y suis jamais allée, mais que James a habité là pendant un an dans les années quatre-vingt-dix.

À un moment de la soirée de lancement, pendant que j'argumentais avec Ben au sujet d'*Orgueil et Préjugés et Zombies*, le Dr Byrne a dit en plaisantant à James qu'il ne se faisait aucune illusion quant à la vente des nombreux exemplaires signés de son livre. Il a voulu savoir si la librairie allait en être de sa poche ; il se demandait s'il devait se sentir coupable, les temps étant ce qu'ils étaient.

« Ne vous en faites pas », avait répondu James, avant de citer les Mémoires d'un politicien déchu qui encombraient la moitié de la réserve. Ce politicien était l'un de ces types spécialistes des dessous-de-table apparemment responsables de la ruine du pays.

« Il a signé tous les exemplaires, alors on ne peut pas les retourner. Maintenant on s'en sert pour bloquer l'eau les jours de pluie. Ça sert de barrage en quelque sorte. »

Comme c'était justement un jour de pluie, Fred Byrne a demandé s'il pouvait voir le barrage de la trahison politique. À un moment donné James a senti une main dans le bas de son dos. Un simple effleurement, rien qui ne puisse être dénié d'un air bon enfant. Il s'est retourné, s'est trouvé face à lui. Grand, séduisant et ayant sans doute le sentiment qu'il méritait un petit moment glamour pour sa grande soirée. Tandis que j'essayais si désespérément d'être la Fille de Librairie, James sans le moindre effort devenait cette chose bien plus rare, plus belle : le Minet de Librairie.

Je me suis souvent demandé pourquoi James n'avait pas fait son coming out plus tôt. Honte et terreur mises à part, il n'en ressentait tout simplement pas le besoin. Faire son coming out, me rappelle-t-il, est une décision politique et non pas pratique. Au moins pour les gays. Il faisait partie d'une culture qui avait été à la fois très sexuelle et profondément clandestine des centaines d'années durant. Faire son coming out n'a commencé en réalité qu'après le sida. Il y avait toujours eu suffisamment d'hommes qui comprenaient bien de quel bord vous étiez sans avoir besoin de rien dire. Fred Byrne était l'un d'eux, mais il y en avait eu d'autres. Il y avait déjà eu des salles de bains et des arrière-cuisines et, oui, des réserves de magasins.

J'en fus abasourdie. Moi, Rachel Murray, j'avais passé ma courte vie d'adulte à être déçue que les hommes croisés par hasard ne veuillent pas avoir de relations sexuelles dans des lieux anonymes, et pendant ce temps, ça arrivait constamment à James.

« Non, pas constamment, a-t-il corrigé. Pas même souvent. »

À vingt-deux ans, il avait connu moins de dix de ces expériences. Mais elles étaient sexy et intenses et on ne savait jamais quand la prochaine se produirait. Une seule chose était sûre : quand elles se présentaient, on ne disait pas non.

« On peut toujours dire non, ai-je fait, pensant que c'était une question de consentement.

— Non. » Il hocha la tête. « Tu ne me comprends pas. Je veux dire, moi, personnellement. James Devlin. Je ne *peux pas* dire non. »

Il paraissait sincèrement désolé. « Je sais qu'il était à toi, Rachel, mais soyons sincères, tu n'aurais jamais voulu de lui finalement et on le savait tous les deux.

— Oui. » J'ai soupiré. « Je n'en aurais pas voulu. »

James était trop gentil pour dire : *Et de toute façon, il n'aurait jamais voulu de toi.*

Je cherchais désespérément à en savoir plus sur Fred Byrne. Je pensais qu'avoir baisé avec lui pendant vingt-cinq minutes dans la réserve de la librairie O'Connor après la fermeture impliquait que James avait téléchargé l'autobiographie complète du Dr Byrne dans sa tête.

« Ça lui arrive souvent, à lui ?

— Je ne sais pas.

C'est un gay caché ? Ou bien est-ce qu'il est juste, disons, ouvertement bisexuel ?

— Aucune idée.

— Sa femme est au courant ?

— Pareil.

— Vous n'avez pas du tout parlé de sa femme ?

— C'est drôle, ça ne nous est pas venu à l'esprit. »

Cette première nuit, je n'ai appris que quelques faits concernant le Dr Byrne, et les voici : il était, effectivement, monté comme un âne. Il portait un boxer. Et, leur affaire terminée, il n'était pas honteux et distant, comme le sont les hommes mariés. En fait, alors qu'ils venaient de quitter la réserve, il avait, très doucement, embrassé James dans la nuque.

9

En Irlande, le printemps commence le 1er février. C'est un truc païen, je suppose, parce que ce n'est sûrement pas un truc climatique. La plupart des mois de février sont nuageux, glacials, avec juste quelques pousses vertes visibles à travers les grilles du parc Bishop Lucey.

Mais ce printemps-là était différent, car James et moi étions les pousses vertes pleines d'espoir, nous frayant le chemin dans la terre gelée avec une toute nouvelle vélocité.

James avait désormais fait son coming out devant une seule personne et cette personne, c'était moi. Cela avait ouvert notre horizon. Quelque part sur une page Facebook, il y a une photo de nous, assistant à une soirée burlesque* dans un club gay. Moi, en corset rouge et jean noir, mes seins remontant jusqu'aux oreilles, de la graisse blanche débordant de ma ceinture. Lui, habillé comme le maître de cérémonie de *Cabaret*, si le maître de cérémonie de *Cabaret* avait eu besoin de porter des vêtements d'hiver. En regardant cette photo aujourd'hui on penserait qu'il était déguisé en mime, vu l'épaisseur du maquillage blanc.

Lorsque j'avais commencé à le maquiller, il était assis sur une chaise dure en bois dans notre salon, et chacun buvait sa bouteille de Marqués de Léon, un vin à quatre euros. On ne le trouvait que dans le grand Tesco. Quand il était chaud il avait un goût de pisse et quand il était froid il n'avait pas de goût du tout. On le buvait avec beaucoup de glace et très vite.

J'ai étalé du rouge sur son visage, tracé des lignes noires sur ses yeux. J'ai mis du gel sur sa lèvre supérieure.

Il s'est regardé dans le miroir de mon poudrier. « Rachel, non. Je me ressemble encore.

— Je ne sais pas ce que tu veux que je fasse. Je ne suis pas maquilleuse.

— Encore plus de blanc. Comme un masque. »

J'ai commencé à l'apposer avec un pinceau à pâtisserie qu'on avait trouvé dans la maison et qui sentait l'huile de tournesol.

Cette nuit-là on a dansé sur « Coin-Operated Boy » des Dresden Dolls et « Babooshka » de Kate Bush, et aussi, oui, sur des chansons tirées de *Cabaret*. Le danseur burlesque avait un cerceau qui pendant quelques minutes prit feu. À un moment, le maquillage de James a fondu, sa sueur dissolvant la peinture de clown ; il s'est retrouvé collé à un garçon dans un coin. Je ne sais pas ce que j'ai fait. Je ne me souviens même pas de m'être sentie contrariée, ou solitaire, ou si j'ai eu l'impression d'être un accessoire de sa vie sexuelle. Je commençais à faire mon propre coming out, à m'épanouir.

La vache : *Je portais un corset en public.*

La plupart du temps, j'étais dans la zone fumeurs avec un autre gay, ou même un groupe. J'ai commencé à comprendre que tout ce que j'avais tellement aimé enfant – *La mort vous va si bien*, le concept de Bette Midler, tirer sur l'encolure de son T-shirt pour dégager l'épaule et poser devant le miroir en se donnant un léger baiser –, tout cela était très gay. J'avais un état d'esprit maniéré. Je piochais par-ci par-là et m'attachais à certaines citations, certaines femmes, certains micro-moments de la pop culture. Ma manière hasardeuse de citer avait été peu appréciée par le Dr Byrne (« et votre corps, qu'est-il donc aujourd'hui sinon une route de la famine ? »), mais était accueillie avec enthousiasme par les hommes que je rencontrais en boîte. « Il n'a pas l'air plus grand que le *Mauretania* », ai-je dit une fois à un garçon qui me désignait sur la piste de danse un homme très imposant avec qui il voulait coucher. Il m'avait pris la main en riant, et nous avons passé une bonne heure à enchaîner des citations du *Titanic*. « Bonne heure » dans tous les sens de l'expression. Pour moi, en tout cas.

Je regarde souvent la photo de cette nuit burlesque. J'y rattache de nombreux souvenirs, d'autres soirées où nous sommes allés tous les deux mais dont nous n'avons pas gardé trace. Des soirées à thème queer avec des consignes précises pour les costumes, des bars gays qui payaient pour faire venir les Vengaboys, des fêtes organisées par les étudiants en art dramatique de l'UCC afin de collecter des fonds pour financer les accessoires de leur prochaine pièce. De temps à autre je voyais un photographe du club s'approcher de James et du garçon qu'il était en train d'embrasser, et je lui donnais une tape sur l'épaule en lui demandant poliment d'aller se faire foutre.

« Fais juste ton coming out », ai-je dit un jour sur le chemin du retour. On mangeait des chips goût fromage avec de la sauce à l'ail. « Qu'est-ce que ça peut bien te faire ? La plupart des gens supposent que tu es gay, de toute façon.

— Ma maman, a-t-il dit. Ça la bouleverserait. Je crois qu'elle s'inquiète déjà bien assez à mon sujet. »

Pour moi cette réponse ne tenait pas debout. Sa mère, après tout, avait épousé un camé, un criminel. Elle connaissait la vie. « Tu ne t'es jamais dit qu'elle le sait peut-être déjà ? »

Il m'a regardée de travers. « Je ne veux pas que les choses changent, c'est tout.

— Mais elles changent ! ai-je insisté. Elles ont déjà changé. »

On ne se contentait pas d'aller dans les soirées homo. On continuait à sortir avec nos amis de la librairie, groupe qui d'une manière ou d'une autre a fini par s'étendre et devenir « nos amis du magasin de musique, de Topshop, de HMV ». Sans y prendre garde, j'ai recueilli les noms d'environ une centaine de personnes entre dix-huit et trente ans qui avaient un job à mi-temps à Cork, chacun d'eux avec un petit ami ou une petite amie dans un groupe de rock, à la radio du campus ou s'occupant des réservations dans les salles de concert.

Il y avait pas mal de billets de concert en circulation. Des groupes du Royaume-Uni qui avaient accroché des dates à Cork à la fin de leur tournée comme des chaussettes orphelines sur une corde à linge. Glasvegas, Dirty Pretty Things, The Pigeon Detectives. Et d'autres, dont personne ne se souvient. Des groupes devenus des sortes de punchline, un abrégé de brève gloire et de franges lissées au fer. Mais pour nous ils jouaient un rôle délicieux, occupaient le doux et magique espace entre célébrité et accessibilité. Bien que pendant presque dix ans j'aie vécu à Londres, censé être le lieu de ceux qui cherchent désespérément à devenir quelqu'un, je n'ai jamais connu de personnes aussi obsédées par la gloire qu'à Cork en 2010. Je suis sûre que c'est pareil pour toutes les villes de province. Vous êtes si loin de tout qu'une simple parcelle de notoriété suffit à votre bonheur.

James s'est tapé un membre de l'un de ces groupes. Je ne cherche pas à être discrète. C'est juste que je ne me rappelle absolument pas quel groupe. On assistait à leur concert et James a disparu, une heure plus tard il m'a envoyé un texto pour qu'on se retrouve dehors. James et moi avions un accord, on avait le droit de disparaître mais jamais vis-à-vis de l'autre. Il ne rentrerait jamais avec quelqu'un si ça impliquait que moi je fasse le trajet seule à pied, et vice versa. On mettait l'autre dans un taxi ou bien on s'assurait qu'il parte à une autre soirée.

J'ai retrouvé James devant le Savoy, se gelant près d'un minivan ouvert. « Tu viens ? » a-t-il dit, tapant des pieds. Où ? Je n'en avais aucune idée. À l'intérieur je pouvais voir trois gamins anglais très maigres, s'agitant comme des petits chiens de tableau de bord qui hochent la tête. « Bien sûr », ai-je répondu.

Pendant le long et sombre trajet en taxi jusqu'à l'hôtel Vienna Woods de Glanmire – ridiculement excentré, au moins à trente minutes de voiture du centre-ville –, j'ai eu le droit de choisir avec quel membre du groupe j'allais éventuellement passer la nuit. Il y avait déjà une fille dans le van. En équilibre sur les genoux du chanteur, bien évidemment. James était avec le guitariste. Il me restait le bassiste et le batteur à me taper, ce qui m'aurait permis de me sentir plus puissante s'ils n'avaient pas passé leur temps à me demander : « Tu as des copines, love ? »

J'ai choisi le batteur.

À ce moment-là, j'étudiais la littérature depuis près de trois ans. J'avais vu le groupe de Bloomsbury et le Paris des années vingt. Malgré cela j'ai été aveugle à l'émergence d'une scène alors que ça se passait juste sous mes yeux. Je n'ai jamais pensé que les groupes qu'on voyait, les fringues qu'on portait ou les personnes avec qui on couchait étaient les bords d'une plus grande circonférence, l'élaboration d'un cercle. Je suppose que c'est parce que aucun d'eux n'est devenu célèbre. Ou ne l'est jamais resté. Peut-être que c'est la renommée qui confère de l'importance, et non, comme le suggéraient mes dissertations pour l'université, l'inverse.

Le batteur avait un de ces visages où la peau colle aux os. Peut-être qu'une année de tournées l'avait réduit, non pas en poids mais en essence. Nous nous sommes embrassés, front contre front, sur l'un des lits jumeaux dans la chambre qu'il partageait avec le bassiste. James était dans celle d'à côté.

« C'est vrai ce qu'on dit sur les Irlandaises ? » a-t-il demandé. Il était du nord. Leeds, je pense.

« Et c'est quoi ? ai-je chuchoté.

— Que vous avalez. »

Je l'ai embrassé pour qu'il se taise mais je suis vite partie ensuite. James est venu avec moi.

Concernant l'épisode avec le Dr Byrne, tout cela disparaissait dans le passé à nos yeux. C'était le catalyseur de cette nouvelle vie ensemble, cette découverte de la franchise sexuelle, mais on n'en discutait pas vraiment. À bien des égards, j'étais heureuse que ce soit arrivé. Nos toutes premières semaines ensemble, James et moi, j'avais été plutôt perplexe, me demandant bien pourquoi il prenait la peine de me vouloir comme amie. Maintenant que j'étais la gardienne de son secret, j'avais l'impression d'avoir un rôle dans sa vie. Je le lui ai dit une fois, des années plus tard et saoule. Il a été légèrement horrifié. Il a dit qu'il m'avait toujours aimée. Et que, en dépit des petits trucs dingues comme celui-ci que je pouvais lui sortir, il m'aimait encore.

Le seul moment où j'étais obligée de penser à cet épisode, c'était à l'occasion de mon cours du mercredi, où pendant plusieurs semaines le Dr Byrne a fait comme si je n'étais pas là.

J'avais lu pas mal de livres sur le traumatisme persistant de jeunes femmes et leurs professeurs d'anglais lâches et dépravés, et ce qui arrive quand ils vous baisent. Je n'avais rien lu du tout sur le traumatisme lié au fait que votre professeur d'anglais décide de ne *pas* vous baiser. Fred Byrne, qui brièvement avait vu en moi une partenaire de joute, préférait maintenant m'ignorer dans les discussions de travaux dirigés, et se contentait de hocher la tête quand je parlais. Je comprenais qu'il soit gêné, et conscient qu'avec moi le secret ne tenait qu'à un fil – j'avais l'adresse mail de sa femme ! – mais ça me paraissait profondément injuste. Je n'avais rien fait de mal. Je n'avais même pas *tenté* de coucher avec lui, sauf dans ma tête. Parfois, pendant l'un de ces longs séminaires où tout le monde dans la classe se faisait crier dessus sauf moi, je me demandais si le Dr Byrne n'avait pas compris le plan d'origine. Peut-être se sentait-il désolé de ne pas être attiré par moi, et que ce soit mon colocataire qui lui plaise.

Et quand bien même, je me disais avec dédain. Ce n'est pas une raison pour me priver d'éducation.

J'ai essayé de ne plus y penser. Au 1er avril j'en aurais fini pour de bon avec les cours, et en mai je passerais mes examens de dernière année. Bientôt le temps imparti au Dr Byrne serait écoulé. La fac avait de moins en moins d'importance pour moi, si tant est qu'elle en ait jamais eu. Mais selon la loi des petites villes, on finit de toute façon par tomber sur Fred Byrne. Ce n'est pas qu'il chassait les rencontres nocturnes. Il était trop marié pour ça. Mais il faisait partie d'un cercle plus ancien d'habitants intellos de Cork ; et il arrivait que ces personnes touchent la frontière extérieure de nos groupes. Il était encore dans la trentaine, et sans enfants, donc Deenie et lui avaient une vie sociale importante. On s'est retrouvés nez à nez avec eux à un concert de Goldfrapp. Ils y assistaient à la manière dont mon propre mari et moi allons à des concerts aujourd'hui : pour le plaisir, dîner d'abord, retour à la maison à onze heures, une distraction comme une autre. Il n'y a qu'un bref moment dans votre vie où vous pouvez vous rendre à des concerts par engagement spirituel.

« Bonjour, ai-je dit, trop fort, par-dessus la musique.

— Rachel », ont-ils dit tous les deux en même temps, avant de faire un signe de tête à James. Deenie ne se souvenant pas de son prénom, et le Dr Byrne ne voulant pas avoir l'air de s'en souvenir.

Je n'avais pas envie que l'interaction dure plus longtemps qu'une simple politesse. J'en voulais toujours au Dr Byrne de me snober en cours comme il le faisait. James ne se sentait pas aussi timide.

« Vous êtes si élégants tous les deux », a-t-il dit sans détour.

Deenie fit un large sourire, si vite sous le charme que j'ai su qu'elle ne devait pas avoir la moindre idée de l'autre vie de son mari. « Mais non ! a-t-elle réagi. Je me remets à peine d'un rhume ; je ne voulais même pas profiter des billets ce soir. C'est un ami à RedFm qui me les a donnés. »

Quelqu'un achetait-il ses billets de concert à l'époque ? Est-ce pour ça que l'économie allait à vau-l'eau ?

Elle brandit un mouchoir en papier comme preuve, on aurait dit un drapeau blanc de reddition. Elle grimaça. « En fait j'ai la tête qui va exploser.

— Rachel a du paracétamol », lâcha James. Tout le monde me regarda.

« Ouais, ai-je acquiescé, j'en ai. Vous en voulez ?

— Rachel est la fille aux cachets, continua James. Paracétamol, Solpadeine, Ibuprofène. Rachel est une pharmacie ambulante. »

C'était vrai. Mon sac est rempli de boîtes à moitié vides, achetées au Centra ouvert toute la nuit sur le chemin du retour après une soirée, ma peur de la gueule de bois étant grande mais mon désir de me saouler encore plus.

« Solpadeine, fit-elle, son regard s'éclairant. Seigneur, je peux en avoir ?

— Je ne l'ai qu'en sachet », ai-je dit, en en brandissant un. Dans l'obscurité, il ressemblait à une pochette de préservatif.

« Ça ne fait rien, je prendrai un verre d'eau au bar. » Elle rit, secoua la tête. « Je suis tellement rock'n roll.

— Rache, c'est ta tournée, fit James, levant son gobelet en plastique rempli de glace fondante. Bacardi coke ?

— Bien sûr », ai-je dit, me rendant compte de ce qu'il faisait. Je me suis dirigée vers le bar avec Deenie Harrington, et nous nous sommes rattachées au nœud de la file d'attente des assoiffés.

« Comment marche la librairie ? » demanda-t-elle avec entrain. J'ai répondu que ça allait bien. Elle a dit qu'elle regrettait de ne jamais avoir travaillé dans une librairie, la plupart des gens dans l'édition l'avaient fait, et parfois elle se sentait un peu exclue. « C'est drôle, dans l'industrie musicale ils n'ont presque jamais travaillé dans un HMV, mais dans l'univers du livre tout le monde a travaillé dans un Waterstones.

— Et *vous*, comment vous êtes-vous retrouvée dans l'édition ? » ai-je demandé. J'étais pleinement consciente que dans quelques mois je serais une diplômée de plus au chômage, avec une licence d'anglais, et personne à la fac ne m'avait donné le moindre indice sur ce que je pourrais faire avec. Il n'y avait pas d'offres d'emploi pour des brochures ou des panneaux ou autres trucs du genre. J'avais regardé. L'édition semblait la prochaine étape naturelle, tellement naturelle apparemment que personne n'était disposé à nous donner des indications.

« Oh, fit-elle, tout est question de relations. »

Nous avons avancé dans la file d'attente des boissons.

« Pardon, reprit-elle après un silence. Je viens juste de me rendre compte à quel point ce conseil est nul !

— Non, pas du tout.

— Mon père. Mon père était dans ce milieu.

— En tant qu'auteur ?

— Poète. Pas célèbre. Mais connu, d'une certaine manière. Alistair Harrington ? » Elle haussa brièvement les sourcils, guettant un signe de reconnaissance. J'ai secoué la tête. « C'est bon, reprit-elle. C'est le type de poète dont les non-initiés n'ont jamais entendu parler, pas comme Seamus Heaney par exemple.

— Un poète pour poètes, ai-je répondu.

— C'est ça, a-t-elle acquiescé. Un poète pour poètes. Ça m'a donné un avantage pour l'entretien, j'imagine. »

Le barman posait des gobelets d'eau sur le bar. J'ai tendu la main pour en attraper un pour Deenie.

« Je suis sûre que vous avez été géniale à l'entretien. »

Si seulement j'avais su ce que je sais maintenant : qu'il est extrêmement rare qu'une personne travaillant dans le monde de la culture admette que c'est un lien de sang qui lui a permis de s'y faire une place. Surtout si vite après une première rencontre. L'aveu de Deenie, qui à l'époque m'était apparu comme un bavardage poli, m'aurait immédiatement rapprochée d'elle aujourd'hui.

« Je ne crois pas. La première impression que je donne est désastreuse. »

J'ai pensé à sa venue dans la librairie, deux heures avant la soirée de lancement de son mari, et à la méfiance qu'elle avait manifestée à mon égard. Peut-être se sentait-elle mal à l'aise. Plus encore : peut-être était-elle désolée. Ce soir-là elle m'avait observée, dans toute ma gaucherie de fille trop grande, et s'était dit : *Mon Dieu, pourquoi avais-je si peur de cette pauvre idiote ?*

Elle a été tellement déconcertée de me découvrir si peu menaçante qu'elle a raté James, opérant juste sous son nez.

10

James pensait au Dr Byrne comme d'autres pensent aux élevages de chiots. C'était mal, mais les chiots se trouvaient là, et une gentille famille devait venir les chercher. Il ne voulait pas que le Dr Byrne trompe sa femme mais puisqu'il le ferait de toute façon, pourquoi pas avec lui ?

Ce soir-là, nous n'avons pas passé plus de temps avec les Harrington-Byrne. Nous nous sommes éloignés, avons discuté avec nos propres amis, fait nos propres trucs. Mais James n'avait plus le cœur à la soirée. Et comme il n'avait pas la tête à faire la fête, je n'y arrivais pas non plus.

« Je vais peut-être y aller, ai-je dit, aux alentours de onze heures. J'ai cours demain matin.

— Moi aussi je rentre », a-t-il fait, et on s'est dirigés vers la sortie.

Dès qu'on a quitté les lieux, James a craché le morceau :

« Je lui ai donné notre adresse.

— Notre *quoi* ? Pourquoi ?

— Rachel, c'est gênant de dire un truc comme ça, mais cet homme a été le meilleur coup de ma vie.

— Stop. Non, ce n'est pas vrai. »

J'eus subitement l'impression qu'il parlait de mon père.

« Si. Je me sens comme… Je ne sais pas. » Il a craché par terre. J'étais tellement choquée que j'ai regardé le trajet du crachat. C'était tellement surprenant qu'il fasse ça. « Avec les autres c'est comme si je prenais juste des en-cas, toutes ces calories vides, mais tout ça n'a aucun goût parce que ce n'est pas ce que je veux. Ce dont j'ai besoin.

— Le guitariste de la semaine dernière ? *Calories vides ?*

— Je veux juste… » Son visage était comme déformé, ses mains dans ses cheveux. « Tu as vu le baiser, Rachel. Tu sais. »

En effet. Je savais. Ça me rendait plutôt dingue, moi aussi. Je n'avais jamais été embrassée comme James l'avait été dans la réserve, et maintenant que j'avais vu James embrasser plusieurs personnes, je savais que lui non plus.

« Et donc il va… ? Quoi ? Venir chez nous ? Abandonner sa femme malade ? »

Il n'est pas venu chez nous cette nuit-là. Il est venu la nuit suivante.

J'étais au lit avec James quand on a sonné à la porte. On regardait *Absolutely Fabulous*, saison un. La fenêtre de sa chambre donnait sur la rue. Il s'est penché dehors, puis est devenu tout pâle.

« Sors de là ! Désolé ! Il faut que tu y ailles !

— Dans ma chambre ? ai-je fait, comme si je disais : *En prison ?*

— Prends mon ordi ! Et mes écouteurs ! »

Je ne l'avais jamais vu comme ça, aussi agité. J'ai fini par comprendre qui était dehors.

« Le Dr Byrne ? » ai-je chuchoté. Je tenais un pot de crème glacée. Il commençait à couler sur les draps. « Ici ? Maintenant ?

— Bon sang, va juste dans ta chambre, d'accord ? »

J'y suis allée en emportant un chauffage d'appoint.

Je me suis couchée et je me suis mise à trembler, écoutant les sons émis par mon professeur dans ma minuscule maison. J'entendais les murmures d'une conversation courtoise.

Je n'arrêtais pas de penser aux différents objets compromettants qui colonisaient notre rez-de-chaussée : notre grinder à cannabis, la canette entamée de Coca Light, l'étendoir que je ne repliais jamais complètement, me contentant de récupérer les culottes au fur et à mesure que j'en avais besoin. Plus embarrassant encore, l'imaginer en train de regarder mes étagères. Les livres que j'avais disposés si fièrement – les Haruki Murakami, les Mary Wesley, l'exemplaire excessivement souligné de *Brother of the More Famous Jack* – subissaient une inspection minutieuse par une personne dont le travail était de lire et de critiquer des livres. Quelles conclusions tirait-il sur moi, à l'étage au-dessous ? Avait-il remarqué qu'aucun ouvrage que je lisais pendant mon temps libre n'était de l'époque victorienne ?

La voix du Dr Byrne se déplaça vers la cuisine. J'ai entendu un tintement, deux tasses cognant l'une contre l'autre, puis le bruit du poids de James sur le comptoir.

De qui me moquais-je ?

Pourquoi diable le Dr Byrne viendrait-il chez moi en pleine nuit pour critiquer mes rayonnages de livres ? Il avait sûrement déjà oublié que je vivais là, moi aussi. Je croyais encore que j'étais le centre de cette histoire, le personnage principal, simplement parce qu'elle avait commencé comme ça.

Je me suis adjurée de m'endormir avant qu'aucun bruit véritable ne commence. James avait ramené quelqu'un à la maison une ou deux fois ces dernières semaines, mais toujours après une virée nocturne. L'alcool me donnait sommeil. J'avais mon compte avant même que quiconque ne puisse gagner l'étage, et le lendemain matin en général il n'y avait plus personne.

Je les ai entendus parler de nouveau, les mots indistincts mais leur sens très clair. Le Dr Byrne avait pris une voix caressante, avec un timbre cajoleur, dragueur, que je ne l'avais jamais entendu employer. Bruissante, comme l'a dit Yeats. Je devinais que James essayait de garder la tête froide. Il ne voulait pas faire monter le Dr Byrne tant que j'étais encore éveillée.

Je me suis glissée sous les couvertures avec l'ordi de James, les écouteurs tellement enfoncés dans les oreilles qu'ils me chatouillaient le cerveau. Il n'était que onze heures. En général James et moi ne nous endormions pas avant une heure du matin, même les nuits où l'on restait à la maison.

Depuis Jonathan, je n'avais couché avec personne. Je sais. C'est décevant, non ? Il y a eu des baisers, des corps pressés contre des murs de boîtes de nuit à Cork ; il y a eu des mains dans ma culotte. Il y a eu des garçons, mignons, sympas – qui m'avaient raccompagnée après les fermetures de boîte, leur veste autour de mes épaules, les mains entrelacées aux miennes. Mais chaque fois qu'ils laissaient entendre qu'ils m'avaient raccompagnée pour faire l'amour, et avaient cru que moi aussi je voulais une relation sexuelle, je réagissais comme si on portait atteinte à mon honneur.

« Tu crois que je suis aussi facile que ça, hein ? » leur disais-je, feignant la stupeur à l'idée qu'un garçon de vingt et un ans délesté de sa veste en février à deux heures du matin puisse avoir une arrière-pensée. Je les envoyais sur les roses, triomphante, puis je rentrais, déprimée, stupide et excitée.

Je ne sais pas qui j'essayais d'impressionner. Je ne voulais pas d'un petit ami. Je voulais du romantisme. Je voulais de la passion. Je ne voulais pas être connue comme une fille facile. Je désespérais d'être touchée. J'étais terrifiée à l'idée d'être abîmée.

Tout ce que je peux dire pour ma défense, c'est que je me développais à une sorte de carrefour de l'image de la femme. J'y pense beaucoup aujourd'hui. La puberté dans les années 2000, c'était la sex tape de Paris Hilton et les photos de l'entrecuisse de Britney Spears et Amy Winehouse ivre dans *Never Mind the Buzzcocks*, et si l'une de ces choses se passait maintenant, on trouverait un moyen de la célébrer, mais à l'époque c'était dégoûtant. On parlait beaucoup des avortements interdits et des filles prisonnières des Magdalene Laundries[1]. On se jurait, dans mon école de filles, qu'on ne s'était jamais masturbées et chacune accusait l'autre de le faire en cachette. En plus, tout le monde connaissait tout le monde. Cork était une ville magnifique et anarchique mais qui aurait tenu tout entière sur une tête d'épingle.

C'est peut-être pour ça que le fantasme Fred Byrne avait été aussi attirant pour moi, comme une possibilité de rebondir. Quelque chose qui devait à tout prix être gardé secret et qui garantissait l'émotion, la stimulation, la nouveauté.

Un DVD était resté dans le lecteur. Encore un peu d'*Ab Fab*. J'ai mis un pull par-dessus mon pyjama et j'ai regardé jusqu'à ce que je m'endorme. Me sentant comme Eddy, désirant être Patsy.

Le lendemain matin, j'ai été réveillée par un *breakfast roll* emballé dans du plastique. Il a atterri sur ma tête, heurtant ma tempe. James se tenait dans l'embrasure de la porte.

« Et voilà, a-t-il dit d'un air joyeux. Merci pour ton sommeil de plomb cette nuit.

— Il est parti ?

— Ouais, je l'ai raccompagné à la gare.

— *La gare ?* »

La gare se trouvait à un mile au moins, et à l'époque on ne marchait jamais plus loin que la fac ou la librairie. Je me suis redressée, et j'ai tiré les rideaux près de mon lit. Le ciel avait encore sa teinte bleue du matin, les arbres obscurs.

1. Institutions catholiques actives de 1922 (l'indépendance) à 1996, où étaient envoyées les « filles perdues » (femmes enceintes hors mariage, prostituées...), exploitées dans des blanchisseries et retenues contre leur gré.

« Il est quelle heure ?

— Un peu plus de sept heures et demie.

— *Sept* heures ? »

Le Dr Byrne se rendait à Dublin ce matin-là, pour une conférence liée à son livre. Il avait dit à Deenie qu'il prenait le dernier train la veille au soir, et au lieu de ça il avait profité de l'occasion pour retrouver James.

« Tu viens ? » a-t-il demandé.

J'ai réfléchi. « Tu as changé les draps ?

— Touché. Donne-moi dix minutes. »

Je suis descendue pieds nus, avec l'impression que le Père Noël était passé. Je m'étais réveillée trop tôt, on m'avait apporté un petit truc à manger au lit, et quelqu'un de familier et en même temps mystérieux était venu chez moi pendant que je dormais. James avait rangé le salon, et une nouvelle bouteille de Tropicana Orange et des dragées au chocolat étaient posées sur la table de chevet.

J'ai regardé tout ça un long moment, perplexe. La nourriture était le langage d'amour de James, et cette profusion montrait qu'il se sentait au moins un peu coupable. Je ne savais pas s'il le fallait. C'était trop tôt dans la matinée pour que je puisse réfléchir.

Mais dans l'ensemble, j'étais étrangement indifférente. Non pas parce que j'étais cette personne de vingt ans divinement altruiste et libérale. J'étais tout à fait égocentrique, mais j'avais aussi l'habitude d'être ignorée. J'avais appris à ne pas le prendre personnellement. Depuis l'âge de quatorze ans je mesure presque un mètre quatre-vingts. Vivre avec mon ami homo pas tout à fait sorti du placard en pleine idylle avec mon professeur adoré était une nouveauté pour moi ; avoir un proche qui baise avec mon béguin ne l'était pas.

James a jeté les draps sales en bas des marches et l'odeur du Dr Byrne est descendue par vagues autour de moi. James ne sentait jamais rien d'autre que le déodorant et le coton propre. Le Dr Byrne avait une odeur mâle plus dense et mélangée. Elle avait en elle quelque chose qui vous pinçait à la base des narines, comme la noix de muscade ou la cannelle.

James me fixait du haut de l'escalier. Il remettait déjà son pantalon de survêtement.

« Je sais, fit-il, me regardant renifler l'air. Old Spice. Tellement caractéristique. »

Nous nous sommes mis au lit.

« C'était comment ? ai-je demandé.

— Hot, a-t-il répondu, mordant dans son *breakfast roll.* Tu as entendu quelque chose ?

— Non. Pas vraiment. »

Il déglutit bruyamment, et un morceau de hachis parmentier se coinça dans sa gorge. Il prit une longue gorgée de Coca Light et toussa. « C'était la première fois pour moi, finit-il par dire. La première fois que ce n'était pas une première fois.

— Tu veux dire que c'était la première fois que tu te tapais quelqu'un une deuxième fois ?

— Oui. »

J'ai trouvé ça complètement dingue. J'étais une fille à petit ami. Les coups d'un soir restaient un truc pour les célébrités et les filles dont j'étais jalouse.

« De quoi avez-vous parlé ? »

Il a froncé les sourcils.

« Allez, vous avez bien dû vous dire quelque chose. Il est resté des heures. »

James prit l'air rêveur et faussement timide. « Il a dit qu'il n'arrêtait pas de penser à moi. Depuis la soirée de lancement. »

Une pointe de jalousie. Je l'ai ignorée. « Et quoi d'autre ?

— Il s'est fait tailler une pipe la première fois au Canada par un type de la ferme d'à côté.

— Whaou. Je vois.

— Ensuite il a vécu un moment en Amérique et il allait de temps en temps dans les bars gays.

— Mais pourquoi ne pas *être gay*, tout simplement ? »

James me fusilla du regard.

« Ok, désolée.

— Il aime les femmes aussi, il l'a dit et répété. Je lui ai posé des questions sur la sienne.

— Deenie.

— Ouais. » Il mordit de nouveau dans son petit pain, le ketchup tachant son menton. « Il l'aime vraiment. Elle ne se doute de rien. »

Je me suis sentie obligée de défendre Deenie. « Il ne doit pas l'aimer tant que ça puisqu'il a des secrets pour elle. Puisqu'il la *trompe.* »

James s'est mis à fouiller dans le sac en plastique de Centra à la recherche de serviettes en papier. Il s'est essuyé le visage. « C'est la toute première fois qu'il passe la nuit chez un homme. En Irlande, en tout cas.

— Quoi ?

— Ouais. » James paraissait un peu sonné, comme si le poids de la responsabilité était trop lourd. Puis il l'a évacuée, littéralement, en secouant la tête. « Ce qui est sûrement un mensonge. »

Je me suis répété la conversation dont j'avais été témoin dans la librairie. J'étais déconcertée. Après tout le cinéma que j'avais fait, Dorothy Parker et le reste. Toutes ces tentatives, et le type était prêt à rompre des années d'hétérosexualité après une simple conversation avec James.

« Et tu es en train de me dire que le Dr Byrne est prêt à mettre en jeu son mariage pour un petit échange verbal au sujet des lecteurs DVD et de Fermoy ?

— Désir fou au premier coup d'œil, j'imagine. » C'était une déclaration pas du tout du style de James.

« C'est ce qu'il t'a dit, non ?

— Et si on regardait la télé », a-t-il fait, et on a regardé *Ab Fab* jusqu'à ce qu'on se rendorme tous les deux.

11

Le type que j'avais croisé au *Toy Show* n'avait rien eu d'autre à dire au sujet du Dr Byrne, il voulait juste savoir si j'étais au courant, et je suis rentrée chez moi tout de suite après la fin de l'émission.

J'arrive à la maison et je salue mon mari qui, avec une certaine abnégation, dort dans la chambre d'amis le temps de ma folie océanique. Il insiste, malgré tout, pour que je le réveille et lui dise bonne nuit si je rentre tard de ma soirée.

« Tu as l'air tout drôle », me dit-il, encore assoupi, caressant mon corps. Je blottis mon dos entre ses bras, une très grande petite cuillère. « Je suis sur le cul.

— Sur les rotules, plutôt. »

Après Shandon Street, je n'ai plus vécu avec un homme pendant sept ans. Mais tout m'est revenu. James m'avait bien formée. On ne commence pas une conversation sérieuse à une heure du matin. Les hommes ne sont pas stimulés par la discussion comme le sont les femmes. J'attends qu'il s'endorme, puis je me relève pour aller manger un truc et réfléchir.

J'ai rencontré James Carey en avril 2010 et à l'instant où j'ai entendu son prénom je lui ai dit : *Désolée, j'ai déjà un James.* Parce que c'était le cas. La liaison avec le Dr Byrne battait son plein à l'époque, et pourtant je n'y assistais que très peu. C'était toujours le James et Rachel Show. Je passais toutes mes journées à la bibliothèque, révisant pour mes examens, et le Dr Byrne n'avait que ses heures de bureau à assurer. Il faisait un saut chez nous dans l'après-midi, en général entre deux et quatre heures, deux fois par semaine environ. Quand je rentrais je savais toujours s'il était passé : les draps empilés au bas de l'escalier, et une relique de sa vie huppée de trentenaire attardé, laissée là en hommage à notre pauvreté. Une bouteille de bon vin, des pastéis de nata, un choix de viandes ou de fromages de l'English Market. C'était comme s'il savait qu'il ne pouvait pas payer James pour le baiser, mais voulait malgré tout participer. Se montrer poli.

Mes cours avec le Dr Byrne s'étaient terminés sans que jamais ne soit reconnu entre nous le fait qu'il se soit un jour servi de ma serviette après la douche : j'avais retrouvé l'odeur de son Old Spice en m'en servant.

James Devlin était toujours la personne qui comptait le plus pour moi. James Carey n'avait pas la moindre chance que j'utilise son prénom, alors ce fut Carey dès le début.

Je l'ai rencontré devant le pub The Brog à l'heure de la fermeture, quand les gens traînent encore un peu aux alentours, fumant et mangeant des chips sur le trottoir. Il était plus petit que moi, j'ai donc exclu d'emblée la possibilité d'une histoire d'amour avec lui. Les hommes plus petits, moi ça ne me dérange pas, mais eux ça les dérange, on dirait. Ils sortent toujours le grand jeu, font leur cinéma de mecs, et disent des choses du genre : *Je n'aimerais pas avoir Rachel pour ennemie dans une bagarre!*

Carey était un Irlandais du Nord et s'il y a une chose qu'on doit leur reconnaître, c'est qu'ils savent quand la fermer.

Je suis allée vers lui, voulant piquer une cigarette. Je n'en achète jamais, mais j'en ai toujours envie. Il a dit qu'il allait m'en rouler une, si j'avais la patience d'attendre. Ce que j'ai fait. Il tenait le filtre entre ses dents, ses cheveux et sa barbe un mélange de blond et de roux.

« Tu t'appelles comment ?

— James.

— Ah non, désolée, j'ai déjà un James.

— Ton petit ami ?

— Mon *meilleur* ami. » J'ai montré du doigt l'endroit où il se trouvait, bavardant avec des filles qu'on connaissait de Topshop. « Mon colocataire.

— Tu vis où, avec ton colocataire ?

— Shandon Street.

— Près du gros poisson ?

— Près du gros poisson.

— Si tu as déjà un James, comment vas-tu m'appeler ?

— Tu as bien un nom de famille ?

— Oui, mais je ne peux pas te le dire.

— Pourquoi ?

— Tu te mettrais à l'écrire partout sur ta trousse. Ton prénom, mon nom de famille. Ton nom de famille, le mien, avec un trait d'union entre les deux. Et toi, ton prénom, c'est quoi ? »

J'ai ri. « Rachel.

— Rachel Carey. Tu vois, ça sonne trop bien, et tu vas rendre dingue ta mère, à force de l'écrire partout. »

Il a léché la feuille à rouler puis l'a collée, et m'a tendu la cigarette. J'ai attendu pour le feu, et il me l'a donné sans que je lui demande. J'ai pris une longue bouffée.

« Tu peux y aller maintenant, si je t'ennuie. C'est le moment ou jamais de partir. Tu as eu ta cigarette.

— Et si je n'ai pas envie de partir ?

— Si tu n'as *pas* envie de partir ? a-t-il demandé, perplexe. Je ne sais pas, je suppose qu'on peut aller se promener, raconter d'autres conneries.

— Ouais, d'accord pour d'autres conneries », ai-je répondu.

Il a tendu le bras, comme si on se connaissait déjà.

« Il n'y a pas longtemps que je suis à Cork, a-t-il fait. Je n'ai pas encore vu le gros poisson. En personne, je veux dire. »

James a attiré mon attention. « Tu pars, Murray ?

— Ouais. On se revoit à la maison !

— Rachel *Murray* », fit Carey. Avant d'ajouter tristement : « Murray-Carey, ça ne marchera jamais. »

Trente minutes plus tard j'étais pressée contre le mur de pierre du vieux Butter Exchange, Carey me léchant, caché dans mon manteau. Il avait descendu mes collants qui bâillaient autour de mes chevilles, ce qui limitait tellement ma liberté de mouvement que je devais mettre les mains sur son crâne pour garder l'équilibre.

Je clopinais sur mes talons, le froid fouettant mon visage, le plaisir devenant insupportable. Mes mains se baladaient le long de sa nuque, palpant chaque vertèbre de sa colonne vertébrale. Je devais avoir l'air ridicule – les genoux se dérobant, penchée au-dessus de lui comme si j'essayais de former la lettre « n » en minuscule.

Ce n'était pas, comme vous le savez, la première fois qu'un homme me faisait ça. Mais ce n'était pas comme être allongée sur mon lit avec un garçon qui s'agitait sur moi, mes seins devenant froids tandis que mon esprit commençait à élaborer une liste de choses à faire. Pendant des années les femmes hétéros se sont plaintes que les hommes ne pratiquent jamais le sexe oral, et maintenant qu'ils le font tout le temps, aucune de nous ne veut admettre que la plupart d'entre eux s'y prennent mal. Ils aspirent notre clitoris comme un poisson sorti de l'aquarium, ou bien ils fourragent au hasard avec leur langue. Avec Carey je me sentais comme un autel. Il ne semblait pas faire ça comme s'il avait un plan, mais une vocation.

« Chez moi, ai-je dit en haletant, quand il a fini par se relever pour reprendre sa respiration. Chez moi, c'est à... trois minutes d'ici.

— Pourquoi on n'y est pas, alors ?

— Je ne sais pas, ai-je dit en serrant les lèvres contre son cou. Je ne sais pas. »

Mon attirance pour lui s'est manifestée comme une intoxication alimentaire. Nous marchions vers Shandon Street, bras dessus bras dessous, discutant de Derry (« Carey de Derry! ») et de ce qu'il faisait ici (il travaillait chez Apple) et comment il s'y sentait (bien). Je lui ai montré Shandon Bells, et il m'a demandé si les cloches me réveillaient le matin. J'ai répondu quelquefois.

Nous avons regardé le gros poisson, cet étrange monument au nord de Cork, puis nous avons été à court de sujets de conversation. Il a mis la main dans le creux de mon dos, m'a regardée en coin. Ses yeux bleu-gris. Malicieux.

Et je l'ai embrassé, tenant *sa* tête comme un melon. Surpris, il m'a aussitôt enlacée, ne sachant pas comment s'adapter à mon rythme.

Je l'ai ramené à la maison, mon premier véritable soupirant depuis que Jonathan et moi avions rompu. James n'était pas là, et j'ai suivi les mêmes étapes que celles que je l'avais entendu suivre quelques semaines plus tôt : allumer la bouilloire, sortir deux tasses, parler de choses et d'autres, depuis quand on habitait ici, combien on payait pour le loyer. Puis il s'est approché derrière moi, les mains sur mes hanches, la bouche sur mon oreille.

« Tu es une sacrée bombe. Tu le savais ? »

Le tintement de tasses que l'on pousse, mes fesses sur le comptoir, mes collants retirés. Le comptoir était à la hauteur parfaite pour ce genre d'acrobaties. C'était de loin le meilleur sexe que j'aie jamais connu, et pourtant je ne pouvais pas m'arrêter de penser à James et au Dr Byrne. Le fait qu'ils se soient tenus dans cette pièce – probablement dans cette position, plus ou moins –, et moi à l'étage essayant de ne pas les entendre. Je me demandais si c'était parce que je les avais dans la tête que le sexe était aussi extraordinaire. C'était une orgie tout en restant incroyablement intime, exclusivement Carey et moi.

Il avait gardé sa veste, un caban noir qui puait la cigarette, et j'ai frissonné dans le col, mes doigts s'y enfonçant. Je me suis souvenue de ce que James avait dit, que c'était sa *première deuxième fois*. C'était une première pour moi aussi. C'était la première fois que j'avais une relation sexuelle avec un inconnu, et c'était le premier vrai orgasme que j'avais jamais eu avec une autre personne présente dans la pièce. La vie m'a semblé très riche, et très amusante. Il y avait toute une vie de première fois à connaître, des premières fois pas même imaginées encore !

« Nom de Dieu ! » fit Carey, et je fus soulagée. Il avait l'air hagard. Il était plus âgé que moi, et de toute évidence plus expérimenté, mais pour lui non plus le moment n'avait pas été ordinaire. « Nom de Dieu ! Putain, Rachel. C'était quoi, ça ? »

Il dit cela comme si nous étions de vieux amis, et j'ai ri, et je l'ai entraîné à l'étage. Il restait des pastéis de nata de la dernière visite du Dr Byrne, et je les ai pris au lit avec nous.

Des miettes dans mes cheveux, de la crème sur sa bouche, j'ai décidé de ne plus jamais juger le Dr Byrne pour ce qu'il avait besoin de faire, malgré sa femme. C'était facile, maintenant que je comprenais vraiment la passion, de voir pourquoi on remuait ciel et terre pour la vivre.

12

Le truc avec Carey et moi, c'est qu'on était sales tous les deux. J'entends par là qu'on était tous les deux pervers, et tous les deux des souillons. J'ai saigné sur ses draps et la tache est restée toute la durée de notre liaison. Un jour je l'ai retrouvé sortant du bus en pantalon de survêtement et débardeur, buvant à même la bouteille de lait entier. Il sentait la sueur, comme s'il venait de creuser la terre, bien qu'il n'ait pas de jardin. J'aimais tout ça. Quand on faisait l'amour je pouvais sentir sa journée sur lui. Ensuite je me baladais le nez dans mon col, attrapant des bouffées de son odeur sur moi.

Les choses sont vite devenues bizarres entre nous. Pas tout à fait dépravées : on n'avait pas l'argent pour ça. La dépravation, pour moi ça voulait dire jarretelles et vibromasseurs lavables. Mais intenses. On avait une manière très douce de demander à l'autre de faire des trucs obscènes.

« Laisse-moi passer ce couteau contre l'intérieur de ta jambe, d'accord, Rache ? » a-t-il dit une fois, alors qu'on était allongés sur son canapé. Le grand couteau de cuisine était posé sur la table basse, après nous avoir servi à émietter un petit morceau de shit la nuit précédente. Il m'a embrassée tendrement, sa main gauche caressant mes cheveux, la droite tenant la lame froide contre ma peau tandis qu'il bougeait en moi.

« Chut… N'aie pas peur. »

C'était fantastique, tout simplement.

Carey vivait avec deux autres types près de l'hôpital Mercy. Je ne les voyais que lorsqu'ils venaient nous interrompre à la maison alors que ça commençait à devenir chaud entre Carey et moi. Si on n'était pas en train de manger de la mousse au chocolat en quantité industrielle, on faisait l'amour bruyamment, bizarrement. J'aurais dû me sentir plus gênée. Certaines itérations passées de ma personnalité l'auraient été. Mais avec Carey j'ai découvert de nouvelles profondeurs à mon impudeur, et ça me plaisait. On n'avait pas besoin de repas réguliers, ni de véritable sommeil, ni de rendez-vous en amoureux. Notre amour avait les ongles courts. Salace, espiègle, il nous enveloppait de salive. Je n'arrivais pas à m'en extraire, alors j'étais stupéfaite lorsqu'il parvenait à s'en détacher.

C'était le problème. Je pouvais rester avec Carey aussi longtemps que je le voulais, mais dès que je partais, c'était difficile d'entrer de nouveau dans la relation. Comme un conte de Grimm, ou un « Hotel California » à l'envers. Une fois, j'ai passé trois nuits chez lui, et quand j'ai été à court de sous-vêtements, j'ai décidé de retourner chez moi.

« Ne t'en va pas, a-t-il imploré, enroulant ses bras autour de ma taille, sa tête sur mon estomac. Je vais parler à qui ?

— Tu as deux colocataires en bon état de marche.

— Ils sont complètement ringards.

— Écoute, je vais retourner chez moi, prendre quelques fringues, et je reviens tout de suite. D'accord ?

— Promis ?

— Promis. »

Je suis rentrée chez moi, j'ai fait un sac, parlé un peu avec James, et j'étais de retour à l'heure du dîner. J'avais pris des frites à la friterie, de la glace chez Centra. J'ai sonné à sa porte, et attendu. Pas de réponse. J'ai sonné de nouveau. J'ai écouté l'écho de la sonnette dans la maison, appuyant sur l'interphone encore et encore, jusqu'à ce que sa voisine sorte de chez elle pour me dire que je réveillais son bébé. Je me suis assise sur le seuil, j'ai mangé les frites et suis rentrée chez moi.

Quand j'ai pu le joindre, deux jours plus tard, il a dit qu'il s'était endormi. Ce qui n'était pas étonnant, vu l'heure tardive à laquelle on se couchait, et la quantité d'herbe qu'on fumait. « Écoute, tu as dit que tu revenais tout de suite, a-t-il fait, sur la défensive. Comment j'aurais pu deviner que ça voulait dire deux heures ? »

Ça me semblait mesquin qu'une personne qui ne savait pas si on était mercredi ou jeudi fasse des histoires pour soixante minutes de plus ou de moins. Mais il était catégorique, s'en tenant à la lettre et non à l'esprit de ma déclaration originelle, et plus je discutais avec lui et plus il s'éloignait.

Avril était un moment dangereux pour être obsédée par un homme plus difficile à saisir qu'une anguille. Ce devait être mon mois de révisions, et j'aurais dû être en train de préparer mes dissertations de fin d'année. Au lieu de ça, j'étais soit sonnée après une nuit avec Carey, soit persuadée qu'il était mort. Il restait des jours sans me parler. Quand il réapparaissait, ça l'inquiétait toujours de découvrir que j'avais été bouleversée à ce point par sa disparition. Mais il était inquiet comme l'est votre amie quand elle vous dit que la NHS ne peut pas lui donner rendez-vous pour sa mammographie avant huit semaines : *Oh non ! Comme le système marche mal ! Quel dommage, c'est le seul qu'on ait !*

James, qui vivait la même chose avec le Dr Byrne, m'a demandé si je pensais que Carey couchait avec d'autres filles.

Onze ans plus tard, avec le recul, des interrogatoires en règle et une plus grande connaissance des hommes, je pense toujours que non. Je crois que tout simplement il n'arrivait pas à tout gérer. Et par « tout », je veux dire « la vie ». Il se faisait porter pâle s'il ratait le bus. Il ne prenait jamais la peine d'acheter du sel (« Je n'ai pas besoin d'en avoir des tonnes »), alors il en piquait de petites quantités quand il était au Tesco, le versant dans une enveloppe. C'était quelqu'un qui faisait ce qu'il voulait, quand il voulait, et si vous n'étiez pas directement dans sa ligne de mire, vous vous retrouviez dans l'éther enfumé.

« Le truc avec Carey, a dit James un soir, alors qu'au lieu d'aller dormir on se lamentait au sujet de nos hommes nuls, c'est qu'il marcherait sur des charbons ardents pour toi, mais s'engager pour un déjeuner c'est trop pour lui. »

Je l'ai cru. Je le crois encore. Il a rencontré nos amis. Quand on était ensemble, que ce soit tout seuls ou avec d'autres, je sentais ses yeux me suivre partout dans la pièce. Il me coinçait dans la cuisine quand on était en soirée chez quelqu'un, sa main sous ma robe, et il était constamment en train de parler à tout le monde d'un truc drôle que j'avais dit un jour. Il lisait mes disserts pour la fac pendant que j'étais sous la douche, et plus tard il me les relisait, fumant dans mon lit.

« J'ai l'impression de baiser avec Noam Chomsky, disait-il. C'est génial. »

Quand il était bien il était vraiment bien et quand il était absent il était vraiment très absent. Je comprends maintenant que c'était beaucoup lié aux textos. Il y avait six ans entre Carey et moi, un écart que je ressentais rarement si ce n'était dans notre rapport au téléphone. Être en couple, pour moi, c'était s'envoyer des textos. C'était envoyer à quelqu'un un message pour dire bonjour le matin et bonsoir le soir. C'était mettre un « x » à la fin de chaque sms, ou bien trois « x », ou toute une ligne quand on était vraiment content. C'était s'abstenir de « x » quand on était de mauvaise humeur, et alors l'autre le remarquait et vous demandait ce qui n'allait pas. C'était les règles de l'amour que j'avais apprises dans mon école de filles, et ça me déconcertait quand quelqu'un ne les appliquait pas.

J'essayais de retarder le plus possible le moment de lui envoyer un texto le matin, et puis vers midi je craquais. Je faisais en sorte qu'il y ait des questions, des trucs auxquels il devait répondre : Tu viens toujours jeudi ? Et C'est quand déjà ton anniversaire ? Quand il ne répondait pas, j'envoyais un feu roulant de messages « drôles » censés rappeler Nancy Mitford, mais qui me donnaient plutôt l'air déprimée, grincheuse et aussi d'avoir huit ans.

je ne supporte absolument pas l'odeur des sandwichs de Subway

j'ai senti du pain frais et franchement, ça ne ressemble pas à l'odeur du pain

« Sandwich Artists[1] ». Non mais sérieux !

J'envoyais tellement de messages que les choses que j'aurais voulu lire en réponse étaient noyées dans mon bavardage idiot, me forçant à me contenter de ses rares et mystérieuses réponses.

Comme le Meatball Marinara

Et puis plus rien pendant des jours.

J'ai eu vingt et ans le 30 avril. C'était durant un de ses épisodes de silence. James, qui à l'époque empruntait la voiture

1. Surnom du personnel de Subway, utilisé pour le recrutement.

de sa mère, m'a conduite chez mes parents pour un dîner. Ils aimaient beaucoup James. Je m'étais imaginé qu'ils seraient choqués que j'aille vivre avec un gay que je connaissais à peine. Pour être sincère, j'avais envie qu'ils le soient. Je voulais être leur aînée à problèmes qui faisait fi des valeurs familiales conservatrices pour une vie de citadine grandiose et excentrique.

Mais mes parents avaient un cabinet dentaire esthétique et comptaient sur des homos d'âge moyen et fortunés depuis des années. Ce sont eux qui paient pour des facettes. Ce soir-là, ils n'auraient pas pu être plus contents de la présence de James, qui avait mangé et bu tout ce qu'on lui avait servi avec reconnaissance, le tout accompagné d'un flux de paroles charmeuses. « Mon Dieu, sans mousse de foie, on deviendrait dingue » ou bien « Et savez-vous ce que j'ai compris d'autre, Bridget : en fait, j'adore le stilton ».

Il était une étincelle lumineuse dans une période de leur vie plutôt désespérée, je le sais à présent. Chris et Kevin étaient tous les deux en année d'examen, préparant respectivement le bac et le brevet, avalant le stress comme des cachets sans eau. Il y avait très peu de rentrées d'argent. La veuve du propriétaire avait annoncé une augmentation du loyer, et mes parents envisageaient de déplacer leur cabinet dans une partie moins chère de la ville, où ils ne disposaient pas de patientèle. Ils avaient tout juste la cinquantaine, mais ils hochaient la tête plus lentement, soupiraient plus souvent, et se comportaient comme si la malchance détectait le mouvement, et qu'il valait mieux ne pas bouger.

Le fait que je sois de toute évidence malheureuse n'aidait pas. Mon esprit était obnubilé par Carey, qui n'avait pas donné signe de vie depuis plusieurs jours, et je continuais d'espérer une apparition de dernière minute de sa part. Ma mère s'inquiétait pour moi. Elle n'avait jamais de mes nouvelles, ou alors un coup de téléphone dément à minuit pour lui demander comment elle avait su que papa était « le bon ».

« Tu as une idée de ce que tu vas faire après les examens, Rachel ? » a demandé mon père. C'était une question honnête. Malheureusement, je n'avais pas la tête aux questions honnêtes.

« Non, ai-je dit d'un ton brusque. Il n'y a pas de boulot.

— Selon Brian Hegarty, il y en a à Bishopstown. Des entreprises de technologie. »

Brian Hegarty était le meilleur ami de mon père et on parlait toujours de lui en utilisant son nom et son prénom.

« Des centres d'appels, ai-je rectifié. Je ne me tue pas à la fac pour travailler dans un centre d'appels. »

Mais je ne me tuais pas, c'était là le problème. Je me torturais au sujet d'un Irlandais du Nord qui avait six ans de plus que moi et qui piquait du sel dans les magasins. La fac, je m'en fichais complètement. Les cours étaient terminés mais il restait les dissertations de fin d'année, et je ne savais pas comment m'y atteler.

« Alors tu vas faire quoi ?

— L'édition, ai-je dit. Je crois que je devrais travailler dans l'édition. »

J'étais tombée sur Deenie Harrington récemment, avec Carey. On prenait un café près du campus, et Deenie se trouvait là, une pile de feuilles devant elle. Elle faisait courir la plume de son style rouge sur chaque phrase, traçant des cercles et des notes au fur et à mesure. Elle m'a vue, en train de glousser perchée sur un haut tabouret près de la fenêtre. Elle m'a fait signe. Son grand sourire – ce qui m'a décidée – était sincère.

J'ai quitté mon tabouret et me suis approchée. « Salut. Ravie de vous voir. »

Aujourd'hui, à trente et un ans, je me sentirais beaucoup plus gênée à l'idée de saluer une femme dont le mari venait passer inopinément des après-midi chez moi. Mais j'avais accepté le fait que c'était un arrangement qui convenait à tout le monde : le Dr Byrne était heureux, James était plutôt heureux, Deenie semblait aller bien, notre frigo était rempli de fromage.

« Rachel ! a-t-elle fait avec enthousiasme. Comment vas-tu ? Ça alors ! Tu veux t'asseoir ?

— Je ne peux pas. » Je désignai Carey en train de verser du sucre dans son café. « Je suis avec... »

On n'avait pas encore abordé la question de savoir s'il était déjà mon petit ami. Le moment où on s'en est le plus approché c'est quand il a demandé, la deuxième fois où on a fait l'amour : *Rachel, mais putain comment ça se fait que tu n'aies pas de mec ?*

« ... je suis avec lui, ai-je terminé.

— Ah », fit-elle, semblant un peu amusée par ce problème propre aux jeunes, celui d'avoir un homme dans sa vie dont le rôle ne peut être défini. « Eh bien tu as de la chance. Moi je suis coincée avec le dernier tour de révision sur ce manuscrit.

— De révision ?

— La dernière version avant l'étape du préparateur.

— Qui est ?

— La personne qui cherche les fautes de grammaire, les erreurs factuelles, ce genre de choses.

— Ce n'est pas vous qui faites ça ?

— Non, moi je vérifie plutôt l'histoire elle-même, si l'intrigue fonctionne, si le ton est donné.

— Ça me plairait de donner le ton », ai-je dit.

La conversation m'est restée en tête. Ça semblait être un super travail. J'aimais lire, ou plutôt c'était le cas avant que mon passe-temps principal soit de me saouler. Et Deenie avait dit que dans l'édition, la question était essentiellement de connaître des gens, et je la connaissais. Je la connaissais d'une façon bizarre, mais je la connaissais.

Ma mère posa un bol de linguines au crabe devant moi, puis ajouta du parmesan râpé. « Je ne sais pas s'il y a des emplois dans l'édition à Cork, a-t-elle dit.

— Il n'y a d'emplois dans rien du tout à Cork, a répondu mon père.

— Il y en a, a fait James. Mais pas les bons. »

En mai, ce fut évident que j'avais vraiment tout fichu en l'air.

Il y eut une fête à la maison le soir de mes vingt et un ans. Mes parents nous avaient gentiment offert deux grandes bouteilles de vodka Smirnoff quand on était repartis de chez eux. Il y avait des gens partout chez nous, trente-cinq corps bondissant comme des puces excitées. Je ne me souviens d'aucun voisin de cette période. Ils devaient exister, mais on ne les voyait jamais. Carey était au courant pour la fête, il avait été invité, et bien sûr il ne s'est pas pointé. Quand il était parti, il était vraiment parti.

J'étais désespérée. Je lui ai laissé un long message vocal à une heure et demie du matin, lui disant que je méritais mieux qu'un petit ami qui oublie mon anniversaire. J'ai laissé un autre message pour dire que je savais qu'il n'était pas mon petit ami. Puis un autre pour dire que j'étais désolée.

À trois heures du matin, j'ai mis le grappin sur un garçon qui travaillait à l'Opéra et je l'ai tiré de force jusqu'à la douche. Les chambres étaient toutes occupées. James a mis le jet en marche et s'est enfui, riant comme un dément. J'ai glissé et mon talon a heurté le mur, délogeant trois carreaux. On ne les a jamais remis.

J'ai dormi le reste du week-end. Je ne suis pas allée à la fac le lundi. Le mardi, j'ai reçu des mails de trois de mes professeurs disant que mes dissertations de fin d'année étaient en retard, et que, conformément aux règles de l'université, mes notes seraient minorées : de dix pour cent si je rendais la copie cette semaine ; vingt pour cent la semaine suivante, ensuite ils n'accepteraient plus la dissertation.

L'un de ces mails venait du Dr Byrne. C'était de nouveau une lettre type. Qui me demandait d'avoir *l'amabilité de soumettre* ma dissertation avant la nouvelle date limite, sous peine de voir *ma note encore minorée.*

J'ai quitté la bibliothèque sur-le-champ, sachant précisément où se trouvait le Dr Byrne.

Avoir l'amabilité !

Soumettre !

Marcher jusqu'à la maison ne m'a pas calmée. Le chagrin d'avoir perdu Carey si vite après l'avoir trouvé, le fait que l'université se termine avec si peu de résultats dont je pouvais être fière, la perspective d'un centre d'appels à l'horizon. La librairie ne marchait pas trop bien. Avant Ben m'appelait au moins une fois par semaine pour des heures supplémentaires ; maintenant ça n'arrivait plus jamais, et mes finances commençaient à s'en ressentir.

Et puis il y avait le Dr Byrne. Il y avait presque deux mois qu'il faisait ce truc avec James, et ça rendait fou mon pauvre ami. La vanité de Fred Byrne s'était transformée en profonde anxiété à l'idée que James fréquente d'autres personnes. Il ne pouvait pas le lui interdire mais il voulait désespérément tout savoir à propos de ses autres relations, et en même temps en connaître le moins possible.

D'après James, leur routine était la suivante : le Dr Byrne franchissait la porte à l'heure du déjeuner avec des petits cadeaux et de la poésie. Ils passaient un moment sur le canapé (premier round, James l'appelait « l'apéritif ») pour finalement monter dans la chambre (« plat principal »). Ensuite, le Dr Byrne posait des questions précises, lourdes de sens, au sujet de nos sorties, ce que nous avions fait ensemble, ce que je pensais de lui, où se retrouvaient les gays. Pour lui tout cela était très difficile. Pas seulement la pensée de James avec d'autres personnes, mais l'idée de clubs gays et de soirées homos se déroulant sans lui. Il s'énervait contre James, à cause d'une réponse ou d'une autre qui ne lui plaisait pas, puis il faisait en sorte que James comprenne ce qui l'avait mis en rogne. Il repartait souvent en laissant derrière lui un nuage de silence, et ça rendait James complètement fou.

Il fait chier ce type, me suis-je dit. *Il se prend pour qui, bordel ?*

J'ai mis ma clé dans la serrure sans me soucier de savoir s'ils en étaient au plat principal ou à l'apéritif. Un petit couloir conduisait au salon, ils avaient donc le temps de remettre leur pantalon ou de couvrir leur bite avec un drap.

Pourtant, j'ai été soulagée de trouver tout le monde habillé.

« Salut ! ai-je aboyé, regardant Fred Byrne. Il faut que je vous parle.

— Rachel », a-t-il fait. Il avait l'air poisseux, comme s'il venait tout juste de courir. James me regardait de travers. « Rache, qu'est-ce que tu fais ici ?

— Vous ne pouvez pas me menacer ! me suis-je mise à crier. Vous ne pouvez pas m'ignorer en cours et vous servir de mon domicile comme baisodrome et ensuite me traiter comme si j'étais une étudiante comme les autres. »

C'était la première fois que je parlais vraiment au Dr Byrne depuis des mois. Depuis le lancement du livre, probablement.

« Bon », fit James en se levant. Lui aussi était en sueur. « Je vais mettre la bouilloire en route, d'accord ? »

On aurait dit que Fred Byrne voulait que le sol l'engloutisse. Je me suis installée lourdement dans le fauteuil en face du canapé.

« Ce n'est pas juste, ai-je dit, hoquetant entre deux crises de larmes. J'ai été plutôt indulgente envers vous ; ce serait la moindre des choses que vous le soyez avec moi. » Il toussa et s'assit. « Bon. Bon. Il s'agit de ta dissertation ? »

J'ai acquiescé, passant la main sous mes yeux humides. « Ce n'est pas que je veuille un traitement spécial, ai-je dit, même si c'était bien ce que je voulais. C'est juste que je crois qu'il devrait y avoir un peu de clémence, vous savez, étant donné les circonstances atténuantes. »

À « circonstances atténuantes », je me suis mise à pleurer encore plus, parce que je ne pensais pas seulement à ces circonstances, mais à toutes les autres. J'étais amoureuse pour la première fois, pour de bon, et il ne voulait pas de moi, et ça me rongeait de l'intérieur.

« Si..., commença Fred Byrne, s'il y a eu un décès dans la famille, ou quelque chose comme ça, tu vois ce que je veux dire, ça peut marcher. Je peux lever la...

— Je veux juste que vous reconnaissiez ce qui s'est passé », ai-je continué, et je ne m'adressais pas tant à lui qu'à Carey. James et moi parlions si souvent de ces deux hommes, comparant leurs traits de personnalité et tout le reste, que l'un était devenu une sorte de fac-similé de l'autre. « Tout est différent maintenant. Je suis différente. »

Fred Byrne a jeté un coup d'œil vers le fauteuil et vers James, qui revenait de la cuisine avec les mugs de thé.

« Tu n'as pas été très sympa avec Rachel, Fred, a dit James, comme s'il servait de médiateur dans un divorce. Je ne sais pas si tu t'es comporté avec elle comme il fallait. »

C'est quelque chose que j'aime chez James : il laisse les gens établir leurs propres connexions. Il ne cherchera jamais à vous convaincre de percevoir quelqu'un différemment. Il ne servira pas de coursier entre les deux personnes d'une relation. Mais lorsqu'on est dans les bagarres entre amis et amants, il fera passer l'ami en premier.

« Bon, répéta le Dr Byrne. Non, tu as tout à fait raison, James. Il semble que j'ai cloisonné des choses qui ne pouvaient pas l'être. Je suis désolé, Rachel. »

Sa voix était douce et masculine, et les yeux de James s'emplirent d'affection face à l'humilité qu'il manifestait. Lui, un homme de presque quarante ans, faisant des excuses à une fille de vingt et un ans. Il a serré la jambe du Dr Byrne, et le Dr Byrne lui a caressé la main.

Un nouveau déluge s'est déversé sur moi, les voyant tous deux si clairement amoureux. Tout se mettait en travers de leur chemin dans cette liaison : orientation, mariage, âge. Mais ils faisaient en sorte que ça marche. Ils avaient trouvé un espace pour que leur relation s'épanouisse. Moi, pendant ce temps, je n'arrivais pas à faire fonctionner un amour avec un célibataire hétéro, tout simplement parce qu'il n'en avait rien à faire de moi.

James s'assit sur le fauteuil, me frotta le dos. « Je suis désolé, Rache.

— Elle va bien ?

— Souci de petit ami, fit James.

— Ce n'est pas mon...

— Il était là trois nuits par semaine. Il a rencontré tous tes amis. J'appelle ça un petit ami.

— Qu'est-ce qui s'est passé ? » Le Dr Byrne semblait sincèrement intéressé.

« Il joue à l'Homme invisible », répondit James.

Le Dr Byrne fit un petit bruit avec sa langue. « Violent », dit-il.

Il s'est penché et a posé sa grande main sur mon genou. « Bon, Rachel, on va trouver une solution, d'accord ? »

Il a dit qu'il arrangerait les choses. Il ferait savoir à l'université que j'étais très mal et que je lui avais montré un certificat médical. Quelque chose de sérieux, mais pas mortel. Ni visible.

(« Souffle au cœur ? » a suggéré James.) Ça me tirerait d'affaire pour mes dissertations pendant un certain temps, sans qu'aucune sanction ne soit appliquée. Ça m'aiderait à me concentrer sur mes examens, qui commençaient la semaine suivante.

Il a dit tout cela doucement, pas de manière condescendante, mais comme s'il se souciait de moi.

« Vous n'êtes pas obligé de faire tout ça, ai-je dit en reniflant. Je n'aurais pas dû vous crier dessus. C'est juste ma faute si je n'ai pas fait les disserts.

— Ne t'inquiète pas pour ça.

— C'est un peu du népotisme, en fait.

— C'est un traitement de faveur, mais des étudiants qui travaillent beaucoup moins que toi en bénéficient tout le temps, alors on ne va pas s'en inquiéter.

— Vous êtes *sûr* ?

— Rachel, viens ici », dit-il d'un air grave. Je suis passée du fauteuil au canapé. Il a mis son grand bras autour de moi, moitié père moitié ami. « On a tous eu le cœur brisé, et on a tous eu quelqu'un qui a fait preuve d'indulgence envers nous dans ce genre de cas. »

Il a ouvert son sac à bandoulière et en a sorti son ordinateur portable. Je me souviens d'avoir été surprise qu'il soit déjà connecté au wifi. Le Dr Byrne avait-il travaillé ici ? James et moi nous sommes assis chacun d'un côté pendant qu'il écrivait un mail au directeur adjoint. On a décidé que je n'étais pas malade, mais en deuil, parce que c'était la vérité. Il a dit que je n'osais plus du tout venir car j'étais consciente de ne pas avoir de lien familial avec la personne décédée. Il a précisé que, compte tenu de l'engagement antérieur de Rachel Murray dans ses études, elle devait bénéficier d'un délai jusqu'à fin mai.

« Et maintenant, a-t-il fait, ouvrant un nouvel onglet sur son navigateur, pizza. »

Le Dr Byrne a passé la commande et est allé dans la salle de bains. Je me suis blottie contre James, la tête sur son épaule. « Il est vraiment *gentil*, ai-je dit, épuisée d'avoir autant pleuré. C'est bien le problème. »

Et aujourd'hui je pleure de nouveau, parce que c'était un homme gentil, vraiment gentil. *Est* un homme gentil ? C'est si difficile de le savoir, quand les seules informations dont on dispose sur quelqu'un sont qu'il est dans le coma.

J'avais pensé que le Dr Byrne resterait dans les parages au moins pour la pizza qu'il avait payée, mais il partit dès qu'elle fut livrée.

« Non, non, je vous laisse tous les deux à votre truc », a-t-il dit, ce qui m'a plu. J'appréciais quand un adulte reconnaissait la validité du « truc » entre James et moi.

« Rachel, ma chère, a-t-il fait, remettant son portable dans le sac à bandoulière. Je voulais juste te dire... désolé, de nouveau. Je t'aime bien, tu sais. Je ne voulais pas t'embarrasser. En cours, je veux dire.

— C'est bon, ai-je répondu en haussant les épaules. C'est du passé. »

Ce n'était pas ce qu'il voulait entendre. Il savait qu'il n'en avait pas fait assez. « Y a-t-il quoi que ce soit d'autre que je puisse faire ? Auprès du département, je veux dire. »

C'était ma seule chance, et je l'ai saisie.

« Je veux un travail.

— Tu as un travail, a dit James, effaré.

— Je ne peux pas... », commença le Dr Byrne, tout aussi torturé. Il ne pouvait pas à la fois me donner une excuse pour mes dissertations et me procurer un emploi. C'était trop suspect. Il était déjà l'homme qui avait épousé une étudiante.

« Non, non, ai-je repris. Je veux travailler dans le monde des livres. L'édition. »

Il sembla un peu inquiet. « Avec Deenie ? »

— Un stage ou quelque chose comme ça. Je veux travailler dans l'édition, et il paraît que ce qui compte c'est qui vous connaissez. Eh bien, c'est la seule personne que je connaisse.

— Bon, d'accord ! Je lui en toucherai un mot. »

Le mot « chantage » n'a jamais traversé mon esprit. Mais il a peut-être traversé le sien.

« Jamais je ne lui dirai... », fis-je, butant sur l'indicible.

Il a levé la main. « Je sais. Occupe-toi de tes dissertations d'abord. Passe tes examens. Je parlerai à Deenie pour arranger quelque chose en juin. »

Il y a un truc très important chez les gens de classe moyenne en Irlande, et ça s'appelle les « contacts ». C'est pareil partout, bien sûr, et surtout en Angleterre, mais en Irlande ça fonctionne différemment. En Angleterre, c'est lisse, filtré, insidieux. En Angleterre, les faveurs s'échangent à travers un vaste réseau de privilèges, filles et garçons bien comme il faut expédiés dans les couloirs de plus en plus étroits d'écoles très chères et de capitale culturelle. En Irlande, ça se fait en plein jour. Vous faites référence à quelqu'un comme à l'un de vos « contacts » ; vous posez des questions aux autres sur les leurs. Même maintenant, mon père m'appelle pour se renseigner sur mes « contacts » dans la presse irlandaise, car il veut publier un article sur les pratiques dentaires douteuses en Turquie et les conséquences à long terme d'un implant bon marché. Cela vient d'une culture d'immigration de masse, je suppose. L'habitude de se présenter quelque part à l'improviste après avoir traversé la moitié du monde avec l'adresse de quelqu'un que vous ne connaissez pas mais qui est allé à l'école avec votre fleuriste.

La conversation avec le Dr Byrne au sujet d'un emploi n'était donc pas sournoise ni fourbe. C'est juste comme ça que ça marche en Irlande. Ou comme je croyais que ça marchait.

J'ai écrit mes dissertations et passé mes examens. La pensée de Carey me torturait encore, mais maintenant j'étais capable d'en avaler la pilule amère tous les matins et d'affronter la journée. Je suis restée en grande partie sobre pendant un mois, et je sentais que le bon sens me revenait peu à peu. J'écoutais beaucoup Joni Mitchell.

Je pensais au couteau sur ma jambe, à la tête à l'intérieur de mon manteau, au lait à l'arrêt de bus. Je n'avais plus aucun goût pour les autres hommes.

On avait du mal à joindre les deux bouts. Ben avait supprimé nos soirées du jeudi et du vendredi, et se contentait d'appeler l'un ou l'autre à trois heures de l'après-midi quand il avait besoin de nous. Il essayait d'être équitable, alternant les appels. On a commencé à prendre ses allégations sur « l'industrie » plus sérieusement.

« Pourquoi tu ne demandes pas à Fred? ai-je dit un jour, alors qu'on raclait les fonds de tiroir. Il peut te dépanner de quelques billets.

— Tu crois que les maîtres de conférences gagnent combien?

— Plus que nous!

— Non. Je ne vais pas devenir un prostitué.

— Il y a ici une bouteille de vin à vingt euros qui raconte une autre histoire.

— Ce n'est pas pareil.

— Je me dis juste que c'est dingue qu'on boive du côtes-du-rhône en mangeant du poisson pané. »

J'étais trop occupée avec les examens pour chercher du boulot en plus, mais James en a trouvé un, dans un vestiaire de théâtre. Ça le déprimait complètement : c'était très solitaire, et il était toujours le dernier à partir. Il n'était pas même invité à se joindre aux serveurs à la fin du service, en admettant qu'il ait pu se permettre cette dépense.

Un jour j'étais à la maison en train de réviser sur le canapé, quand il est descendu de sa chambre avec son ordinateur portable.

« J'en ai marre ! Marre !

— Marre de quoi ?

— D'attendre que ma vie commence. On va écrire une série pour la télé. »

Il a ouvert Microsoft Word pour me montrer qu'il avait déjà commencé à en écrire une. Il y avait deux personnages qui parlaient, l'un appelé Alice, l'autre Michael.

« Ça parle de deux jeunes, sexy, d'une vingtaine d'années, dans une librairie en difficulté. Il est gay et elle est la seule personne au courant. »

Je lui ai lancé un regard en coin. « Tu es sérieux ?

— Sérieux comme le cancer. »

Il avait changé la police de caractère en Courier New, celle des machines à écrire, et centré le texte pour qu'il ressemble à un vrai script.

INT. LIBRAIRIE. JOUR.
MICHAEL, 22 ans et métrosexuel. Debout derrière le comptoir d'une librairie. Il parle à ALICE, 20 ans, très belle et l'air studieux.

« Métrosexuel, ai-je fait d'une voix perçante. Très belle ! L'air studieux !

— Lis, tout simplement », dit-il sur la défensive.

Nous avons lu à voix haute, ensemble. Je ne me souviens pas de grand-chose du scénario, mais c'était amusant et chaleureux, ou peut-être ai-je ressenti ça parce que j'étais avec mon meilleur ami et que c'était un jeu pour nous.

« Il se passe quoi ensuite ?

— Eh bien, ils disent qu'il faut un super rebondissement vers la fin du pilote, quelque chose qui lance l'idée pour la série entière », fit-il, fronçant les sourcils. J'étais stupéfaite. James et moi travaillions tous les deux à mi-temps à la librairie O'Connor, mais il ne m'était jamais venu à l'esprit que pendant que j'allais à la fac tous les jours, il s'initiait à l'écriture de scénario.

« Où donc as-tu appris tout ça ? ai-je demandé. Depuis quand utilises-tu des mots comme “pilote” ?

— Les bonus des DVD de *Frasier*. Les commentaires. »

James se montrait souvent gêné au sujet de son manque d'instruction. Il avait eu son bac de justesse, ensuite il avait enchaîné les petits boulots dans le commerce ou la restauration.

« Tu pourrais prendre comme sujet Fred et toi », ai-je dit. En sa présence, j'essayais d'appeler le Dr Byrne Fred pour montrer que ça ne me dérangeait pas, mais pour moi c'était encore le Dr Byrne ou Fred Byrne.

« Non, non. » Il secoua la tête. « Je veux que ce soit une comédie. Pas du genre dramatique.

— Mais dans les sitcoms il faut du drame, non ?

— Du drame comme Alice qui réserve un ouvrage sous le nom de personnes mortes pour commander le livre de son béguin. C'est ce genre de drame que je vise. »

J'ai ri. « Mais pourquoi quelqu'un s'intéresserait-il à ça ? »

Il a levé les yeux au ciel pour montrer que je ne comprenais rien à la comédie. J'ai regardé en haut de la page et j'ai vu le titre de la série. *Michael & Alice.*

« Les gens vont immédiatement penser à *Will & Grace*, ai-je dit. Surtout si c'est un prénom d'homme et un prénom de femme, séparés par une esperluette.

— Ils n'ont pas d'option d'exclusivité sur l'esperluette. »

Nous avions une relation très compliquée avec *Will & Grace.* Les gens nous associaient souvent à cette série, et alors James leur rappelait qu'il n'était pas gay. Mais plus la relation avec Fred Byrne durait, moins il s'empressait de s'en défendre.

Nous sommes devenus délirants et paranos, imaginant que nos collègues nous feraient un procès quand on serait célèbres, alors nous avons changé le décor pour une boutique de location de films. Les finances étant serrées, on avait arrêté de sortir trois ou quatre soirs par semaine. On réduisait maintenant le nombre de sorties à deux soirées – chiffre dérisoire, et à nos yeux à la limite de l'asocial. On se rattrapait avec des virées à la boutique Legal High, où un sachet de cannabis synthétique coûtait un billet de dix et durait une semaine. J'avais enfin remis mes dissertations, et la fac était terminée. Nous avions tout notre temps pour fumer ce mélange d'herbe dense et euphorisant.

Le Dr Byrne, qui était censé travailler à son prochain livre, faisait parfois une apparition et manifestait sa désapprobation. Il avait moins peur de moi à présent, et il me traitait comme une jeune sœur.

« J'aimerais bien que tous les deux vous fumiez de l'herbe ordinaire, dit-il un jour.

— On est millionnaires, peut-être, ai-je répondu, avant que James me fasse taire, ne voulant pas que le Dr Byrne ait pitié de lui.

— De quoi parle votre livre, Fred? » Je ne l'appelais Fred que lorsque j'étais défoncée.

« Le roman de la Grande Maison au début du vingtième siècle dans la fiction irlandaise. Tensions gothiques, fantômes figuratifs versus fantômes réels de la...

— *Famine ?* » ai-je coupé, avant d'éclater de rire.

Le Dr Byrne, pour son plus grand mérite, a vu le côté amusant de la chose. « Je sais, je sais, moi et la famine.

— Ça vient d'où ? ai-je demandé, toujours en gloussant. Vous et la famine ? »

Il a soupiré et a fait quelque chose d'extraordinaire. Il a pris des mains de James l'horrible joint de cannabis de synthèse, a tiré dessus en avalant la fumée. « Franchement, Rachel ? Je crois que ça a commencé parce que je voulais être mince. »

James se redressa, son affection pour Fred Byrne le submergeant soudain et chassant les brumes du joint. « Oh, non, fit-il, oh, mon chéri. »

Ils sont montés à l'étage peu après. Je me suis endormie sur le canapé tête la première sur un exemplaire de *Take a Break*. Quand je me suis réveillée, il était deux heures plus tard et le Dr Byrne me secouait l'épaule. Ce n'était même pas le moment de dîner.

« Rachel. Je dois partir, mais j'ai oublié de te dire : Deenie a un job pour toi. »

J'avais tellement bavé que mon visage était collé aux pages de la revue.

« Pour faire quoi ?

— Dieu seul le sait, mais elle pense qu'elle a quelque chose pour toi. Cinquante euros la semaine.

— Combien de jours ?

— Ceux où elle aura besoin de toi, je suppose. » J'étais perplexe. « Alors je pourrai travailler un seul jour ou cinq jours et être payée cinquante euros dans tous les cas ?

— C'est un stage, Rachel Murray, et tu as de la chance d'avoir déjà quelque chose. Il faut que tu lui envoies un mail. » Il me donna une petite tape sur la jambe. « Ne viens pas défoncée le premier jour. »

J'ai envoyé un mail à Deenie, et elle m'a dit de passer le lundi. Dans quatre jours. Elle me donna l'adresse. Une rue calme et résidentielle proche de l'université.

J'en eus l'estomac retourné. Lorsque j'avais demandé au Dr Byrne que sa femme me trouve un travail, je m'imaginais de grands bureaux, où le premier jour Deenie me laisserait devant une pile de manuscrits fraîchement arrivés par la poste, et que je serais ensuite livrée à moi-même, devant me faire un nom toute seule. Je n'imaginais pas que j'irais chez eux, dans *leur* maison. Comment est-ce que j'allais travailler avec Deenie, toute la journée, tous les jours, et rentrer chez moi retrouver les draps trempés de sueur en bas de l'escalier ?

Tout cela me rendait tellement nerveuse que je suis allée en centre-ville le lendemain, et j'ai exploré la grand-rue pour trouver une tenue. J'avais besoin de quelque chose qui montre que je prenais l'occasion au sérieux mais aussi que j'étais prête à être couverte d'encre d'imprimante s'il le fallait. Je me suis retrouvée chez Barnardo sur Princes Street. J'ai acheté un cardigan noir à quatre euros, et une chemise blanche pour porter dessous.

J'ai décidé de couper par l'English Market sur le chemin du retour, pour la seule raison que cela me procurait de la joie. Les plafonds hauts, les murs de pierre, l'odeur de viande crue et d'olives en saumure. La noblesse de ce lieu vient du fait qu'il s'agit du seul endroit du comté où l'on peut acheter à la fois un gâteau à la crème et les quatre pieds d'un cochon sans avoir à faire un tour complet.

J'ai erré ici et là, me sentant sentimentale, lourde et prise au piège. Pour la première fois de ma vie, je ne devais pas me préparer à une rentrée en septembre. J'étais habituée à commencer l'été sachant que la saison était un moment limité pour m'amuser. Dans quelques mois, mes résultats tomberaient, et je les connaissais déjà : une moyenne pas spécialement glorieuse, une université ordinaire, et un sujet inutile.

Qu'est-ce que j'allais bien pouvoir devenir ? En général, je travaillais à plein temps chez O'Connor pendant tout l'été. À présent ce n'était même plus la peine de demander si c'était possible. Les clients ne venaient tout simplement plus.

« Rache ! ai-je entendu. *Hé !* Rachel ! »

Il était là. Debout devant un stand de boulangerie. Carey.

Il souriait comme s'il n'y avait jamais eu le moindre problème entre nous. Ce qui, j'imagine, était bien le cas. Il avait juste disparu, selon son habitude bien établie, et puis je lui avais laissé tous ces messages vocaux.

Je n'ai pas pu faire semblant d'être heureuse de le voir.

Je n'étais pas non plus assez sûre de moi pour l'engueuler. Je suis restée là, respirant fort, mes narines chauffant comme celles d'un dragon.

« Deux minutes, a-t-il fait. Donne-moi deux minutes. »

Il travaillait au stand boulangerie. Il était en train de glisser deux baguettes dans un sac en papier, les mains couvertes de farine, souriant à une femme tandis qu'elle payait. Ses cheveux blond-roux avaient trop repoussé, non pas vers le bas mais vers l'extérieur, des épis émergeant ici et là.

Le rouge m'est monté aux joues. Je ne pouvais pas l'attendre, pas même deux minutes. Chaque instant passé était une insulte. Je suis partie, et j'ai entendu sa voix qui m'appelait.

Dans la rue le soleil brillait fort, et la sueur coulait de mes aisselles. Le cannabis de synthèse avait cet effet sur moi. C'était bien quand on le fumait, mais le lendemain il y avait toutes sortes d'effets secondaires bizarres. Je me suis assise sur le mur de pierre de l'Église unitarienne, et je l'ai attendu. J'ai prié pour qu'il ne me trouve pas, tout en me disant que je me jetterais en pleine circulation s'il n'arrivait pas à me rattraper. J'ai mis la tête entre mes mains, le souffle court, ma panique grandissant.

« Mon cœur, qu'est-ce que tu fais là ? dit-il en passant son bras autour de mes épaules. Allons, allons. Qu'est-ce qui peut contrarier Rachel Murray comme ça ? »

L'accent du nord me tuait encore. Le côté étrange, amusé, sans relief de la voix de Derry. Je me détestais d'être irlandaise, de me faire avoir par un accent irlandais.

« Va te faire foutre, ai-je dit, le visage toujours caché. Ne fais pas ça. Pas après tout ce que tu m'as fait subir.

— Je sais », fit-il de ce ton qu'il employait quand il savait qu'il s'était mal conduit. Cette putain de voix.

« Ne dis pas juste *je sais* ! » J'ai parlé tellement fort que les pigeons se sont enfuis. « Dis au moins que tu es désolé.

— Je suis désolé.

— Non tu ne l'es pas.

— Laisse-moi t'offrir un café.

— Non.

— Bon, tu as parfaitement raison, je ne peux pas t'offrir un café, je suis au travail. » Il réfléchit un instant. « Mais on ferme dans une heure. Tu veux rester un peu dans les parages pendant que je range ?

— Non, je n'en ai pas envie, ai-je répondu, alors que c'était faux.

— Écoute, dit-il en faisant tinter la monnaie dans sa poche, j'ai une tonne de pains au chocolat ici. Va au Gloria Jeans et prends-nous un truc à boire. Tu reviens et tu peux manger des pâtisseries et boire du café pendant que je termine. À tout moment tu peux décider que je suis trop nul et alors tu pars, et tu auras eu un café et un gâteau gratis.

— D'accord. »

Il m'a donné cinq balles en monnaie. Je suis allée au Gloria Jeans et j'ai pris deux expressos. Quand je suis revenue, il avait déniché un tabouret et l'avait poussé près du comptoir.

« Installez-vous ici, mademoiselle. » Il m'a donné le pain au chocolat, comme promis, puis m'a laissée.

J'ai bu mon café et je l'ai regardé servir les clients. La dernière fois que j'avais vu Carey, il travaillait pour Apple, au service clientèle. Il ne gagnait pas beaucoup, mais c'était un emploi respectable, et on parlait de sa progression. Qui était ce « on », je ne sais pas. Il était de toute évidence un très mauvais employé. Il s'absentait souvent pour passer du temps avec moi, alors même que je n'étais pourtant pas assez importante à ses yeux pour qu'il me souhaite mon anniversaire.

Je me suis emparée de cette rage, et je m'y suis accrochée, j'avais besoin de me souvenir pourquoi je détestais Carey, car le regarder fermer le stand était beaucoup trop attrayant. L'odeur de pâtisserie, le chocolat fondant sur ma langue, l'amertume du café noir. J'avais besoin de garder en mémoire ma colère, pour m'empêcher de confondre par inadvertance un homme bon avec un bon gâteau.

James dit qu'il existe trois types de corps d'Irlandais : tennis, rugby et hurling, cette version irlandaise du hockey sur gazon. James était du genre tennis : mince, les os longs. Le Dr Byrne était rugby : trapu, une tendance à s'arrondir, il paraîtrait imposant indépendamment du poids qu'il aurait gagné ou perdu. Carey était hurling. Mince et plutôt petit, mais compact, carré et musclé. « Bâti comme un Jack Russell, disait-il de lui-même. Et tout aussi commun. »

Il prit un long bâton et s'en servit pour baisser le rideau du stand. Il se mit sur la pointe des pieds avec ses baskets grises tout esquintées, que la plupart des hommes ne mettraient même pas à la salle. Et j'ai regardé son ventre.

Une autre chose au sujet de Carey.

Il avait le plus beau ventre de tous les hommes avec qui je suis sortie. Avant ou depuis.

Sans le moindre effort, il avait ce genre d'abdomen pour lequel les jeans taille basse ont été inventés. Les os des hanches comme de l'ivoire. Les muscles abdominaux qui s'incurvent en forme de V vers son entrejambe. Des poils blond clair sous son nombril. Il n'avait pas conscience de tout cela, je ne crois pas. Il n'imaginait absolument pas à quel point j'étais en train de l'objectifier, tout en restant silencieuse sur mon tabouret.

« Merci d'être restée. » Le magasin avait fermé. J'étais de nouveau dans un espace clos avec un homme.

Il avait, pour une fois, l'air sincèrement désolé.

« Le truc avec toi, Rachel, a-t-il dit doucement, c'est que tu me rends dingue.

— Putain de merde, ai-je laissé échapper. C'est quoi, ça!

— C'est vrai! Et je te rends dingue aussi. » Il a pris son téléphone. Il avait toujours un Nokia, pas le 3210, mais pas un modèle beaucoup plus évolué non plus. « J'ai les enregistrements. »

J'ai essayé de ravaler ma honte au sujet des messages vocaux, et de rester en colère.

« Oh, Carey, fais pas chier.

— Chaton, écoute-moi. J'ai vingt-sept ans.

— Et alors?

— Vingt-sept ans, c'est très vieux pour traîner au lit avec une ado au lieu d'être au travail.

— J'ai vingt *et un ans*, Carey, ai-je bredouillé. Ce que tu *saurais* si tu étais venu à ma *fête d'anniversaire*. »

Il n'a pas réagi.

Irlandais du Nord.

Ils savent quand ils doivent la fermer.

« Je suis désolé de ne pas t'avoir souhaité ton anniversaire, a-t-il dit prudemment. Mais bon, je ne sais pas. Les choses étaient devenues très sérieuses entre nous.

— Pas du tout ! ai-je pratiquement crié. On ne s'appelait même pas encore petit ami ou petite amie pour de bon. »

Pour une raison ou une autre, tout ce qui sortait de ma bouche donnait l'impression que j'étais une gamine boudeuse de quatre ans.

« Sérieusement pas sérieuses, je crois que c'est ça que je voulais dire », a-t-il clarifié. Je l'ai regardé de travers. « Écoute, Rache. Je suis un glandeur. Un glandeur-né. J'ai glandé toute ma vie. J'ai glandé à Derry. J'ai glandé à Belfast. Et quand je suis venu à Cork, je me suis dit, *Ok, vrai job, vraie vie, vrai appart. Tu t'es repris, James.* »

J'ai regardé autour de moi, comme si James venait d'apparaître, et je me suis souvenue que j'étais la seule personne à l'appeler Carey.

« Et puis je t'ai rencontrée et, bon sang, j'ai aussitôt tout fichu en l'air. »

Je n'arrivais pas à croire qu'il tourne les choses ainsi. Dans toutes les conversations que j'avais imaginées avec Carey, pas une seule fois je n'ai pensé à ça.

« Je ne t'ai jamais demandé de manquer le travail, ai-je fait. Ni de porter les mêmes vêtements quatre jours d'affilée.

— Je sais bien, chaton. » Il a touché mon visage, l'a frôlé du revers de la main. Ma rage s'est envolée et j'ai pressé ma joue contre sa main.

« Mais tu es très jeune, a-t-il continué. Tu es encore dans ta phase étudiante. Et pourquoi pas ? C'est bien de s'amuser. Mais il en faudrait si peu pour que je retombe dans tout ça. Dormir jusqu'à midi et tout le reste. Je n'ai aucun self-control. »

Moi non plus. Je voulais qu'il m'agrippe, sur-le-champ, et qu'il me baise à côté des focaccias.

« Quand as-tu perdu ton boulot ? ai-je demandé.

— Deux jours avant ton anniversaire, environ, a-t-il répondu, l'air un peu honteux. Et tu sais, ça a été un électrochoc. Je me suis dit : *Regarde, voilà ce qui arrive quand on traîne avec des filles plus jeunes.* »

La différence d'âge n'avait jamais été évoquée avant, et ma méfiance s'est aussitôt réveillée.

« Soudain je suis un type de vingt-sept ans qui ne peut pas acheter un cadeau d'anniversaire à sa petite amie qui va à la fac, a-t-il continué d'un air sombre. Il fallait que je fasse le point. Je suis rentré chez moi.

— Ton vrai *chez-toi* ? Derry ?

— Je savais que si je restais, ma bite me ramènerait à Shandon Street. »

Il soupira, comme si c'était ce que sa bite faisait toujours.

« Tu aurais pu appeler.

— Je sais, a-t-il reconnu. Je suis désolé.

— Je te déteste vraiment de t'être comporté comme ça.

— C'est normal, a-t-il convenu. Mais je savais que si j'entendais ta voix... » Il regarda au loin, l'air triste.

« Oh, allez, l'ai-je rembarré, arrête de te la jouer.

— Me la jouer comme quoi ? »

J'ai agité les mains en l'air. « Je ne suis qu'une pauvre nana qui travaille dans une librairie. Carey, tu aurais pu téléphoner et rompre sans que ça devienne la danse de Salomé. »

Il était furieux contre moi à présent. « Rachel, tu as le corps de Wonder Woman. Me sors pas ces conneries. »

Je l'ai embrassé. Pas à cause de l'allusion à Wonder Woman, pour moi ça reste de la foutaise, mais parce que j'avais perdu la volonté de ne *pas* l'embrasser. Il m'a serrée contre lui, embrassée comme un fou, et l'odeur de transpiration et de pain m'a assaillie.

Après quelques minutes terribles et merveilleuses, j'ai empoigné la boucle de sa ceinture.

« Allons, allons, a-t-il dit en prenant doucement ma main. Pas ici.

— Si. Ici.

— C'est un truc d'avant ça, Rachel. J'ai *besoin* d'être un adulte maintenant. »

Il semblait plein d'espoir et triste, comme Peter Pan. Je l'ai embrassé sur le front et j'ai essayé de cacher ma déception.

« Alors je serai une adulte, moi aussi. »

13

Il y a beaucoup d'expressions, aujourd'hui, pour ce que Carey m'a fait en avril 2010. Certaines de mes amies décriraient ça comme du ghosting, une manipulation psychologique. Ou du gaslighting, même. Le seul mérite qu'elles lui accorderaient est le fait qu'il ait bien évalué sa propre situation. Qu'il était trop âgé pour moi, que la relation était vouée à l'échec, qu'il était trop puéril, et qu'il avait besoin de grandir et de trouver une petite amie du bon âge pour lui. Qu'il avait en effet besoin de prendre la vie au sérieux. Et si cela impliquait de me tenir à distance, alors soit.

Mais aucun de ces arguments ne change les faits bruts de cette affaire. On était fous l'un de l'autre. Et au nom de cette folie, on a vraiment essayé, et pendant un moment on a réussi, à être des adultes ensemble.

Notre version de l'âge adulte était celle-ci : on achetait des bagels la veille au soir.

« As-tu pris des bagels pour demain matin ? » lui demandais-je en l'appelant sur le chemin du retour après la librairie, fière de moi. Je travaillais quatre jours au magasin, et deux avec Deenie. Ces bagels au sésame à l'américaine étaient apparemment la seule chose qui pouvait nous faire lever avant huit heures du matin. Les jours où Carey ne travaillait pas, il allait à la bibliothèque répondre à des annonces d'emplois sérieux.

Il a commencé à se doucher tous les jours. J'ai commencé à suspendre mes vêtements. On disait « petite amie » et « petit ami » avec fanatisme, l'ajoutant sans raison à la fin de nos phrases, comme le mot « Père » dans les prières. J'entendais Carey au téléphone :

Je viendrai avec Rachel, ma petite amie... J'étais là-bas mardi, avec ma petite amie... Tu veux aller à Douglas ? Rachel, ma petite amie, est originaire de là-bas.

J'en ai appris plus sur lui, et sur le douloureux laps de temps pendant lequel il avait fait comme si je n'existais pas. La semaine, on se fixait une heure de coucher avant minuit, et pourtant on ne s'endormait jamais avant deux heures. Je m'enroulais autour de son corps de terrier et je recueillais ses confessions.

« J'étais très souffrant quand j'étais petit garçon, disait-il, et l'emploi du mot *souffrant*, là où toutes les personnes que je connaissais auraient juste dit *malade*, me faisait hurler d'amour. Extrêmement souffrant. »

Il était le plus jeune de cinq enfants, avec quatre grandes sœurs, et avait manifesté toute une série de mystérieux symptômes qui finalement furent diagnostiqués comme un lupus. J'avais entendu parler du lupus. Une participante d'*America's Next Top Model* en souffrait.

« Ah oui, fit-il. Mercedes. »

Il pouvait être surprenant. Je ne savais pas s'il avait entendu parler de Mercedes parce qu'il regardait *Top Model* ou bien parce qu'il connaissait toutes les célébrités qui avaient un lupus.

« Ça va maintenant, mais je ne sais pas, je crois que j'ai été beaucoup chouchouté, soupira-t-il. Entre maman et les filles, tout ce que je faisais était forcément bien à leurs yeux. »

Il avait commencé deux cursus à la fac, les avait abandonnés tous les deux, il avait emprunté de l'argent pour voyager, partir à l'aventure. Il s'était tiré d'innombrables pétrins dans lesquels il s'était mis sous prétexte qu'il avait été privé d'une grande partie de son enfance. Il y avait toujours de la compassion, et il y répondait chaque fois par le charme. Le premier rappel à la réalité était tombé l'année précédente, quand son père avait tiré les ficelles pour lui obtenir un emploi chez Apple à Cork, et lui avait dit que c'était la toute dernière chose que la famille ferait pour lui.

J'ai hoché la tête dans l'obscurité et essayé de mettre de côté mon propre rejet à la faveur d'une vision d'ensemble. J'ai tenté de ne pas considérer les actions de Carey comme bonnes ou mauvaises mais comme conformes à la personne qu'il était.

Si j'avais été indifférente à ma famille pendant le premier mandat de Carey en tant que petit ami, je l'ai pratiquement oubliée pendant le deuxième. Sachant que je ne passerais pas à la maison de mon plein gré, ma mère me poursuivait pour des rendez-vous dans des cafés en ville. Penser à ces cafés, même maintenant, me rend malade. Je voulais réinitialiser complètement les paramètres de notre relation, et je me moquais de lui laisser le temps de s'adapter.

J'essayais de forcer la relation parent-enfant à devenir adulte-adulte, et pour ce faire je m'employais à ne boire que du café noir, à rouler des cigarettes à table et – le plus mortifiant – je glissais la roulée derrière mon oreille. Ça la rendait folle. C'est une série de souvenirs auxquels j'assiste toujours à la troisième personne, comme si j'étais cinéaste : mes cheveux trop longs, mes robes bon marché, mes seins trop remontés. J'avais un seul Wonderbra noir, et je l'ai porté jusqu'à ce qu'il rende l'âme, les bretelles noires me tombant pratiquement sur les coudes.

Je revois ma mère plissant les yeux d'incrédulité, enfouissant son front dans ses mains. « *Rachel*, maugréait-elle. Rachel, *pour l'amour de Dieu.* » Ils avaient travaillé si dur pour m'envoyer dans une école privée pour filles, dans des clubs de tennis et des camps de poney, pour en arriver – à quoi ? Après ces rencontres au café, je rentrais chez moi et me jetais sur le canapé, espérant un peu d'attention de la part de James.

« Ma mère, lui disais-je, ne supporte tout simplement pas que je sois autonome. »

Mes frères, je ne pensais plus à eux, et supposais qu'ils ne pensaient plus à moi. À la maison il n'y avait pas d'ordre hiérarchique. Chris et moi on jouait ensemble quand on était petits, mais une fois que Kevin est arrivé et que j'ai commencé l'école, ils sont devenus une entité distincte de moi. Ils étaient *les garçons* et j'étais Rachel. J'étais une enfant qui aimait lire et qui écrivait aux salles des ventes pour demander qu'elles m'envoient leurs catalogues, et j'aimais être traitée avec un profond respect. J'étais une gosse qui mettait « broche camée » sur sa liste de Noël. Les garçons vivaient sur Boy Island. Je pense que ma précocité perdue participait à la détresse de ma mère de me voir devenir une adulte aussi stupide et écervelée. Je ne me suis sentie l'aînée qu'à de rares occasions, et Carey fut là pour l'une d'elles.

Nous étions au lit tous les deux et j'ai entendu un bruit sourd venant de la cour. Au début, on aurait dit un chat renversant des pots de fleurs. Puis le chat a émi un gémissement humain.

« Reste là, dit Carey, je vais voir. »

Bien sûr, je l'ai suivi. J'étais trop excitée par l'idée d'un homme me protégeant pour ne pas le suivre. Je me souviens si nettement de lui, à demi éclairé par l'ampoule au-dessus du four : boxer à rayures, torse nu, et les lunettes de lecture les plus plus incongrues qu'il gardait près du lit.

« C'est qui ? ai-je demandé d'une voix éraillée. Un voleur ?

— Un *voleur*. Nom d'un chien ! Comme si tu avais quoi que ce soit à voler.

— On a une télé !

— C'est un type bourré.

— Qu'est-ce qui se passe ? fit un James vaseux, du haut de l'escalier. On se fait cambrioler ?

— Peut-être, ai-je dit. Possible.

— C'est juste un pauvre type, a corrigé Carey. Rachel, file-moi un sweat à capuche et j'y vais.

— Et s'il te frappe ? »

Carey me lança un regard noir. Il avait ce truc étrange, hétéro, de ne pas avoir peur de la confrontation physique.

Il enfila un sweat à capuche violet qui m'appartenait, trop étroit pour être zippé plus qu'à moitié. Il est sorti, et James et moi nous sommes regardés comme si Carey venait juste de se propulser dans l'espace. J'ai entendu Carey, doux mais ferme.

« Ça va, mon pote ? T'es un peu chargé, non ? Tu veux une tasse de thé ?

— Une tasse de *thé* ? a sifflé James. Il va lui proposer ma chambre aussi, peut-être ? »

J'ai entendu une voix marmonnante et balbutiante, mais dont la basse restait reconnaissable. J'ai couru dans la cour.

« *Chris !* » C'était mon frère. Un mètre quatre-vingt-douze, dix-sept ans, et son jean imbibé de sang. « Qu'est-ce qui t'est arrivé ? »

Je l'ai fait asseoir sur une des chaises de la cuisine. Il ne sentait pas seulement l'alcool et le sang, mais aussi quelque chose de fort et médicamenteux.

« C'est ma sœur, a-t-il dit d'un ton rogue à Carey, gigotant sur son siège. C'est ma grande sœur. Vous êtes qui ? Vous baisez tous les deux ? Vous vous tapez ma sœur ? Rachel, qu'est-ce qui est arrivé au type d'avant ? Visage long. Visage long de cheval triste.

— Seigneur, a soupiré James, déjà lassé. Il a pris de la M-Cat.

— Il ne peut pas avoir pris de la méphédrone, ai-je répliqué. C'est un ado.

— J'ai juste besoin de rester ici un petit moment, a dit Chris. Jusqu'à ce que ça se dissipe et que je puisse aller me coucher. Je partirai dès que je serai réveillé demain matin. S'il te plaît, Rachel, ne me renvoie pas à la maison. Allez. Sois sympa.

— Est-ce que maman t'attend ? ai-je demandé, le dos raide comme un piquet. Et pourquoi tu *saignes* ?

— Fais pas ta chieuse, Rachel. » Il s'est tourné vers Carey : « Mec, tu as une cigarette ? »

Il a montré à Carey la coupure sur sa jambe. Il se l'était faite en passant par une fenêtre cassée dans un squat où ils prenaient la came. Je me suis demandé avec inquiétude si ça voulait dire que mon frère était un drogué, mais plus il parlait plus je comprenais qu'il se la jouait avec ça comme moi avec le café noir. Il avait pris conscience des revers de fortune de notre famille, et s'essayait à de nouveaux styles de vie. L'été précédent, il l'avait passé sur le bateau d'amis de la famille à West Cork, et cet été c'était les squats.

Carey a trouvé une pince à épiler, une vieille taie d'oreiller et une bouteille de vodka. Chris a refusé d'enlever son jean, alors Carey a soigneusement découpé un trou avec des ciseaux de cuisine autour de la blessure, ce qui a beaucoup plu à Chris. « Les gens *achètent* des jeans avec des trous. Mais moi j'ai *gagné* mon trou. Par de *nobles* moyens. »

À mes yeux il ressemblait encore tellement à un bébé. Son visage doux et large, ses cheveux blond-roux, une sorte de James Dean vu par un tout petit enfant. Carey retira le verre de la jambe de Chris, éclat par éclat, avec la pince à épiler. Pendant tout ce temps Chris bavardait avec Carey. Ils fumaient tous les deux, Carey portant toujours ses lunettes cerclées d'or. James est allé se coucher. Je me suis assise sur le canapé, un personnage de second plan, tandis que Carey nettoyait la blessure avec de la vodka et l'enveloppait de bandes découpées dans la taie d'oreiller. Je n'avais rien à faire, mais je ne pouvais quitter la scène des yeux. J'avais l'impression d'être dans les années trente. Rien de plus masculin ne s'était jamais passé chez moi, sauf si vous comptez le grand nombre d'hommes baisant d'autres hommes.

À un moment donné, la voix pointue de Chris s'est adoucie et la conversation est devenue plus normale. Nous avons essayé, comme le font les frères et sœurs pour les gens de l'extérieur, de dépeindre notre enfance comme une sorte de cirque ambulant. Récits d'anciennes locations de vacances et de chutes d'arbres. Carey était bon public, nous posant des questions, riant au bon moment. On a fini par aller au lit vers cinq heures, laissant mon frère s'écrouler sur le canapé.

« Merci, ai-je dit à Carey en lui touchant le bras. Tu t'es si bien occupé de lui.

— C'est un gentil garçon.

— Tu ne crois pas que c'est un junkie ou quelque chose comme ça ?

— Non. Un de tes frères ? Jamais.

— Je ne sais pas ce qu'on aurait fait sans toi. »

Il a soupiré, un soupir étrange et las. « Tu peux réussir à tout faire sans moi. »

Puis il s'est endormi. Mc laissant savourer la singularité du commentaire, et regretter qu'il ne se soit pas arrêté aux mots « à tout faire ».

À ce stade de notre relation, j'étais tellement obsédée par Carey que je devais me retenir de le comparer sans arrêt à des stars de cinéma. Je le complimentais allègrement, le suppliais de faire l'amour, m'accrochais à la moindre de ses déclarations insaisissables. Et pourtant il sortait encore des allégations comme celle-ci. Des commentaires mélancoliques, sombres, laissant entendre qu'un jour je le dépasserais, ou le verrais tel qu'il était vraiment. Il était merveilleux, mais il n'avait pas une grande estime de soi. C'était un glandeur, après tout. Un glandeur-né.

Mes parents m'avaient appris que ce qui comptait le plus chez quelqu'un, c'était d'avoir une vision pour l'avenir. Une autre façon de dire : ce n'est pas grave s'il n'a pas d'argent maintenant, à partir du moment où il compte en avoir plus tard. Il devint clair pour moi que Carey n'avait pas ce genre de vision, mais je m'en fichais. Il était gentil, et il était fou de moi, et même si, à vingt-sept ans, il aurait certainement dû penser plus à sa carrière, en secret j'étais contente qu'il ne le fasse pas. Ça lui donnait plus de temps pour se concentrer sur des choses plus importantes. À savoir moi.

L'année à Shandon Street a beaucoup fait pour moi mais elle m'a surtout permis cela : me détacher de tout système moral inculqué. J'ai arrêté de jauger les autres selon les valeurs qu'on m'avait enseignées : qui était un loser, qui était un homo caché, qui trompait sa femme. J'ai appris l'importance du contexte et des personnes. Ça m'a été bien utile plus tard, quand je suis devenue journaliste.

À huit heures du matin, je suis descendue. Les yeux de Chris se sont ouverts immédiatement.

« Désolé.

— C'est bon. Du thé ?

— Ouais. Du thé. »

Il s'est levé, adolescent tout en longueur, donnant l'impression d'avoir des mains et des pieds en plus. Il m'a suivie dans la cuisine.

« Je crois que Papa est déprimé, a-t-il fait. D majuscule. »

J'avais passé pas mal de temps à m'inquiéter pour nos parents, pendant les années où j'allais à la fac et vivais à la maison. De mon point de vue, c'était au tour de Chris de porter le fardeau. Mon job, c'était juste de ne pas leur causer de souci. Ça me paraît incroyable aujourd'hui de penser à quel point j'étais convaincue que ma dette émotionnelle envers ceux qui m'avaient élevée était payée, simplement parce que je n'habitais plus avec eux.

« Si jamais ça devient trop lourd, ai-je dit, viens ici. Tu seras toujours le bienvenu. »

Mais c'était des phrases comme celle-ci – *tu seras toujours le bienvenu* – qui érigeaient entre nous un mur invisible de formalité. J'avais besoin que Carey descende nous rejoindre, et traite Chris comme n'importe quel type dans la rue, pour m'aider à construire un pont entre la Boy Island où vivaient mes frères et le glamour punk de ma vie avec James. Mais Carey ne s'est réveillé que quatre heures plus tard, et à ce moment-là Chris était parti. Il n'est jamais revenu dans la maison de Shandon Street.

Tout comme ce fut l'été de Carey, ce fut aussi celui de Deenie.

Les Harrington-Byrne occupaient le rez-de-chaussée d'une vieille maison dans le quartier de Sunday's Well, de l'autre côté de Fitzgerald Park, le seul espace vert décent de la ville de Cork. C'était une maison edwardienne, avec de grandes fenêtres en saillie où l'on pouvait s'asseoir, des rayons de livres et d'étranges tapis dans chaque pièce. C'était la plus belle maison dans laquelle j'avais jamais mis les pieds. À cet âge-là, on n'est allé que dans des maisons de famille ou d'étudiants. Le lieu de vie de deux intellectuels trentenaires était pour moi un endroit magnifique à découvrir, plus enchanteur qu'un vieux palace russe.

Il y avait trois chambres. Celle où ils dormaient, celle où travaillait Deenie, et celle où travaillait le Dr Byrne. Le salon était une minuscule pièce rouge et cosy avec une petite télé et un canapé vert tout mou. La cuisine était immense et baignée de soleil.

Durant la première heure passée chez elle, j'ai trouvé qu'il était difficile de ne pas détester Deenie. Elle semblait prendre tout ça comme allant de soi. Elle a ouvert la porte vêtue d'une robe chasuble avec un col roulé noir dessous, et un serre-tête assorti à sa robe. Je savais que son style se trouvait quelque part entre celui d'une maîtresse d'école et celui de Daphne dans *Scooby-Doo*, mais le fait qu'elle ressemble à ça même chez elle, c'était trop. Elle m'a emmenée dans la cuisine, en collants noirs sans chaussures. Je me sentais énorme à côté d'elle.

« Comment vas-tu ? a-t-elle demandé, comme si j'étais juste passée lui dire bonjour. Tu es toujours avec ce garçon charmant avec qui je t'ai vue l'autre jour ? »

Je ne sais pas si elle pensait vraiment que Carey était charmant. Tout le monde n'était pas de cet avis. James ironisait sur le côté « Eye of the Beholder » quand il était question de son apparence. Ce que j'ai compris, de toute manière, c'est qu'elle voulait vérifier si j'avais un petit ami.

« Carey, ai-je confirmé. Ouais, il est de retour dans le paysage.

— Il en était sorti ?

— Oh, ouais, ai-je fait en haussant les épaules. On avait perdu le contact un moment, en fait.

— Mon Dieu, j'aurais aimé être aussi chanceuse que toi avec les hommes quand j'avais ton âge. J'étais tellement nulle, toujours dans mon coin. Je n'ai pas eu de véritable petit ami avant vingt-quatre ans. »

C'était surprenant à plus d'un titre. Si Deenie devait devenir ma patronne, elle venait de me livrer beaucoup d'informations personnelles. En plus, chanceuse ? Avec les hommes ?

Je devais avoir l'air perplexe, car elle a clarifié : « Je pensais au soir où je t'ai vue au concert de Goldfrapp, avec cet autre type charmant. »

Ce n'était pas surprenant que Deenie n'ait pas de gaydar, compte tenu de la personne avec qui elle était mariée.

« James, ai-je dit.

— Ce n'était pas sérieux, alors ?

— Juste un ami », ai-je répondu, voulant donner l'impression que je restais discrète.

Elle a versé le café. « Désolée, a-t-elle fait, hochant la tête comme si elle se réprimandait. C'est simplement que toutes mes amies sont mariées ou enceintes, ou quelque chose du genre. Dès que quelqu'un a une vie romantique excitante, ça me fascine. »

Une vie romantique excitante ! Alors que je ne pouvais même pas amener Carey à me baiser dans une boulangerie.

Nous avons bu notre café puis nous avons fini par aborder le sujet du travail. J'ai appris que l'éditeur de Deenie la laissait travailler deux jours chez elle, parce que c'était difficile de relire et corriger dans un bureau débordant d'activité, et elle travaillait souvent tard le soir. Son job impliquait un certain nombre de déjeuners glamour, mais pas autant qu'on l'aurait imaginé. Elle a cité quelques livres sur lesquels elle avait œuvré, et j'ai été surprise de voir que je les connaissais presque tous. Je ne les avais pas lus, mais ils avaient grimpé dans le classement des best-sellers à la librairie, et j'avais parcouru leur quatrième de couverture.

« Vous touchez un pourcentage ? ai-je demandé. Pour tous les livres sur lesquels vous avez travaillé et qui ont bien marché ? »

Elle a eu un petit rire sec. « Non. Si seulement. »

Deenie ajouta, avec un ton de conspiratrice, que le fait d'avoir des livres qui s'étaient très bien vendus pouvait apporter d'autres avantages, vous donnait une prévalence sur certaines choses. Son regard s'est tourné vers l'étagère la plus proche, où se trouvaient cinq exemplaires du *Régime de Kensington*.

« Ah, je vois », ai-je fait.

Nous avons ri toutes les deux, un rire qui n'était que bienveillance car nous aimions toutes les deux le Dr Byrne et lui reconnaissions le droit d'écrire des livres inutiles.

Elle m'a indiqué les tâches à effectuer. Elle voulait que je parcoure sa pile de manuscrits en souffrance, la plupart envoyés par des auteurs non publiés, et que je fasse un tableau d'après mes notes de lecture. Elle m'a montré le tableur Excel qu'elle utilisait depuis ses débuts dans l'édition. Des centaines de lignes par ordre alphabétique, avec un code couleur. Vert signifiait excellent. Elle essayait d'obtenir tous les livres en vert. Jaune signifiait « prometteur ». Rouge : « en aucun cas ». Le tableur était essentiellement en jaune. Pour le jaune, il y avait encore des codes : les livres qui ne convenaient pas tout à fait, les auteurs pas tout à fait prêts, les sujets légèrement démodés. Pour chaque entrée, le résumé en une phrase du livre et de son auteur. « Épopée guerre civile, un peu bavard, en connaît un rayon sur les écuyers. »

Certaines des entrées jaunes dataient de plusieurs années, et un petit nombre de ces auteurs étaient devenus des best-sellers. L'un d'eux, qui avait gagné cette année un prix national de la nouvelle, était désigné comme « étrange petit homme : aime les chiens, déteste les femmes ».

Tandis qu'elle m'expliquait tout ça, je sentais une excitation nerveuse me gagner. C'était la première fois que je passais derrière le rideau d'un monde que j'avais annoté avec application pendant des années. J'imaginais mes auteurs favoris apparaître sur l'un des tableurs de Deenie, ou sur des tableaux identiques à travers le monde. Donna Tartt, Toni Morrison, Richard Yates, Barbara Trapido, Haruki Murakami, Edna O'Brien. Intellectuellement, je savais que tous devaient avoir été refusés par un éditeur, et j'avais lu des articles à ce sujet. Mais l'idée qu'ils aient pu un jour se retrouver dans la médiocrité de cette liste jaune était tellement réconfortante pour moi.

J'aurais un certain nombre de manuscrits à lire par semaine. Je pourrais en lire une partie chez moi, et une partie chez elle. J'étais aussi chargée de sa messagerie professionnelle, par exemple envoyer l'un de ces mails de refus type à tous les écrivains optimistes qui veulent si désespérément être publiés, mais apparemment pas assez désespérément pour aller jusqu'à apprendre le nom de Deenie. « Chers messieurs » était la formule la plus fréquente avec laquelle on s'adressait à elle.

Dans l'ensemble, nous avons passé de bons moments toutes les deux. Je me souviens d'avoir pensé à plusieurs reprises, le matin tandis qu'on lisait tranquillement en buvant du café dans des mugs en terre cuite, *Si c'est ça le travail, alors j'en suis.*

Les premiers jours de mon stage, James m'attendait à la porte quand je rentrais, avide d'informations sur les rouages de la vie à domicile de son amant. Je ne savais pas quoi lui dire.

« Elle est vraiment sympa. » J'avais l'air de m'excuser.

« Est-ce qu'elle se doute de quelque chose ?

— Eh bien, ai-je répondu lentement, elle croit que tu es hétéro.

— Oh. »

Il parut sidéré, comme quelqu'un ayant fait un vœu au jeu de la patte de singe qui se serait réalisé, mais de la mauvaise manière.

Je lui ai décrit leur maison, les tapis de couleur vive et les fenêtres en saillie où l'on pouvait s'asseoir, et il a détesté. « Dis-moi comment est leur mariage, me demandait-il désespérément. Est-ce qu'ils ont l'air heureux?

— Il n'est jamais là! »

En effet. Les cours étaient terminés, et les festivals littéraires d'été avaient commencé, alors le Dr Byrne faisait de son mieux pour écouler des exemplaires du *Régime de Kensington.* Il avait trouvé un peu d'élan pour son nouveau livre aussi, alors ses visites en milieu d'après-midi commençaient à se raréfier.

James essayait de convaincre le Dr Byrne de le laisser l'accompagner à l'un de ces festivals littéraires. En disant qu'il était son assistant. Le Dr Byrne se montrait ferme : pas question. Les participants des festivals appartenaient au monde de Deenie. Le risque était trop grand.

Je sens un pincement de culpabilité en repensant aujourd'hui à ces mois. J'étais soit en train de travailler, sous une pile de manuscrits, soit avec Carey. J'avais renoncé au cannabis de synthèse, mais James en fumait encore au lit, misérable devant *Frasier.*

« Je suis ton meilleur ami », a-t-il dit un jour d'un ton brusque, me voyant surligner et tracer des cercles sur un manuscrit, comme Deenie m'avait appris à le faire. J'étais montée en grade depuis la pile en souffrance et maintenant je faisais un peu de corrections. « C'est moi que tu es censée aimer le plus. »

La crudité de ces mots. C'était quelque chose que ni lui ni moi n'aurait dit à son petit ami, terrifiés que nous étions d'admettre le besoin brut et manifeste. Mais on pouvait se le dire l'un à l'autre.

« C'est toi que j'aime le plus, il n'y a pas photo, ai-je dit, l'entourant de mes bras. Mais j'ai besoin de compartimenter. Je ne peux pas espionner pour toi. C'est mon amie, en quelque sorte. »

J'avais un nouvel élan de compassion pour le Dr Byrne, qui avait surmonté ses propres conflits de loyauté en ne tenant pas compte de moi. Je comprenais la tentation.

« Comment va la série ? » ai-je demandé. On avait arrêté de faire comme si je la coécrivais. Cela faisait un mois que je n'avais pas ouvert le fichier ni écrit un mot.

Il n'a pas répondu, il est juste allé prendre une douche. La deuxième de la journée.

Quelques jours plus tard, James a pris trois bus pour Dingle, huit heures en tout, et s'est pointé sans y être invité à un festival où le Dr Byrne prenait la parole. C'était une chose profondément stupide. Le Dr Byrne l'a ignoré et l'a évité, lui a envoyé un texto laconique pour lui donner rendez-vous à l'hôtel, et ils se sont disputés toute la nuit. Je ne crois pas que James voulait vraiment que le Dr Byrne quitte sa femme. Il avait juste l'impression qu'il méritait plus de respect, plus de temps, un petit pied-à-terre* et un déshabillé de luxe. Il voulait que la relation soit un peu plus à la française, dans la mesure du possible.

Possible, James savait que ça ne l'était pas, mais il atteignait le même stade que moi en mai. Il commençait, lui aussi, à se demander ce qui allait advenir de lui, sauf que son cas était plus grave que le mien. Lui n'avait même pas un médiocre diplôme d'une médiocre université.

Un matin de juillet, il est entré dans la cuisine, où je faisais griller des bagels. Carey prenait sa douche.

« Qu'est-ce qui t'arrive ? » ai-je demandé.

C'était trois jours après l'épisode de Dingle, et James s'était enfermé dans sa chambre depuis. Il sortit la planche à repasser et passa en revue mes vêtements et les siens.

« J'ai décidé de me ressaisir, a-t-il dit. Je vais laisser tomber, avec Fred.

— Whaou. Bien joué. »

Tout comme j'avais accepté de croire que James était hétéro quand on a emménagé, j'étais prête à accorder du crédit à cette fiction. Ce que je soupçonnais, c'était que le Dr Byrne l'avait plaqué à Dingle.

« Je vais me trouver un autre boulot. J'en ai marre d'être pauvre. Et je vais finir la série télé. »

J'ai acquiescé. « Ça me fait tellement plaisir. C'est super. »

J'étais soulagée que nous n'ayons pas à discuter officiellement du fait que je n'écrivais plus la série avec lui. À ce moment-là ça ne m'intéressait plus du tout, mais ça semblait indélicat de le dire.

« J'ai vingt-trois ans en novembre, Rache.

— Je sais.

— Je veux avoir un projet d'ici là. Pas seulement un projet. Plutôt, disons, une perspective. »

Je l'ai pris dans mes bras. Carey est sorti de la douche avec ma serviette autour de la taille et son fameux abdomen exposé à la vue de tous.

« Carey, est-ce que je peux aller à la bibliothèque avec toi aujourd'hui ? » a demandé James.

« Bien sûr, a répondu Carey en attrapant une assiette. Qu'est-ce que tu veux faire ?

— Je vais devenir scénariste.

— Pas mal », fit Carey, quittant la pièce avec son bagel.

Carey ignorait tout de la relation entre James et Fred Byrne, qui pour lui n'était rien d'autre que mon ancien professeur et le mari de ma chef. Ça me paraît stupéfiant aujourd'hui, le nombre de secrets que j'avais pour lui, mais ça ne semblait jamais le bon moment d'en parler. Il ne posait jamais de questions sur la sexualité de James, même si je suis certaine qu'il avait quelques soupçons. En même temps, je savais qu'il s'en fichait. Ce n'est pas qu'il choisissait consciemment d'être tolérant, mais ce genre de questions n'apparaissaient pas sur son écran radar.

Il y avait de très nombreuses choses qui n'apparaissaient pas sur l'écran radar de Carey. Plus nous étions ensemble, plus je voyais que tous ceux qui le connaissaient se sentaient frustrés par sa manière d'exister. Sa sœur aînée Cate s'est mise à m'appeler quand elle voulait le joindre. Je ne l'avais jamais rencontrée, mais elle comprenait que nous étions toutes deux logées à la même enseigne et qu'il fallait trouver un moyen d'œuvrer ensemble. « Rachel, comment tu vas ? » Chacun de ses appels débutait ainsi. Elle n'attendait pas la réponse. « Écoute, il faut que James recharge son téléphone et appelle Maman. Elle ne va pas bien, de nouveau. Et samedi c'est l'anniversaire de Papa. Tu peux lui dire ? »

Nos brèves conversations faisaient penser à celles de deux personnes gérant un enfant après un divorce à l'amiable. Parfois, c'était à cause du lupus. Carey ne l'aurait jamais admis, mais il y avait des jours où il devait seulement dormir, ou rester tranquille, et ces jours-là il refusait de m'appeler. C'est la seule chose qui l'ait jamais embarrassé, d'après ce que j'ai vu.

Mais la plupart du temps c'était juste qu'on ne pouvait pas compter sur lui.

« Pourquoi tu ne recharges pas ton téléphone, tout simplement ? lui demandais-je. Pourquoi tout simplement tu ne...

— Je ne sais pas, répondait-il, tout aussi perplexe. Je ne sais pas. »

Mais autant il y avait de choses qui n'apparaissaient pas sur son écran radar, autant il y avait plein d'autres choses merveilleuses qui attiraient son attention. Un jour il m'a appelée d'une cabine payante devant la bibliothèque. Une fois de plus, il avait oublié de recharger son portable.

« Rachel, écoute ça. À l'époque de la chasse à la baleine, en 1800 environ, ils ont découvert que la meilleure huile se trouvait dans le cerveau du cachalot. Ils appelaient ça le « junk ». Et ils faisaient descendre quelqu'un, avec un treuil ou un truc du genre, à l'intérieur du crâne de la baleine, et ils devaient, eh bien, évider la cervelle. Tu savais ça ?

— Non, je ne savais pas.

— Tu imagines l'odeur ? On parle d'un cerveau aussi gros que ta maison. »

J'ai entendu un léger tapotement au bout de la ligne. « Quoi ? a demandé Carey.

— Monsieur, vous ne pouvez pas sortir de livres de la bibliothèque si vous ne les avez pas enregistrés.

— Je lis juste ça à ma petite amie. Rachel, tu es encore là ? L'huile était appelée spermaceti. Parce que ça ressemblait à du foutre.

— Vous devez rapporter le livre à l'intérieur, monsieur. »

J'ai éclaté de rire, perdant mon souffle, au point que j'ai dû expliquer pourquoi à Deenie. Dans ces moments-là, je m'en fichais de la désinvolture fondamentale de Carey, ou du fait qu'il était censé postuler à des offres d'emploi à la bibliothèque. Mais les peurs revenaient toujours. Je passais de longues nuits paranoïaques à me demander s'il n'était pas mort. Il y avait des jours où je n'avais aucune nouvelle de lui. Mais j'étais en train d'apprendre que ça faisait partie de l'amour, de l'amour pour lui en tout cas.

« Si c'était n'importe qui d'autre au monde, ai-je dit à James un soir après avoir vérifié mon téléphone pour la quinzième fois, je lui dirais d'aller se faire foutre.

— Mais ce n'est pas n'importe qui au monde », fit James, d'une voix chaude et triste, la gorge nouée.

J'ai entrelacé ses doigts aux miens. Cela faisait des semaines qu'il n'avait pas vu le Dr Byrne.

14

En juillet, Ben nous a convoqués pour nous dire qu'il devait baisser notre salaire. Jusque-là j'étais payée neuf euros cinquante de l'heure, et James neuf. Les cinquante centimes supplémentaires reflétaient mes deux années d'ancienneté, plus le fait que j'avais les clés de la caisse et pouvais effectuer des remboursements en espèces. On avait un bonus d'un tiers le dimanche et les jours fériés. La seule manière pour lui de nous garder, nous expliqua Ben, était de réduire à huit de l'heure pour tout le monde, et d'oublier le bonus jusqu'à nouvel ordre. Il ne voulait mettre personne à la porte, dit-il, parce qu'on était comme une famille. Mais il nous a exhortés à chercher du travail. « Je peux être souple si vous avez des entretiens », fit-il d'un ton lugubre.

On a compris le message. Sabrina, en qui discrètement je voyais toujours une rivale, a donné son congé le lendemain. Elle partait vivre à New York à la fin de l'été. D'autres sont allés travailler au grand centre d'appels de Bishopstown. Carey, James et moi étions tous les trois terrifiés par le grand centre d'appels de Bishopstown. En y pensant, nous nous sentions comme de vieux canassons sur le point d'être transformés en colle. Carey ne nous rassura pas. Son job chez Apple, c'était aussi au téléphone.

« Apple est la meilleure de toutes, corbeilles de fruits pour les employés et tout le bazar, et pourtant je voulais me suicider. » Il grimaça. « J'imagine même pas à quoi peuvent ressembler les autres entreprises. »

James et moi étions comme ces vieilles dames fauchées qu'on trouve à Londres et qui disent « bien sûr jamais je ne pourrais vivre rive sud », et préfèrent mourir de faim dans leur appartement d'avant-guerre à Kensington. Nous avions des principes. Nous étions de purs citadins. Nous préférions rester debout toute la journée à travailler chez GAP plutôt que de nous retrouver coincés derrière un bureau au téléphone.

Certains ont donc quitté O'Connor, ce qui signifiait plus d'heures pour James et moi, mais avec notre salaire réduit on se retrouvait avec la même somme. On a pris de très mauvaises manières, et on est devenus insupportables. On fermait tous les jours un peu plus tôt, on faisait hurler notre propre musique pendant les heures de travail, on ne mettait plus à jour le palmarès des best-sellers le jeudi soir. On a développé une haine profonde à l'égard des femmes qui achetaient *The Help*, *L'Aide*, pour lire pendant les vacances.

« Elles devraient nous venir à *L'Aide*, raillait James. Leur mari auraient dû venir à *L'Aide* au pays au lieu de se la garder pour eux, *L'Aide*. »

On ne comprenait pas ce qui se passait avec l'économie. On savait juste qu'elle se portait mal, pas un mal normal mais un mal corrompu. Il y avait quelques phrases à la mode qu'on piquait aux clients, qui eux-mêmes recyclaient des informations entendues à la radio. « Ces fichues banques », disions-nous. « Bertie Ahern et ses *foutues* enveloppes kraft. »

Fred Byrne me manquait. J'avais l'impression qu'il aurait pu nous expliquer la situation.

Je n'ai jamais réussi à savoir ce qui s'était passé à Dingle. Sur ce sujet, James a disparu derrière un manteau de honte et un pulvérisateur d'amidon à repasser. Les seuls indices que j'aie jamais eus, c'est à travers le scénario de sa série, dans lequel il s'était replongé et qui avait même un titre : *Discs*[1].

James a décrété que si on devait travailler plus d'heures pour la même somme, il pouvait aussi bien en retirer quelque chose. Il passait chaque minute de son temps libre au rayon Ciné & TV, analysant des formats d'écriture de synopsis et lisant Robert McKee. Il profitait aussi pleinement de la photocopieuse de la librairie, qu'il utilisait pour imprimer des pages de son scénario.

« Je crois que je sais ce que sera le grand événement, à la fin du pilote, a-t-il dit un jour, alors qu'on remettait de l'ordre. Je crois que Michael quitte son petit ami, et doit aller vivre avec Alice.

— Michael a un petit ami maintenant ?

— Oui, a-t-il répondu précipitamment. On ne le voit jamais.

— Comme Maris ? Dans *Frasier* ?

— Comme Maris.

— Alors la trame c'est que Michael et Alice doivent vivre et travailler ensemble ?

— Oui ! Et aussi, genre, comment ils se débrouillent pour trouver l'équilibre entre la vie et le travail.

— Comment on fait, *nous* ?

— Ils ne sont pas comme nous », fit-il, sur la défensive. Il craignait que je ne considère les actions d'Alice comme beaucoup trop parodiques. « Nous, nous sommes très évolués. »

1. Abréviation de « discrete », mot utilisé par les homosexuels qui n'ont pas fait leur coming out.

INT : Le Magasin

MICHAEL franchit la porte en trombe, l'air contrarié.

ALICE se trouve déjà derrière le comptoir.

ALICE

Michael, c'est une heure pour arriver?

MICHAEL

Désolé, désolé!

ALICE

Tu as raté la livraison des films d'horreur! Tu sais à quel point c'est triste de décharger un camion entier de violence pervertie à neuf heures du matin un jeudi?

MICHAEL

J'ai rompu avec Craig.

ALICE

Oh... Bon... Je suppose que tu sais ce qu'est la violence pervertie dans ce cas.

MICHAEL

Alice!

ALICE

Écoute, je suis désolée, d'accord. Je suis sous le choc. Mais tu dois admettre que ta relation avec Craig n'était pas vraiment... saine.

J'ai encore des pages de ce brouillon dans une boîte à chaussures. Chaque fois que je déménage, je consacre une journée entière à m'asseoir par terre et à lire toutes les voix que James a essayées avant de trouver la sienne. Je photographie chaque page, je les lui envoie, et il répond soit aussitôt soit sept heures plus tard avec l'émoji « vomir ».

Un soir nous dînions à la maison. Il ne restait plus qu'une bouteille du vin de Fred Byrne et en son honneur nous avons décidé de préparer nous-mêmes des spaghettis bolognaise. Le repas fut horrible : le hachis mijoté si longtemps qu'il en était devenu granuleux, la sauce tomate liquide et pas assez chaude. « C'est comme ça que je les aime, ai-je dit plusieurs fois. J'aime la viande croquante.

— Je crois qu'on devrait parler de notre projet, a-t-il fait, versant le fond de la bouteille dans mon verre. Je crois qu'on devrait aller vivre à Londres.

— Oh », ai-je répondu, mâchant ma viande difficile à mâcher. Elle avait la même consistance qu'une croûte. « Tu crois?

— On peut pas s'éterniser ici. Cork est en train de mourir. »

J'ai acquiescé. « Cork est *morte.*

— J'ai presque terminé *Discs.* Quand j'aurai fini je l'enverrai à des sociétés de production à Londres. Et des agences, aussi. Il me faut un agent.

— Nom d'un chien. » J'ai dégluti. « Tu as pensé à tout ça.

— Je n'ai pensé qu'à ça. J'ai cherché sur le Net. Je crois qu'on peut prendre un appart à Londres. Pas vraiment dans le centre, mais quelque part plus loin. »

J'avais entendu parler de personnes vivant en banlieue et qui mettaient tous les jours autant de temps pour faire la navette jusqu'au centre de Londres qu'un vol Ryanair depuis l'Irlande. Ça semblait épouvantable.

« Je ne sais pas », ai-je dit, pensant à Carey, à Deenie, aux vrilles de vie que j'avais à Cork, qui étaient fragiles mais ne compteraient pour rien sans James.

« Elle pourrait t'écrire une lettre de recommandation pour une des maisons d'édition anglaises, dit-il, « elle » étant Deenie. Et tu pourrais demander à Carey. »

Je me suis frotté l'oreille. « Demander quoi à Carey ?

— De venir avec nous.

J'ai laissé tomber ma fourchette. « Quoi ?

— Pourquoi pas ?

— Tu vivrais avec lui ? »

Il a haussé les épaules. « Au fond je vis déjà avec lui.

— Il n'est pas là si souvent.

— Non. » Il m'a regardée d'un air narquois. « Je veux dire qu'au fond *je vis déjà avec lui.*

— Oh, arrête. Je ne suis pas aussi nulle que lui. Je suis propre. » Je lavais mes draps à présent. Ne l'avait-il pas remarqué ?

« C'est ça.

— James !

— La question reste valable. Demande-lui de venir avec nous. Si on prend un appart avec deux chambres et qu'on divise le loyer par trois, on y gagne financièrement. »

MICHAEL

Qu'est-ce que tu veux dire ? C'était très sain entre nous.

ALICE

Eh bien, pour commencer, tu n'as jamais passé une nuit chez lui.

MICHAEL

Il vit avec sa femme !

ALICE

Et il vit avec sa femme !

MICHAEL

Il économise le loyer !

Je ne savais pas quand James avait acquis un tel sens des affaires. Je dirais que ça venait du langage vif et définitif propre à l'écriture de scénarios hollywoodiens qu'il lisait dans tous ces livres. Ceux dans lesquels on trouve toujours des trucs comme : *Une page par minute d'écran. Imaginez ce qu'ils veulent et ne leur donnez pas. Montrer, ne pas dire. Aucun personnage ne doit avoir cinq lignes de dialogue ininterrompu.*

« Je ne sais pas. Je ne sais pas si Carey et moi ça... existe. Ce n'est pas rien, d'émigrer avec quelqu'un.

— Seigneur, je ne te demande pas d'embarquer dans un Cercueil Flottant avec lui. Si ça ne marche pas, tu rompras avec lui et il fichera le camp pour rentrer à Cork. Qu'est-ce que tu as à perdre ? Tu es folle de lui, non ?

— Oui. Bien sûr. »

Il était fou de moi, lui aussi, les moments où il se souvenait de mon existence. Et n'était-ce pas là l'enjeu de nos efforts conjugués pour devenir adultes ? N'était-ce pas le but recherché ? Je commençai à l'imaginer, en train de s'imaginer lui-même. À quel point il aimerait dire à ses parents qu'il allait emménager à Londres avec sa petite amie. À quel point tout le monde serait content. J'imaginais sa sœur Cate m'appeler à l'appartement qu'on partageait, me demander de lui passer son frère. J'imaginais rencontrer Cate.

On connaissait des gens qui étaient partis vivre à Londres, bien sûr. Tous racontaient à quel point c'était difficile, fatigant, compétitif. À quel point la vie y était éclatée, chacun à mille lieues les uns des autres. À quel point les Anglais pouvaient être froids, pleins de signaux contradictoires qui aboutissaient au genre d'amitié où il faut parfois attendre des années avant d'être invité chez quelqu'un. Mais emménager à Londres avec mon meilleur ami et mon petit ami. Qu'importe alors si les Anglais se montraient froids !

Je nous ai imaginés Carey et moi ensemble dans le métro, lui en train de remplir la grille de mots croisés du journal gratuit.

Jusqu'à une heure avancée, James et moi avons discuté de ce qu'il fallait faire pour rendre possible un déménagement à Londres. Mettre de l'argent de côté. Comment, c'était un mystère, étant donné qu'on avait déjà du mal à subvenir à nos besoins.

« Tu crois que Deenie pourrait t'augmenter ? » a-t-il demandé.

Elle me donnait toujours cinquante euros pour trois matinées par semaine, mais elle avait aussi fait allusion à du travail supplémentaire, elle aurait peut-être besoin d'aide pour une anthologie de poésie. Je me suis demandé si ça ne dépassait pas le cadre de mon stage, et si ce n'était pas du travail à proprement parler.

« Peut-être, ai-je répondu. Et je peux toujours chercher un job dans un bar.

— N'essaie même pas. Il n'y en a pas, et les boulots de serveuses reviennent toujours à des Polonaises sexy. »

J'ai essayé de ne pas avoir l'air trop vexée. « Parce qu'elles reviennent moins cher, a-t-il clarifié. Pas parce que... »

J'ai levé la main, pour demander en silence de ne pas être traitée avec condescendance.

« On verra pour l'argent, dit-il. Tu réfléchis à des trucs, et moi aussi. »

MICHAEL

Écoute, je sais que Craig n'était pas parfait, mais c'est quand même rude quand arrive la fin d'une relation !

ALICE

Bien sûr que c'est rude ! Alors qu'est-ce que tu as dit ?

Michael s'accorde un instant.

MICHAEL

J'ai dit... que ça ne pouvait plus continuer comme ça, tu comprends ? J'ai dit que je n'arrêtais pas d'essayer, et lui de ne pas essayer, et à un moment donné, il fallait qu'on choisisse entre les deux. Et... il n'essaiera pas. Et je sais qu'il ne le fera pas. Et ça me brise le cœur parce que... je l'aime. Je l'aime, et je voulais vraiment que ça marche, mais je ne peux pas essayer si c'est moi qui essaie et essaie, qui suis le seul à essayer.

Ça dépassait les cinq lignes de dialogue ininterrompu, mais ça fonctionnait quand même je crois.

15

On a établi que pour s'installer à Londres, il nous faudrait au moins quatre mille euros. Ça couvrirait une caution et le premier mois de loyer, et ça nous laisserait environ dix jours pour trouver chacun un emploi.

« On peut mettre cette somme de côté d'ici le Nouvel An, annonça-t-il avec conviction. Et on va récupérer la caution de cette maison, à la fin du bail.

— Il faut qu'on répare la douche », ai-je rappelé. Il y avait encore un sac-poubelle noir à l'endroit où j'avais cassé les carreaux.

« C'est juste une centaine d'euros par semaine, en fait. Chacun. Demande à Deenie une augmentation.

— Tu crois que Deenie va subitement *doubler* mon salaire ? Si on peut appeler cinquante euros un salaire.

— Eh bien, a-t-il continué sans se décourager, une fois Carey dans le coup, il peut commencer à contribuer lui aussi, non ?

— Ne compliquons pas les choses. » Je n'avais pas encore demandé à Carey. J'étais terrifiée à l'idée de sa réaction. On parlait beaucoup à l'époque d'« engagement », pas seulement dans ma tête, mais dans la culture. Selon l'idée ambiante, l'engagement était quelque chose que les femmes voulaient mais qui tuait les hommes. Les mots « engagement », « problèmes d'engagement » et le résolument médical « phobie de l'engagement » étaient des concepts sans cesse jetés dans le débat, à tel point que j'avais oublié ce que le mot recouvrait, c'est-à-dire juste quelqu'un qui passe souvent la nuit chez vous et qui de temps en temps vous accompagne à un mariage.

Alors j'ai continué à ne pas parler de Londres à Carey. Plus je repoussais le moment de lui en parler, plus je pouvais vivre dans un fantasme où il disait oui, et on pouvait commencer à planifier nos nouvelles vies ensemble. S'il disait non, ce serait la première d'une longue série de conversations qui mèneraient inévitablement à notre rupture. J'avais déjà traversé une fois cette sorte d'immense chagrin cette année. Je n'avais pas de courage pour une seconde fois. Un matin, il m'a apporté des toasts au lit. Ça m'a semblé très romantique, même si c'était mon pain. Il était si rarement debout avant moi.

« Assieds-toi. Et ne mets pas de miettes partout sur toi. »

J'ai fait comme il a dit, appréciant son affairement. Il a embrassé une tache de beurre de cacahuètes sur mon menton.

« Tu vas bien, Rache? a-t-il demandé, paraissant soudain très timide.

— Bien sûr! Pourquoi?

— C'est juste... » Il s'emparait des mots avec une sorte d'énergie hasardeuse quand il était nerveux. « Tu as été très *lugubre*, ces derniers temps.

— Lugubre! » J'ai trouvé le mot hilarant. « Je ne sais même pas ce que lugubre veut dire. Voilà mon diplôme d'anglais, il est à toi.

— Triste, morbide en quelque sorte, a-t-il répondu. Et tu ne veux jamais sortir. Tu as tendance à rester confinée chez toi. Quand tu ne vas pas travailler, je veux dire.

— Ah, oui. C'est l'argent.

— Tu t'en sors bien. Tu as encore la librairie, et Deenie. On peut se permettre d'aller au Brog de temps en temps. »

C'était le moment de lui parler. Il était curieux, inquiet, vigilant, concentré. J'avais les seins à l'air. Cela aurait été si facile. *James et moi, on envisage d'aller vivre à Londres. Viens avec nous.*

« C'est juste qu'on essaie d'économiser, ai-je dit en toute honnêteté.

— On ?

— James et moi.

— Pourquoi ? »

Je ne voulais pas lui mentir, alors je n'ai pas menti. Pas techniquement.

« On veut aller vivre dans un meilleur endroit », ai-je dit, et j'ai agité la main en montrant la trace d'humidité qui rampait le long de mon mur, et ce qu'on voyait de ma fenêtre. Je sous-entendais que de meilleurs endroits pouvaient se trouver plus loin dans la rue, et non dans un pays différent.

« Oh, d'accord », fit-il.

J'ai ressenti un sursaut de peur, comme si je cachais une liaison et étais sur le point d'être démasquée. J'ai envisagé de tout lui dire. Je l'ai imaginé se dégager, sentant la pression de ma demande, la date d'expiration de mon immigration. La panique à l'idée de le perdre pour toujours a pris le dessus, et j'ai posé l'assiette par terre et l'ai attiré à moi. C'était la première fois que nous faisions l'amour alors que j'étais consciente de vouloir l'impressionner, le garder. Me donner en spectacle. Je me suis sentie devenir de plus en plus bruyante, plus performante. Je me souviens de l'avoir regardé et d'avoir pensé qu'il avait l'air perplexe.

Ensuite il m'a caressé la tête, comme un cheval. « Sacrée gâterie pour un mardi matin », a-t-il dit, et je ne l'ai pas vu pendant deux jours.

Au fond de moi, je ne croyais pas qu'on irait vivre à Londres. Certains projets sont élaborés et vous tombent tout cuits dans le bec. Le lancement du livre du Dr Byrne, par exemple. D'autres semblent vagues dès la conception, et continuent à l'être, quel que soit le nombre de détails qu'on peut leur ajouter.

Ce n'était pas comme ça que le projet fonctionnait pour James. Il se voyait à Londres, et passait des heures à chercher les quartiers où il pensait qu'on pourrait habiter.

« Regarde cet appartement que j'ai trouvé à Mile End. Deux chambres. Mille par mois. »

J'ai regardé les photos. Il semblait sinistre, et à un étage vraiment élevé. Par la porte coulissante, je pouvais voir le sommet d'immeubles.

« Mille livres ?

— Divise par trois. Ce n'est pas beaucoup plus que ce qu'on paie maintenant. Bien sûr, il y a les impôts locaux et tous ces trucs au Royaume-Uni.

— On ne sait pas encore si Carey vient.

— Et on ne le saura pas si tu ne lui demandes pas.

— Je vais lui demander. »

Je ne l'ai pas fait.

Une semaine plus tard, James dévala l'escalier, son ordinateur portable à la main. « RACHEL ! hurlait-il. RACHEL ! »

Je lisais un magazine vieux d'une semaine et me sentais déprimée à cause de l'argent.

« J'ai reçu un mail ! Un mail au sujet de *Discs* ! »

Salut James,

Merci infiniment de nous avoir soumis votre scénario *Discs*. Malheureusement nous ne pouvons donner suite car nous ne produisons pas d'auteurs sans agent. Malgré tout, je souhaitais vous contacter personnellement pour dire que j'ai beaucoup aimé votre écriture, et suis très curieuse de découvrir ce qui arrive ensuite à Michael et Alice.

Je suppose que vous rencontrerez les mêmes difficultés avec les autres sociétés de production. Puis-je vous recommander de soumettre votre manuscrit à BBC Writersroom, ou peut-être Sky ?

Avec mes remerciements,
Jennifer Romley,
Responsable du développement
Elephant Feet Productions

C'était un mail de refus, mais il ne lui en fallait pas plus. Les infos de ce mail se sont rapidement déformées pour cadrer avec une nouvelle mythologie, selon laquelle James a failli signer un contrat avec la télévision, et la seule raison pour laquelle il ne l'a pas fait, c'est qu'il n'avait pas de foutu agent. Il a suivi le conseil de Jennifer Romley, a soumis le scénario à Sky et à la BBC, en ajoutant la ligne « Jennifer Romley, d'Elephant Feet, a manifesté beaucoup d'intérêt » sur chaque lettre d'accompagnement.

« Ce n'est qu'une question de relations », répétait-il. Jennifer Romley n'était probablement pas plus âgée que nous, avec la tâche d'écumer la pile en souffrance, comme moi je le faisais pour Deenie. Malgré tout, dans l'imaginaire de 2010, c'était une personne qui comptait dans ce domaine, et dont le nom était reconnu partout. On l'imaginait au Groucho Club, elle parlait de « ce fabuleux nouvel auteur irlandais » et quelqu'un de la BBC l'entendait. Quelqu'un qui, pure coïncidence, aurait reçu *Discs* cet après-midi-là.

La question de l'agent se révéla plus problématique. Personne ne répondait aux mails de James. Il n'arrêtait pas de passer des coups de fil, et une réceptionniste finit par le ramener à la réalité. « Écoute, mon gars, personne n'en a RIEN à foutre de toi. »

Chaque fois qu'on racontait cette histoire, on en rajoutait des tonnes. C'est devenu quelque chose qu'on se criait l'un à l'autre, dans l'escalier, dans la rue. « Personne n'en a RIEN à foutre de toi ! »

« Pourquoi vous dites toujours ça ? » demanda un jour Carey. Avec ce faux accent anglais ?

— Pour le *craic* ! » ai-je vivement répondu. C'était un assez bon prétexte. Tout ce qu'on faisait, c'était parce qu'on trouvait ça drôle.

« C'est pour ça que je ne vivrai jamais en Angleterre, a-t-il dit, roulant une cigarette. Cet accent. Un ongle sur le tableau.

— Jamais ? je fis, l'estomac noué.

— Mon Dieu, tu m'imagines ? » Il gloussa. « Je me mettrais à chanter "Come Out, Ye Black and Tans[1]" dans le métro. »

Il plaisantait. Ou pas. Difficile à dire. Sa famille élargie avait connu pas mal de persécutions pendant les Troubles, comme de nombreuses familles catholiques de Derry. C'était difficile de déterminer à quel point sa rancune contre l'Angleterre était profonde. Est-ce que ça comptait ? Des tas de gens qui détestaient l'Angleterre étaient partis y vivre.

En tout cas, je l'ai pris au sérieux. Et c'était tout ce qui comptait, en fin de compte.

« J'ai besoin que tu viennes à Fermoy avec moi dimanche, m'a dit James. Je vais faire mon coming out auprès de maman. »

J'étais sous la douche. Je fus certaine d'avoir mal entendu. « Quoi ? »

1. Chanson symbole de la rébellion irlandaise, les « Black and Tans » étant des réservistes recrutés en Grande-Bretagne et envoyés en Irlande pendant la guerre d'indépendance.

Il a élevé la voix. « J'ai dit, il faut que tu viennes avec moi à Fermoy dimanche, parce que je vais faire mon coming out auprès de maman. »

J'ai coupé l'eau et me suis enveloppée dans une serviette. La porte de la cuisine qui donnait sur l'extérieur était ouverte, et James fumait une cigarette dans le rai de lumière venant de la cour.

« Pourquoi tu veux parler à Nicola maintenant ? »

Il y a un certain millésime d'amis qui peuvent se complaire un peu trop à prononcer le prénom d'une mère. James et moi en faisions partie. Chacun était le meilleur ami de l'autre, même si on ne se connaissait pas depuis longtemps, et on était bien décidés à compenser cette lacune temporelle dans notre amitié par des marques d'intimité familiale. Je lui demandais toujours des nouvelles de Nicola et Frank ; il voulait en avoir de Bridget et Paul.

« Il faut qu'elle sache, non ? »

Il avait reçu un nouveau mail, identique à celui de Jennifer Romley d'Elephant Feet. C'était une autre société de production au nom bizarre, et un autre subalterne probablement. Le mail disait que son écriture était « vivante » et que c'était rafraîchissant de trouver des personnages d'homosexuels assumés dans un scénario. Eux aussi ont suggéré la BBC Writersroom.

Une lettre de refus attentionnée, c'était bien. Deux, encore mieux. Deux, c'était le buzz.

« Si je dois être connu pour mes personnages d'homosexuel assumé, il vaut mieux que ma vie soit celle d'un homosexuel assumé. »

On a pris le bus et marché un mile depuis le village. J'ai voulu savoir pourquoi il n'avait pas juste demandé à sa mère ou à son beau-père de venir nous chercher, et il a répondu qu'il avait besoin de marcher pour réfléchir à ce qu'il allait dire.

J'avais pensé qu'il répéterait plusieurs annonces possibles de coming out avec moi. Mais non. Nous sommes restés silencieux, James marchant un peu devant.

De nombreuses distractions nous attendaient quand nous sommes enfin arrivés. Nicola avait un chat birman qui venait juste de donner naissance à des chatons, et on leur a fait des câlins au-dessus d'un carton dans le garage pendant qu'elle nous racontait tout le processus de la reproduction. C'était une femme douce, tout en cheveux blonds et bijoux en or, constamment étonnée de s'être retrouvée dans une ferme en Irlande. Le beau-père de James était toujours occupé à quelque chose quelque part. Je n'en ai jamais su assez sur l'agriculture pour comprendre à quoi.

Elle touchait beaucoup son fils. Sa main sur sa nuque maigre, son pouce frottant la racine de ses cheveux. Je tenais les chatons, un dans chaque main, leurs griffes s'accrochant à ma robe.

« On pense en tirer quatre cents pour les mâles, a dit Nicola. Cinq pour les femelles.

— Maman, je suis gay. »

Nicola a regardé son fils, puis moi. J'avais supposé que cette conversation aurait lieu pendant que j'étais dans la salle de bains. J'ai reporté mon attention sur les chats.

« D'accord », finit-elle par dire. Puis elle a posé la main plus haut sous la racine de ses cheveux et attiré son fils à elle. Elle l'a tenu serré contre elle pendant une longue minute. Puis elle s'est mise à pleurer.

J'avais eu suffisamment d'amis gays ces dernières années pour savoir cela : les mères pleurent toujours. Qu'importe ce qu'elles savaient déjà. Qu'importe à quel point c'était évident. Des pleurs comme lorsqu'on regarde un film dans un avion. Intenses et irréels, la terreur silencieuse et l'air recyclé agissant comme une drogue.

Nicola continuait à pleurer, j'ai reposé les chatons et je suis lentement sortie du garage.

Il n'y avait nulle part où aller, alors je me suis assise sur un muret en regardant un champ désert. Quelqu'un, le beau-père de James peut-être, conduisait une tondeuse.

Un peu de temps s'est écoulé avant que James et sa mère sortent du garage. « Ça n'a rien à voir avec ça, l'ai-je entendu lui dire. Ça a toujours été là. »

Je ne me suis pas retournée. Je ne voulais pas qu'ils prennent conscience de ma présence.

« Rachel ! appela Nicola, la gorge sèche apparemment. Tu viens prendre un sandwich ? »

Nous avons mangé des sandwichs au jambon à la table de sa cuisine, puis elle nous a conduits en voiture jusqu'au bus. On agissait machinalement comme après un enterrement, avec l'idée que, même dans les pires situations, les gens ont besoin d'être nourris et transportés d'un endroit à un autre. Je savais qu'autre chose se tramait en plus de cette confession, et que le mystérieux *x* de l'équation « James et sa sexualité » était en train de m'être révélé. On était en train de me donner des indices, mais de quoi, je l'ignorais.

On n'a pas vraiment parlé dans le bus, même pas du tout, avant d'être rentrés sans encombre à Shandon Street. Nous sommes allés dans son lit sans dire un mot.

« Rien à voir avec quoi ? » ai-je demandé.

Il a soupiré.

« On a abusé de moi. »

Ça fait bizarre, mais c'est comme ça qu'il l'a dit. Il ne voulait pas me donner trop de détails éditoriaux, ni d'angles de prises de vue, et il me laissait arriver à ma propre conclusion. Il avait beaucoup de charisme mais ne voulait pas l'utiliser pour raconter ça.

J'ai trouvé ces angles de prises de vue, finalement. Petit à petit, et ça a pris des années. Le copain de fac de sa sœur. La chambre d'amis avec la petite télévision où James est allé pour regarder des dessins animés et où l'ami logeait. Les discussions drôles et légères qui se sont transformées en dure réalité, et enfin une sensation pesante, huileuse.

« Oh mon Dieu. Je suis tellement désolée.

— Ça va. » Il m'a regardée pour la première fois depuis qu'on était partis tôt ce matin. « C'était après notre arrivée en Irlande. Ça n'est arrivé qu'une fois. Je leur ai tout de suite raconté. »

Il a dit tout cela comme s'il lisait les mots d'un télégramme.

« Elle avait passé tellement de temps à nous protéger de papa. Je crois que ça l'a brisée de voir qu'elle avait oublié de nous protéger des autres personnes.

— Oh, James. » Je ne trouvais rien d'autre à répondre. Seulement *Oh, James.*

« Tu sais, des merdes arrivaient si souvent, en Angleterre, aux gens qu'on connaissait, aux membres de notre famille. Je pensais tout le temps : *Quelque chose va finir par m'arriver, à moi aussi.* Alors quand ça s'est passé, je me suis presque dit : *Voilà, on y est.* »

J'ai posé la tête sur son épaule.

« Mais elle... elle était certaine que ça me foutrait en l'air. Ça l'a dévastée. Je n'ai pas voulu lui donner raison.

— Ça ne t'a pas foutu en l'air.

— Ouais. » Il ne paraissait pas y croire. « Je ne sais pas. Gamin je dégageais des ondes gays avant de tenir debout. Ce qui n'aidait pas. Je crois que les hommes remarquent ce genre de chose. » Il garda le silence un instant. « Merci d'être venue.

— Merci de m'avoir emmenée, ai-je répondu. Et de m'avoir raconté ça. »

Il a passé le bras autour de mon épaule, et j'ai posé la tête plus bas, sur sa poitrine. On est restés ainsi un moment. James et moi dormions souvent dans le même lit, mais jamais on ne se câlinait, cette nuit-là fut une exception. On s'est endormis comme des amants.

Je me suis réveillée quelques heures plus tard, la lanière de mon soutien-gorge faisant pression sur ma cage thoracique. Il a ouvert les yeux, et nous nous sommes regardés, conscients de nous réveiller dans un monde nouveau. Il a caressé mon visage, a murmuré mon prénom, et m'a doucement embrassée sur la bouche.

Le baiser a duré dix secondes. Quinze, tout au plus. Je ne me souviens plus comment il s'est fini, ou pourquoi, mais nous nous sommes rendormis, sereins comme des bébés.

Nous n'avons jamais parlé de ce baiser. J'y ai repensé, bien sûr. Maintenant qu'il avait fait son coming out, embrasser une femme était-il le dernier tabou qui restait ? Disait-il adieu aux femmes, et à la notion d'hétérosexualité en même temps ? Était-ce une étrange manière de me remercier d'être venue avec lui à Fermoy ? La réponse la plus banale est sûrement la plus vraie : il voulait simplement marquer le dernier jour où il vivait avec des secrets.

16

Le mois d'août a été tellement frénétique qu'aujourd'hui il nous suffit d'y faire allusion sous le terme : la Gaynaissance.

Si vous étiez gay ou bi et que vous viviez à Cork en août 2010, alors faites-moi confiance, mon ami James vous a baisé. Comme on pouvait s'y attendre, le coming out de James n'a pas changé grand-chose. La réaction de la plupart des gens était courtoise, simples hochements de tête et félicitations. D'autres ne réagissaient pas aussi bien et se sont donc retrouvés sur notre liste d'indésirables.

Il existe un certain type de personnalité accro à l'idée de sa propre intelligence. Il y a des gens qui assurent avoir vu venir le rebondissement dans le film ; qui ont toujours pensé que ce couple qui divorce était malheureux, que cette célébrité avait l'air folle. Ce sont les gens qui savaient depuis toujours que vous étiez gay, et ils ne peuvent pas s'empêcher d'en parler.

« Je le *savais*, a dit Ben.

— Eh bien, maintenant c'est officiel. » James ne se laissait pas impressionner.

« Je l'ai *toujours* su », répéta Ben, suggérant qu'il l'avait même su avant James.

« Tu as visionné les caméras de la librairie, alors ? » dit doucement James. De suffisante, l'expression de Ben est devenue choquée.

« Tu n'as pas fait ça ? dit-il, le visage blême. Dans la librairie ?

— Oh désolé, répondit James. Je croyais que tu savais. »

James ne se limitait plus aux quelques soirées queer que la ville proposait. Il était en roue libre maintenant, pressant des corps contre les murs de toutes les zones fumeurs de Cork, en ramenant quelques-uns à la maison. Je dormais beaucoup plus souvent dans ma propre chambre, ce qui n'était plus tout à fait une sentence de mort comme auparavant. Avoir un petit ami influençait ma domestication. J'avais à présent des draps propres, des fleurs dans un pot de confiture, des reproductions au mur. Il me semblait que je m'en tirais très bien, pour une personne de vingt et un ans.

Officiellement, nous ne nous disputions jamais au sujet des garçons qu'il ramenait à la maison. Ils étaient pour la plupart sérieux et gentils, bavardaient poliment avec moi le matin, me posaient des questions sur mes rayonnages de livres. Mais un petit nombre d'entre eux, et un en particulier, dégageaient un certain dégoût pour moi, et pour les femmes en général. Pour eux, James était Juliette, et moi une sorte d'infirmière fidèle et un peu agitée, qui l'appelait depuis le balcon.

Parfois, ils essayaient de me charrier. Blagues au sujet des filles à pédés, et des trucs idiots que faisaient les filles hétéros. Des commentaires voilés au sujet de ma taille, et à quel point ça devait être sympa que James et moi puissions échanger nos vêtements.

James n'a jamais vraiment pris ma défense, mais il n'encourageait pas non plus ces commentaires. Il n'avait pas besoin de le faire. Invariablement, Lady Gaga s'échappait des haut-parleurs de l'iPod et tous les deux nous nous dissolvions dans notre propre univers, laissant l'autre en marge. Nous chantions

« fourmis de chambre » au lieu de « bad romance », parce que c'était l'été et que la maison en était infestée.

L'anthologie de poésie que Deenie composait exigeait plus de travail qu'elle ne l'avait escompté, et donc je passais beaucoup de temps chez les Harrington-Byrne. L'anthologie s'ajoutait à ses tâches habituelles, et avait rapport au fonds littéraire de son père. On célébrait le vingtième anniversaire de son recueil le plus célèbre, et elle avait chargé « les plus fascinants poètes d'Irlande » d'écrire un poème en réaction à son œuvre.

« Les plus fascinants poètes d'Irlande dit-elle, qui se contenteront de deux cents livres. »

C'était un travail considérable. Envoyer des mails aux agents, gérer les délais, relancer, renvoyer des mises à jour à l'éditeur. Elle était heureuse de m'avoir à ses côtés, et le disait souvent.

« Je ne crois pas que j'aurais accepté si tu n'avais pas été là. Coordonner des poètes, c'est vraiment mission impossible. »

Elle m'en était reconnaissante, achetait des pâtisseries quand je devais passer, mais ne semblait pas avoir la moindre velléité de m'augmenter. Ça me mettait mal à l'aise. Le stage devait être terminé à présent ? J'ai vérifié les tâches d'un assistant d'édition, et je cochais toutes les cases. Je m'occupais de la correspondance. Je faisais suivre les factures aux comptables. Je bataillais avec les tableurs. J'avais appris toute seule tout un tas d'astuces Microsoft Excel pour respecter les différentes échéances, et ça valait certainement plus que cinquante euros par semaine.

C'était l'été des doléances non exprimées. J'étais trop angoissée pour parler de Londres à Carey, trop effrayée pour demander une augmentation à Deenie. James n'était pas le seul à écrire des scénarios. J'en écrivais d'innombrables dans ma tête, et ce n'était que conversations où je me révélais vertueuse et d'une patience à toute épreuve, et les autres insensibles et cruels.

RACHEL

Tu es là dans ta grande maison, avec ton charmant mari, et ta cuisine en verre, mais tu ne vois pas ce que tu as devant les yeux ! Moi, celle qui vient à pied jusqu'ici, parce qu'elle n'a pas de quoi prendre le bus tous les jours !

DEENIE

(Atterrée) Rachel... je ne m'en doutais absolument pas. Je t'en prie.

(Ouvre son sac à main) Tiens, prends cet argent.

J'étais terrifiée à l'idée de paraître ingrate, alors je ne disais rien, et je finissais par être pleine de ressentiment. La première fois qu'elle m'a laissée seule dans sa maison, j'ai pensé que c'était un geste magnanime et de grande confiance. Elle rencontrait un auteur pour le déjeuner et n'était pas du tout inquiète à l'idée de me laisser avec ses propres affaires.

Elle aurait dû l'être. Je suis restée tranquille vingt minutes pour être sûre qu'elle était vraiment partie, puis je suis allée fureter. Au début, je voulais juste jeter un œil. Retourner les babioles de sa vie, me demander comment on pouvait posséder à la fois un gril George Foreman et un tapis népalais tissé à la main. C'était une vie que je voulais pour moi-même, et aussi le critère avec lequel je jugeais mes propres choix esthétiques : *Est-ce que Deenie voudrait ça dans sa maison ?*

Je me suis amusée à faire des petits gestes idiots. Je suis allée dans sa chambre et j'ai utilisé sa crème pour les mains. J'ai regardé son tiroir à sous-vêtements. J'ai donné des Cheerios au miel et à la noisette à son chat alors qu'il était très gros et censé être au régime.

Je lui en voulais de ne pas reconnaître que je n'étais plus une simple stagiaire, mais je savais qu'il ne s'agissait pas seulement de ça. Quelque chose de plus épineux, de plus cruel, se cachait là-dessous. J'aimais beaucoup Deenie mais dans ma tête j'avais banalisé le fait que je pouvais mal me comporter avec elle. Les relations grandissent sur les fondations où elles sont nées. La fondation du lien qui existait entre Deenie et moi serait toujours qu'elle était l'épouse naïve de l'amant de mon meilleur ami. Il y avait une part de moi qui serait toujours condescendante envers elle, quelle que soit sa douceur, ou son intelligence ou sa gentillesse.

J'ai trouvé des tests d'ovulation dans sa salle de bains. J'en ai utilisé un juste pour voir. Je n'étais pas en train d'ovuler. Je prenais la pilule. Mais c'était intéressant de les trouver là.

La fois suivante, lorsque je suis allée vérifier dans l'armoire de toilette, les tests s'étaient volatilisés. Soit Deenie avait remarqué qu'il en manquait un, soit elle n'en avait plus à force de les utiliser. De temps à autre elle parlait de ses amies qui toutes étaient devenues mères, mais elle n'évoquait jamais la possibilité de fonder une famille.

« Est-ce que Fred Byrne et Deenie ont des relations sexuelles ? » ai-je demandé à James ce soir-là.

Il a haussé les épaules. « Probablement. Ils *sont* mariés.

— Je pensais que peut-être...

— Que c'étaient deux personnes des années cinquante avec "un arrangement" ? Et qu'ils dormaient dans des lits jumeaux ?

— Oui, plus ou moins. Vous ne parlez jamais de ça ? De leur vie sexuelle ?

— Non, fit-il, les yeux rivés sur la télévision. Bizarrement, les hommes mariés n'ont pas tendance à parler de leur femme. »

C'était la première conversation que nous avions au sujet du Dr Byrne depuis des semaines, mais le fait d'avoir prononcé son nom sembla le faire venir à nous. Il a appelé James la semaine suivante, et lui a proposé d'aller prendre un café.

« Un café ? ai-je dit. Dehors ? En public ?

— Un café dehors », a répondu James, aussi abasourdi que moi.

Lorsqu'il revint, il se jeta sur mon lit, fou de joie.

« Oh mon Dieu, Rachel. Il est fou de moi. Il ne peut pas se passer de moi.

— Il a dit ça ?

— Pratiquement. Il n'a pas arrêté de répéter à quel point je lui manquais, à quel point c'était spécial, tous les deux, et puis il m'a demandé s'il m'avait manqué.

— Il t'a demandé *s'il te manquait* ? » J'avais tant de mal à poser des questions directes que ça m'étonnait toujours quand d'autres y parvenaient. « Qu'est-ce que tu as répondu ?

— J'ai dit oui, parfois, mais que maintenant que je ne me cachais plus, ma vie c'était aller de l'avant, pas en arrière. » Il a semblé fier d'avoir dit ça, à juste titre. J'étais fière de lui, moi aussi.

Parmi toutes les personnes qui selon nous prendraient mal le coming out de James, le Dr Byrne ne nous était jamais venu à l'esprit. Même s'il continuait à se cacher, il était quand même gay, lui aussi. On pensait qu'il serait ravi. Sur le moment, il l'a été. Mais ça a semé en lui le germe de quelque chose de mauvais, et le germe a follement poussé au cours des semaines suivantes. Le Dr Byrne s'est mis à appeler James sans arrêt, d'abord pour lui dire à quel point il était merveilleux, ensuite pour avouer qu'il était vraiment très inquiet pour lui, et qu'il fallait qu'il se « réfrène » un peu.

« Il a dit qu'il ne voulait pas que je devienne un de ces gays qui ne vit que pour la bringue, fit James, déconcerté. Il s'est montré tellement prude. Je lui ai dit que c'était du slut-shaming.

— C'est exactement ce qu'il est en train de faire. Dis-lui d'aller se faire voir.

— Il est juste jaloux. Et solitaire. Il est tout seul dans son placard, maintenant. »

Il avait tellement d'empathie pour le Dr Byrne que cela m'a fait enfin comprendre ce qu'il s'était passé entre eux ce premier jour à la librairie. Cette conversation légère au sujet du Canada et de Fermoy et des lecteurs DVD, ces banalités qui, d'une manière ou d'une autre, sont devenues la passion décisive de la jeune vie de mon ami. J'ai compris qu'il s'agissait de solitude. Chacun l'a vue chez l'autre immédiatement. Tous les deux étaient charismatiques, appréciés, et pourtant frères de la même portée de solitude.

La Gaynaissance apportait une ambiance estivale bienvenue dans notre maison en ébullition et pleine de fourmis. Elle coûtait aussi excessivement cher.

Il y avait un coin d'herbe derrière Shandon Bells qui bénéficiait d'un bon ensoleillement. On s'est mis à boire plus tôt, à sortir plus tard, à finir la nuit à l'aube froide et bleue, perchés sur le toit plat de notre maison, surplombant notre ville mourante.

« Quand tous les comptes sont faits, il n'y a plus que toi et moi, Rache. Personne ne se souciera de moi comme tu le fais.

— Pareil pour toi », ai-je dit, plus très fraîche, le menton sur les genoux. J'ai pensé à Carey, qui m'adorait, mais qui semblait à la torture s'il fallait prévoir quelque chose plus d'une semaine à l'avance. « Parfois j'ai l'impression que j'étais dans le coma ou quelque chose comme ça, avant qu'on se rencontre.

— Je vois exactement ce que tu veux dire », a-t-il fait, et je n'ai pas su s'il parlait de mon propre coma, ou bien s'il voulait dire que lui aussi s'était senti dans cet état. J'ai appuyé la tête contre son épaule, et il a roulé une cigarette pour moi avec les résidus de son paquet d'Amber Leaf. Ce qui restait de tabac était si fin qu'on aurait presque dit des feuilles de thé.

17

On économisait et puis on claquait l'argent d'un coup, comme ceux qui sont au régime et craquent. Chaque fois qu'on arrivait à mettre quelques centaines d'euros de côté, on déclarait qu'il fallait fêter ça. James courait au débit de boissons et rapportait une *bonne* bouteille. « Bonne » signifiait rioja ou pinot grigio, qui en général coûtaient presque dix euros et évoquaient l'Europe. On la buvait sur le toit et on discutait du fait qu'il était bien plus sain d'apprécier un plaisir décadent une fois par semaine plutôt que de se mettre la misère avec un tord-boyaux presque tous les soirs.

Aux alentours de dix heures, on partait chercher du tord-boyaux.

On trouvait un billet de cinq quelque part, un billet qui n'avait pas encore été comptabilisé comme faisant partie de nos économies car il se trouvait au fond de la poche d'un manteau. Nouveau tour chez l'épicier. À minuit, on décidait d'aller resquiller des pintes au Brog, ce qui était facile car tout le monde abandonnait sa boisson sur le distributeur de cigarettes pour sortir fumer. On finissait par devenir paranoïaques en pensant que le videur nous avait à l'œil, et on achetait des limonades à la vodka. Des doubles, pour économiser. On se réveillait le lendemain matin en découvrant que l'un dans l'autre on avait dépensé quarante euros.

C'est lors d'une de ces soirées, en plein milieu de la Gaynaissance, que je suis tombée nez à nez avec mon propre petit ami.

On était sur la piste de danse quand j'ai senti les bras de Carey autour de ma taille, sa barbe de plusieurs jours blonde et rugueuse sur ma nuque. Il était de sortie avec ses colocataires, qui avaient l'habitude de me voir portant ses caleçons et ses gilets, traînant dans leur maison et mangeant leurs céréales.

« Qu'est-ce que tu fais là, Rache ? fit-il. Je croyais que tu étais fauchée ?

— Oui, c'est vrai », ai-je dit, m'enroulant autour de lui. Je portais une robe courte et je voulais que ses colocataires voient que je n'étais pas une crétine, mais une fille très sexy. « Je fais des économies.

— *Comment ?*

— Oh, les soupirants ! Les soupirants », ai-je répondu. James et moi jouions parfois ces personnages, deux Belles du Sud qui ont désespérément besoin d'argent mais aussi de glamour. « On compte toujours sur la gentillesse d'inconnus. »

J'ai pris ma pinte de Bulmers volée et lui ai fait un clin d'œil, qui a dû plutôt ressembler à un battement de paupières asymétrique, quelque part entre Scarlett O'Hara et Blanche DuBois. Carey s'est tourné et a commencé à parler à ses amis.

J'ai vacillé, attendant qu'il me regarde de nouveau. Je ne voyais James nulle part, et Carey me tournait le dos. Pourquoi me tournait-il le dos ?

Je lui ai donné une tape sur l'épaule. « Je t'autorise à m'offrir un verre », ai-je dit, ce qui était censé être drôle, mais me donna simplement l'air irritable et gâtée.

Carey fit une drôle de tête, comme s'il arrangeait ses dents dans un autre ordre. « Je ne sais pas, Rachel », fit-il, avant de se remettre à discuter avec ses amis. J'étais mortifiée. Les amis semblaient gênés et désolés pour moi. C'était donc ça ? Carey en avait de nouveau fini avec moi ?

J'ai fait la seule chose possible pour une femme dans cette situation. Je suis sortie en trombe.

L'air froid m'a frappée immédiatement, et j'ai compris que plus loin et plus vite j'irais en laissant The Brog derrière moi, moins il y aurait de chance que Carey change brusquement d'avis et se précipite dehors pour me rejoindre. Il restait encore une demi-heure avant la fermeture, alors le trottoir était encore rempli de groupes de filles qui soit pleuraient soit vomissaient. Je ne voulais être ni l'une ni l'autre. Je me suis assise toute seule, frigorifiée, sans manteau, et j'ai piqué une cigarette à un homme qui passait. J'ai frissonné, regardé d'un œil vitreux devant moi, et j'ai attendu qu'il vienne.

Il est venu, bien sûr. Bâti comme un terrier et tout aussi commun.

« Rache, qu'est-ce que tu fais là dehors ? Tu vas te geler. »

À cet instant j'ai été frappée par le fait qu'à Cork personne ne se soucie jamais de votre sécurité. Seulement de la température de votre corps.

« Qu'est-ce que ça peut *te* faire ? » ai-je répondu d'un ton sinistre. J'étais extrêmement saoule, mais je n'ai jamais été du genre à hurler. Quand j'étais ivre morte, je me contentais de devenir brusquement revêche et comme un poids mort. « Tu romps avec moi de toute manière, non ?

— Je pourrais te dire la même chose, a-t-il répondu, une fureur authentique dans la voix. C'est quoi, tout ça ? C'est toi qui voulais tout faire dans les règles. Et maintenant tu es là, habillée comme ça, sans me dire que tu sors, alors que tu ne veux pas aller boire un verre avec moi pendant la semaine. Me bassinant avec tes histoires de soupirants. »

De temps en temps un argument féministe parvient à la conscience publique, un argument que même les jeunes femmes ayant la plus grande haine de soi adopteront. On parlait pas mal à l'époque de « slut-shaming », la façon dont on culpabilisait les femmes à propos de leur tenue, des hommes qui décidaient de leur manière de s'habiller, de ce que l'expression « elle l'a bien cherché » signifiait. On avait identifié chez Fred Byrne cette tendance au slut-shaming moins de deux semaines auparavant. J'avais cette idée à l'esprit, et j'ai sauté sur ce fragment de phrase de Carey – *habillée comme ça* – en ignorant le contexte de ce dont il parlait en réalité. Ce dont il parlait, c'était du fait que je sorte sans lui, de l'éventualité que je le trompe. Ce que j'ai entendu, c'était une critique de ma tenue.

« Va te faire foutre, Carey, ai-je dit, la voix basse et sérieuse. Je m'habille comme je veux. »

Ça a mis le feu aux poudres. Soudain, on s'est retrouvés dans le type de dispute agressive où le couple agit comme s'il était dans un film – agressive devant une caméra qui n'existe pas. On n'arrêtait pas de dire des trucs exaltés, pour la plupart faux, d'une voix stridente. Je l'ai accusé d'être jaloux, alors qu'il ne l'était pas. Il m'a accusée d'être insensible, ce qui n'aurait pas pu être plus éloigné de la vérité. J'avais tellement à cœur de préserver le statu quo avec Carey que je lui cachais toujours des choses me concernant. Pas seulement Londres, mais les affaires de James aussi : sa relation avec le Dr Byrne, les rendez-vous l'après-midi chez nous, la façon dont j'avais eu mon job avec Deenie. Je cachais tellement de choses à Carey que parfois je me demandais de quoi nous pouvions bien discuter.

« Tu peux faire tout ce qui te passe par la tête, Rachel, mais pas la peine que ça me donne l'impression d'être un pauvre con à chaque fois. » Il a expiré fort, comme s'il essayait de se retenir de me gifler. « Toute la soirée mes copains m'ont dit, pourquoi ne pas emmener Rachel, on sortirait tous ensemble, on ne la voit presque plus. Et moi je réponds, genre, elle est fauchée, elle met de l'argent de côté, elle s'inquiète pour son travail. Et puis on sort et on te retrouve là, complètement déchirée. »

Ma rage a commencé à fondre. Je comprenais parfaitement son point de vue, mais plutôt que de compatir, je m'accrochais à l'idée romantique d'une Rachel qui existait quand je n'étais pas dans les parages. Mystérieuse, désirée, qu'on ne pouvait tenir en laisse. Capable de rendre un homme fou.

« Je veux dire, continua-t-il, c'est quoi ? C'est juste que tu ne veux pas être vue avec moi, c'est ça le problème ? »

Une femme sobre lui aurait expliqué la situation. Une femme sobre lui aurait parlé de Londres et de l'argent mis de côté, aurait reconnu son incapacité à dire non à James et à l'effervescence de sa Gaynaissance. Une femme sobre aurait demandé à Carey s'il voulait emménager avec elle.

Mais je n'étais pas une femme sobre. Je n'étais pas même une femme à vrai dire. J'étais une fille, une fille saoule, dans une toute petite robe. Et j'avais froid.

Alors je l'ai embrassé. Je l'ai agrippé, imaginant que la force de notre connexion physique dirait toutes les choses que je n'étais pas capable sur le moment de mettre en mots. Il m'a tout d'abord repoussée, lèvres serrées, mâchoire crispée.

« Rentre à la maison avec moi, ai-je dit, le doigt dans son col. Rentre avec moi et on discutera. »

On est rentrés à la maison. On n'a pas discuté.

Les rideaux de ma chambre étaient fins. Dehors le lampadaire émettait en permanence un rayon de lumière blanche sur le lit, évitant de peu l'oreiller mais découpant une bande en diagonale sur le matelas. Sa peau paraissait lunaire cette nuit-là, comme une chose dont le ciel aurait accouché.

« Je t'aime, ai-je dit, mes pouces sur le fameux abdomen. Je t'aime comme je n'ai jamais aimé personne.

— Rachel, fit-il d'un ton un peu triste, tu aimes tout le monde. »

Ce n'était pas vrai. Mais ça devait lui paraître vrai. Je l'aimais, et j'aimais James, et comme c'était le seul échantillon dont disposait Carey, il ne savait pas à quel point j'étais indifférente au reste de la planète. Tous les autres pouvaient aller au diable.

« Non, ai-je repris, commençant à perdre patience. Tu dois me croire, Carey. Je n'ai jamais été comme ça avec personne. »

Je voulais que cette conversation soit aussi riche de sens et d'amour que les discussions entre James et moi sur le toit, mais ça ne marche que si les deux personnes participent.

« Il faut que j'aille à Derry demain, a-t-il annoncé. Maman est malade.

— Quoi ? Pourquoi tu n'as rien dit ? Qu'est-ce qui ne va pas ?

— Elle doit aller à l'hôpital pour quelques jours. Il faut que je m'occupe de Papa. Il est plutôt sans défense, tu sais. Il se ferait des sandwichs à la tomate à chaque repas.

— Mais tu reviendras ? Tu reviendras ?

— Oui. Oui, bien sûr. »

Il s'est endormi rapidement après ça, et je l'ai observé. Pas du regard attentionné d'une amante, mais de celui, fixe et frénétique, de quelqu'un qui essaie de tordre une petite cuillère par la force de son esprit.

Il partait de nouveau. Il ne reviendrait pas. La peur d'avoir le cœur brisé était presque pire que sa réalité. J'avais l'impression d'avoir avalé un tapis de bain mouillé.

Les effets de l'inquiétude, plus la vodka, ce fut trop pour moi et j'ai rampé sur les genoux vers la salle de bains. J'ai vomi jusqu'à ce que je sois trop fatiguée pour rester éveillée.

18

J'étais tout à fait préparée à ce que le deuxième exode de Carey soit la pire chose qui puisse m'arriver cet été-là. J'étais prête à mijoter dedans, à faire un festin de ma dévastation. James avait pleuré le Dr Byrne au début de l'été, et maintenant qu'il touchait à sa fin c'était mon tour de pleurer, de nouveau, Carey.

Et puis Ben m'a renvoyée.

« Ce n'est pas que tu sois une mauvaise employée, a-t-il dit tristement, même si je l'étais. C'est juste... je dois penser à tout le monde ici.

— Tu renvoies James ?

— Non.

— Quoi ? ai-je fait d'un ton aigu, toute loyauté provisoirement jetée aux orties. Il est pire que moi.

— Je sais. Mais tu vois, tu as un diplôme, Rachel. Tu peux travailler dans un bureau. »

Je n'arrivais pas à y croire. Depuis quand Ben se souciait-il de nous, ou de quoi que ce soit à part « l'industrie » fantôme dont, aimait-il croire, il faisait partie.

« Je ne sais pas si je peux, Ben. » Je me suis assise, abattue, sur sa chaise dactylo, contemplant chacune des dalles de plafond fissurées. Je travaillais dans la librairie depuis trois ans et demi. Était-ce vraiment la dernière fois que je verrais l'arrière-boutique, où si souvent j'avais compté, pleine d'amertume, le fonds de caisse ?

Je ne pouvais pas le regarder. Il se sentait trop désolé pour moi. Mes yeux se sont posés sur l'imprimante avec la pancarte où il était écrit : RÉSERVÉE AU TRAVAIL, JAMES.

« Et mon indemnité de licenciement ? ai-je fini par demander.

— Eh bien, il y a les dix jours de vacances que tu n'as pas pris.

— C'est tout ?

— J'ai bien peur que oui.

— Putain, Ben. Est-ce que c'est légal au moins ? »

Il a cligné des yeux. « J'ai bien peur que oui », a-t-il répété.

Je lui ai lancé un regard noir. Ce n'était pas sa faute. Le magasin ne lui appartenait pas, après tout. Mais le propriétaire vivait à Tipperary et on ne le voyait jamais, alors c'était presque comme si.

« Tout ça c'est des conneries, ai-je dit.

— Tu peux disposer du reste de la journée. Dire au revoir à tout le monde, et tout.

— Et je serai payée quand même ?

— Oui.

— Bon, alors je crois que je vais foutre le camp. Ça sera mieux pour tout le monde, non ? »

Je me suis sauvée, mon sac en bandoulière claquant furieusement contre ma cuisse nue, ma rage exsudant en sueur intense. Je le regrette maintenant. Dans les années qui ont suivi, il y a eu de nombres études sur la vie professionnelle nomade des milléniaux, et parfois j'ai l'impression que mon existence d'adulte n'a été qu'une étude de cas pour un article du *Guardian Weekend*.

Je n'ai jamais travaillé pour un site web, une revue ou un journal plus de deux ans. Au bout de cette période je suis en général licenciée, ou bien le site fait faillite. Aujourd'hui, alors que je suis dans cette période de transition du congé maternité et ne sachant pas encore si je retournerai au bureau à plein temps, je commence à me demander si un jour je serai de nouveau membre à part entière du personnel de quelqu'un.

Et si j'avais su, à l'époque, qu'O'Connor Books serait l'endroit où j'aurais travaillé le plus longtemps ?

J'ai appelé Carey en descendant la rue, sa voix ayant déjà pris l'intonation du nord, la bienfaisante eau de mer de son foyer rejaillissant sur lui.

« Ah, nom de Dieu, Rachel, c'est horrible. Qu'est-ce que tu vas faire ?

— Je ne *sais* pas.

— Qu'est-ce que tu *veux* faire ?

— Je veux te voir, ai-je dit, sentant les larmes monter. Je peux venir te rendre visite ?

— Avec quel argent ? Ça te coûterait une blinde de venir jusqu'ici. Et est-ce que tu veux vraiment passer la semaine avec mon père de quatre-vingts ans ? »

Cela m'a semblé pervers qu'une personne avec qui je couchais puisse avoir un père aussi vieux. Mais le sien s'y était mis tard, et Carey était le petit dernier. On a parlé un moment. Sa mère devait passer de nouveaux examens. Ils la gardaient une semaine de plus. Mon téléphone a émis un bip, réclamant du crédit.

« Ne disparais pas de nouveau, c'est tout, ai-je dit, incapable de supprimer le ton amer et suppliant de ma voix. Recharge bien ton téléphone, d'accord ? Je t'aime. »

Et ça a coupé avant qu'il puisse le dire lui aussi.

Je suis allée à pied chez les Harrington-Byrne. On était samedi, et ils étaient tous les deux à la maison. Je n'avais jamais pensé à ce qu'ils pouvaient bien faire quand ils étaient là tous les deux et la réponse était : déjeuner.

Deenie est venue m'ouvrir. Elle portait une robe de soie bleu-vert. Elle avait cette peau blanche, nacrée, qui rend si bien avec la palette de couleurs du début des années 2010 : émeraude, framboise, turquoise, saphir. Couleurs qui la font ressembler à un petit bijou, et moi, avec mes cheveux blond foncé et mes sourcils presque invisibles, à la mère de la mariée.

« Rachel ! Que fais-tu ici ? Oh mon Dieu, quelque chose ne va pas ? »

Le chat de Deenie, dont je venais juste de me souvenir du nom – Jupiter ! –, est apparu sur le seuil et s'est enroulé autour de mes jambes, frottant la tête contre mes mollets.

« J'ai été *virée* ! ai-je explosé.

— De la librairie ? »

J'ai acquiescé, et Jupiter a commencé à s'attaquer à un fil qui pendait de l'ourlet de ma jupe.

« Oh mon Dieu, je suis tellement désolée. Entre, entre, entre. »

Dans ma tête, j'étais venue chez les Harrington-Byrne pour demander une augmentation à Deenie. Dans mon cœur, c'était parce que je sentais qu'ils étaient les seules personnes sur lesquelles je pouvais compter. Carey était absent ; James avait encore un travail, et se sentirait coupable ; mes parents s'inquiéteraient et suggéreraient que je rentre à la maison.

De plus, à cette époque je n'étais pas vraiment proche d'eux. Deenie et le Dr Byrne les avaient remplacés en tant qu'adultes influents dans ma vie. Les parallèles n'étaient pas parfaits, mais s'en rapprochaient. Deenie et ma mère, toutes deux délicates et aimantes, et de tempérament assez réservé pour me permettre d'être égocentrique. Comme mon père, le Dr Byrne se montrait souvent distant, mais parfois allait droit au but et me révélait la réalité du monde brutal. De plus, ils étaient tous les deux docteurs, mais pas du type de celui qu'il vous faut en cas d'urgence.

La lumière du soleil qui se reflétait dans la cuisine la rendait chaleureuse, et la table était dressée pour une sorte de goûter dînatoire. Une petite quiche de la taille d'un poing. Une assiette de tartelettes feuilletées à la crème. Deux sandwichs, prosciutto et brie pour l'un, poivron rouge et fromage de chèvre pour l'autre, chacun découpé en lamelles. De toute évidence, ils étaient allés à l'English Market ce matin. Tout était grossièrement saupoudré de farine de semoule jaune, et légèrement abîmé par les sachets kraft.

« Assieds-toi, Rachel, assieds-toi. Prends un verre de vin. »

Le Dr Byrne m'a servi un verre de sauvignon blanc glacé que j'ai reconnu de l'une de ses visites à Shandon Street. Je l'ai bu d'un trait, comme un marathonien en manque d'eau.

« J'ai été *virée*, ai-je répété, au cas où le Dr Byrne ne m'aurait pas entendue le crier depuis l'entrée. Je n'ai plus de travail. »

La phrase est restée en suspens, une balle attendant d'être attrapée. Je voulais que Deenie me dise que si, *j'avais* un travail, j'étais son assistante, et elle allait me payer trois cents par semaine tout de suite. Ou bien qu'elle allait me présenter à tout le monde dans la maison d'édition, et me décrocher un entretien pour un emploi salarié. Elle répéterait à ses collègues ce qu'elle me disait souvent : que j'étais indispensable, que je lui sauvais la vie, qu'elle ne pourrait pas préparer l'anthologie de poésie en hommage à son père sans mon aide.

La balle retomba. Personne ne m'a rien proposé.

À la place, Deenie m'a dit d'un ton apaisant : « Mon pauvre petit. » Elle a passé la main dans mon dos. « Mon Dieu, c'est tellement difficile, non ?

— Épouvantable, a dit le Dr Byrne en secouant la tête. Et pas bon signe pour les livres.

— Non, a-t-elle repris tristement. Pas bon signe pour les livres. »

Un début de rage a éclos en moi. Je venais juste de perdre mon emploi, j'étais sous-payée de manière criminelle par les Harrington-Byrne depuis des mois, et je me retrouvais réduite à une étude de cas pour l'industrie du livre dans son ensemble. J'ai fini mon verre, et m'en suis servi un autre.

« La situation du monde de l'édition est un désastre, fit Deenie. Et tout le monde panique encore à cause de Kindle. »

Il a touché sa main. « Oui, mais toutes les études disent que les gens qui achètent des e-books continuent d'acheter des livres papier. »

Il a dit cela comme s'il l'avait déjà fait de nombreuses fois. Comme si c'était une fable dont il la berçait parfois.

« Est-ce que je peux utiliser votre salle de bains ? » ai-je demandé. Sans attendre la réponse, je me suis juste levée et dirigée vers les toilettes.

À la réflexion, je comprends que Deenie et le Dr Byrne n'essayaient pas de reporter mon renvoi à eux-mêmes. Ce qu'ils essayaient de faire, c'était envoyer un signal adulte à quelqu'un qui ne possédait pas encore le langage pour le traduire. Lorsque Deenie a dit : « La situation du monde de l'édition est un désastre », ce qu'elle voulait dire c'était : *J'aimerais t'aider, Rachel, mais la vérité c'est que mon propre emploi est à peine assuré.*

Mais je n'avais pas encore ce recul. Tout ce que j'avais, c'était leur salle de bains, ma rage, et les légères traces de dentifrice sur l'armoire de toilette au-dessus du lavabo.

Je l'ai ouverte. Deenie gardait tout son maquillage dans sa chambre, mais il y avait là quelques échantillons. De minuscules bouteilles de parfum et un tube de quelque chose de la marque L'Occitane. Les tests d'ovulation étaient de retour. J'ai mis quelques trucs dans mon sac, sans me soucier qu'elle s'en aperçoive ou non.

J'ai senti des ondes de calme me traverser. Je n'étais pas obligée de partir, ou de rester assise au milieu de leur hospitalité raffinée alors que je les haïssais. Je pouvais boire un autre verre de vin et me sentir à l'aise avec le fait que nous nous étions tous fait du tort les uns aux autres.

J'y suis retournée, et j'ai retrouvé les Harrington-Byrne tous deux plus bruyants, plus drôles, légèrement moins parentaux.

« Écoutez, miss Murray, dit le Dr Byrne, sortant une bouteille de gin pendant que sa femme coupait un concombre, dans la vie, il arrive que les gens se fassent virer.

— C'est très ennuyeux, fit Deenie. Et épuisant. Mais les choses s'arrangent toujours. »

Le Dr Byrne fit volte-face, agile comme toujours malgré sa corpulence. Il sortit du congélateur un sac en plastique contenant de la glace, le fracassa sur le sol carrelé, et de ses grandes mains en rassembla des morceaux. « Mais en attendant, chanta-t-il, on peut toujours boire. »

Il a jeté les glaçons dans des verres droits, puis les a noyés de gin.

Deenie est passée des concombres à la platine vinyle. Elle a remis l'aiguille en place, et « Bad Moon Rising » des Creedence Clearwater Revival a commencé.

J'ai posé mon sac par terre, m'assurant que le rabat soit bien fermé. Fred Byrne m'a tendu mon gin. J'ai fait le geste de trinquer, les gros cubes de glace chatouillant le bout de mon nez, la quinine amère recouvrant ma langue.

Je pense qu'ils se sentaient coupables de ne pas pouvoir m'aider de la manière dont je voulais l'être. Mais on allait faire passer le mauvais moment comme le font traditionnellement les Irlandais. En se bourrant la gueule.

Toute la nervosité que j'aurais dû ressentir en me saoulant avec mon employeur et mon ex-professeur s'est évaporée. Les Harrington-Byrne se sont lancés dans ce qui devait être un rôle fréquent pour eux : le couple charmant, sans enfant, dont le manque devait être masqué pour empêcher qu'on se sente désolés pour eux.

Le Dr Byrne raconta des anecdotes sur les cinglés qui dirigeaient le département d'anglais, anecdotes qu'il pouvait me raconter tranquillement maintenant que la vie à l'UCC était terminée pour moi. Le professeur qui mettait des collants de femme déjà portés sous son pantalon. Le doctorant qui n'arrêtait pas d'envoyer des lettres d'amour à sa directrice de thèse, une femme mariée dans la soixantaine. L'auteur très célèbre qui avait obtenu ses diplômes à l'UCC en 2003, mais racontait dans les journaux qu'il était allé à Trinity. On riait, on devenait de plus en plus ivres, et de temps à autre je me surprenais à jeter un regard furtif au Dr Byrne, ajoutant dans ma tête : *Il y a aussi le professeur d'anglais qui est toujours obsédé par son ex-petit ami de vingt-deux ans.*

Deenie, en dépit de sa douceur, savait aussi raconter une bonne histoire. Elles venaient de feu son père, qui avait côtoyé des personnalités comme Patrick Kavanagh et John Berger.

« Kavanagh n'était qu'un vieux poivrot, semble-t-il, gloussa-t-elle. Il se baladait en mangeant du bicarbonate directement dans le paquet. »

Moi aussi j'avais des histoires, bien sûr. Des histoires de passion juvénile et de dépravation que les trentenaires trouvent si réconfortantes à entendre. Des rappels réjouissants qu'il n'y a plus rien à regretter de la jeunesse.

C'était une belle journée chaude, et nous sommes allés dans le jardin, en buvant et en braillant.

« Que s'est-il passé avec ton petit ami ? a demandé Deenie. Casey ?

— Carey, ai-je repris tristement. Carey, get out your cane[1]. » J'ai bu une nouvelle gorgée de mon gin. « Carey, I'm *getting* caned.

— Je trouve qu'il ne te convient pas, Rachel, dit Fred Byrne. Tu mérites mieux qu'un homme invisible.

— Qu'est-ce que tu en sais ? » demanda Deenie, perplexe.

Une bouffée de panique. Le Dr Byrne avait oublié qu'il n'était pas censé me connaître aussi bien, mais juste comme une étudiante, comme une employée de librairie.

« Oh mon Dieu, j'allais tout le temps dans le bureau du Dr Byrne, ai-je dit en riant, essayant d'arranger les choses, pour lui raconter mes misères.

— Ah bon ? » fit Deenie. Elle ne semblait pas vraiment mal à l'aise, mais cherchait à résoudre la quadrature du cercle. « Tu n'étais pas du tout comme ça de mon temps, Fred. Pas de patience pour les doléances des étudiants.

— Je me suis ramolli avec l'âge », fit le Dr Byrne, d'une voix un peu chantante.

Deenie ferma les yeux au soleil. « J'ai besoin de crème solaire. Je crois que je commence à cuire.

— Je vais la chercher. » Le Dr Byrne se précipita à l'intérieur, l'anxiété collée aux semelles.

Il y eut un bref silence entre Deenie et moi, mais plutôt confortable. On avait déjà passé tellement de temps toutes les deux sans parler, durant nos longs après-midi à la table de la cuisine.

« Papa était professeur aussi, tu sais, fit-elle. Pendant quelques années.

1. Chanson de Joni Mitchell.

— Ah bon ? À Cork ?
— Non. Dublin. UCD.
— Mais vous avez grandi ici ?
— Humm, dit-elle, le soleil dansant sur ses paupières. Il vivait là-bas pendant la période universitaire.
— Ça a dû être difficile.
— Hum, fit-elle de nouveau. En fait je n'y faisais pas attention. J'étais une ado. Mais je crois que c'était beaucoup plus dur pour maman. La solitude, tu sais. Elle ne pouvait pas savoir ce qu'il faisait, à quoi il était occupé.
— Oui, dis-je, un peu gênée par la tournure que prenait la conversation. Oui, ça a dû être difficile.
— Elle disait toujours : "Les hommes ont le droit d'avoir leur jardin secret, Aideen." » Deenie rit doucement à ce souvenir. « Je me suis toujours demandé si pour elle les femmes avaient droit à un jardin secret, elles aussi. »

James m'a appelée. C'était sa pause déjeuner, il avait commencé une heure après moi, et il avait appris pour mon renvoi.

« Rache, ça va ? Où es-tu ? Pourquoi tu ne m'as pas appelé ?
— Je vais bien, dis-je d'un ton jovial, étirant les voyelles. Je suis chez les Harrington-Byrne.
— Quoi ? *Pourquoi ?*
— Pour me saouler.
— Quoi ? Avec Fred ? »

Je ne savais pas dans quelle mesure Deenie pouvait l'entendre. Ses yeux étaient toujours fermés.

« Rachel, tu n'en dis pas assez, aboya James. Qu'est-ce qui se passe ?
— Je vais bien. On parlera plus tard. » J'ai raccroché avant qu'il ait le temps d'argumenter.

Le Dr Byrne revenait, traversant la pelouse avec la crème protectrice. Deenie ouvrit les yeux.

« Mon colocataire, ai-je dit. Il voulait s'assurer que j'allais bien.

— Tu nous appelles les Harrington-Byrne ? » demanda Deenie, paraissant amusée. Elle a étalé la crème sur ses bras parsemés de taches de rousseur. « *Pourquoi ?*

— Qu'est-ce qu'il fait, votre colocataire ? » a demandé Fred. Le ton était trop dynamique, trop curieux, trop manifestement pour la galerie.

« Il travaille à la librairie, ai-je répondu, n'appréciant guère ce côté théâtral. Et vous, comment vous êtes-vous rencontrés tous les deux, au fait ? »

C'était une importante leçon de vie à apprendre, et je l'ai beaucoup utilisée depuis : si vous cherchez à distraire l'attention d'un couple, demandez comment ils se sont connus.

Elle avait été son étudiante, bien sûr. Ça, je le savais déjà. Il était un peu jeune pour un professeur ; elle était un peu âgée pour être en master. Thackeray les a réunis. Leur histoire d'amour pimentée par le fait d'être quelque peu sujet à controverse, sans être tout à fait scandaleuse. C'était une histoire truffée de « quelque peu » et « légèrement ».

Avec le soir la température baissa, et nous sommes retournés à l'intérieur. Cela aurait dû être pour moi le signal du départ, mais j'étais trop saoule pour y penser. On a dansé sur le carrelage de la cuisine tandis que l'obscurité tombait, et j'ai raconté des tas de choses. Sur mes parents, sur mes frères, et pour finir sur Carey. J'ai pleuré auprès de Deenie, m'affalant sur son bras tandis qu'on prenait place sur le canapé vert et mou.

« J'ai juste envie de le fixer au sol, vous voyez ? Du genre, je cloue ses chaussures au plancher, ai-je dit, les larmes glissant de mon menton et tombant sur elle. J'ai l'impression qu'on pourrait vraiment s'aimer comme il faut, s'il me laissait faire. »

Je ne sais pas pourquoi j'étais tellement contrariée. Carey et moi étions, techniquement parlant, toujours ensemble. Mais on ne pouvait pas compter sur lui, et j'avais tellement besoin d'avoir quelque chose sur quoi compter. L'incertitude m'accablait.

« Oh mon petit. » Elle me caressa les cheveux. « Les hommes sont horribles. C'est un cliché, mais c'est vrai. Je suis désolée.

— Il n'est même pas horrible. Il est très sympa.

— Comment est-il, exactement ? Tu ne l'as jamais dit.

— Il est très gentil, ai-je expliqué, essuyant mon nez de la main. Et très bizarre. Est-ce que je peux l'appeler ?

— Avec notre téléphone ?

— Le mien n'a plus de crédit.

— Bien sûr. »

Je me suis enfoncée dans le canapé vert tandis qu'elle me passait le téléphone sans fil. J'ai appelé le portable de Carey et il a décroché, méfiant devant l'indicatif de la République d'Irlande. Il s'est adouci quand il a entendu que c'était moi, et a semblé heureux que je sois saoule et qu'on prenne soin de moi.

« Je sais que tu penses que je suis trop jeune, ai-je dit. Mais je crois que ça pourrait bien marcher, tous les deux.

— Oui, fit-il d'un ton lugubre. Ouais, je sais.

— Qu'est-ce qui ne va pas ?

— Ma mère a un cancer.

— *Quoi ?* ai-je éructé. Je croyais qu'elle passait des examens !

— Oui, des examens pour le cancer. Elle a bien un cancer. Pancréas.

— Oh, Care. Je suis tellement désolée. Tu vas bien ?

— Je... Je ne sais pas. Papa est dévasté.

— Bien sûr, bien sûr.

— Les filles arrivent toutes demain. Mais elles ont une famille, Rache. Des bébés. Je suis le seul... » Il s'est tu. Je me suis souvenue de notre conversation, le jour du stand de pain. James Carey était un glandeur, un glandeur-né. Ses tentatives de vie adulte avaient échoué comme celle de Peter Pan voulant prendre son ombre au piège. Par cette unique phrase inachevée, il venait de comprendre que certaines personnes créent leur propre vie d'adulte, et pour d'autres, on la leur jette à la figure. Et lui, donc, ferait partie de ces dernières.

« Je dois m'occuper de trucs ici, Rachel. Je... Je ne sais pas ce que je peux te dire, vraiment.

— Je comprends, fis-je d'une voix aiguë, les larmes coulant de nouveau.

— Je t'aime, je t'aime vraiment, dit-il. Et peut-être, quand les choses se calmeront, tu pourras venir un petit moment ici. Ou bien je te retrouverai à Dublin. Mais...

— Je comprends. Il faut que tu sois là pour ta famille. Pour ta maman.

— Oui. » Il soupira. « Je ne sais pas si je serai bien utile.

— Mais si. Je peux t'appeler quand même ?

— Rachel, je deviendrai fou si tu ne m'appelles pas. Juste une fois par semaine, pour prendre des nouvelles, ou quelque chose comme ça. S'il te plaît, ne me laisse pas tomber. »

Je n'arrivais pas à croire à ce revirement. Soudain c'était lui qui voulait clouer mes chaussures au plancher.

« Bien sûr », ai-je dit.

Il semblait sur le point de pleurer. « Il faut que j'y aille maintenant.

— Tu n'es pas obligé.

— Si, il le faut. »

Deenie était allée dans la cuisine pour me laisser un peu d'intimité. Un nouveau disque passait, une chanteuse de jazz, Dinah Washington ou une autre du même style. Deenie, un mètre cinquante, était pieds nus et dansait avec son mari. Paraissant si petite que, pour une fois, je n'étais même pas jalouse. Elle semblait si facile à briser.

Je suis partie aux alentours d'une heure du matin, mon sac plein de trucs volés. Je me souviens d'avoir pensé que, quoi qu'il se passe ensuite avec Carey ou ma situation professionnelle, ce ne serait pas si grave si je pouvais avoir ce petit coin d'enchantement adulte, l'amitié avec les Harrington-Byrne.

Lorsque quelque chose de bien vous arrive à cet âge, vous n'imaginez pas qu'il puisse s'agir d'un événement unique. Vous voulez que ce soit le début d'une tradition. C'est ce que je ressentais pour cette nuit : je voulais déjà qu'elle soit un souvenir, un souvenir fondamental, la première de nombreuses soirées similaires. Je voulais une nostalgie à venir, déjà rétrospective, une amitié affectueuse vieille de plusieurs années pour quelque chose qui en fait venait juste de se passer.

Ça remonte à dix ans, ce qui en fait un souvenir authentique, et non un faux souvenir fantasmé dans le taxi qui me ramenait à la maison. Le problème avec les souvenirs authentiques, c'est que vous en savez trop. Ça gâche tout. Je peux aimer cette nuit pour ce qu'elle était, mais je sais aussi cela : que je ne remettrais plus les pieds dans cette maison que deux fois, et que d'ici l'hiver je ne reverrais jamais Deenie Harrington.

19

Un centre d'appels venait d'ouvrir à Monkstown, près de l'endroit où j'avais grandi, et une des relations de mon père m'a trouvé un travail là-bas. À ce stade, je ne pouvais plus me permettre de tracer une ligne imaginaire entre un emploi en centre-ville et un autre. Ils m'offraient treize euros de l'heure pour appeler les donateurs d'organismes de charité et les convaincre d'augmenter leur don mensuel. « Une semaine tu travailles avec, disons, les Chiens d'aveugles d'Irlande, m'a dit ma nouvelle manager, et la suivante ça peut être la fente palatine. »

On m'avait vendu ça comme l'un des avantages de ce job. « La variété », m'avait-on dit. « Tu ne t'ennuieras jamais. Il y a toujours beaucoup à apprendre, si on veut s'en donner la peine. »

Le centre d'appels était un grand préfabriqué de la taille de l'amphi de mon lycée. Il sentait le neuf et le bon marché. Il y avait deux distributeurs, un pour des snacks et un pour des boissons énergisantes. Celui pour les snacks était payant, mais celui pour les boissons était gratuit. Le premier jour une fille de mon âge m'a fait visiter les lieux. Elle avait déjà un poste de manager, ayant commencé à travailler là en mai. On approchait de la fin août.

« Ce qui est sympa c'est que c'est vraiment flexible, a-t-elle dit. Par exemple, personne ne te convoquera dans son bureau si tu n'es pas à ton poste à neuf heures dix, enfin tu vois. Remplis juste tes objectifs, et tu es libre de faire ce que tu veux. »

Elle ressemblait aux filles avec qui j'étais allée à l'école. Blondes, avec des mèches, et pratiquement pas de sourcils, habillées en bleu pastel et rose pâle. Elle était sans doute très gentille, mais j'ai ressenti le besoin de lui résister. J'avais passé une si grande partie de l'année précédente dans un monde différent, fait de concerts, de piercings au septum et de relecture d'épreuves, et je n'appréciais pas d'être tirée en arrière dans cet univers de filles girly que je n'avais jamais vraiment aimé.

Elle m'a montré mon nouveau bureau. Il y avait un téléphone, un ordinateur, et une cloison de séparation de chaque côté. Sur ma chaise, deux pages agrafées, que j'ai supposé être la présentation de l'entreprise mais qui était en fait un topo concernant la recherche sur le cancer du sang.

« Il y a de grandes possibilités d'avancement, a-t-elle repris. Je suis à seize euros de l'heure, maintenant.

— *Seize* ?

— Eh bien, je ne fais pas qu'appeler. Je suis manager.

— Oui, bien sûr.

— L'important c'est de garder les gens en ligne. S'ils ont parlé assez longtemps avec toi, ils se sentiront coupables. Pose-leur des questions sur leurs animaux de compagnie, leurs petits-enfants. À la fin ils seront d'accord pour donner.

— Entendu.

— Mais ne t'attarde pas trop non plus. Certaines mémés ne te lâcheront plus. Tu as des objectifs.

— Entendu. »

Dès que je fus au téléphone, je sentis une fureur légitime contre James m'envahir. De toute évidence ce travail ne me convenait pas, alors qu'il lui convenait, à lui. Qui savait mieux que James convaincre les gens ? Pendant ce temps, il continuait à travailler chez O'Connor Books, malgré le fait – et ça, c'était la plus garce des voix qui me le soufflait – qu'il ne lise même pas de vrais livres. Juste des manuels d'écriture de scénarios.

J'ai appelé Carey pendant ma pause déjeuner. Il n'y avait nulle part où s'installer pour manger, alors j'ai trouvé un coin d'herbe près d'une route et me suis appuyée contre une barrière.

« C'est affreux ?

— Épouvantable. Personne ne veut me parler.

— Moi, je veux te parler.

— Tu peux me payer treize euros de l'heure ? Bon. Comment ça va chez toi ?

— Maman est à l'hôpital pour le moment, et la hanche de Papa lui fait mal de nouveau, alors je le conduis chez le kiné un jour sur deux. Seulement, il ne veut pas faire les étirements ni les autres trucs, alors je dois les faire avec lui. »

J'avais souhaité que Carey soit cloué au sol, et à présent il l'était pour de bon. Sa vie était rythmée par les séances de chimio, les gens à conduire puis à aller chercher, les nièces, les neveux, les déjeuners et les dîners à préparer, les disputes entre ses sœurs à gérer, les dépressions de sa mère, le refus entêté de son père à bouger la jambe dans le sens des aiguilles d'une montre puis dans l'autre en des mouvements circulaires répétitifs. J'avais désiré que Carey devienne fiable, et maintenant tout le monde dans la ville de Derry, à près de cinq cents kilomètres de distance, pouvait compter sur lui sans réserve.

« Tu es un fils génial, lui ai-je dit. Et un frère. Et un oncle. » J'étais sur le point d'ajouter : « et un petit ami » mais on évitait sciemment les titres. On savait qu'on s'aimait mais, étant donné les circonstances, on ne savait pas quoi en faire, ni ce que cela signifiait. Aucun de nous ne savait combien de temps cette situation allait durer, et aucun ne voulait retenir l'autre.

« Je ne suis pas tout ça, pas vraiment, a-t-il répondu. Je rembourse mes dettes, c'est tout. »

Monkstown est plus près de Douglas que du centre-ville, alors les soirs où j'étais trop fatiguée par le démarchage téléphonique, je partais tôt, prenais le bus et rentrais chez mes parents, où je trouvais un calme plat et de la chaleur et plein de nourriture. J'avais tout le temps faim à présent, je prenais la *shepherd's pie* de ma mère directement du four et la mangeais au lit avec mon ordinateur portable. Chris n'était pratiquement jamais là. On avait un accord tacite, selon lequel on n'abordait pas le sujet de la nuit où il était tombé du mur de mon jardin, même s'il portait encore le jean avec le trou découpé par Carey. Je voyais très peu Kevin, qui n'avait pas encore eu la poussée de croissance que Chris et moi avions eue au même âge. Il était mince, petit et silencieux, et papa semblait constamment agacé par lui. Papa et moi, par ailleurs, avions trouvé un nouvel équilibre un peu étrange. On était tous les deux incroyablement tristes, et on ne voulait pas être tirés de notre tristesse, alors on s'asseyait ensemble et on regardait des films en silence.

James m'a appelée pendant l'une de nos soirées cinéma larmoyantes, s'inquiétant de savoir quand je reviendrais.

« Où es-tu ? s'est-il plaint au téléphone. C'est la deuxième nuit d'affilée que tu passes chez tes parents.

— C'est juste plus facile. Je suis tellement fatiguée.

— Tu es toujours *fatiguée* maintenant, a-t-il dit en ronchonnant. C'est moi qui suis debout toute la journée. »

J'ai senti mes paupières retomber tandis que nous parlions. « Ce n'est pas pareil, au téléphone. C'est fatigant d'une autre manière. C'est fatigant pour l'âme. »

À côté de moi sur le canapé, mon père a acquiescé. Il avait l'âme fatiguée, lui aussi.

Un vendredi j'ai terminé à six heures, ayant d'une manière ou d'une autre atteint mes objectifs impossibles de la semaine, et je me suis retrouvée excitée à l'idée du week-end comme ça ne m'était pas arrivé depuis des années. J'ai quitté le bureau sur un « Dieu merci on est vendredi » avec un enthousiasme tellement exagéré qu'il en devenait vulgaire. Je me suis surprise à me demander : qui dit vraiment ça dans *la vraie vie*? J'ai pris le bus pour Shandon Street, serrant fort cet orbe d'or du week-end, m'étouffant de joie à la pensée que je n'avais pas à retourner à Monkstown avant lundi midi.

J'ai ouvert la porte et j'ai entendu des corps. Ma première pensée fut que nous étions en train de nous faire cambrioler. J'ai entendu une chute contre la table, le bruit de quelque chose qui reçoit un coup de pelle.

Je ne savais pas si j'avais l'énergie pour un cambriolage. *Et si je faisais demi-tour et repartais?*

« Rachel? ai-je entendu James demander. C'est toi?

— Qui ça pourrait être d'autre?

— Donne-nous une seconde. »

C'était inhabituel que James reçoive quelqu'un si tôt dans la soirée, mais pas anormal non plus. Il ne s'attendait sans doute pas que je rentre avant plusieurs heures.

« C'est bon, fit-il. Tu peux entrer. »

James avait le visage cramoisi, et rajustait la boucle de sa ceinture. Un panache de fumée de cigarette s'est échappé de la porte de la cuisine qui donnait sur l'extérieur.

« Rachel, comment va?, fit le Dr Byrne.

— Salut... Dr Byrne. »

Je me suis tournée vers James, atterrée. « Vous étiez en train de baiser sur la table tous les deux? »

James s'est frotté le menton. « Oui.

— Depuis combien de temps ça a recommencé ?

— Hum. Quelques semaines ? »

Le Dr Byrne s'est approché, le visage rouge et sentant la fumée. J'étais trop fatiguée pour supporter ce truc plus longtemps. Trop fatiguée, trop affamée, trop triste.

« Elle va finir par le découvrir, ai-je dit d'un ton cassant. Pourquoi vous faites ça, bordel ? Pourquoi vous ne pouvez pas tout simplement respecter votre femme, qui vous aime ?

— J'aime ma femme, répondit-il.

— Et vous croyez que ça suffit ?

— Pourquoi ça *t'ennuie* autant ? demanda James. Ça ne t'a pas dérangée quand ça t'a permis d'avoir un travail.

— Du travail ! ai-je fait d'une voix stridente. *Du travail ! C'était un stage !* Et je me suis cassé le cul, pour rien ou presque.

— Rachel... » Fred Byrne a posé sa grande main sur mon épaule.

« J'étais chez vous *il y a moins de trois semaines.* Je vous ai vu danser avec Deenie dans la cuisine. Je suis son amie, maintenant. Et je me soucie d'elle. Ce n'est pas juste.

— Non », a-t-il reconnu. Il a pris place dans le canapé. « Ce n'est pas juste. »

Une vague de torpeur m'a de nouveau envahie. Il avait l'air tellement à l'aise, assis sur notre canapé. Je me suis installée à côté de lui. « Désolée », ai-je dit, sans être certaine de l'être, mais je n'étais pas d'humeur à une confrontation, même si c'était moi qui l'avais amorcée. « Je suis juste fatiguée. »

Le Dr Byrne et moi nous sommes regardés. C'était impossible de croire qu'il avait été un jour mon mystérieux et bienaimé professeur. Tout aussi étrange de penser qu'il avait été le dieu bienveillant m'offrant du gin quand j'avais été virée. Il me semblait à présent qu'on était deux clowns tristes sur le tableau d'une chambre d'enfants.

« Bon, vous êtes vraiment super *craic* tous les deux, dit James plutôt sèchement. On ouvre une bouteille de vin, ou autre chose ? »

Il est allé fouiller dans la cuisine.

« Vous essayez d'avoir un enfant tous les deux, non ? ai-je dit au Dr Byrne. Vous et Deenie. Pourquoi, alors que vous essayez de fonder une... »

Il s'est frotté les tempes.

« Qu'est-ce que vous fabriquez ? » J'ai demandé ça comme si c'était ma seule chance de comprendre, vraiment, comment le monde des adultes fonctionnait.

« Rachel, a lancé James depuis la porte de la cuisine. Ça ne te regarde pas.

— Ça me regarde, je pense, alors que je dois... »

Le Dr Byrne leva la main. « Elle a raison, James. Rachel est concernée, à sa manière, et ce n'est pas juste. »

« Deenie et moi, reprit-il, ça fait des années qu'on essaie. Ça n'a jamais marché. Elle en veut un, désespérément, mais ça ne marche pas.

— Quoi ? Le sexe ? Vous n'arrivez pas à... »

Il parut offensé. « Mais non, bien sûr qu'on fait l'amour, Rachel. Nom d'un chien. Elle est splendide. Elle m'attire beaucoup. J'aime les hommes et les femmes. Tout va bien. J'ai toujours été tout à fait ambidextre.

— Dis simplement bisexuel », fit James, levant les yeux au ciel. Ils semblaient déjà avoir eu cette discussion auparavant. « Comme une personne *normale*. »

Le Dr Byrne eut l'air contrarié. « Mais je... n'ai jamais pensé aux hommes comme... *viables* pour une relation. Vous allez trouver ça très vieux jeu, j'en suis sûr, mais vous savez, j'ai presque quarante ans. »

J'ai remarqué, dans les années qui ont suivi, que les homosexuels qui ne sont plus tout jeunes font parfois cela. Ils donnent leur âge, et attendent. Ils vous laissent faire le calcul. Ils vous regardent avec une expression qui veut dire : *Je suis né en 1972. J'étais un adolescent dans les années quatre-vingt. Pensez aux choses que j'ai vues, aux reportages terrorisants, au corps moribond qui serait peut-être bientôt le mien, me disait-on.* Je me suis plus tard demandé si l'obsession du Dr Byrne pour la famine n'était pas liée seulement à la minceur, mais aussi au sida, et à la liberté de pouvoir penser à un corps en train de mourir.

« Je n'ai pas fréquenté un seul homme pendant les premières années de notre relation, je le jure. C'était fini tout ça pour moi. Un truc de jeunesse, vous savez. Je l'aimais. Je l'aime. »

James s'est assis sur l'accoudoir, le visage adouci. Il a embrassé le Dr Byrne sur le sommet du crâne, puis lui a passé une cigarette. Cela me semblait incroyable qu'il puisse se montrer aussi tendre, malgré ce sentiment : l'idée que les relations entre hommes sont un plaisir de jeunesse, mais ne sont pas destinées à l'amour véritable.

« Mais plus... plus le truc du bébé foirait, plus on essayait, plus je me sentais comme si... je la décevais, je suppose, plus j'avais besoin... C'est difficile à expliquer. Faire l'amour avec elle, faire l'amour avec les femmes, c'est devenu un peu...

— Lourd, termina James.

— Oui, approuva Fred Byrne. Lourd. »

J'ai regardé James. Je n'arrivais pas à croire à quel point j'avais peu entendu parler de tout ça, et à quel point James savait beaucoup de choses, mais ne les avait pas partagées.

« James n'était pas mon premier écart, dit le Dr Byrne avec prudence. Mais il était – est – mon premier amant.

— Oh mon Dieu, fit James. Dis simplement *petit ami*, comme une personne normale.

— Alors quand tu me demandes ce que je fabrique, Rachel, la réponse est... » Il regarda ses mains. « Je ne sais pas. Je sais que j'ai été malheureux pendant des mois. Que j'aime ma femme. Mais aussi que... »

Il prit la main de James.

« J'aime ce jeune homme, ici présent. »

Pour une fois, James ne trouva rien à dire. Ses yeux paraissaient immenses. « Seigneur, fit-il finalement. Je ne pensais pas que tu le dirais un jour devant... eh bien, qui que ce soit.

— Je vous laisse ? » dis-je, gênée.

De nouveau j'étais la cinquième roue du carrosse pendant une soirée qui tournait autour du Dr Byrne. C'était comme la nuit chez eux, mais dans un univers parallèle avec un bien plus petit budget. On a bu tout le vin de l'English Market puis on est sortis acheter de la bière et des paquets de Monster Munch. On a beaucoup parlé et fumé, même s'il y avait une fatigue sourde et cassante derrière tout ce que je faisais. J'ai commencé à fantasmer sur mon lit et j'ai fini par y aller.

Des heures plus tard, James a grimpé à mes côtés et ses pieds froids m'ont réveillée en sursaut.

« Merde ! ai-je crié. Qu'est-ce que tu fais ? Tu es allé dehors ? *Pourquoi es-tu gelé ?* »

Il se pelotonna, la couette remontée jusqu'au nez. « Fred vient de partir. Je l'ai accompagné dehors. Tu nous as trouvés comment ?

— Il vient de partir ? Quelle heure est-il ?

— Deux heures. Alors ? On t'a paru comment ? Comparés à eux ? »

J'étais réveillée à présent, et pas contente de l'être. « Je ne sais pas. Il t'adore, de toute évidence.

— C'est vraiment différent maintenant, Rachel, fit-il, tout excité. Il était tellement réservé. Mais maintenant il veut discuter. Parler de ce qu'il ressent pour moi. »

J'ai mis la tête sous les couvertures. « Il ne va pas la quitter.

— On ne sait jamais. Peut-être après qu'on sera partis vivre à Londres, je lui manquerai tellement qu'il voudra commencer une nouvelle vie.

— Tu es dingue.

— Ça pourrait arriver ! Il n'y a rien pour le retenir. Pas de gosses.

— Tu oublies qu'il l'aime. Et qu'elle est très gentille.

— Oh, qu'est-ce que tu en sais ? »

Mais les choses ont effectivement changé, suite à cela. Le Dr Byrne a fini par comprendre que James ne pouvait pas vivre de vin et de fromages fins, et régulièrement un livreur de Tesco venait frapper à notre porte.

« Rache, braillait James depuis l'escalier, ÉNORME LIVRAISON de la part de Fred ! »

L'énorme livraison était une mine d'or. Des boîtes de haricots, de petits pois et de Spaghetti Hoops. Du bacon. Des blancs de poulet. Du pain complet, du saumon fumé. Du vrai café. Il y avait toujours le reçu, et il ne dépensait jamais moins de cent cinquante euros. Il me semblait que ces livraisons n'étaient pas seulement pour James mais pour nous, pour la maisonnée. Il me disait parfois que j'avais l'air fatiguée, ou que j'étais trop maigre, et je levais les yeux au ciel en disant que je n'avais jamais été aussi grosse.

Enfin, mettre de l'argent de côté était possible. J'en gagnais plus, mais j'étais trop épuisée pour dépenser quoi que ce soit. James se concentrait sur sa foi dans le Dr Byrne, et donc ne sortait pas beaucoup non plus. On a tellement économisé qu'on a ouvert un compte joint. On avait chacun sa carte, et parfois on allait ensemble jusqu'au guichet automatique pour connaître le solde. Avant mon travail au centre d'appels, nos économies n'avaient jamais dépassé les deux cents euros. À présent on avait presque le triple. Une émigration en janvier semblait réalisable.

Dans notre fantasme, ça se passait ainsi : en janvier, on emménageait à Londres. James trouvait immédiatement un agent, et moi un travail chez Penguin Books. On passait entre trois et six mois à faire les quatre cents coups et à découvrir la ville, et ensuite la mère de Carey mourait, et le Dr Byrne quittait Deenie. Tous les deux venaient à Londres et on vivait dans une maison ultramoderne, on était tous artistes et écrivains (Carey se découvrait un grand talent, avions-nous décidé) et à notre mort nos biographes parleraient de nous comme d'un important collectif de génies du vingt et unième siècle. Nos lettres seraient dans les anthologies, il fallait juste qu'on se mette à en écrire.

C'était un fantasme agréable, et il aurait pu se réaliser, une petite partie du moins – si je n'étais pas tombée enceinte.

20

Une fois mon nouvel emploi obtenu, je n'ai pas vu Deenie pendant un certain temps. Et donc lorsqu'un jeudi, début octobre, elle m'a appelée, je me suis aussitôt levée et suis sortie vers le parking pour lui parler.

« Rachel, fit-elle d'une voix joyeuse, et comme si je lui avais manqué. Comment vas-tu ? Écoute, j'organise un dîner vendredi de la semaine prochaine pour le livre de papa. Le 15. Tu viendras ?

— Sérieusement ? Vous voulez que je vienne ?

— Bien sûr. Tu as travaillé dur sur ce livre. Tu fais partie de l'équipe. »

Je ne savais pas encore que j'étais enceinte. Pendant mes sept jours d'arrêt de la pilule, il n'y avait eu en guise de décoration que des taches sombres, rien d'autre. Je croyais que c'était normal.

En fait, je pensais que si quelque chose n'allait pas chez moi, c'était parce que j'étais déprimée. J'avais même fait quelques recherches en ligne à ce sujet. J'étais fatiguée, léthargique, irritable. Je détestais mon nouveau travail, je détestais téléphoner à des gens en les culpabilisant pour qu'ils donnent à des organismes de charité alors que beaucoup d'entre eux se trouvaient eux-mêmes à la limite de la pauvreté. J'entendais ça tout le temps. Les suicides d'hommes d'affaires avaient repris, et je me retrouvais en train de parler à des femmes d'âge moyen dont le mari en bonne santé était mort subitement. Tout ça me semblait de bonnes raisons d'être déprimée.

« Avec plaisir, ai-je dit. Et j'ai hâte de lire le livre !

— Et si tu passais à la maison samedi ? Après-demain, donc. J'ai un grand carton de services de presse. Je t'en donnerai un, et on pourra boire un verre. »

Ça ressemblait au paradis. J'ai dit oui immédiatement.

Le samedi je suis allée chez eux et suis tombée sur un journaliste de *The Irish Times* qui s'entretenait avec Deenie et sur un photographe en train de l'immortaliser à côté d'une pile d'anciennes éditions de son père. Comme elle était la jeune et photogénique fille du poète mort, les attachés de presse avaient prévu pour elle toute une série d'interviews dans les journaux irlandais.

Elle fut joyeuse et animée pendant l'heure où ils étaient là, mais à peine *The Irish Times* reparti, elle est allée se laver le visage dans la salle de bains.

« Désolée pour tout ça. J'avais complètement oublié qu'ils venaient. Ce n'est pas vraiment mon truc, dit-elle d'un air sombre. Mais je suppose qu'il faut en passer par là. »

J'ai cru que c'était de la fausse modestie. « Allez ! Avoir votre photo dans les journaux, être coiffée, maquillée. »

Elle m'a lancé un coup d'œil. « Seigneur, inutile de me le rappeler. Sérieusement, j'aimerais ne pas en avoir besoin, mais on a bon espoir que ça fasse rentrer un peu d'argent. La poésie de papa ne rapporte foutrement rien. Je ne sais vraiment pas ce que maman va faire. Le fric ne va pas durer cinq ans de plus. N'épouse jamais un poète, Rachel. »

Je ne savais pas quelle était la part d'exagération. Dans mon esprit, Deenie était riche. La trentaine, de beaux vêtements et une belle maison. Il me semblait que tout de même, si sa mère était fauchée, Deenie ne vivrait pas aussi bien. Je ne comprenais pas, à l'époque, qu'avoir encore à la fin du mois de quoi se payer des pâtisseries et du vin, ce n'est pas la même chose qu'avoir une mère qui peut se permettre de partir en retraite. D'un côté, il s'agissait de quelques centaines d'euros, et de l'autre, de milliers.

« Comment va Carey ? demanda-t-elle.

— Oh... je ne sais pas, ai-je répondu, n'ayant pas envie d'en parler. Pour être franche, je crois que c'est fini pour de bon. Nos vies sont si éloignées maintenant.

— C'est terrible, fit-elle, et elle paraissait sincèrement compatissante. Je sais que tu étais folle de lui. Tu vas bien ? On dirait que tu... as le cœur brisé, si ce n'est pas trop grandiloquent de dire ça ?

— Ce n'est pas trop grandiloquent. »

Il y avait un carton de livres sur la table de la cuisine : *Little Fire : une réaction à la poésie d'Alistair Harrington.*

(Des années plus tard, quand le roman *Little Fires Everywhere* est sorti, je me suis demandé si les ventes de l'anthologie de poésie avaient augmenté. J'ai vérifié sur Amazon : il n'est plus disponible.)

Le livre était magnifiquement édité, vert olive avec des flammes rouge métallisé. Ça avait de la classe. Quelque chose qu'on pouvait acheter pour faire un cadeau. Il y avait un avant-propos écrit par Deenie, une dédicace à sa mère, et ensuite une trentaine de poèmes.

« C'est splendide, ai-je dit, admirative.

— Regarde les remerciements. »

Des louanges pleines d'effusion adressées aux poètes, aux personnes qui s'occupaient du fonds, à la maison d'édition, à la famille Harrington. Et puis, quelques lignes avant la fin :

À Rachel Murray, qui a contribué à donner le ton.

Je lui ai souri. « Merci. J'ai vraiment donné le ton, n'est-ce pas ? »

Elle a acquiescé. « Tu vas faire une belle carrière dans l'édition, mon petit. Je le sais. »

La dernière ligne des remerciements tranchait avec les autres.

À Fred, le Bill de mon Grover : merci. Pour tout.

« Qui sont Bill et Grover ?

— Oh mon Dieu. » Deenie parut gênée. « Bill Withers et Grover Washington ?

— Je vois.

— C'est un truc idiot. Ils chantaient ensemble : "Juste nous deux". C'est une private joke débile. »

Mon cœur s'est mis à battre fort et mes aisselles à transpirer. Le visage blessé de Fred Byrne m'est revenu à l'esprit, sa voix douce me disant qu'il décevait toujours sa femme. La lourdeur psychologique de l'amour physique avec elle, après leurs nombreuses tentatives pour qu'elle tombe enceinte.

Je me suis sentie devenir nauséeuse, un symptôme venant à la fois de ma nervosité et du fait que j'étais – sans le savoir encore – enceinte de huit semaines. Je me suis assise sur une chaise, dans sa cuisine.

« Je peux avoir un verre d'eau, s'il vous plaît ?

— Bien sûr. » L'air inquiète, elle a pris une carafe d'eau filtrée dans le réfrigérateur. Elle a posé un verre à fond épais devant moi. Il paraissait coûter cher.

« Il y a autre chose qui ne va pas, Rachel ? »

J'ai bu une longue gorgée d'eau. « C'est juste que je ne me sens pas très bien ces derniers temps. Depuis mon nouvel emploi.

— C'est si grave ?

— C'est un centre d'appels, ai-je dit. Je dois me sortir de là.

— J'aimerais vraiment pouvoir faire quelque chose pour toi, mais personne ne recrute nulle part. J'ai entendu dire que ma propre maison d'édition emploie des stagiaires non rémunérés alors qu'ils ont un master. C'est une terrible époque pour débuter une carrière. »

Deenie dit cela comme si j'avais choisi 2010 pour commencer à chercher du travail, faisant fi de tous les meilleurs conseils de mes comptables.

« Mais qu'en est-il... des autres directeurs de collection comme vous ? Les piles de manuscrits en souffrance ?

— Je ne sais pas. Personne n'aime admettre qu'il a besoin d'aide, et ce n'est pas... ce n'est pas un domaine très bien payé, dans l'état actuel des choses. Je ne pense pas que les autres puissent se permettre d'employer quelqu'un comme je l'ai fait pour toi. »

J'ai sursauté en entendant cela, cette pointe de charité dans sa voix. *Comme je l'ai fait pour toi*. Deenie m'avait royalement sous-payée. Elle m'avait exploitée, plutôt.

« Peut-être qu'à l'occasion du dîner la semaine prochaine tu pourras nouer quelques contacts. Te montrer. Il y aura beaucoup de gens du monde de l'édition.

— Comment va Fred ? » ai-je demandé, me sentant prête à vomir, et encore plus à l'idée de devoir fondre sur les contacts de Deenie comme un corbeau sur un cadavre.

« Oh, bien. » Elle a brièvement froncé les sourcils. « Je ne sais pas. Il joue un peu à l'homme mystère parfois. Je crois qu'il est déçu au sujet de *Kensington.* Il y a eu un article sur le livre de papa et... Oh, je ne sais pas.

— Qu'est-ce que ça disait ?

— Oh ! » Elle agita la main. « Que j'étais la fille d'un poète, que j'avais épousé un auteur.

— Et alors ?

— Eh bien... » Elle leva les yeux au ciel pour que je comprenne que l'article était vraiment un tissu d'idioties. « ... le genre d'auteur qu'est Fred. Une simple remarque sur le fait que ses livres sont... des ouvrages de vulgarisation, je crois que c'était l'expression. »

Elle m'a regardée, un peu désespérée, espérant que je la contredise.

« Ce sont des conneries », ai-je dit consciencieusement.

Même à travers ma nausée, je trouvais curieux que James n'ait jamais abordé ce sujet. Peut-être n'était-il même pas au courant. Le Dr Byrne était-il vraiment amoureux de James, ou ce dernier ne servait-il que de baume pour son ego ? Avoir un jeune amant et être détesté par la presse lui donnait-il l'impression d'être le nouvel Oscar Wilde ?

« Les ventes ont été un peu... enfin, les ventes de livres en général ont baissé. Comme tu le sais. »

Une nouvelle vague de malaise m'a traversée. Je me sentais comme si j'avais roulé trop longtemps dans une voiture où il faisait trop chaud, alternant cahots et virages. « Est-ce que vous pouvez ouvrir la fenêtre, faire un peu d'air ? ai-je demandé, les mains couvrant mes yeux. Désolée, c'est gênant. Je me sens juste... »

Deenie ouvrit la porte coulissante de la cuisine. L'air était lourd et ça ne servit pas à grand-chose.

« Je crois que je vais vomir », finis-je par dire, et je fus moi-même surprise de ce mot. Vomir, ce n'était pas mon genre. J'étais plutôt maux de tête et diarrhées. La dernière fois que j'avais vomi, c'était la nuit avant le départ de Carey, et la fois d'avant lors d'une fête d'anniversaire à l'âge de douze ans.

Je suis allée dans la salle de bains et me suis agenouillée devant les toilettes. Mais j'ai eu un trac terrible. Je n'arrêtais pas de penser à Deenie dans la cuisine, m'écoutant souiller sa jolie salle de bains. Je suis restée par terre dix minutes, puis j'ai entendu Deenie sortir dans le jardin, cherchant de toute évidence à me laisser un peu d'intimité.

À ce stade, c'était devenu une habitude de fouiner dans l'armoire de toilette de Deenie. C'était aussi instinctif que de me laver les mains. Baume cicatrisant, nouveaux tests d'ovulation, une boîte de teinture pour couvrir les cheveux gris. Tout à fait excitant. Je l'avais déjà vue, sans l'examiner de près. Comme je suis blonde, je n'avais jamais pensé aux inconvénients des spectaculaires mèches brunes de Deenie. J'ai pris la teinture et découvert une autre boîte rectangulaire cachée derrière.

Et là, sous une légère pellicule de poussière recouvrant le carton, se trouvait un test de grossesse Clearblue.

De toute évidence, il était là depuis longtemps. Lorsque je l'ai pris, la poussière qui l'entourait a laissé une fine empreinte, comme le contour d'un corps dessiné à la craie.

Résultats numériques ! Cinq jours à l'avance !

C'était le premier test de grossesse que je voyais ailleurs que sur l'étagère d'une pharmacie. Je n'en avais jamais fait, n'avais jamais eu d'amie qui me demande d'en acheter un pour elle, n'avais jamais tenu une main pendant que l'amie attendait les résultats. Je savais qu'il fallait uriner dessus, rien de plus. Chez Boots, on se dépêche toujours quand on passe devant ces trucs, ne voulant pas avoir l'air trop intéressé par le rayon santé sexuelle.

Je ne sais pas quand la prise de conscience s'est produite en moi, à part que j'ai senti un filet froid de sueur glisser de mes cheveux sous ma queue-de-cheval et dans mon cou. Mon cœur s'est mis à battre, fort et lourd dans mes oreilles. C'était comme si mon corps savait avant moi. J'ai commencé à compter les semaines. La vague nauséeuse m'a envahie de nouveau.

« Rachel ? Tout va bien ? Tu veux un peu d'eau ?

— Ça va ! Deux minutes ! »

J'ai ouvert la boîte et j'ai sorti l'emballage et la notice. Je les ai fourrés dans mon sac, j'ai remis la boîte et la teinture devant en refermant l'armoire à pharmacie aussi doucement que possible.

Je suis sortie de la salle de bains, le visage rouge.

« Oh mon pauvre petit, fit Deenie. Tu sais, je crois qu'il y a un virus qui traîne. Tu veux t'allonger ?

— Non, je ne pense pas, dis-je en vacillant. Deenie, ça vous ennuierait de me raccompagner chez moi ?

— Non, bien sûr que non. »

Le Dr Byrne et Deenie partageaient une voiture, une Golf Silver, et le bazar à l'intérieur m'a surprise. Il y avait des miettes dans les plis des sièges. Malgré son inquiétude, elle sembla percuter. « Il mange toujours dans la voiture, fit-elle, comme si elle en avait marre. Un jour j'ai trouvé un biscuit Wagon Wheel entier. »

J'ai posé la tête contre la portière, vitre ouverte, et fait semblant de dormir. Mon cerveau n'aurait pu être plus réveillé, cherchant le souvenir de mes dernières règles. Ça n'a rien donné. Avec mes souvenirs, ça ne marche que s'ils impliquent d'autres personnes : des gens à qui j'ai parlé, avec qui j'ai bu, dont je me suis plainte. Non seulement je ne me souvenais pas de mes règles, mais je ne me rappelais pas non plus en avoir parlé à qui que ce soit. Au lycée, on parlait tout le temps de nos crampes et de nos fringales, et même à la librairie je pouvais donner un petit coup de coude à Sabrina et lui demander un tampon. Mais à présent ma vie était remplie d'hommes, et je ne mentionnais jamais mes règles, à aucun d'entre eux.

J'ai finalement déterré un souvenir. Lors d'un bain de soleil, dans le cimetière près de Shandon Bells, la sensation d'humidité caractéristique d'un tampon quand il décide qu'il en a assez vu. Il faut que j'y aille, je me souviens d'avoir grommelé à James. Je me suis relevée en trébuchant, mécontente de devoir faire les cinq minutes de marche jusqu'à la maison juste pour un Tampax.

C'était début août, ou peut-être même fin juillet. On était en octobre à présent.

Je prenais la pilule, et même si j'étais plutôt sérieuse, je n'étais pas non plus la régularité même. Je pouvais la prendre à neuf heures du matin, puis ne pas m'en souvenir avant minuit le lendemain. Est-ce que ce genre de chose comptait vraiment ? Puis je me suis rappelé la nuit avec Carey. Celle où j'étais tellement saoule et anxieuse que j'avais dû vomir la pilule prise probablement quelques heures plus tôt.

Du calme, Rachel. Tu fais un diagnostic pour un problème qui n'existe peut-être pas.

« Où vis-tu, Rache ? Je sais que c'est côté nord, mais...

— Tout près de Shandon Street, ai-je murmuré. À côté du vieux Butter Exchange. »

Son silence ne m'a pas frappée comme particulièrement étrange.

« C'est quelle maison ? » a-t-elle fait, cinq minutes plus tard. Sa voix était bizarre, lointaine. Distante et interrogative, comme un policier dans la pièce voisine.

« Oh, peu importe, ai-je dit d'un ton morne. Je vais juste descendre ici. »

Je l'ai remerciée et suis sortie de la voiture. J'ai marché lentement, traînant les pieds. Malade et pleine d'appréhension, sachant qu'à peine à la maison je devrais faire le test de grossesse, et qu'il confirmerait quelque chose de tellement évident.

Je ne me suis pas retournée, mais si je l'avais fait, je sais avec certitude ce que j'aurais vu : le monde de Deenie Harrington en train de s'effondrer tandis que moi je mettais ma clé dans la serrure.

21

Londres a cinq heures d'avance sur New York. Ces derniers mois, James a commencé à m'envoyer des textos à la fin de l'émission, car il sait que mon sommeil est très irrégulier.

Le matin suivant le *Toy Show* à six heures, James sort du travail. Il m'envoie le message :

Comment va mon héroïne préférée ?

Je regarde les mots en clignant des yeux. Comment dit-on à quelqu'un que son ancien amant est dans le coma ?

Comment va le papa ? Et James Junior ?? xx

Je réponds aussitôt. Je ne vais pas l'appeler James.

Tu devrais.

Comment était l'émission ?

Formidable. Sauf que le deuxième invité n'est pas venu et on a dû prendre une inconnue avec son carlin.

Son carlin ?????

Le carlin a fait sensation !

Je commence à taper : J'étais de sortie hier soir et j'ai rencontré quelqu'un qui a entendu dire que le Dr Byrne était malade et dans le coma.

J'efface vite. Vas-y, ai-je envoyé à la place, donne-moi l'Instagram du carlin.

C'est exagéré de dire que James et moi ne parlons jamais du Dr Byrne. Mais c'est réservé à un certain moment et un certain lieu. Dans mon salon, aux alentours de trois heures du matin, la deuxième nuit d'une visite de trois jours. Lorsqu'on a ruminé toute la vieille nostalgie, mis l'autre à jour de tout ce qui peut l'être, ajouté de nouveaux souvenirs pour éviter que les anciens ne s'abîment. Quand nous avons pris soin de notre amitié comme l'orchidée rare qu'elle est, il me donne un petit coup avec le pied, remplit mon verre et dit : « Et Fred Byrne, à ton avis ? Tu crois qu'il est où, maintenant ? »

On échafaude des hypothèses, et on finit par allumer l'ordinateur portable. Aideen Harrington, Deenie Harrington, Deenie Harrington-Byrne, Fred Byrne, Frederick Byrne, Dr Frederick Harrington-Byrne.

Du point de vue réseaux sociaux, à eux deux ils n'ont jamais rien eu d'autre que la page Facebook verrouillée de Deenie. La seule photo qu'on peut voir c'est elle, avec des lunettes de soleil, devant un mur blanc dans un pays chaud. La photo n'a pas changé depuis quatre ans.

Le Dr Byrne enseigne toujours à l'UCC. Il n'a pas publié de livre depuis *Le Régime de Kensington*, et quand on est d'humeur égocentrique, James et moi nous demandons si c'est à cause de nous.

J'ai fait le test dès que je suis rentrée et j'ai grimpé dans mon lit avec. Le résultat est devenu positif et j'ai appelé James.

« Où es-tu ?

— Au travail », a-t-il répondu d'un ton froid. Ça ne lui plaisait pas que je n'aie plus besoin de travailler le week-end.

« Je suis enceinte.

— Merde.

— Je sais.

— Tiens bon. J'arrive. »

Je ne sais pas ce qu'il a dit à Ben, mais cinq minutes plus tard il était à la maison, et il est resté avec moi tout le reste de la journée.

« Qu'est-ce que tu vas dire à Carey ? a-t-il demandé. Il est bien de Carey ?

— Évidemment. Qui d'autre ?

— Eh bien, je ne sais pas. Je ne savais même pas que tu avais du retard. Qui sait les secrets que tu as cachés ? »

Il ne savait pas quoi faire de moi. Moi-même je ne savais pas quoi faire de moi. Je n'ai jamais su trouver le bon moment pour m'effondrer. Quelques années plus tôt, quand ma mère était malade, j'ai été d'un calme glacial. Je pouvais sans effort effectuer les gestes d'une fille attentionnée. J'avais l'air de me débrouiller à merveille, alors mes amis ont arrêté de venir prendre des nouvelles, et lorsque l'effondrement véritable s'est produit un mois plus tard, je me suis retrouvée non seulement en larmes mais aussi étrangement seule.

Cette réserve, que James décrit comme « mon côté classe moyenne ancestral », a pris le contrôle de ma psyché. J'étais pétrifiée, incapable encore d'intégrer l'idée d'un enfant grandissant en moi.

« Qu'est-ce que tu veux faire, Rache ? a-t-il dit, les bras autour de moi.

— Tu as toujours la voiture de ta maman ? »

Nicola était en vacances, et avait laissé sa voiture à James pour deux semaines.

« Oui.

— On peut aller dans un drive-thru ?

— Bien sûr. Lequel ?

— Peu importe. Je veux... juste... » Je ne savais pas ce que je demandais, ou ce que je voulais. Il y avait un drive-thru McDonald's près de la maison de mes parents, et c'était là que maman nous emmenait quand on avait passé une mauvaise journée à l'école.

On est allés à la voiture.

« Ça pourrait être un faux positif? a-t-il demandé, essayant de rompre poliment mon silence sur le problème. Et si on achetait un nouveau test ?

— Non, ça ne servirait à rien. La manière dont je me suis sentie... ça semble bien être ça. »

On a rejoint la file d'attente du McDonald's. Il y avait deux petits garçons dans la voiture devant nous, des jumeaux, et ils nous faisaient des grimaces à travers la vitre arrière, imitant des poissons-globes. Ils battaient des mains près de leurs joues, mimant des branchies.

« Tu crois qu'ils ont quel âge ? ai-je demandé.

— Six, s'est risqué James. Sept ?

— Il faut que j'avorte. Je ne... Comment on fait, dis-moi ?

— Hum... L'Angleterre.

— Oui, évidemment, l'Angleterre. Mais je veux dire, on appelle qui ? »

J'avais du mal à croire à quel point j'en savais peu sur ce processus, en dépit du fait que je macérais dans le débat sur l'avortement depuis l'adolescence. Il y avait eu un référendum rejeté sur l'autorisation de l'avortement pour les femmes dont la santé présentait un sérieux risque en 2002, l'année où j'ai eu mes règles pour la première fois. C'était l'actualité la plus ancienne sur le sujet à laquelle je me souvenais d'avoir porté attention. Impossible de penser à vos règles sans penser au sexe, et l'ombre d'un possible avortement planait sur chacune de ces pensées. Je réfléchissais beaucoup au viol, et au fait de tomber enceinte d'un violeur, et à la question de savoir si je serais assez suicidaire pour convaincre l'État que j'avais besoin d'un avortement. Je me créais d'immenses récits sous forme de feuilletons, des simulations terrifiantes qui s'ouvraient comme un quiz en organigramme au dos du magazine *Mizz.*

Je lisais par intermittence, discutais sans fin, me disputais très fort avec papa sur le sujet. Mon père, bien qu'il ait voté en faveur de l'abrogation du huitième amendement en 2018, n'était pas si convaincu au début des années 2000. Il parlait de pentes glissantes, de l'avortement comme la « nouvelle pilule du lendemain », des femmes qui regrettaient leur décision de se rendre en Angleterre, et il prétendait en connaître beaucoup. C'était un docteur et j'étais censée prendre au sérieux ce qu'il disait. Mais c'était un dentiste et c'était mon père, alors je ne le prenais pas au sérieux.

Mais lors de tous ces débats de table, à l'issue desquels parfois on ne se parlait plus pendant des jours, pas une seule fois je ne me suis penchée sur les aspects pratiques d'une interruption volontaire de grossesse. Qui appeler, combien ça coûtait, tout ça.

« Il y a des pilules, dit James. Qu'on peut commander par la poste. Elles sont illégales, mais on peut se les procurer. »

J'avais lu des trucs au sujet de ces pilules, principalement des situations où la femme avait fait une hémorragie ou était morte.

On était arrivés devant le guichet du drive-thru. J'ai commandé des frites et un milk-shake. James des nuggets. On s'est installés dans le parking et on a mangé si lentement que tout a refroidi.

« Je ne veux vraiment pas aller en Angleterre, ai-je dit. Je ne veux vraiment pas faire ça. »

Les yeux de James se sont écarquillés. On aurait dit l'un des chats de sa mère.

« Tu veux le garder ?

— Non, ai-je répondu d'un ton cassant.

— Tu veux... le faire adopter ?

— Mon Dieu, non. On n'est pas dans les années cinquante. »

L'adoption était en quelque sorte l'option la plus terrifiante de toutes. L'idée d'avoir l'enfant de Carey et de le céder, encore une part de lui dans la nature et restant à jamais un mystère pour moi.

Puis cela me frappa. Pour de bon. *L'enfant de Carey.* Le premier homme que j'avais vraiment aimé, qui m'avait vraiment emballée, et qui se retrouvait coincé indéfiniment à Derry, et moi je portais son bébé.

J'imaginais un monde où je le gardais. Il y avait là un côté romantique, et ça valait la peine de s'y attarder. De toute façon, il n'y avait pas de travail en Irlande. Je pouvais me lover dans la maternité comme dans une hibernation, et ressortir la tête cinq ans plus tard quand le gamin entrerait à l'école et que je serais de nouveau prête à entrer sur le marché de l'emploi. Je pouvais le dire à Carey. Je me suis imaginée, enceinte de six mois et ressemblant à Tess d'Uberville, en train d'attendre à la gare de Derry. Il serait sous le choc et, une fois le choc dissipé, il dirait quelque chose d'adorable et d'inattendu, à sa manière. Lui qui avait toujours aimé l'ampleur de mon corps, il m'apprécierait encore plus enceinte. Étreignant mes courbes, mes nouveaux seins rebondis, le gros ventre ferme.

Il y aurait quelque chose de magnifique dans tout cela. Sa mère faiblissant, ma grossesse prospérant. Elle rencontrerait son petit-enfant, et elle m'aimerait. Il y avait déjà tellement de tout-petits dans la famille de Carey qu'un autre blondinet courant partout ne ferait pratiquement pas de différence. On pourrait vivre chez ses parents pendant un certain temps. La maison était très grande, d'après ce qu'il m'avait dit, et presque vide à présent.

Je voyais tout cela comme je voyais Londres, un univers parallèle qu'un seul pas décisif de ma part rendrait accessible.

« Qu'en penses-tu ? » ai-je demandé à James.

Il a levé les mains. « Je ne veux rien dire.

— Pourquoi ?

— Parce qu'il faut que ce soit ta décision. Je ne veux pas te faire pencher d'un côté ou de l'autre. Mais... quoi que tu fasses, Rache, je suis là. J'irai en Angleterre avec toi, ou je t'aiderai avec le bébé, peu importe. On y arrivera. »

Un troisième monde s'est révélé. Un monde où James Devlin et moi élevions un bébé ensemble à Cork, et ce monde, malgré ses allures de paradis de sitcom, était le plus effroyable de tous. J'avais des idées et de l'imagination, mais James, lui, avait un véritable rêve. James devait devenir scénariste pour la télévision, et ce fantasme était déjà bien assez difficile à réaliser en tant que jeune Irlandais homosexuel sans relations. Il deviendrait impossible si James devait m'aider à élever un bébé.

J'ai pris conscience du fait que le monde dans lequel je partais à Derry, le plus attirant pour moi dans l'éventail des mauvaises options où je gardais l'enfant, était aussi le monde où je ne vivrais plus avec James. Où je le verrais à peine. Ça sonne puéril et collant, mais à l'époque j'étais puérile et collante. Je ne pouvais pas supporter l'idée de ne pas le voir, de ne pas vivre avec lui.

« J'imagine qu'on devrait commencer à passer des coups de fil en Angleterre. »

Il était plus de six heures, et c'était le week-end, alors appeler l'Angleterre était hors de question avant lundi.

« Tu vas te faire porter pâle ? a-t-il demandé. Au centre d'appels ? »

Je venais juste de passer vingt minutes à vivre dans une série d'univers imaginaires, et le rappel de l'existence du centre d'appels fut un choc pour moi.

« Non. Ça va coûter de l'argent tout ça, non ? Les vols et le reste. Je vais en avoir besoin. »

Je ne sais pas comment on a traversé ce week-end. Malgré le fait que j'avais décidé d'avorter, mon côté classe moyenne me disait qu'il valait mieux que je ne boive pas. Je ne voulais pas faire de mal au bébé que je prévoyais de tuer.

James n'a pas bu non plus. Nous sommes retournés à notre routine de janvier, vivant dans sa chambre. Ça ressemblait aux jours qui suivent un décès, lorsque l'air se fige et vous enveloppe d'une couverture protectrice. Le calme qui signifie : *Quelque chose d'important vient juste de se passer*, et l'atmosphère reste en suspens jusqu'à ce qu'il y ait assez d'espace dans l'univers pour que de nouvelles choses se passent. On a regardé tous les films qu'on a pu trouver en DVD où Cher apparaît. *Les Deux Sirènes*, *Les Sorcières d'Eastwick*, *Éclair de lune*. On a commandé deux grandes pizzas et on les a fait durer tout le week-end, réchauffant les parts à la poêle.

Le samedi, Carey m'a téléphoné deux fois. Je n'ai pas répondu. Il m'appelait en quête d'un léger soulagement, d'une distraction de la maladie, et je ne pouvais pas lui offrir ça. Je savais que si je répondais je voudrais garder le bébé, et je voudrais lui en parler.

C'est la seule fois où James m'a donné une directive. « Ne le punis pas. Dis-lui ou ne lui dis pas, mais ne le tiens pas à distance. Il traverse une période assez difficile comme ça. »

On s'est parlé le dimanche soir.

« Comment va, superbe créature, fit-il, de bonne humeur apparemment. Écoute, j'ai pensé à quelque chose.

— À quoi ?

— Au sexe par téléphone. »

Ce fut mon premier rire de tout le week-end. Carey était tellement idiot, et il ne savait pas que j'étais enceinte, et tout à coup je ne voulais rien d'autre que le répit de cette conversation téléphonique.

« Pourquoi ris-tu ? Je crois qu'on serait bons ! On est assez bons à l'oral tous les deux, non ?

— Oh, je ne sais pas si je dois prendre ça au sérieux.

— Allez, laisse-toi un peu aller !

— Maintenant ?

— Non, on parle quelques minutes d'abord puis tu dis un truc, par surprise. Annonce juste que tes vêtements sont tombés, ou quelque chose comme ça. »

J'ai ri de nouveau, et nous avons parlé de ce qui se passait à Derry. Sa nièce la plus âgée venait d'entrer au lycée. Il voulait connaître la date de ma remise de diplôme.

« Je ne sais pas, au milieu du mois, à un moment ou à un autre.

— Ça n'a pas l'air de te préoccuper beaucoup.

— Ça semble si loin, ai-je dit, et je le pensais. La fac. Ça paraît inutile. Je ne sais pas ce que j'avais dans la tête, un diplôme de littérature anglaise !

— Je regrette vraiment de ne jamais être venu te voir à l'université.

— Me voir ? Pourquoi ?

— Oh, je ne sais pas. Te voir écrire tes dissertations. Te suivre dans les rayonnages. J'ai toujours eu un fantasme de bibliothèque, depuis que je suis petit. »

Je me suis demandé si c'était la fenêtre ouvrant sur le sexe par téléphone. « C'était quoi, ce fantasme ?

— Oh, tu sais. » J'ai entendu un léger craquement du matelas, et compris qu'il était passé de la position assise à couchée. « Une belle bibliothécaire avec de gros seins, qui essaie de trouver pour moi un livre rare. »

J'avais passé une si grande partie des deux jours précédents dans mes propres mondes imaginaires interconnectés que ça me parut incroyable de visiter celui de quelqu'un d'autre. « Continue.

— Tu sais, tu pourrais monter sur l'un de ces trucs qui fait escabeau dit-il, le ton toujours désinvolte. Et moi je... »

Il était évident qu'il avait déjà fait ça auparavant. Je n'ai jamais été du genre à poser de questions sur les ex-petites amies, préférant supposer que les hommes étaient tout simplement endormis avant que je les rencontre. Il a parlé d'aller chercher sous ma jupe moulante (une jupe crayon ? ai-je demandé, gâchant un instant l'humeur coquine), de remonter la main sur mes jambes, de sentir l'humidité descendre de mes cuisses. J'ai compris que je devais prendre la relève, et j'ai fermé les yeux et parlé de son corps. C'était facile. J'avais consacré tellement de temps à y penser déjà.

En dépit de tout, j'ai été capable de me perdre dans l'expérience. Être enceinte ajoutait presque un petit quelque chose. Je n'étais pas seulement une bibliothécaire. J'étais une bibliothécaire... *avec un secret.* On s'est touchés, parlé, et ce fut magnifique jusqu'à ce qu'il se mette à parler de jouir.

« Nom d'un chien. Je veux jouir en toi », commença-t-il, toute la trame du récit complètement oubliée. Il n'arrêtait pas de dire ça. Je pouvais entendre qu'il s'en approchait. Je me suis sentie devenir glacée. Il avait joui en moi, après tout. C'est comme ça que je m'étais retrouvée dans cette situation. Je suis restée silencieuse. À ce stade, il était de toute manière complètement livré à lui-même.

Lorsqu'il termina, ce fut avec un tir de barrage de mon prénom.

Fuck, fuck, Rachel, Rachel, fuck.

Je me suis demandé si c'était normal à présent de se dire au revoir et de raccrocher, mais très vite il a repris sa voix habituelle.

« Désolé, je n'ai pas pu attendre.

— Attendre quoi ?

— Eh bien, toi.

— Oh, pas de problème. »

Je savais que j'avais l'air étrange, et qu'il s'en apercevait.

« Tu vas bien ?

— Ouais. C'était sympa.

— On a un nouveau passe-temps à distance, tu crois ?

— Il me semble, ai-je répondu, essayant de garder une voix sexy. Tu me manques. »

On a raccroché peu de temps après. Quand je suis sortie de ma chambre, j'ai trouvé un post-it sur la porte, avec le numéro de Marie Stopes International.

Ça allait être la semaine des conversations téléphoniques inhabituelles apparemment.

J'ai appelé le numéro le lundi matin. Ils m'ont dit qu'il fallait que j'aille d'abord à une consultation, et ils m'ont donné une liste de cliniques où je pouvais me rendre en Irlande. Il y en avait deux à Cork. Après qu'un médecin m'aurait examinée, ils m'orienteraient vers une clinique privée du Royaume-Uni.

Dans les années qui ont suivi, j'ai passé tellement de temps à enquêter, interviewer, publier au sujet des diverses expériences d'avortement de femmes irlandaises que mon esprit a fusionné ma propre expérience avec la leur. Nos feuilles de route se ressemblent tellement. Ça commence toujours avec une conversation téléphonique, puis une consultation, ensuite on choisit une clinique, pas tant sur des critères de sécurité ou de prouesses médicales que selon les promotions de Ryanair ce mois-là. Parfois c'est Manchester le moins cher, parfois c'est Londres.

Il y a un champ limité d'options, et un champ limité d'émotions pour aller avec. Effrayée, triste. Furieuse de devoir voyager. Furieuse contre soi-même d'avoir été irresponsable. Furieuse contre le médecin parce qu'il demande si je suis absolument certaine de vouloir une interruption de grossesse, ce qui je suppose est une question nécessaire, mais qui m'a tout de même horripilée. Ai-je vraiment été horripilée ? Ou bien avais-je simplement tellement lu au sujet de cette expérience particulière que mes sentiments se sont greffés au nerf central global de la pensée sur l'avortement de la femme irlandaise ?

Impossible à dire.

Les seuls souvenirs qui sont nets sont ceux où figure James. Le mercredi, on est allés ensemble à la clinique de Cork, où l'on m'a fait un nouvel examen, et où le médecin a confirmé que j'étais enceinte de neuf semaines. J'ai compté que cela ne faisait que six semaines que Carey et moi avions eu un rapport non protégé, mais apparemment ça n'avait pas d'importance. Curieusement, la grossesse est calculée d'après la date des dernières règles. Ensuite il a quitté la pièce en disant qu'une infirmière allait venir pour discuter de « nos options ».

« Oh mon Dieu, a dit James, je parie qu'il pense que je suis le père.

— Eh bien tant mieux. J'espère que oui. Je ne veux pas qu'il s'imagine que je me suis retrouvée enceinte en couchant à droite à gauche. Je veux qu'il sache que des gens m'aiment. »

Ce fut la toute première fois que James parut choqué par quelque chose que j'avais dit. Si on n'avait pas été là pour programmer mon avortement, il m'aurait prise à partie sur le sujet.

Il a regardé les brochures sur les cliniques en Angleterre. « Tu ne dois pas avoir honte de quoi que ce soit », a-t-il murmuré.

J'ai fait une grimace de dégoût. Et un petit bruit comme si je me raclais la gorge, pour montrer que ce serait dingue de ma part de me sentir honteuse.

Mais mon héritage irlandais a pris le dessus. « Ça reste illégal.

— Ouais. » Il a froncé les sourcils. « Comme la sodomie, jusqu'en 1993 ou quelque chose comme ça, donc nous sommes tous les deux des criminels. »

J'ai froncé les sourcils. « Ouais, comme Bonnie et Clyde. »

Nous nous sommes souri, car nous avions vu le film avec Faye Dunaway il n'y a pas longtemps. James m'a tenu la main, et a pris sa voix chantante de Belle du Sud :

« On prétend qu'ils tuent de sang-froid, qu'ils sont sans cœur et mauvais. Mais je le dis avec fierté, j'ai connu Clyde... »

Mon ami a posé ses lèvres sur le dos de ma main et l'a pressée fort, puis a croisé mon regard pour terminer :

« ... et elle était honnête, droite et pure. »

L'infirmière est entrée dans la salle alors que James me tenait toujours la main, et il ne l'a pas lâchée pendant qu'elle nous parlait. Elle m'a dit qu'elle pouvait programmer une interruption volontaire de grossesse au Royaume-Uni dans deux semaines, ce qui m'amènerait à onze semaines, et que j'avais le choix entre médicale ou chirurgicale. Médicale, c'est juste prendre un cachet, mais c'est douloureux, et ça dure deux jours, donc il faut réserver deux nuits en Angleterre. Chirurgicale, c'est la plus pratiquée par les femmes venues d'Irlande. J'ai acquiescé. Si chirurgicale était ce que faisaient la plupart des Irlandaises, c'était ce que je ferais aussi.

J'ai commencé à dériver alors que l'infirmière parlait encore. J'ai imaginé mon retour en Irlande, vide et raclée.

« Excusez-moi, a dit James, me ramenant brutalement à la réalité. Vous avez dit cinq *cents* euros ?

— Cinq cents ? ai-je crié. Putain vous êtes sérieuse ?

— On n'a pas cette somme, a-t-il dit.

— Non, on n'a pas cette somme », ai-je fait en écho.

L'infirmière a hoché la tête avec une compassion bien rodée. Elle devait avoir cette conversation douze fois par jour. « Une partie est pour la consultation d'aujourd'hui, fit-elle à peine aimablement. Ça fait soixante-cinq. Le reste, vous le paierez sur place. »

Je devais les appeler plus tard dans la journée lorsque j'aurais décidé de ce que je voulais faire. J'ai payé les soixante-cinq et on a quitté la clinique. Je me suis penchée au-dessus du parapet de la Lee, cherchant à inhaler l'air humide.

« Ne te jette pas dedans, pour l'amour de Dieu.

— Comment je vais payer ça, James ? Et il y a aussi les billets d'avion.

— Et l'hôtel, a-t-il dit doucement.

— Et le putain d'hôtel », ai-je de nouveau fait en écho.

Il s'est assis contre le parapet. « Et pour être réaliste, il y a les transports en commun, les taxis, les déjeuners et dîners pour tous les deux. On peut apporter des sandwichs, mais pas pour tous les repas.

— Pour tous les deux ?

— Je ne vais pas te laisser y aller *seule.* » Il regarda le fleuve. « Il y a cinq cent cinquante-sept euros dans notre caisse.

— La moitié de l'argent est le tien.

— C'est *notre* argent. On reconstituera la cagnotte. Il faudra juste qu'on retarde le moment d'émigrer. »

Je l'ai enlacé, mes bras autour de sa taille, les siens autour de mes épaules. On avait vraiment l'air d'un couple. J'ai senti son corps mince se crisper, et je l'ai aimé, pas parce que c'était facile pour lui de dire adieu à cet argent, mais parce que c'était incroyablement difficile.

« Il nous faut encore deux cents, minimum, pour les vols et le reste, ai-je dit. Et il faut qu'on réserve vite, aussi, sinon ça sera encore plus cher.

— Deux cents ! ironisa-t-il. Trois cents, minimum. »

Une fois à la maison on a regardé les vols. Ceux pour Londres se situaient tous entre cent et deux cents ; on a trouvé quelques vols pour Manchester à soixante-cinq euros par personne, à condition de ne pas enregistrer de bagages.

« Tu crois que Ryanair gagne tout son argent avec les avortements ? ai-je demandé sans conviction. C'est une manière de faire des affaires plutôt incroyable quand on y pense. »

J'ai rappelé la clinique et confirmé que je m'étais décidée pour Manchester. On a réservé les vols en utilisant la carte de notre compte épargne.

« Il va falloir qu'on mendie, a soupiré James. Faisons une liste. »

Et voici sa liste :

Parents de Rachel
Carey
Parents de James
Ben ?
Centre d'appels
Les Harrington-Byrne

« Mes parents n'ont pas de quoi, ai-je dit. Et je ne vais pas leur en parler de toute façon. Mon père est pro-life.

— Et Carey ?

— Lui non plus n'a pas de quoi, c'est certain. Il n'a pas de travail, et il s'occupe de ses parents. » J'ai regardé la liste. « Et je ne peux pas demander à tes parents, je ne les connais pas. »

J'ai barré les trois premiers noms, plus celui de Ben, c'était une idée stupide.

« Je pourrais demander une avance au centre d'appels », ai-je dit avant de sentir une vague de dépression m'envahir. Je ne voulais pas devoir une faveur au centre d'appels. J'avais déjà passé chaque trajet en bus à espérer qu'il ait pris feu dans la nuit. « Peut-être juste une centaine d'euros, déduits de ma prochaine fiche de paie.

— Et tu pourrais taper Fred et Deenie d'une autre centaine, suggéra James. Ou même deux. Ils t'aiment. Ils seront heureux de te les donner. »

L'idée m'a mise mal à l'aise. « Je ne sais pas. Je ne veux pas qu'ils... apprennent qu'il m'arrive ça. »

Je m'imaginais en train d'expliquer ma situation à Deenie et au Dr Byrne. Surtout connaissant à présent leur parcours de grossesse. Elle me détesterait de faire ça. Il a suffi que je me saoule pour me retrouver dans un état qu'elle essaie d'atteindre depuis des années.

« Tu pourrais demander à Fred, ai-je dit. Comme ça Deenie ne saurait pas. »

Il s'est mordu la lèvre. « Je ne sais pas. Je crois qu'il en a fini avec moi, une fois de plus. »

Je me suis redressée. « Pourquoi ? »

James me parlait toujours si précisément des allées et venues du Dr Byrne. C'était un acte extrêmement miséricordieux de sa part de ne pas partager ces nouveaux malheurs avec moi pendant que j'étais occupée à planifier un avortement.

« Il ne répond pas à mes appels. Je ne sais pas. Deenie a peut-être regardé dans son téléphone ou quelque chose comme ça. Même si je suis sous la rubrique “dentiste”. Elle a peut-être craqué le code.

— Non ! Tu crois ? »

Il a tristement acquiescé. « Oui, je crois vraiment.

— Eh bien, elle ne m'a absolument rien dit.

— Oui, mais pourquoi t'en aurait-elle parlé ? »

Je suis allée au travail le lendemain et j'ai demandé à parler à ma responsable en tête à tête.

« Je sais que ça ne fait pas très longtemps que je travaille ici, mais je me demande si je ne pourrais pas avoir une avance sur mon salaire ce mois-ci. C'est une urgence. Je jure que je ne demanderais pas sinon. »

Elle a ri. « Bien essayé. »

Plus tard ce jour-là j'ai eu la visite de la personne qui s'occupe des salaires, et j'ai supposé que ma chef avait changé d'avis. « Rachel Murray ? a-t-elle dit, tout en parlant au téléphone. On n'a pas encore votre P45.

— Oh. » Je ne savais pas quoi faire. Je n'avais encore jamais eu de nouveau travail. O'Connor avait été le premier. « Comment est-ce que je... ?

— Il faut que vous appeliez votre ancienne entreprise, et qu'ils nous l'envoient.

— Entendu. Je fais ça aujourd'hui. »

Elle a commencé à s'éloigner. « Je serai quand même payée le bon jour, n'est-ce pas ?

— Hum ?

— Si j'ai le P45 demain. Je serai toujours payée ? Le dernier jour travaillé du mois ?

— Non, il faudra probablement attendre que tu reçoives un numéro fiscal provisoire.

— Probablement ?

— Je ne suis pas certaine. Mais c'est tout à fait possible. »

Je suis sortie et me suis assise dans l'herbe à côté de la rue, la tête sur les genoux.

J'ai reçu un mail confirmant mon rendez-vous à Manchester, et j'ai vu que le jour de mon avortement était le 26 octobre, celui de ma remise de diplôme de l'UCC. Cet après-midi-là, j'ai eu un appel de mon père, me demandant quand aurait lieu la cérémonie.

« Oh, je n'y vais pas », ai-je dit de la manière la plus désinvolte possible. « James et moi on part en virée à Manchester ; nous amuser un peu.

— Pourquoi tu n'y vas pas ?

— Ça revient cher pour ce que c'est. Tu sais, louer la toge et tout le reste. C'est une sorte d'arnaque. Et je n'ai jamais eu trop d'affinités avec ce cursus de toute manière. Je crois que ce serait gênant. Je n'y ai pas vraiment d'amis.

— Je pense que tu devrais y aller, Rachel. » Il semblait déçu. J'étais l'aînée de ses enfants, après tout, et je suis sûre que la cérémonie de remise des diplômes est une chose qu'un parent attend avec impatience. Ils avaient si peu l'occasion de sortir maintenant. « Je crois que tu pourrais le regretter, plus tard. »

J'ai fermé les yeux et dégluti comme si j'avalais un cachet. « J'ai été obligée de tellement *travailler* en même temps que la fac, ai-je dit. Je ne suis pas vraiment certaine que j'en profiterai. »

Ça a marché. Je savais que ça marcherait. Mon pauvre père était maintenant rongé de culpabilité à la pensée des vraies années étudiantes que je n'avais pas eues, à cause des frais qu'il n'avait pas pu payer.

« Bon, si tu en es sûre.

— Je le suis. »

Je ne voulais pas raccrocher tout de suite. Pas si tôt après l'avoir déçu.

« Papa, ai-je dit mollement, comment vas-tu, au fait ?

— Je crois que ta mère veut te dire quelque chose » fit-il, et il lui passa le téléphone.

D'une manière ou d'une autre le week-end fut là de nouveau, et j'avais le dîner chez les Harrington-Byrne. Ma grossesse n'était pas encore assez avancée pour être visible, mais j'étais malgré tout paranoïaque. Dans chaque tenue que j'essayais, j'avais l'air enflée, et mes nichons commençaient à devenir sensibles, alors je me sentais très mal dans mon soutien-gorge.

James s'est assis sur mon lit et m'a regardée essayer les vêtements.

« Ça me fait vraiment bizarre que tu ailles là-bas. À leur petit dîner aux chandelles, pendant que moi je reste à la maison, comme Cendrillon et les souris.

— Désolée, ai-je fait, passant avec difficulté une autre robe par-dessus ma tête.

— Tu ne pourrais pas m'emmener ? Comme ton chevalier servant ?

— Premièrement, c'est trop tard pour ajouter un chevalier servant à l'équation. Ils ont déjà préparé le repas. Deuxièmement, *non.* Le Dr Byrne et toi vous passeriez la soirée à vous dévorer des yeux. »

Je me suis décidée pour une robe de cocktail à fleurs vert menthe. Ma mère et moi l'avions achetée il y a quelques années pour le baptême d'un cousin, et je ne l'avais pas portée depuis.

« J'ai l'air comment ?

— Comme si on ne t'avait jamais mis le doigt dans le cul.

— *James.* »

Il s'est allongé et a regardé le plafond.

« C'est bizarre que tu ailles dîner avec mon petit ami alors que je ne l'ai pas vu depuis une semaine. »

Je suis allée chez eux à pied, serrant contre moi une bouteille de vin à neuf euros et répétant des amorces de conversation adulte. Il fallait que je considère ce dîner comme l'opportunité qu'il était. Que je sache me présenter aux autres. À présent que je n'allais définitivement pas être une jeune mère, il fallait que je règle cette question de carrière, récession ou pas.

J'ai frappé à la porte. J'entendais les bruits de conversation et de musique de l'autre côté. J'avais l'impression d'attendre que le portail donnant sur le monde adulte m'aspire.

Une femme que je n'avais encore jamais vue a ouvert la porte. Elle avait la trentaine, une queue-de-cheval lisse blond cendré et une combinaison pantalon noire dos nu. « Oh, bonjour, a-t-elle fait, attendant que je dise mon nom.

— Salut, ai-je timidement répondu. Je suis Rachel. Je travaille avec Deenie.

— D'accord. Entrez, entrez, désolée, Deenie fait revenir les coquilles Saint-Jacques, c'est moi qui suis chargée de l'accueil. Au fait, je suis Ciara. Je me suis occupée de la préparation du manuscrit. »

J'ai suspendu mon manteau, me disant : *Je croyais que c'était moi qui m'étais occupée de la préparation du manuscrit.*

Il y avait dix personnes dans la cuisine, et quatre entassées sur le canapé dans le petit salon. Deenie concentrait son attention sur les coquilles Saint-Jacques, et ne sembla pas m'entendre entrer. Je ne vis le Dr Byrne nulle part. Ciara m'a présentée à tout le monde, une effervescence de gens de l'édition qui tous ont fait un signe de tête poli quand j'ai expliqué mon rôle.

« Je suis une sorte d'assistante. J'ai aidé avec les autorisations, ce genre de choses.

— Un stage en quelque sorte ? » a demandé un homme aux cheveux blond-roux, très courts. C'était un autre directeur de collection de la maison d'édition de Deenie. De toute évidence il n'avait jamais entendu parler de moi.

« Ouais, en quelque sorte.

— Seigneur, vous savez qu'aujourd'hui à Dublin des diplômés de master sont stagiaires ? dit quelqu'un d'autre en se mêlant à la conversation. Vous avez un master ?

— Non, ai-je répondu, me sentant profondément déficiente. En fait je viens juste de terminer mon premier cycle. Je reçois mon diplôme bientôt.

— Whaou ! fit l'homme aux cheveux blond-roux. Mon Dieu, vous imaginez, avoir toute cette expérience avant même d'être diplômée. Vous ferez vraiment une bonne candidate pour le prochain stage auquel vous postulerez. »

Je ne pus déterminer s'il se montrait caustique ou juste honnête. Pour moi, on faisait un stage et ensuite on trouvait un emploi. Et j'avais fait un stage.

« Où est le Dr Byrne ? ai-je demandé, avant de me corriger : Où est Fred ?

— Oh, il est sorti chercher d'autres bouteilles de vin, je crois, dit Ciara. Venez au salon. Ici c'est tellement bondé et il fait si chaud. »

Je n'avais toujours pas salué Deenie, mais je fus malgré tout dirigée vers le salon. Là il y avait trois personnes de l'université que j'ai remises comme venant du département de littérature anglaise. Seule l'une d'elles me reconnut. La Dr Anne Sheehan, maître de conférences, avec qui j'avais suivi plusieurs modules de cinéma. Elle était à peu près du même âge que le Dr Byrne, mais je n'avais jamais imaginé qu'ils puissent être amis, ou que les professeurs se fréquentaient.

« Oh bonjour, a-t-elle fait chaleureusement. Je vous connais. Rachel, n'est-ce pas ?

— Oui. Rachel Murray. » J'avais l'impression d'avoir la taille d'un dé à coudre. « J'ai assisté à votre séminaire sur le film noir. »

Un homme, son petit ami ou son mari, sembla très emballé. « Oh mon Dieu, fit-il, l'entourant de son bras. On va dîner avec l'une de tes étudiantes ?

— Ancienne étudiante. En fait, je vais bientôt recevoir mon diplôme.

— C'est un rêve devenu réalité, dit le petit ami ou mari. Je désespère d'assister à l'un des cours d'Anne, mais elle ne veut jamais, elle dit qu'elle aurait le trac. J'ai toujours voulu savoir *à quel point* c'est une bonne enseignante.

— Eh bien, ai-je dit, ne sachant pas trop ce qu'il attendait de moi. C'est une très bonne enseignante.

— Que diriez-vous d'une interrogation surprise ? Montrez-moi à quel point Anne est une bonne enseignante. »

La Dr Sheehan semblait un peu mal à l'aise. « Ne lui inflige pas ça, Cohn. Elle ne veut pas être interrogée un soir de fête. » Elle m'a regardée avec un air d'excuse. « Ne faites pas attention à lui, Rachel. »

Cohn était un peu ivre. Il paraissait être ce type d'hommes qui arrivent trop tôt dans les soirées et boivent tout ce qui se présente. Je reconnaissais ce genre de personnage d'après mes propres fêtes, et j'étais surprise de voir qu'ils ne changeaient pas arrivés à l'âge mûr.

« D'accord, je ne vais pas l'interroger. Dites-moi juste ce que vous savez.

— Ce que je sais au sujet de quoi ? ai-je répondu, incertaine.

— Le noir. Le film noir. »

J'ai eu l'impression d'être une enfant à qui l'on demande de faire son numéro. J'aurais voulu que le Dr Byrne arrive et se porte à mon secours.

« Eh bien, euh..., ai-je commencé. Le graphisme du film noir est inspiré de la peinture expressionniste allemande, avec l'utilisation de la lumière pour évoquer l'état d'esprit.

— Oh, Annie, tu es vraiment bonne ! dit Cohn. La peinture expressionniste allemande ! »

J'aurais voulu mourir. J'ai regardé la Dr Sheehan. On aurait dit qu'elle aussi voulait mourir. Pour la première fois de la semaine, je ne pensais pas au fait d'être enceinte.

J'ai entendu la porte d'entrée claquer, puis les pas lourds du Dr Byrne.

« J'ai la bibine ! entendit-on. Tout le monde se détend. Il y a de quoi assommer un bébé éléphant. »

Ciara cria : « Drôle de manière de parler de toi, Fred ! »

Puis la voix de Deenie : « Pile au bon moment. Les entrées sont prêtes.

— On s'installe tous ?

— Allons-y. »

Le gang de l'UCC, le terrible Cohn et moi avons pris le chemin de la cuisine. La table près de la fenêtre avait été dépliée et recouverte de nappes blanches. Plusieurs personnes sont arrivées du jardin où elles étaient allées fumer. Tout le monde a dû se serrer contre le mur pour trouver sa place. Il y avait un petit carton à côté de chaque assiette, avec sur certains un surnom, comme Boots ou Woofter et The Nose. D'autres étaient normaux, avec juste marqué Anne.

Je me suis demandé si Deenie m'avait donné un surnom sans que je le sache, car je n'ai pas trouvé mon nom. Il ne restait plus que moi debout, dans une pièce remplie de personnes assises. Ce fut à ce moment-là que les Harrington-Byrne ont fini par me voir. Enceinte de dix semaines dans une robe de cocktail vert menthe, laquelle, à la réflexion, n'était pas aussi habillée qu'elle aurait dû l'être.

« Rachel », fit le Dr Byrne. Il était en train d'ouvrir une bouteille de vin, et son visage se figea sous l'effet du choc.

Deenie disposait les coquilles Saint-Jacques sur les assiettes. Elle leva les yeux. Son visage blanc devint écarlate, son expression se figea, ses mains s'immobilisèrent.

« Rachel, fit-elle.

— Hello. »

Cela ne faisait que dix minutes que j'étais là, et j'avais déjà subi tant d'humiliation. J'aurais voulu pleurer.

Puis, aussi jovialement que possible, j'ai demandé : « Est-ce que je me suis trompée de soir ? »

Tout le monde autour de la table me fixait d'un air embarrassé. Il y avait quatorze autres invités, et deux chaises pour les hôtes. Il n'y avait pas de chaise pour moi.

Le directeur de collection aux cheveux blond-roux a pris la parole : « Vous aviez l'intention de faire manger votre stagiaire dans le jardin, les amis ?

— Non, a dit Fred comme un robot. Rachel, heureux de te voir. Aideen... a oublié de me dire qu'elle t'avait invitée.

— Eh bien, ai-je dit d'un ton embarrassé, me voici. »

Il disparut dans son bureau et revint en faisant rouler une chaise de bureau qu'il installa à un bout de la table. Deenie commença à passer les assiettes de coquilles Saint-Jacques et boudin noir.

Je tentais désespérément de masquer mon sentiment d'horreur. La chaise de bureau dépassait les autres sièges, et si je m'asseyais dessus je serais exposée pendant tout le repas.

« Rachel, prends ma chaise, dit-il avec un enjouement forcé. Je prendrai le trône. »

Au moins la moitié des invités étaient morts de honte par procuration. Lentement je me suis baissée à la place prévue pour le Dr Byrne. J'ai commencé à rejouer ma conversation téléphonique avec Deenie dans ma tête. Elle m'avait bien invitée, non ? Est-ce que je souffrais déjà du brouillard mental de la grossesse ?

Tous avaient repris une sorte de conversation embarrassée, trop polis pour demander ce qui se passait.

Deenie m'avait effectivement appelée. Sinon, comment aurais-je même su qu'il y avait un dîner ? Peut-être m'en avait-elle parlé, mais en le mentionnant en passant, et je l'avais interprété à tort comme une invitation. Ou bien elle avait trouvé un moyen plein de tact, très classe moyenne, de me demander de l'aider pour le préparer, et moi j'avais cru que c'était une invitation.

Mais j'étais certaine, autant que du fœtus de dix semaines dans mon ventre, que Deenie m'avait appelée pour m'inviter à ce dîner. Elle avait même dit que je pourrais me faire des relations. Que je faisais partie de l'équipe qui avait fabriqué *Little Fire*. J'avais le livre à la maison. Il y avait des remerciements qui m'étaient adressés pour avoir donné le ton.

Mais là, le ton, je le massacrais. Un problème de mathématiques avancées concernant les coquilles Saint-Jacques fut réglé dans la cuisine, et on m'a donné une assiette avec une coquille, quand tous les autres en avaient deux.

L'odeur de poisson mêlée à la fumée terreuse du boudin noir. Mon estomac s'est retourné, et j'ai bu une longue gorgée d'eau, avec une envie furieuse de vomir.

« Désolée, a dit ma voisine. Je crois que c'est mon verre.

— Désolée, désolée », ai-je murmuré en attrapant le mien, celui initialement destiné au Dr Byrne.

L'homme ivre s'est mis à déblatérer sur le fait qu'il croyait jadis qu'il deviendrait un grand conférencier et avait l'impression d'avoir laissé passer sa chance. Ce qui allégea quelque peu la tension, et le groupe se mit à parler de toutes les choses idiotes qu'ils pourraient enseigner.

« Je sais toujours faire remarcher un stylo devenu sec, dit Ciara. Je pourrais donner un cours sur le sujet.

— J'ai vu tous les épisodes de *Sauver les apparences*[1], fit quelqu'un d'autre. Je pourrais faire cours sur les tensions de classe dans l'Angleterre d'après-guerre. »

De toute évidence, ils avaient déjà pensé à tout ça.

« C'est quoi déjà le nom de ton beau-frère ? Un truc bizarre. Otto.

— Onslow.

— Onslow ! »

Deenie et le Dr Byrne parlaient poliment à la personne assise à côté d'eux, mais sans jamais me regarder, ou se regarder l'un l'autre.

J'avais désespérément envie de partir, mais je possédais quand même assez d'éducation pour savoir que partir était la seule chose qui serait pire que de rester.

Alors je suis restée, et j'ai écrasé ma coquille Saint-Jacques avec ma fourchette en pensant : *Aussi nul que soit ce moment, il va avoir une fin. Les dîners ont toujours une fin. C'est comme ça que ça marche les dîners.*

Le plat principal fut sorti du four, et chacun de nous reçut une assiette chaude propre. Le fumet de poisson fut remplacé par la lourde odeur de viande et d'oignon et de vin chaud.

Ciara se leva pour aider Deenie avec les plats. On voyait que c'étaient des amies très proches, elles communiquaient avec une

1. Sitcom britannique célèbre diffusée sur la BBC1 de 1990 à 1995.

sorte de sténo physique que je reconnus. Ciara regarda Deenie droit dans les yeux, semblant demander *ça va?* Ce qui parut remonter le moral de Deenie.

« Coq au vin, annonça-t-elle en s'approchant de la table. Je sais que c'est un cliché, très années soixante-dix, mais on peut le préparer à l'avance, alors...

— Divin!

— Fantastique!

— Deenie, tu es incroyable!

— *L'odeur*, D., je n'y tiens plus. Je salive! »

Un nouveau plat apparut, de la purée de pommes de terre, et le même refrain se fit entendre.

« De la purée!

— Oh mon Dieu, de la purée.

— Mon plat favori, la purée. Chaud ou froid, toujours bon. Polyvalent.

— C'est quoi le vers de Laurie Colwin déjà? Au sujet de gens qui ne veulent que de la nourriture pour enfants dans les grands dîners?

— Oui, personne n'aime la nourriture compliquée. Pas vraiment.

— De la purée! »

Les années qui ont suivi, j'ai toujours mesuré les réactions de mes invités à l'aune de celles des amis de Deenie Harrington. Personne n'a jamais manifesté autant d'enthousiasme devant ma purée. Mon mari la déteste positivement, et pense que la purée est gluante, comme la nourriture de prison. En revanche, il est complètement dingue de mes pommes de terre au four.

Je me suis souvent demandé s'ils étaient à ce point emballés par sa cuisine, ou s'ils avaient juste voulu la réconforter, voyant qu'elle souffrait. Je crois que c'est ça la bonne explication. Ils l'aimaient tellement.

22

Un homme avec une grosse tête – je veux dire physiquement large – a fini par me parler.

« J'ai essayé de retrouver d'où je vous connais. Vous travaillez chez O'Connor, n'est-ce pas ? »

J'ai souri. C'était la première fois que quelqu'un me posait une question qui ne me donnait pas l'impression d'être un animal de laboratoire.

« Ouais, jusqu'à récemment. Ils ont dû réduire massivement les effectifs, alors je n'y travaille plus. La récession, vous savez. »

Il acquiesça. « Oui, c'est vrai. Et vous étiez au lancement du livre de Fred, non ? »

Deenie lâcha sa fourchette qui fit un grand bruit en tombant par terre.

Tout le monde la regarda, avant de revenir à moi. « Oui, ai-je dit. Oui, j'y travaillais toujours, à ce moment-là.

— C'était une chouette soirée, fit-il rapidement, sentant qu'il avait fait un faux pas*. Après, on est restés au pub jusqu'à point d'heure. »

Deenie décida qu'elle en avait assez et quitta la pièce.

C'était le prétexte qu'il me fallait. Je l'ai suivie, le silence s'installant dans mon dos. Deenie était assise sur son lit.

Lorsqu'elle me vit à la porte, elle poussa un cri perçant. Comme si j'étais un fantôme, ou un esprit.

« Sors de ma chambre, fit-elle d'une voix aiguë et mêlée de larmes. Sors de ma *maison.*

— Deenie, que se passe-t-il ? » J'ai essayé d'étouffer mes propres pleurs. « Vous m'avez invitée chez vous. Vous m'avez appelée au travail et vous m'avez invitée.

— C'était avant, dit-elle avec hargne. Avant que je sache.

— Sache quoi ? »

Elle fut atterrée. Offensée d'être prise pour une idiote.

« Que tu *baises* mon mari.

— Deenie, pourquoi pensez-vous ça ? Je n'ai jamais couché avec le Dr Byrne.

— Oh, ne te fatigue pas, Rachel. » Elle se mit à essuyer ses larmes agressivement, comme si elle voulait s'arracher un peu de peau. « On en a discuté. Il m'a tout dit. Il a essayé de mentir, lui aussi. »

Le Dr Byrne est apparu à la porte, et a posé la main sur mon épaule. « Je crois qu'il vaudrait mieux que tu partes, Rachel.

— Non, je veux entendre ce qu'elle a à dire. »

Elle ressemblait à la femme dans *Shining*, yeux bordés de rouge et cheveux noirs. « Mon Dieu, est-ce qu'il y aurait un moyen d'avoir cette conversation sans qu'elle paraisse, je ne sais pas, aussi courue d'avance ? » Elle poursuivit, la voix gonflée de dégoût : « C'est tellement nul d'être ce personnage-là. C'est le pire rôle des trois, sans le moindre doute. Le mari qui batifole et s'amuse comme un fou. La jeune assistante, une petite salope, ça lui fait une toute nouvelle expérience à raconter dans son journal. Mais moi je suis juste coincée ici, me sentant comme une *idiote* d'avoir laissé entrer cette personne *chez moi.*

— Je ne comprends pas. » Je me mis à pleurer comme une Madeleine. « Si quelqu'un pouvait m'expliquer ce qui se passe.

— J'ai vu les tickets, dit-elle avec rage. Les reçus. Il envoie des trucs chez toi, Rachel. Il envoie du vin. Et du fromage. »

Oh non.

« Je savais qu'il se passait *quelque chose*, mais je n'avais jamais pensé... Tu travaillais pour moi, Rachel. Puis tu m'as demandé de te raccompagner *chez toi*. C'était à *ton* adresse qu'il envoyait tout ça. L'adresse de Rachel ? *Ma* Rachel...

— On n'a pas de relations sexuelles, ai-je dit, sans que ce soit un mensonge. Deenie, je n'ai pas de relations sexuelles avec votre mari.

— Il l'a reconnu, Rachel. Tu ferais mieux de le reconnaître, toi aussi. »

Ça m'a fait l'effet d'un coup de massue. Il a *reconnu* avoir couché avec moi ?

Deenie regarda la couette comme si elle envisageait de se glisser dessous. « Fred, va chercher Ciara. »

Il fit ce qu'elle demandait, et Ciara apparut.

« Tu vas bien ma chérie ? » La magnifique Ciara dans sa combinaison pantalon dos nu jeta un coup d'œil autour de la pièce et se raidit comme un majordome. « Tu veux que je renvoie les gens chez eux ?

— Oui.

— D'accord. »

Puis elle disparut.

« Il va falloir que je lui dise à elle aussi, fit Deenie. Même si tout le monde a dû deviner. Tout Cork sera au courant demain matin. J'espère que tu es contente. »

Ce n'est pas par égocentrisme que Deenie a dit ça. Tout Cork serait en effet au courant demain matin, car c'est ainsi que fonctionne la petite ville de Cork. Elle se frotta les yeux. « Pourquoi ne l'as-tu pas appelée pour lui dire que la petite sauterie était annulée, espèce de connard ? Tu aurais pu au moins m'épargner l'humiliation de la recevoir à la soirée pour le livre de mon père ! »

Cela me fit un choc d'entendre Deenie jurer comme ça. « Connard » n'est pas un mot que je l'aurais imaginé prononcer.

« D'abord, je ne savais pas que tu l'avais invitée, fit maladroitement le Dr Byrne. Tu ne l'as jamais dit.

— Non, évidemment. C'est ma chère amie à moi après tout. Mon Dieu, tout ça est si foutrement… foutrement *Tudor*, Fred. Tu me procures une camériste pour pouvoir garder un œil sur elle ? »

J'aurais voulu hurler : *Ce n'est pas moi. C'est James qu'il baise.* Mais est-ce que ça m'aurait rendue moins coupable ? Je n'avais pas bougé quand mon meilleur ami sautait son mari. J'avais bu le vin de l'infidélité, mangé le fromage de l'infidélité. De plus, me croirait-elle ? Elle n'avait aucune idée de qui était James.

« J'ai juste une question, Rachel, fit-elle, son regard droit sur moi. Carey a-t-il même existé ?

— Quoi ? » La question m'a sidérée. « Bien sûr que Carey existe.

— Et tous ces pleurs sur mon épaule, poursuivit-elle. Tu pleurais à cause de *mon* mari ? Auprès de moi ? Je n'ai pas pu penser à autre chose de toute la semaine, tu sais. A-t-elle inventé un petit ami ? Est-elle sociopathe à ce point ? »

La merveilleuse étrangeté de Carey, mon chagrin, le cœur brisé que je lui avais si ouvertement montré. Croyait-elle que ce n'était qu'un jeu que je jouais avec elle ?

L'analogie avec la camériste était curieusement bien trouvée, car Deenie dans ces moments avait vraiment l'air d'une reine. Assise jambes croisées sur son lit, offrant ses déclarations à la salle. « Quand je t'ai rencontrée la première fois, avec ce baratin sur la librairie qui tenait tant à faire un lancement pour cet affreux bouquin. J'ai su que quelque chose se tramait. Ça n'avait aucun sens. Et quand je t'ai vue en vrai... »

Elle se permit un petit gloussement sec.

« Je me suis dit : *Oh mon Dieu, comme c'est bête, c'est juste une grosse cruche qui a le béguin.* »

De toutes les choses prononcées par Deenie Harrington ce soir-là, c'est la phrase que j'ai le plus souvent ressassée. Les pires jours, les rendez-vous difficiles, les entretiens d'embauche qui ne se sont pas tout à fait passés comme ils auraient dû.

Juste une grosse cruche qui a le béguin.

De grandes taches sont apparues sur le cou et les bras de Deenie. L'éclat nacré de sa peau s'était éteint. Elle était toute froissée, toute rouge, tout en sueur. Pour une fois, sa petite silhouette ne m'a pas paru féminine. Mais enfantine.

« Et puis soudain... il sait toutes ces choses à ton sujet. Des choses que je ne lui ai pas dites. Des choses qu'il n'aurait pas sues, si tu étais juste... juste une étudiante comme les autres. Je sais. J'ai été la première, tu te souviens ? »

Je voulais si désespérément partir, mais j'entendais encore les autres en train de sortir, et je ne supportais pas l'idée de les affronter. Ils avaient tous compris de quoi il retournait à présent. J'avais peur qu'ils me lapident.

Le Dr Byrne était si calme, comme un tableau de lui-même. Il semblait penser que s'il se contentait de laisser passer les torrents d'injures, ça finirait par s'arrêter, et il retrouverait ensuite son épouse. Il m'avait déjà tellement aidée pendant la courte période où je l'avais connu, mais il ne m'aiderait plus jamais.

« J'ai regardé dans ses mails, après t'avoir raccompagnée ce jour-là. » Deenie se gratta les bras, et les marques rouges devinrent plus rouges encore. « Il t'a tirée d'affaire pour tes dissertations, non ? Il a écrit des lettres au département, et t'a obtenu des délais ? Mais tu le sais déjà. »

C'était ses doigts qu'elle grattait à présent. La main gauche s'acharnant sur la droite, ratissant l'espace entre ses articulations.

« Tu sais, il existe un monde où ton diplôme n'est même pas *valide*, Rachel. Je peux appeler l'université demain et le faire virer, et tes notes seront annulées car tu as littéralement baisé pour un délai. C'est toi au moins qui as rédigé tes propres dissertations ? Ou bien c'était lui, là encore ? »

Les preuves étaient irréfutables. Il semblait que chaque moment depuis que le Dr Byrne était entré chez O'Connor en janvier conduisait à celui-ci. Destin tracé dès l'instant où j'avais menti au sujet des précommandes du *Régime de Kensington.*

« S'il vous plaît, ne faites pas ça, fut tout ce que je pus dire. S'il vous plaît, n'annulez pas mon diplôme.

— Elle ne va pas annuler ton diplôme », dit tranquillement le Dr Byrne. Me dénoncer serait le dénoncer lui, et ça voudrait dire divorcer en même temps qu'il serait renvoyé. Il apparut, cette nuit-là au moins, qu'ils avaient l'intention de rester mariés.

« Ce même soir, continua Deenie, *ce même soir* il m'a envoyé un mail te concernant. Je me souviens. On était installés sur le canapé, et il a dit : “J'ai une étudiante qui a besoin d'un stage, cette gentille fille très grande que tu as rencontrée, je viens de t'envoyer un mail à son sujet.” Ordi ouvert. Le plus naturellement du monde. »

Elle avait passé des jours à essayer de métaboliser cette information, et ça ne passait toujours pas. Les faits, ou ce qu'elle croyait être les faits, n'arrêtaient pas de remonter comme de la bile.

Dans un sens, je comprenais pourquoi Fred préférait que sa femme pense qu'il couchait avec une femme plus jeune, plutôt qu'un homme plus jeune. Cela faisait si longtemps qu'il était dans le placard. Je suppose qu'il a l'intention d'y mourir.

Mais il préférait être un professeur abuseur et corrompu plutôt que d'être bisexuel. Il préférait que Deenie pense que c'était un sociopathe, se servant de sa femme pour donner du travail à sa petite amie, plutôt que d'être dûment identifié comme queer.

« Je voulais juste que Rachel ait une opportunité, fit-il. Je n'ai pas pensé... »

Il n'y avait aucun moyen de poursuivre la phrase. Il m'a regardée avec une expression que Deenie a sûrement interprétée comme le chagrin d'un amant, mais dont j'ai tout de suite saisi la signification réelle. *S'il te plaît, Rachel. S'il te plaît ne dis rien. Je t'en supplie.*

Il n'y avait plus qu'une seule chose que je puisse faire.

« Je suis enceinte. »

C'était l'une de ces situations dont on ne peut se sortir qu'en passant droit à travers.

Les Harrington-Byrne gardèrent le silence.

« Je suis enceinte, ai-je de nouveau dit.

— Rachel, fit le Dr Byrne. Non, tu n'es pas enceinte.

— J'ai un mail de la clinique Marie Stopes. »

Deenie eut l'air d'avoir été frappée en pleine face. « Non, fit-elle en écho à son mari. Non, ce n'est pas vrai.

— Si, je le suis. De dix semaines. »

J'ai fait un pacte avec moi-même, selon lequel je ne mentirais pas à Deenie. Aujourd'hui encore, je suis impressionnée d'avoir réussi à traverser tout cet incident sans vraiment mentir.

« Il y a la boîte d'un test de grossesse dans votre salle de bains. Et elle est vide. C'est parce que j'ai volé le test la dernière fois que je suis venue ici. »

La maison était déserte à présent. Je pouvais sentir le silence des autres pièces peser sur celle-ci, poussant les murs.

Deenie se leva, sortit du lit, prit son ordinateur portable. Sa rage s'était envolée en même temps que les derniers invités. Elle était maintenant comme un scientifique dans un film, au moment où il découvre qu'un astéroïde est sur le point de frapper la terre.

« Montre-moi, a-t-elle dit. Montre-moi le mail. »

C'était dingue d'être assise avec elle sur son lit, comme si j'étais de nouveau son assistante. Je suis allée sur ma messagerie et je lui ai montré la confirmation du rendez-vous pour le 26.

« Bon, fit Deenie. Nous y voilà. »

J'ai refermé le portable. « Deux mille, ai-je dit.

— Quoi ? fit Deenie.

Fred finit par me faire la grâce de paraître choqué. « Rachel, quoi ?

— Deux mille euros. » J'ai serré si fort les poings que j'ai senti mes ongles s'enfoncer dans mes paumes. « Deux mille euros, et vous ne me reverrez plus jamais, n'entendrez plus jamais parler de tout ça.

— Deux *mille* ?

— Pour l'avortement. Pour les vols, la procédure, l'hôtel. Et je veux qu'un ami vienne avec moi. Je ne ferai pas ça toute seule. »

Je me suis éclairci la gorge. « Mon ami James. »

Ils se sont regardés tous les deux, et je me suis demandé si le Dr Byrne m'était reconnaissant de pouvoir être de nouveau du côté de sa femme. Je leur faisais une faveur. Auparavant, c'était un couple en difficulté. À présent, ils traversaient une épreuve ensemble, et cette épreuve était une extorsion.

« Je vais attendre dans le couloir, ai-je dit d'une voix ferme. Et vous pouvez discuter de ce que vous souhaitez faire. »

J'ai ajouté : « Je n'ai jamais voulu en arriver là. Ça n'a jamais été mon intention. »

Et je les ai laissés seuls.

Je comprends l'instinct qui pousse à me juger. Extorquer Deenie Harrington pour l'interruption volontaire de grossesse d'un bébé qui n'était pas celui de son mari est la pire chose que j'aie faite, et j'espère sincèrement que c'est la pire chose que je ferai jamais.

Même si le recul me permet de voir cette histoire très différemment, dans ma tête en tout cas, il est toujours difficile de voir ce que j'aurais pu faire d'autre.

Je me suis assise sur une chaise en bois dans le couloir à côté de la table du courrier et j'ai attendu. Au bout de dix minutes, ils sont sortis de la chambre. Deenie avait un carnet de chèques à la main.

« Comment saurons-nous que tu n'as pas juste gardé le bébé ? » dit-elle. Ses mains tremblaient.

J'ai réfléchi. « Vous ne le saurez pas. »

À ce stade, Deenie m'avait déjà dévisagée pendant presque une heure, mais c'était la première fois qu'elle croisait mon regard. Elle se mordait les lèvres et même ses narines étaient teintées de rose.

« Rachel, murmura-t-elle. Tu n'étais pas... tu ne pouvais pas être cette personne depuis le début, n'est-ce pas ? »

J'ai exploré chacune de mes dents de la langue. « Je ne suis pas une horrible méchante, lui ai-je dit, et à moi-même aussi. « Je suis juste... je n'ai pas du tout d'argent, Deenie. »

Elle a froncé les sourcils. « Ce n'est pas seulement ça.

— Mais si, ai-je insisté. Je vous assure, c'est ça.

— Est-ce que j'ai... J'étais une mauvaise patronne, c'est ça ? C'est une vengeance ? »

Elle arracha le chèque et me le donna.

« Deenie, ai-je dit, la main sur la porte. J'étais votre assistante. »

Deenie parut encore plus déconcertée. À cet instant, je l'ai haïe. J'ai haï ses amis, sa beauté de fille-de-poète, ses inquiétudes bidon au sujet de l'argent. Je l'ai haï, lui. J'ai haï sa lâcheté, la manière dont il prétendait aimer James, la manière dont il était un touriste dans nos vies. J'ai haï qu'il soit pourri gâté, qu'il obtienne toujours ce qu'il voulait.

« Et quoi ? fit Deenie. J'étais votre assistante et quoi ?

— Et vous ne m'avez jamais *payée,* putain. »

23

Je n'étais pas fière de la manière dont j'avais géré le dîner. Mais j'avais réussi à me démerder pour sortir d'une situation profondément merdique de tous les côtés. D'une manière ou d'une autre, j'étais destinée à être évincée de la vie des Harrington-Byrne. D'une manière ou d'une autre, il fallait que je paie pour un avortement. C'était avisé de combiner ces deux problèmes, et pour eux, tout bénéfice : mari et femme se retrouvaient de mèche. Ils avaient payé pour qu'un problème disparaisse, et ce problème, c'était moi.

Pourtant, j'ai commis une erreur. Et ce fut la manière dont je l'ai raconté à James.

J'ai fait irruption dans la maison, écumant de rage. James était allongé sur le canapé, lisant une revue et fumant, fenêtre ouverte.

« Tu rentres tôt », fit-il. Puis il vit mon visage. « Oh putain qu'est-ce qui s'est passé ?

— Ils pensent que c'est moi, ai-je explosé. Ils pensent que c'est *moi* qui baise avec lui. »

J'ai commencé par la fin : j'ai dit à James qu'on avait deux mille, et qu'on n'aurait plus le droit d'adresser la parole aux Harrington-Byrne, plus jamais. Le reste de l'histoire, il a dû l'arracher à travers mes larmes, mes halètements, mes crises de gloussements nerveux. Je finis par me serrer dans mes propres bras, puis les siens. Tout d'abord il fut déconcerté et posa des centaines de questions, me fit raconter encore et encore. J'ai parlé du plan de table, et de Ciara, et des amis qui n'avaient de toute évidence jamais entendu parler de moi, mais qui maintenant se souviendraient de Rachel pour toujours.

Tout en racontant, je prenais conscience de nouvelles implications qui me rendirent malade : la Dr Sheehan et les autres membres du département d'anglais parleraient à leurs collègues, qui parleraient à leurs doctorants, qui parleraient aux étudiants de master, qui parleraient à ceux de licence. Je ne pourrais probablement plus jamais traverser le campus de l'UCC sans avoir l'impression d'être regardée. Ce fait, qui n'aurait peut-être pas eu d'importance si j'avais vécu dans un endroit plus grand, en avait beaucoup à Cork. Le campus fait partie intégrante de la ville. On y vient pour assister à des expos, des projections de films. On y donne rendez-vous à des gens.

Et pour finir, mon diplôme. Tout en étant valable, il serait définitivement entaché.

Et moi aussi.

Cette pensée m'a submergée. Je m'y suis noyée. Ça éradiquait les trois dernières années de ma vie, qui me donneraient toujours l'impression d'être le prélude à cet événement. Chaque cours, chaque conférence, chaque dissertation que Carey avait étiquetée Chomsky, chaque café ou bière au foyer des étudiants. Tout était fichu pour moi maintenant. Je serais toujours Cette Fille.

J'étais tellement immergée dans cette idée de moi-même comme la femme écarlate de la University College Cork que je n'ai même pas vu le cœur de James se briser juste devant moi.

« Il lui a dit qu'il te baisait. Qu'il couchait avec toi. Qu'il était amoureux de toi. »

J'ai tergiversé. « Il… il n'a pas dit amoureux. Il n'a rien dit, en fait. »

Il tourna en rond dans la pièce puis s'assit. Puis se leva et recommença. On aurait dit un chien incapable de rester tranquille.

« Tu lui as dit que pour deux mille euros il n'entendrait plus jamais parler de toi.

— Oui.

— Et il a accepté.

— Je… »

Comment avais-je pu ne pas y penser ? James m'a tenu la main dès l'instant où j'ai découvert que j'étais enceinte. Depuis presque un an nous sommes comme des siamois, et la semaine dernière je n'ai pensé à lui que comme à un simple réceptacle pour mes propres anxiétés. Pas une seconde je n'ai pensé à ce que cela signifiait pour lui. Que j'avais en effet rompu avec le Dr Byrne à sa place.

J'ai cherché la parade. « Je ne pouvais absolument rien faire. On était foutus, de toute manière. C'était fini, James. Il ne t'avait pas appelé de la semaine, souviens-toi. Il était grillé. Il s'était fait prendre. »

James s'est écarté, ses yeux hantés. Il a tendu la main vers son téléphone.

« Il faut que je l'appelle. J'ai besoin de lui parler.

— Non, James. » J'ai voulu prendre son téléphone, essayant de détacher ses doigts de l'étui. « Ne l'appelle pas. Surtout pas *ce soir*.

— Non », fit-il d'un ton cassé. Il a commencé à composer le numéro. « Va te faire foutre, Rachel, ça n'a rien à voir avec toi.

— Malheureusement si, ai-je dit en essayant toujours de lui arracher le téléphone. Il a fait en sorte que je sois impliquée. C'est un homme égoïste, gâté, qui pensait pouvoir jouer sur les deux tableaux, et quand il s'est fait prendre il a choisi la sortie la plus lâche. Tu n'as pas envie de lui *parler*, James.

— Si, j'en ai envie, gronda-t-il. Rachel, franchement, j'ai besoin que tu me lâches la grappe sur ce coup-là. »

Je me suis jetée sur mon ami, et comme le jour de notre bagarre dans la librairie, j'ai eu l'impression d'être un ogre surplombant un farfadet. Je ne voulais pas que James s'humilie. Mais aussi, je ne voulais pas qu'il gâche tout. Deenie pouvait encore faire opposition. Je n'allais pas ruiner ma réputation *et* perdre les deux mille euros.

« Écoute, ai-je dit. Lundi on peut encaisser le chèque. Il faudra sans doute deux jours pour qu'il soit crédité. Ça te donne jusqu'à mercredi pour te calmer et lui parler. Tourner la page, ou autre chose. Appelle-le au travail. Comme ça il ne se fera pas choper. »

Il se dirigea vers la cour, serrant toujours le téléphone contre son oreille.

« Vous pourriez probablement toujours... je ne sais pas, continuer, je suppose ? Si tu le voulais, mais pourquoi le voudrais-tu ? James. James. JAMES. »

Je me suis élancée de nouveau. Le téléphone a volé, a cogné contre le mur de la cour, et s'est écrasé sur le sol. Il s'est ouvert, la batterie a glissé sur les dalles. J'ai attrapé l'appareil.

« Rachel. Rends-le-moi.

— Non.

— Je ne plaisante pas. Rends-le-moi. »

J'ai reculé et suis rentrée, les yeux écarquillés et effrayés, comme un animal surpris dans les poubelles.

« Rachel, putain de merde ! »

J'ai imaginé un monde où je devais traverser tout ce que je venais juste de traverser, tout en devant dépenser toutes mes économies pour payer mon avortement. Et pas seulement ça, mais parler à mes parents, leur demander l'argent qu'ils n'avaient pas pour une procédure qu'ils réprouvaient moralement. Et avec cette pensée horrifiante, j'ai fait un pas de plus à l'intérieur, et j'ai jeté le téléphone dans les toilettes.

Il m'a regardée, puis il a regardé les toilettes, puis moi de nouveau.

« Rachel, a-t-il dit calmement. Si je ne pars pas immédiatement, je crois que je pourrais te frapper. »

Je me suis écartée. James s'est précipité vers la porte d'entrée et n'est pas revenu avant le lendemain.

Je n'ai pas dormi du tout cette nuit-là. Je suis restée allongée avec mon téléphone près de l'oreille, voulant que le monde entier me joigne et me dise qu'il m'aimait. Ce fut la seule fois de toute ma grossesse où j'ai sérieusement pensé à le garder. Je me disais : *Eh bien, voilà quelqu'un qui ne pourra pas partir, pour dix-huit ans au moins.* Il y eut des moments pendant cette longue nuit où je fus absolument certaine que j'allais prendre l'argent et m'enfuir. Commencer une nouvelle vie de mère célibataire avec les deux mille euros, nos économies, et les quelques centimes qu'il resterait sur mon compte courant après mes retenues d'impôt.

J'ai pensé à Carey. J'ai même pensé à l'appeler pour faire l'amour par téléphone. N'importe quoi pour me distraire un peu. Que penserait-il de tout ça ? Que j'avais juste utilisé notre bébé pour extorquer deux mille euros à un couple marié ?

Notre bébé.

Notre bébé.

Je frottais mon estomac encore et encore, comme j'avais vu des femmes enceintes le faire à la télé. Il n'y avait rien à frotter, en fait, sinon la panse d'alcool que j'avais gagnée ces dernières années. On était samedi à présent. Dans dix jours je prendrais l'avion pour Manchester, un vol à six heures du matin pour un rendez-vous à deux heures de l'après-midi.

Dans tout ce que j'avais lu sur l'avortement, on ne trouvait pas grand-chose sur ce qu'on ressent vraiment. C'était parfois décrit comme un aspirateur pour vos entrailles. Mes entrailles.

James est revenu. Il était un peu plus de sept heures, et j'avais renoncé à dormir. J'étais assise sur le canapé, emmitouflée dans une couverture, avec une fois de plus *Frasier* à la télé.

« Salut.

— Salut. »

Il sentait la cigarette, et comme si une boisson alcoolisée s'était renversée sur lui.

« Tu es sorti ? ai-je demandé. Avec quelqu'un ?

— J'ai voulu marcher jusqu'à la maison de Fred. Et puis j'ai réalisé que je ne connaissais pas son adresse.

— Oh. »

James s'est assis à côté de moi. J'ai replié les pieds pour lui faire de la place. Il s'est massé les yeux, les paumes à plat sur son visage.

« Je... Tout était bidon, non ?

— Toi et lui ?

— Moi et lui.

— Non, je ne crois pas. Je ne pense pas que c'était bidon.

— Comme s'il était un touriste, non ? »

C'était drôle qu'il trouve si facilement le mot « touriste », car c'était celui qui m'était venu à l'esprit la veille. Le Dr Byrne voulait visiter notre jeunesse, notre pauvreté, notre vitalité. Mais il ne voulait pas y vivre.

Il s'est essuyé le visage. « J'ai baisé cette nuit.

— Avec qui ? »

Il a haussé les épaules. Pas parce qu'il ne savait pas, mais parce que ça n'avait pas d'importance. Les larmes ont coulé le long de ses joues, ses grands yeux humides et verts comme de l'herbe fraîche.

« Je suis désolée pour ton téléphone.

— Ça va.

— Je vais t'en acheter un autre.

— Avec quel argent ? fit-il machinalement. Oh. Ouais. Cet argent-là.

— J'aurais dû demander plus », ai-je dit, approchant mes orteils de sa jambe. Il a acquiescé, avalant sa tristesse à grandes gorgées.

« Je vaux cinq mille, au moins.

— Tu vaux un million. »

Il sourit, reconnaissant, même si c'était idiot.

« Mais ils n'ont pas un million, ai-je poursuivi.

— En effet. »

On a écouté Shandon Street se réveiller. Il y avait une épicerie nigériane à l'angle de la rue qui livrait des repas très tôt le matin, et on a entendu le bruit de la camionnette faire marche arrière, le rideau de métal se lever, et les cartons passer d'une personne à l'autre.

« Je ne pense tout simplement pas..., fit James. Je ne crois pas être une de ces personnes destinées à être heureuses, dans ce domaine.

— Quoi ? Quel domaine ?

— Eh bien... » Il jouait avec les bords effrangés de la couverture. « Tu sais, les gens comme moi. Je suis drôle. Je peux écrire des blagues. Je peux toujours m'envoyer en l'air. Je peux toujours gagner de quoi vivre. Je peux toujours trouver du travail. C'est déjà beaucoup, tu sais ? »

Il a tressé deux fils ensemble. « C'est beaucoup pour une seule personne. Je crois que c'est ok si je n'obtiens jamais, disons, l'amour romantique. »

Je manquais tellement d'assurance, à l'époque. Je n'avais jamais imaginé que quelqu'un puisse avoir un sentiment d'insécurité auquel je n'avais pas pensé moi-même. James était persuadé de ne pas pouvoir être aimé. C'était peut-être pour ça qu'il avait décidé d'accepter des miettes de la part du Dr Byrne.

« Je crois juste que tu es quelqu'un qui veut une vie atypique, tu sais ? ai-je commencé. C'est comme tes rêves de télé. Comme l'agent. Je ne connais personne qui court après les trucs comme toi tu le fais. Je crois que tu veux juste une super vie exceptionnelle, et tu auras sûrement un super amour exceptionnel pour aller avec. »

Il a embrassé ma rotule. « Tout ce que j'ai eu, c'est un super salaud exceptionnel. »

24

Chaque fois que je pense à octobre 2010, je m'en souviens comme d'un mois passé à attendre. Mais à l'intérieur de cette attente il y avait des mouvements et des périodes. Les premiers jours de ma grossesse, le week-end pendant lequel on a attendu mon premier rendez-vous, les jours qui ont suivi la décision concernant l'avortement, tout cela composa une période. Et les jours après la soirée du dîner, une autre.

James avait été mon groupe de soutien et mon parent pendant la première période. Pour la seconde, on était complètement à la dérive. James était plongé dans le deuil du Dr Byrne. Je crois qu'il avait présumé que, puisque le Dr Byrne et lui avaient déjà rompu puis s'étaient remis ensemble, ils continueraient de se retrouver et de se séparer à l'infini. À présent il se rendait compte qu'entre lui et le Dr Byrne il n'y aurait pas de troisième acte, et qu'ils ne pourraient jamais se dire au revoir. Son numéro de téléphone avait été bloqué. Il avait essayé avec le mien. Mon numéro aussi était bloqué. Le chèque avait été encaissé, et maintenant nous avions presque trois mille euros sur notre compte épargne.

Je suis allée au travail. Mes résultats étaient très mauvais, et je sentais que ma chef s'apprêtait à me virer. Je suivais machinalement le scénario qu'on m'avait fourni, et parfois un jour entier se passait sans que je convainque personne d'augmenter son prélèvement automatique. Les pires jours, c'étaient ceux où je devais lever de l'argent pour d'autres pays. « On n'a pas assez de problèmes ici ? » était la réponse qui revenait fréquemment, lorsque je parlais d'enfants qui parcouraient des lieues à pied en quête d'eau sale.

« Vous semblez être une fille intelligente et compatissante », me dit une femme. « Pourquoi n'allez-vous pas travailler pour quelque chose de plus proche de chez vous? Pourquoi n'allez-vous pas travailler pour les sourds ? »

Les larmes me sont montées aux yeux, sous l'effet combiné des hormones de grossesse et du fait qu'on m'ait qualifiée de « compatissante » alors que j'avais à la fois trompé et extorqué une femme souffrant de troubles de la fertilité et qui s'était toujours montrée gentille avec moi, à une petite exploitation près.

« Notre organisation ne fonctionne pas comme ça, ai-je dit, les larmes tombant sur mon bureau. Je dois prendre ce qu'on me donne. C'est tous les jours un nouvel organisme. »

La femme à l'autre bout du fil s'est adoucie, touchée par mon absence de conviction. « Oh, mon petit. C'est la récession, non ?

— Oui.

— Vous devriez essayer de trouver un meilleur travail.

— Vous en connaissez un ?

— Non. »

Ma responsable, qui se trouvait juste à côté, m'a pris le combiné des mains et a mis fin à l'appel. Puis elle m'a emmenée dans son bureau et m'a dit que si je ne pigeais pas le truc, je perdrais mon emploi.

James travaillait maintenant six jours par semaine à la librairie. Presque tous les autres avaient déjà été licenciés à ce stade. On n'a jamais compris pourquoi lui était épargné, à part l'hypothèse, restant à prouver, selon laquelle Ben aurait été lui aussi un homo caché. Quand on rentrait le soir, on se parlait sans s'entendre, piètres réceptacles de la tristesse de l'autre, car chacun était rempli de la sienne propre.

Cela n'a duré que quelques jours, je m'en rends compte maintenant, mais j'ai eu l'impression qu'une année entière s'était écoulée.

J'avais fait le choix de ne rien dire à Carey. Je savais que cela le dévasterait, et je soupçonnais – même si nous n'avions jamais abordé le sujet – qu'il n'aurait rien de bien positif à dire sur l'avortement. Il y avait quelque chose d'antique et de catholique en lui, un attachement vivace au Saint-Siège très fort dans sa famille, et que le fait de vivre dans le Nord avait gardé vivant. Il portait une médaille miraculeuse. Il connaissait tous les saints.

Je ne voulais pas me disputer avec Carey au sujet de l'avortement, mais je ne voulais pas non plus lui en infliger le fardeau. Il semblait que j'avais sans le vouloir gâché la vie de tant de personnes, et je ne voulais pas gâcher la sienne en plus. Il avait déjà assez de soucis comme ça.

Et donc j'ai ignoré ses appels. J'ai répondu sèchement à ses textos. J'avais décidé que, après l'avortement et une fois le brouillard dissipé, je redeviendrais sa petite amie à distance. Mais même alors, je savais que c'était voué à l'échec. Il se pourrait que Carey reste chez lui des mois, des années peut-être. J'ai pris conscience, comme un coup de couteau au cœur, que je ne le reverrais peut-être plus jamais.

Et puis le jeudi j'ai trouvé le caillot.

J'étais au travail quand c'est arrivé. Je suis sortie de mon bureau et j'ai traversé la rocade pour appeler la clinique. On a fini par me passer l'infirmière qui nous avait parlé à James et à moi. Je lui ai dit ce que j'avais trouvé.

« Vous l'avez gardé ? demanda-t-elle.

— Non, je... » La question m'abasourdit. « J'avais l'intention de m'en débarrasser.

— Le caillot. Avez-vous gardé le caillot ?

— Oh non. Il est parti avec la chasse d'eau. »

Elle fit un petit bruit de réprobation, comme si j'avais coupé l'étiquette d'une robe que j'essayais de retourner.

« Ça ressemblait à quoi ? Du foie ?

— Oui. » J'ai acquiescé, me souvenant de la substance noire et brillante. « Ouais, du foie.

— D'accord. Il vaut mieux que je vous donne un rendez-vous, alors.

— À la clinique ?

— Non, à l'hôpital. »

Elle franchissait toutes les étapes trop vite, et ça m'a fait peur. Je l'ai suppliée de ralentir et de m'expliquer ce qui m'arrivait, mais elle était déjà passée à la phase suivante de la planification.

« Je peux vous mettre demain matin ? Dix heures ?

— Je travaille.

— C'est tout ce que je peux vous proposer.

— Est-ce que je fais une fausse couche ?

— Je ne peux pas établir de diagnostic par téléphone. Vous devez aller aux urgences, si vous ne pouvez pas venir au rendez-vous.

— Mais c'est à ça que ça ressemblerait ? Si je faisais une fausse couche ? »

Elle a pris un instant pour répondre. « Oui. Ça ressemblerait bien à ça. Voulez-vous le rendez-vous, ou bien irez-vous aux urgences ?

— Je prends le rendez-vous », ai-je dit d'une voix faible, avant de raccrocher. Je suis restée au bord de la route, portant une veste sur un jean, une tenue que ma mère décrivait comme

« chic décontracté » mais qui me faisait ressembler à un agent immobilier.

J'ai essayé de ne pas en vouloir à l'infirmière. En Irlande, les centres de santé sexuelle n'ont jamais été bien subventionnés ou dotés en personnel, et elle était sûrement en train de penser à l'avortement qu'elle devait annuler, et à l'autre fille qu'elle pourrait glisser dans mon créneau horaire.

Il y avait une station-service près du centre d'appels. J'ai acheté un paquet des serviettes les plus épaisses que j'ai pu trouver et suis retournée travailler.

J'aurais aimé avoir plus de choses à dire au sujet des caillots, ou du rendez-vous le lendemain où l'on m'a confirmé la fin de ma grossesse, ou des jours de saignements abondants qui donnaient l'impression qu'ils dureraient éternellement. Ces journées ont toujours été dans ma mémoire une ombre étrange, froide. Il y a quelques années, j'ai demandé à James à quoi elles avaient ressemblé, et comment j'étais à cette période.

« Tu étais à mille lieues de là, a-t-il dit. J'avais peur que ton cerveau soit fichu pour de bon.

— De quelle manière ?

— Par exemple tu beurrais un toast et puis tu le laissais en plan. Tu boutonnais tes vêtements n'importe comment. Tu bavardais, pleine d'enthousiasme, et une minute plus tard tu étais sombre et distante.

— Mon Dieu.

— Si on ne regardait pas de trop près, on aurait pu croire que tu allais bien.

— Ok.

— Mais moi je regardais de près. »

Il semblait n'y avoir aucune bonne façon de ressentir les choses. J'étais consciente d'avoir été préservée du pire et j'aurais dû être reconnaissante. Je n'aurais pas besoin de faire ce voyage effrayant en Angleterre, et je n'aurais pas besoin de me ruiner pour pouvoir y aller. Je savais que tout s'était passé pour le mieux. Mais je ne pouvais pas me défaire de la sensation que le bébé de Carey était mort à l'intérieur de moi parce que j'étais pourrie et que je faisais des trucs pourris. J'ai saigné si longtemps que j'ai commencé à me voir comme une personne qui avait conclu un pacte diabolique avec les fées. J'avais obtenu mon or, et maintenant je le payais.

Puis ma mère a appelé.

« Nous pensons vraiment que tu devrais reconsidérer cette histoire de remise de diplôme », a-t-elle dit d'un ton sévère.

Ce fut comme si, en pleine noyade, on me questionnait sur ma déclaration d'impôt. « Ah ?

— C'est important pour ton père, a-t-elle continué. Il n'a vraiment pas le moral. Il mérite un jour de détente.

— C'est trop tard de toute manière, maman. Tous ces trucs sont organisés des mois à l'avance. Les places, la location de la toge, et tout le bazar.

— Ne t'en fais pas pour tout ça, dit-elle. Si tu peux te débrouiller pour la toge, je m'occupe du reste. »

Je ne voyais pas comment. Ma remise de diplôme tombait lundi, la date prévue pour mon avortement. « Qu'est-ce que tu veux dire avec "me débrouiller pour la toge", maman ? Je ne suis pas pistonnée chez La Grande Toge. Je ne sais même pas où on en trouve. Tout se fait par l'intermédiaire de l'université.

— Tu es devenue très grincheuse.

— J'essaie juste d'être réaliste.

— Écoute, je vais appeler l'université. On ira chercher le diplôme, on prendra quelques photos, et ensuite on ira déjeuner tranquillement. On emmènera James. Qu'y a-t-il de mal à ça ? »

J'avais déjà pris deux jours de congé, pour mon rendez-vous et pour la fausse couche, et je savais que j'étais sur un terrain glissant au centre d'appels. J'ai téléphoné à ma responsable et lui ai demandé un congé. Elle a soupiré.

« Rachel, je crois que c'est mieux pour toi de ne pas revenir. Je ne suis pas certaine que ce soit un poste qui te convienne.

— Est-ce que je toucherai quand même mon congé maladie ?

— Comment ? Non. »

J'ai raccroché.

Ma mère a obtenu ce qu'elle voulait. Du moins en partie.

Elle a harcelé l'administration toute la journée pour qu'ils me laissent venir. Elle a inventé divers problèmes pour justifier le fait que je n'avais pas pris de rendez-vous ou réservé la location de ma toge, faisant lourdement allusion à la maladie mentale, à la ruine financière et à la mauvaise santé en général. C'était incroyable de voir à quel point elle cernait bien ma situation tout en mentant ostensiblement. Finalement on lui a attribué trois invitations pour la cérémonie, mais en lui disant qu'il n'y avait pas de parchemin préparé pour Rachel Murray, et que je serais obligée de me contenter d'assister à la remise du diplôme de tous les autres étudiants. Ma mère la remercia, et rappela une heure plus tard. Comment pouvions-nous faire préparer un parchemin ? La femme dit qu'elle ne s'occupait pas des parchemins. Ma mère a demandé le numéro des personnes qui s'en occupaient.

Après huit bonnes heures de harcèlement, de corruption et de bavardage menées à la perfection, ma mère m'a appelée pour me dire qu'en fin de compte je pourrais aller chercher mon diplôme sur parchemin. Je devrais m'asseoir dans la section des invités et je serais autorisée à le récupérer sur scène après que tout le monde aurait récupéré le sien. Si je n'arrivais pas à me procurer une toge, il fallait que je porte quelque chose de « sombre, ample et formel ».

« J'ai une robe noire », lança triomphalement maman, qui enchaîna en disant qu'il fallait que je me fasse faire un brushing.

Il me semblait que c'était la pire de toutes les situations possibles. On pouvait aller à sa remise de diplôme ou pas, mais cet entre-deux était humiliant. C'était trop tard pour changer quoi que ce soit. Ma mère avait pris trop de peine déjà, et je ne pouvais faire autrement que suivre le mouvement, même à contrecœur.

« Comment tu t'es débrouillée ? ai-je demandé. Avec les gens du parchemin ?

— Oh, j'ai promis à toutes les personnes à qui j'ai parlé un détartrage gratuit. »

Je n'étais pas en position de me plaindre de cette remise de diplôme bidon. Même si la moitié de ces personnes n'acceptaient pas le détartrage gratuit, c'était malgré tout une dépense énorme qu'elle ne pouvait se permettre.

Mes parents sont arrivés à Shandon Street à onze heures le lendemain matin, ma mère avec du rouge à lèvres, mon père en costume gris. La remise de diplôme m'avait été vendue comme quelque chose que mon père désirait désespérément et dont il avait besoin. Ce matin-là, pourtant, on voyait bien qu'il aurait préféré être chez lui. Il était ouvertement renfrogné, une humeur qui s'accordait avec celle de notre maison à James et moi à l'époque, et j'ai commencé à me demander si la dépression ne suintait pas des murs.

Mon père s'est assis dans le canapé et a semblé s'y enfoncer tout entier. « Je vais attendre là pendant que tu fais tes ablutions. »

Depuis le passage de Chris quelques mois plus tôt, j'avais considéré la dépression de mon père comme une course à faire un de ces jours. Je n'y pensais pas comme à une chose qui était en train de lui arriver, qui pesait sur ses épaules, le clouait à sa chaise.

« Tu veux un thé, papa ? »

Il regardait une revue vieille d'un mois avec Leona Lewis en couverture.

« D'accord. »

J'ai appris – plus tard, bien sûr – que ma mère avait insisté pour célébrer le jour de ma remise de diplôme parce que le dernier investissement de mon père – un centre commercial à Killarney – avait fait faillite.

Tout l'argent de mes parents était investi dans l'immobilier et les placements, et la question de savoir de quoi ils vivraient à la retraite se posait avec acuité. Je lui ai apporté son thé et mon père a pris la parole :

« Tu vas partir à l'étranger, je suppose.

— Qui t'a dit ça ?

— Ils le font tous. Les jeunes partent toujours. »

J'ai pensé aux trois mille euros sur notre compte épargne et me suis demandé si je devais lui en parler. Ça pourrait le réconforter de savoir que quelqu'un avait de l'argent.

« Ne te fais pas mettre en cloque, ou un autre truc idiot comme ça. »

En dépit de tout, j'ai ri.

Ma mère et moi sommes montées à l'étage et j'ai enfilé la robe en laine noire qu'elle avait apportée, et aussi d'épais collants noirs et des brogues. J'avais l'air de me rendre à un enterrement. Elle m'a demandé comment ça allait au travail, et je lui ai dit que j'avais été virée de nouveau.

« Oh, ce n'est pas grave », a-t-elle réagi, déterminée à garder tout le monde de bonne humeur. « Je ne crois pas que ce soit bon pour toi de rester assise toute la journée, de toute manière. »

On savait que se garer serait un cauchemar, alors on a marché jusqu'à l'université, ce qui n'a fait qu'ajouter à l'ambiance funéraire de la journée. On donnait l'impression de suivre un corbillard, et j'étais encore tellement faible après la fausse couche. J'avais l'impression d'avoir quatre-vingts ans.

C'était plus facile, alors que je vivais avec James, de me féliciter de mon autosuffisance et de l'idée que je n'étais pas un fardeau pour mes parents en difficulté. C'était peut-être en partie vrai, mais ça ne changeait pas le fait que je n'avais rien entrepris pour les aider non plus. Ma mère avait besoin de quelqu'un à qui parler, mon père de quelqu'un pour lui remonter le moral. Mes frères avaient probablement besoin de quelque chose, mais leur vie était bien trop éloignée de la mienne pour que je sache ce que ça pouvait être.

J'ai dit cela à ma mère, un jour. Je me suis excusée d'avoir été égocentrique, de ne pas avoir posé plus de questions. C'était des années plus tard, alors qu'elle était malade, et même si elle a fini par aller mieux, cela semblait un moment propice aux Grandes Vérités. Cette déclaration l'a interloquée. « Qu'est-ce que tu aurais pu *faire* ? » Je lui ai dit que j'aurais pu mieux l'écouter. Elle a secoué la tête, et pour moi sa réaction paraissait signifier : *Mais pourquoi diable t'aurais-je parlé ?*

J'étais debout à côté de mes parents dans la section des invités, des rangées et des rangées de sièges vides devant nous, attendant tous des diplômés qui avaient bien renvoyé leur RSVP pour assister à la cérémonie. L'attente a semblé durer une éternité, tandis que des groupes de parents et partenaires échangeaient des politesses. Je me sentais vaseuse, comme si mes mains et mes pieds étaient attachés à mon corps avec des cordes très lâches. « J'ai réservé chez Isaacs, a dit maman. Tu te souviens, on y allait tout le temps, quand vous étiez tous encore à l'école ? »

C'était un établissement fiable, chic mais abordable, célèbre pour ses cakes au crabe, et il se trouvait juste à côté de mon lycée. Ma mère déjeunait souvent là avec ses amies, dans le bon vieux temps, et je les rejoignais parfois.

Mon père fixait un couple, quelques rangées devant nous.

« Qu'est-ce qu'il y a, papa?

— Je lui ai fait ses facettes. Il y a cinq ans environ.

— Ah. »

Ma mère a souri, heureuse qu'il ait dit quelque chose. La musique a débuté, et les professeurs ont commencé à entrer.

Je n'étais encore jamais allée à une cérémonie de remise de diplômes, et n'y suis plus jamais allée depuis. Cela ne m'était pas encore venu à l'esprit qu'il s'agissait d'un grand jour pour la faculté aussi bien que pour les étudiants, et que tous les professeurs y assistaient généralement.

Là, drapé dans une toge rouge et ressemblant à un sorcier, se trouvait le Dr Fred Byrne.

J'ai agrippé l'accoudoir de ma chaise, et mes os se sont mis à vibrer. Tout le monde dans la salle s'est levé. Moi seule suis restée assise. « Rachel, me tança ma mère. Lève-toi. »

Je me suis levée. Ma mâchoire se serra, une ligne droite allant de mes molaires à mes oreilles. Le Dr Byrne paraissait parfaitement décontracté, affichant un large sourire tandis qu'il prenait place derrière le podium avec les autres membres de la faculté. J'ai reconnu la Dr Sheehan, qui m'avait enseigné le film noir et la peinture expressionniste allemande.

Deux mille euros, et vous ne me reverrez plus jamais, n'entendrez plus jamais parler de tout ça.

Est-ce que je rompais ma promesse en étant là? Cela ne m'était jamais venu à l'esprit, avant cet instant, de rendre l'argent. L'argent était spécifiquement pour l'interruption volontaire de grossesse, et lorsqu'il apparut que je n'en avais plus besoin, je l'ai considéré comme le prix du silence. De l'argent pour ce que j'avais traversé. Pour le mensonge dans lequel je m'étais retrouvée impliquée malgré moi. Voir le Dr Byrne ici me donna le sentiment d'être une fugitive. Comme si je devais aller au distributeur et lui lancer les deux mille euros à la figure.

Les diplômés sont entrés avec leur toge noire et leur toque verte. Les étudiants de ce cursus avaient été trop nombreux pour que je reconnaisse tout le monde, mais je remettais quelques visages. Des personnes avec qui j'avais fait des travaux dirigés, à qui j'avais emprunté des stylos, donné mes notes. Elles faisaient partie de la même amibe mouvante, et moi j'étais assise dans une robe en laine noire avec mes parents au fond de la salle. Dans un sens, c'était parfait. C'était en accord avec ma carrière universitaire. Je me sentais seule, avec mes yeux de fouine, comme si la vie était un lieu qui se passait quelque part ailleurs.

Le chef du département nous a souhaité la bienvenue en irlandais, puis en anglais, et a continué en anglais pendant toute la cérémonie. Ça se déroulait devant moi, comme une scène de l'autre côté de la vitre dans une voiture. Je ne pouvais penser qu'à une seule chose, j'étais dans la même pièce que le Dr Byrne, alors que j'avais juré de me tenir à distance de lui pour le reste de mes jours.

Finalement les diplômés furent priés de se retourner et d'applaudir leur famille et leurs proches pour les avoir soutenus dans leurs études. Ils se sont retournés et ont applaudi, affichant de grands sourires, heureux d'être au centre de l'attention et d'offrir avec magnanimité cette attention. Le regard de quelques camarades de classe s'est posé sur moi, et j'ai vu des expressions confuses, comme s'ils ne se souvenaient plus très bien d'où ils me connaissaient.

La remise des parchemins a commencé. Elle a duré une heure, et je pouvais voir l'ennui s'emparer de mes parents. Ma mère semblait prendre conscience que c'était une mauvaise idée. On avait l'impression d'être des objets de charité, rebuts d'un monde qu'on avait un jour habité si naturellement. Je tenais leurs mains à tous les deux. C'était un moment horrible, abyssal à tous les points de vue, mais d'un autre côté je me sentais très proche d'eux. Comme si tous les trois nous faisions partie de la même équipe, en tant que famille mais aussi en tant qu'individus. Je n'ai plus jamais ressenti cela envers mes parents à ce point, même le jour de mon mariage.

Enfin, alors qu'on avait le sentiment que ça durait depuis une éternité, que le rayon de soleil à travers les hautes fenêtres nous avait tous brûlés, que la voix du chef du département devenait rauque à force d'égrener les noms, Rachel Murray fut appelée. J'ai bondi de mon siège, suis passée devant les parents assis, perplexes, et suis allée chercher mon diplôme.

En remontant l'allée, mes yeux ne purent s'empêcher de tomber sur le Dr Byrne. Son visage paniqué et perdu. Il devait, à un certain niveau, s'attendre à me trouver là. Mais pas comme ça : séparée de tous les autres, ne portant pas même la toge.

Si rien n'était allé de travers dans mon parcours universitaire, si j'avais juste été une étudiante qui n'avait pas fait les démarches administratives nécessaires pour se présenter à la remise de diplôme et avait trouvé un moyen de s'y rendre quand même, je suis sûre que toute la salle l'aurait senti, aurait instinctivement compris que j'avais été malade, ou été une étudiante *in absentia*, ou que j'avais une autre raison valable et plausible d'être traitée différemment.

Mais il existe un instinct à l'intérieur du corps, et rapidement il métabolise l'atmosphère. Tout le monde savait que quelque chose n'allait pas, et que la cérémonie de remise de diplômes ressemblait à un mariage forcé entre un enfant et un cadavre.

Un rite horrible auquel ils devaient tous assister pour assurer une prochaine bonne récolte.

J'ai pris le parchemin et j'ai senti le regard de chaque membre du département. Combien parmi eux étaient au courant pour Rachel Murray et l'effroyable dîner ?

Par la suite, mon père rompit son silence : « Tu étais proche de tes professeurs, Rachel ?

— Non. Pourquoi ?

— Eh bien, quand tu as pris ton diplôme, on aurait dit qu'ils ne pouvaient pas te quitter des yeux. »

25

Nous sommes arrivés chez Isaacs, troublés et mal à l'aise, et j'ai reçu un appel de James. Il était censé nous y rejoindre.

« Écoute, ça ne va pas être possible. Ben ne peut pas se passer de moi.

— Quoi ?!

— J'ai envoyé un remplaçant.

— Un remplaçant ? Qui ? James, à quoi tu joues ?

— Tu verras. »

Une minute plus tard est arrivé James Carey en blazer bleu marine, souriant comme un invité de talk-show. « Hello, ma chérie, fit-il, les mains sur mes hanches. Seigneur, tu es magnifique ! Félicitations. »

Mes parents, si désireux de pouvoir penser à autre chose, furent aussitôt enthousiastes.

« Rachel, qui est-ce donc ? »

Je ne l'avais pas vu depuis août, et pendant cette période j'avais à la fois porté et perdu son bébé. J'étais sans voix, les yeux écarquillés, agitée.

« Hello, fit-il, tendant la main à mon père. Je m'appelle James.

— Un autre James ? s'exclama ma mère.

— Eh bien, Rachel m'appelle Carey, mais elle est la seule. Je n'oserais pas essayer de remplacer l'autre James. Compétition impossible, j'en ai peur.

— Oh, comme si on ne le savait pas, dit maman, déjà sous le charme. C'est James ceci, James cela depuis Noël dernier. On n'a entendu parler de rien d'autre. »

Tout à coup, mes parents et Carey se foutaient de ma gueule. Mon histoire d'amour avec James Devlin, qui apparemment les amusait, était étalée au grand jour pour le plus grand plaisir de tous.

« Il est super, malgré tout, fit Carey. Il m'a indiqué où vous trouver aujourd'hui. Je l'ai appelé quand Rachel a dit qu'elle ne voulait pas faire toute une histoire pour la remise de diplômes. Alors je suis venu de Derry.

— De Derry ? dit papa. Aujourd'hui ?

— Train pour Dublin hier soir, train pour Cork ce matin.

— Vous êtes fantastique ! » Ma mère était sincèrement impressionnée. Elle n'avait jamais aimé Jonathan.

« Eh bien, elle a travaillé si dur, n'est-ce pas ? Vous avez lu ses dissertations ? »

On m'a dit que ce fut un déjeuner agréable. Je ne me souviens pas si j'ai prononcé un seul mot, ou mangé quoi que ce soit, ou même si j'ai souri. Tout ce que je savais c'était que j'étais contente qu'il soit là, mais sans que ça suffise à me rendre vraiment heureuse. Le bonheur paraissait très lointain, et comme une chose à laquelle seuls les innocents avaient droit.

Carey a sauvé la journée de mes parents. Il sembla comprendre qu'ils avaient besoin de distractions, de légèreté, et de cakes au crabe. Il parla respectueusement de sa mère malade, mais sans s'attarder sur le sujet. Raconta des anecdotes amusantes sur son père et le reste de sa famille. Il dit que ça ne l'ennuyait pas du tout d'être de retour à Derry, et que ça ressemblait beaucoup à Cork, en fait.

Le déjeuner dura très longtemps, jusqu'au moment où le restaurant dut fermer pour le service du soir. Dehors, mes parents m'ont embrassée pour me dire au revoir, et mon père m'a tendu une enveloppe. « C'est juste un billet de cinquante. Ce n'est pas beaucoup, mais allez boire un verre ou deux de plus. »

Carey et moi avons marché un peu en discutant des pubs. J'étais penchée contre lui, la tête sur son épaule. Plus on s'éloignait de mes parents, plus je m'affalais sur lui, pas tant par amour que pour tenir debout.

« Hé hé, que se passe-t-il ? Tu ne tiens déjà plus sur tes jambes ? »

Je l'ai agrippé fort, comme si je m'enchaînais à une grille. Son ton a changé :

« Tout va bien, Rachel ? Oh mon Dieu, j'ai eu raison de venir, j'espère ?

— Oui, ai-je murmuré.

— Alors qu'est-ce qui ne va pas ? Pourquoi es-tu devenue si bizarre ?

— Tant de choses se sont passées, Carey. Des choses dont tu n'as pas idée.

— Eh bien, raconte-moi. Je ne peux pas deviner si tu ne dis rien. C'est grave à quel point ? »

Je l'ai emmené au pub et lui ai raconté à quel point. Comment j'avais compris que j'étais enceinte après son départ pour Derry. Comment je n'avais pas voulu l'accabler avec mes problèmes, alors qu'il en avait déjà tant de son côté. Comment j'avais planifié une interruption volontaire de grossesse, sans finalement en avoir besoin. Je n'ai pas mentionné les Harrington-Byrne.

C'était trop compliqué, et ça semblait de toute manière dénué de pertinence.

Ça ne l'était pas, bien sûr. C'était profondément pertinent. Je voulais seulement garder la face au moins sur ce sujet.

« Je ne comprends pas, finit-il par dire. Pourquoi ne m'as-tu rien dit de tout ça ? Le bébé, Rachel. Comment as-tu pu ne pas en parler ?

— Tu avais déjà tellement de soucis, ai-je fait d'une petite voix aiguë. Avec ta mère et ta famille et tout. Je voulais que tu penses à moi comme, je ne sais pas, une personne drôle. »

Il parut consterné. « Qu'est-ce que tu veux dire ? Une personne drôle ?

— Eh bien tu sais, quand tu appelais, on flirtait, on déconnait, non ? Je ne voulais pas ajouter un autre truc à tous les autres. Je ne voulais pas devenir un autre problème. Une autre personne à charge. »

J'avais tout faux. Il parut plus offensé que jamais. « Je ne m'occupe pas de ma mère parce qu'elle est un problème ou une personne à charge. Je m'occupe d'elle parce que je l'aime. »

Ces mots me déconcertèrent. « Je sais.

— Et je t'aime, toi aussi. Quand on aime une personne, on s'engage totalement. Même si elle est de mauvaise humeur ou bizarre ou si elle est *enceinte*, Rachel. Peu importe si on a déjà des soucis. On aime la personne tout entière. »

Il regarda sa pinte encore intacte et soupira. « Tu n'avais jamais compris ça, je crois. »

Carey parlait déjà au passé, et ça m'a terrifiée. « Si, je comprends ça ! ai-je protesté, la voix grimpant d'une octave. J'avais juste peur que tu te détournes encore de moi.

— Me détourner de toi ? a-t-il craché. Tu m'as rendu dingue pendant des mois. C'était toi qui ignorais *mes* appels. Mes invitations. Mes... sentiments.

— Tu t'es détourné de moi une fois, déjà, ai-je rétorqué, cherchant plus à gagner la bataille qu'à être agréable. En mai dernier. Tu as foutu le camp sans crier gare.

— Ça n'est arrivé qu'une fois.

— Mais ça a duré *des semaines.*

— Eh bien, ça ne semblait pas t'embêter tant que ça ! »

Il s'est brusquement emporté : « Tu filais toujours retrouver ce putain de James. Et apparemment rien n'a changé. C'est la seule personne dont l'opinion compte vraiment pour toi, Rachel. Tous les autres ne sont que des putains de figurants. »

Si seulement Carey avait su combien d'heures, de jours j'avais passés à me lamenter auprès de James de son manque d'intérêt pour moi. Comment je disséquais chacun de ses mouvements, de ses mots, de ses gestes. J'ai essayé de lui expliquer quelque chose du genre : que je comptais sur James pour décoder Carey car Carey était indéchiffrable.

« Je n'y crois pas une seconde, Rachel. J'ai été clair, fit-il, secouant la tête. J'ai toujours été clair à ton sujet. Mais tu veux toujours que ça ressemble à ceci ou cela, tu veux toujours recevoir un certain nombre de textos, avoir ta petite vie avec James. Je te vois, tu sais. Je te vois, toujours en train de m'observer, de tout noter comme la Gestapo, prête à faire ton rapport pour ensuite tout analyser, tout déconstruire. Et ça devient *irritant.* Parfois je n'ai pas envie de te procurer la matière. »

J'avais passé tellement de temps à créer Carey comme ce mystère ingouvernable, et apparemment pendant tout ce temps c'était moi la personne intangible et distante.

« C'est idiot, fit-il, regardant ses genoux. Tu ne m'as pas dit que tu allais avoir mon bébé. J'ai l'impression qu'on est dans un épisode de soap.

— Eh bien, je n'allais *pas* l'avoir en fait », ai-je riposté.

Il parut plus blessé que jamais. « Tu n'as même pas envisagé de le garder ? »

Je ne pouvais pas entrer de nouveau dans ce monde, le terrain de jeu imaginaire où je vivais à Derry avec lui et maternais l'un des nombreux blondinets de la famille. C'était fini maintenant, ce n'était plus un fantasme, mais un univers mort, effondré sur lui-même.

« Non, ai-je dit. Je suis trop jeune, Carey, tu le sais.

— Oui je sais, fit-il, le visage crispé. Je me disais juste que tu aurais pu au moins l'envisager. Tu as programmé un avortement aussitôt ?

— C'est mon corps, ai-je dit mollement. Mon choix.

— Oui, je *sais* que c'est ton choix. Mais j'aurais dû jouer un rôle de consultant, tu ne crois pas ? Dans un sens ou un autre ?

— Ce que je voulais n'a pas d'importance, ai-je fait d'un ton cassant. Parce que je l'ai perdu – j'allais dans tous les cas le perdre, qu'on en parle ou pas. »

On a continué comme ça, changeant vite et souvent d'humeur et de baratin. Il se montrait incroyablement tendre, puis se souvenait qu'il était furieux contre moi, et puis de nouveau se sentait désolé que j'aie dû traverser tout ça toute seule. On s'est épuisés. Je me suis demandé s'il regrettait d'être venu à Cork.

Quand on est finalement sortis du pub, il ne m'a pas touchée. « J'essaie de comprendre, Rachel. Vraiment. J'essaie d'y voir clair. Mais j'ai l'impression de ne pas te connaître du tout. C'est un truc tellement énorme à cacher à quelqu'un qu'on aime. Le truc le plus énorme qui soit. Et j'aurais pu aider.

— Comment ? Comment aurais-tu pu aider ?

— Avec l'argent. En... je ne sais pas, en te réconfortant. »

À ce stade il me connaissait suffisamment bien pour savoir ce que je pensais.

« Mais tu avais James pour tout ça, a-t-il dit.

— Oui. Effectivement. »

Il a levé les yeux au ciel.

« Tu ne peux pas m'en vouloir pour ça, ai-je dit. C'est mon meilleur ami.

— Je sais que c'est ton meilleur ami, a-t-il fait d'un ton cassant. Il ne s'agit pas de James.

— J'ai l'impression que si. » J'espérais pouvoir accuser Carey d'homophobie, ce qui m'aurait dispensée d'être accusée, moi, d'être une personne égoïste et stupide.

« Tu ne vois pas comme c'est condescendant, reprit-il, qu'une personne que tu aimes ne te parle pas de la chose la plus importante qui soit jamais arrivée dans sa vie, parce qu'elle ne veut pas te déranger ? Parce qu'elle pense que tu ne peux pas gérer ?

— Je voulais juste te tenir en dehors de ça. Parce que je t'aime. Vraiment. Tu le sais. Je le dis sans arrêt.

— Ce n'est pas un acte d'amour, Rache. C'est un acte de... Je ne sais pas... d'ambivalence. C'est une mise à distance.

— Ta maman était malade.

— On peut bien jeter toute ma famille dans un volcan, je m'en fiche, Rachel, je veux savoir, putain, si j'ai un enfant avec quelqu'un ! »

Il existe un monde parallèle dans lequel j'ai dit les choses qu'il fallait à Carey ce jour-là. Où j'ai montré les signes d'affection et de regret adéquats, où j'ai pleuré et déploré ma fausse couche de la manière dont il le désirait. Peut-être que dans ce monde j'ai pris le train pour Dublin avec lui, puis celui pour Derry. Mais je n'en ai pas eu la force ou le caractère. Mon esprit était encore à la cérémonie de remise de diplômes, avec le Dr Byrne et sa toge rouge. Avec les regards de centaines de gens, qui savaient tous qu'il y avait quelque chose qui clochait chez moi, sans pouvoir mettre le doigt dessus.

J'étais une personne plutôt joyeuse de nature. Qui dépendait des autres émotionnellement, comme un bon cheval. Peut-être que si j'avais été une fille plus mélancolique, j'aurais été capable de reconnaître que j'étais en plein milieu d'un traumatisme, ce mot qui semble toujours concerner quelqu'un d'autre. Mais j'étais si loin de moi-même, et qu'un homme que j'aimais essaie de me faire revenir à moi, ça ne comptait pas. Il venait trop tard, et ça ne suffisait pas.

Il est rentré à la maison avec moi. Il s'est assis sur mon lit et je me suis mise à l'embrasser, passant les mains sur son visage et son torse. On ne pouvait pas faire l'amour. Je portais encore les épaisses protections que le médecin m'avait données. Je voulais désespérément atteindre la part de Carey à laquelle moi seule avais accès, l'endroit fou, éternellement passionné qui transcendait la vie réelle. J'ai essayé de le convaincre que mon désespoir était de l'excitation légitime, et pendant trois minutes environ il a failli me croire.

J'ai enfoui la tête dans son entrejambe, m'engageant dans une fellation excessivement émotionnelle, et nous savions tous les deux qu'elle était censée être un acte de pénitence. J'ai levé les yeux, une seconde, et j'ai vu que son visage était tourné vers la fenêtre. Ses pommettes éclairées par le lampadaire de la rue, ses yeux comme un bol en verre vide.

Il est parti pour Dublin le lendemain matin. Je ne l'ai plus revu.

D'une manière ou d'une autre, la vie a continué.

J'ai trouvé un travail dans un bar, qui ne me convenait pas aussi bien que la librairie mais qui était beaucoup mieux que le centre d'appels. C'est un pub sur Washington Street qui m'a embauchée, près du restaurant aux petites assiettes qui est désormais fermé. C'était décontracté, amusant quelquefois, même si je ne me sentais plus jamais décontractée ni amusante.

J'étais rigide et à la traîne. Avec James, ça n'allait pas très bien non plus. Notre relation avait changé de base, s'adaptant au nouveau poids qu'elle devait porter à présent. On regardait encore la télé, on dînait ensemble, on venait saluer l'autre quand il rentrait. Mais il y avait un changement qui ne se voyait que de l'intérieur. Nos conversations s'orientaient dans la même direction – pourquoi Glenn Close n'a-t-elle pas un Oscar ? Pourquoi ne mettent-ils pas de chips dans les sandwichs chez Subway ? – mais le flux, le son, l'écho étaient différents. C'était comme si on essayait de faire des reprises de nos propres conversations. On n'appréciait plus l'autre de la même manière.

Derrière tout cela il y avait de la colère, je crois. Tous les deux, sans le dire, nous estimions que l'un avait gâché la vie de l'autre. Je passais des jours furieuse que la relation du Dr Byrne avec James ait fait voler en éclats mes chances d'avoir un travail agréable, ainsi que la totalité de mon estime de soi. Je n'arrêtais pas de penser à ce que Carey avait dit : que c'était ma codépendance vis-à-vis de James qui l'avait poussé à se montrer distant.

James, j'imagine, ruminait sur la manière dont ma grossesse et l'extorsion contre les Harrington-Byrne qui s'était ensuivie avaient définitivement rompu son lien avec l'amour. J'étais mesquine avec lui, lançant des piques parce qu'il n'avait pas fait d'études, ou improvisant des taquineries « amusantes » sur ses qualités féminines. Des choses dont on aurait ri auparavant sonnaient différemment maintenant, avec la nouvelle rudesse présente entre nous. Mon désordre l'irritait, et il se lançait dans une tirade condescendante sur le fait que j'étais nulle, ne savais pas me servir d'un aspirateur ni remplir un fer à repasser, ne savais rien faire comme il faut, en fait.

Ensuite les sentiments tournaient, et le courant s'inversait. Je me sentais coupable d'être en partie responsable du chagrin de James, et me mettais soudain à le combler d'affection et de friandises que j'allais acheter. Il faisait la même chose : il me disait que j'étais magnifique, me montrait des célébrités dans une des revues qu'on achetait de manière compulsive et disait : « Tu lui ressembles un peu, non ? »

On n'arrivait jamais à se mettre au diapason. James n'était jamais d'humeur à être aimé quand je voulais l'aimer, et vice versa. On a commencé à passer plus de temps avec d'autres personnes, James connaissait un groupe de trois gays et ensemble, les soirs où je travaillais, ils se rendaient au Chambers Bar. Maintenant que je n'allais plus à la fac, c'était plus facile pour moi de retrouver des amis du lycée. Les gens revenaient vivre à Cork, une fois qu'ils avaient obtenu leurs propres diplômes ailleurs, à l'exception des étudiants de Trinity à qui nous en voulions et qui eux ne revenaient pas. On jouait aux adultes, allant prendre des cafés et des sandwichs en journée. Partageant tous le même manque d'espoir quant à l'avenir, et nous lamentant ensemble sur nos diplômes inutiles.

Ma meilleure amie du lycée était une fille du nom de Gemma Dwyer. Elle faisait son premier stage d'enseignante à Cork, alors elle était souvent libre l'après-midi. On s'est installées dans la routine agréable, bien qu'un peu ennuyeuse, d'un rendez-vous vers quatre heures dans un café sur French Church Street, où je mangeais un énorme sandwich avant de prendre mon service à six heures. Elle me racontait de longues histoires qui donnaient l'impression que ses élèves étaient directement sortis du film *Les Enfants du rail*, qu'elle était une déesse bienveillante qui leur apprenait la gentillesse et la compassion.

Un après-midi, Gemma s'est penchée vers moi.

« Rachel, il y a deux femmes derrière toi qui n'arrêtent pas de nous regarder. »

Je me suis retournée. Deux femmes d'une quarantaine d'années très proches l'une de l'autre ne se cachaient pas pour parler de nous.

« Oh mon Dieu.

— Qu'est-ce qu'on fait ? demanda Gemma.

— Je ne sais pas. On les ignore.

— Elles regardent encore.

— Et alors ?

— C'est grossier.

— Les gens sont grossiers ! »

Quand on s'est levées pour partir, Gemma s'est dirigée vers elles pendant que je mettais mon manteau.

« Excusez-moi, nous nous connaissons ?

— Non, je ne crois pas, a répondu l'une.

— Eh bien, vous nous avez regardées mon amie et moi tout au long du repas. J'ai pensé que vous pourriez avoir quelque chose à dire. »

L'une d'elles faisait la timide, mais l'autre a croisé mon regard.

« Vous êtes Rachel Murray, a-t-elle dit.

— Oui. Vous êtes ?

— Mon mari travaille avec Aideen Harrington. » Le ton de sa voix était froid comme l'ampoule nue d'une salle d'interrogatoire. La femme n'avait pas assisté au dîner, et c'était bien là la plus terrifiante des choses. Elle me connaissait simplement à la manière dont les gens se connaissent à Cork. De réputation. De vue.

Mon estomac se retourna. J'ai attendu quelques secondes que le sang me revienne au visage, puis je me suis éloignée.

« C'était quoi ? demanda Gemma. C'était qui ? »

Je lui juste dit au revoir, puis j'ai marché rapidement, tête baissée, jusqu'au bar pour prendre mon service.

Après ça, j'ai remarqué de plus en plus souvent des réactions d'inconnus. Je me sentais nue, sans défense, une petite chose rose layette. C'est difficile, quand on travaille derrière un comptoir, de savoir qui vous regarde et qui regarde les boissons alignées derrière vous. Le contact visuel intense, c'est parfois quelqu'un qui essaie juste de se concentrer sur le type de tequila qu'on a sur son plateau. Mais pour moi c'était tout aussi désagréable : ceux qui fixaient les tequilas, et ceux qui savaient qui était Rachel Murray et ce qu'elle avait fait.

Un autre soir, une fille ivre est venue vers moi et m'a dit qu'on avait suivi le même cours de littérature américaine.

« Cool. Vous avez bonne mémoire. Il y avait beaucoup de monde à ce cours.

— Ouais », fit-elle, avant de pencher la tête, avec des airs de conspiratrice. J'ai senti l'odeur piquante et chimique de la vodka-Red Bull dans son haleine. « Vous savez, je me suis toujours demandé si sa bite était proportionnelle à sa taille. »

Elle a ri et m'a embrassée sur la joue. « Tu es une légende, meuf », a-t-elle fait, et j'ai eu la nausée quand j'ai remarqué une table avec ses amies épiant notre conversation comme si c'était elles qui en avaient écrit la phrase d'ouverture.

Ce type d'interactions ne se passait pas tous les jours, ni même toutes les semaines. Mais je me comportais comme si ça pouvait arriver à chaque instant. J'étais toujours consciente d'être à dix minutes de ma prochaine rencontre liée au Dr Byrne, et je me raidissais à l'avance. Je ne voulais pas être surprise en train de faire quelque chose qui me conforterait encore plus dans la conscience de Cork en tant que Cette Fille.

Des cercles rouges, de la taille d'une pièce de monnaie, sont apparus sur le haut de ma poitrine et sur mes bras.

« Oh mon Dieu, fit James, réprimant un rire. Tu as vraiment la teigne ? »

La teigne et la gale. La première chose dont on avait parlé, et cela faisait tout juste un an.

Je n'avais pas la teigne. J'avais quelque chose que mon médecin traitant appelait « psoriasis ». On m'a demandé si j'avais de nouvelles causes de stress dans ma vie.

« Oh, je ne sais pas, ai-je menti. L'économie ? »

Notre compte épargne n'avait jamais été aussi bien rempli. Comme je travaillais en soirée, je ne sortais plus jamais, et la journée je ne dépensais rien car soit j'avais sommeil, soit je me préparais à retourner travailler. James aussi faisait attention, et on arrivait à mettre cinquante euros de côté par semaine chacun.

« Il faut qu'on s'en sorte, ai-je dit à James.

— Il faut qu'on s'en sorte, confirma-t-il.

Recherche Google, décembre 2021 :

Dr Fred Byrne UCC cork
Dr Fred Byrne UCC cork malade
Dr Fred Byrne UCC cork malade coma
Aideen Harrington
Aideen Harrington mari malade coma
Deenie Harrington mari malade coma

Et enfin :

Alistair Harrington fille mari malade coma

Je les ai tous recherchés, comme des télégrammes envoyés dans l'éther. Curieusement, ce fut « Alistair Harrington » qui donna un résultat. Un court entretien dans l'*Evening Echo*, publié début octobre :

RÉTROSPECTIVE D'UN POÈTE DE CORK À LA GALERIE D'ART CRAWFORD

Mes yeux ont parcouru la page, accrochant au hasard des phrases comme « le retour au pays du poète lauréat de Cork mérite... », avant de tomber sur une citation de Deenie :

> S'exprimant au nom du fonds littéraire de son père, Aideen Byrne s'est dit « ravie » que l'événement puisse enfin avoir lieu, son travail d'archives ayant été plusieurs fois retardé en raison de problèmes de santé dans sa famille.
>
> « Ces dernières années, il y a eu de nombreux signes de renouveau d'intérêt pour l'œuvre de mon père. La poésie retrouve son importance, et je crois qu'un public plus jeune commence à comprendre à quel point cette œuvre résonne encore aujourd'hui. »
>
> Alistair Harrington : Ashes to the Fire / Des cendres au feu, Crawford Art Gallery, 10 octobre-15 décembre, entrée 8 €.

Ma première pensée : je devrais réserver immédiatement un vol, affronter les foules de Noël à Stansted et faire à mes parents la surprise d'une visite de leur fille enceinte jusqu'aux yeux. Me rendre à la galerie Crawford, mâchoire serrée, essayant de ne pas lâcher par nervosité un vent de femme enceinte pendant que j'aurais les yeux braqués sur les lettres et les photos que j'avais un jour touchées dans la cuisine baignée de soleil des Harrington-Byrne.

Ou bien, les Byrne.

Elle se fait appeler Byrne tout court maintenant. Pourquoi,

Deenie, alors que tu te sentais si bien avec Harrington, prends-tu le nom de ton mari ? Après tout ce qu'il nous a fait à moi et à James, tout ce qu'il a dû continuer à faire après que je me suis totalement évaporée de votre vie ? Ma pensée retourna à la question que je m'étais posée des centaines, voire des milliers de fois ces dernières années : comment avait-elle fait pour que le mariage dure ? De son côté à elle, combien de choses avait-elle avalées et pardonnées ? De son côté à lui, à quel point avait-il changé et promis ?

Je suis douée pour peu de choses, mais je suis douée pour la vie maritale. Comme je l'ai appris lors de mon année à Shandon Street, rien ne fait plus s'épanouir ma personnalité et mon humour que de voir la même personne au même moment tous les jours. Ce qui m'épanouit, c'est la surexposition, les blagues sophistiquées, la mythologie privée.

Je suis une immense avocate pro-mariage et pourtant je ne comprends toujours pas comment Deenie a continué à faire fonctionner le sien.

Je devrais y aller, pensai-je, regardant les sites de comparaison de vols, *pour me convaincre que tout cela est vraiment arrivé.* Qu'il y avait bien une personne du nom de Rachel Murray, et qu'elle existait pendant l'été 2010, pleine de sexe et de livres, entourée des hommes dont elle était amoureuse.

Et puis le bébé a donné un petit coup de pied et on aurait dit un tremblement de terre venu de l'intérieur.

26

La distance entre James et moi, qui était désagréable mais restait naturelle, s'est transformée en quelque chose d'autre.

Je me suis réveillée un matin de novembre exceptionnellement tôt. Avec un torticolis, le nez bouché, et commençant à me demander pourquoi diable je vivais dans cette maison. Les fourmis en été, le froid glacial en hiver. Rien d'amusant ne s'était passé à Shandon Street depuis l'exode de Carey et du Dr Byrne. On buvait mais sans joie ; on mangeait de la junk food, mais jamais avec la sensation d'un péché partagé, juste parce que c'était le truc le plus chaud et le plus rapide à enfourner. On avait le cœur brisé. De temps en temps on informait l'autre qu'on avait « vraiment tourné la page » de notre tristesse, et qu'on l'avait surmontée. Ce n'était pas vrai. On ne l'a jamais surmontée.

Ce matin de novembre, je suis descendue à pas feutrés chercher un verre d'eau. Il était dix heures, mais on aurait dit que c'était l'aube. J'avais terminé le travail à trois heures, et j'étais restée éveillée, survoltée, jusqu'à plus de quatre heures. James était réveillé lui aussi, devant son ordinateur portable, et il parlait au téléphone.

Lorsqu'il m'a vue en haut des marches, il a raccroché comme si je venais de le surprendre en train de se masturber.

« C'était qui ?

— Hum ?

— Au téléphone. C'était qui ?

— Personne. Qu'est-ce que tu fais debout ?

— De l'eau.

— Ah.

— Il fait froid.

— Je sais.

— Je peux prendre un radiateur ?

— Dans ma chambre. Prends un sweat à capuche aussi, si tu veux. »

Je me suis blottie dans mon lit et me suis rendormie. J'aurais oublié cet épisode, si ça ne s'était pas reproduit la semaine suivante. Un autre appel téléphonique écourté, un autre sourire et une proposition de vêtement, ou de nourriture, ou de sortie au McDonald's. Je n'arrêtais pas de surprendre James au milieu de quelque chose, mais je ne savais pas ce que c'était.

J'ai commencé à soupçonner qu'il couchait de nouveau avec le Dr Byrne. Il ne semblait pas y avoir d'autre explication. S'envoyaient-ils des mails ? Le Dr Byrne n'avait-il pas tiré de leçons de la première fois ?

Les absences de James hors de la maison duraient plus longtemps, il s'est mis à parler moins spontanément, son langage corporel est devenu plus retenu. On était censés émigrer ensemble en janvier, dans six semaines seulement. Était-ce vraiment le moment de recommencer avec l'homme qui nous avait trahis de manière si inconsidérée ?

Je ne voulais pas poser de questions. Si je le faisais, il me répondrait et comme je ne pouvais jamais dire non à James ou rester fâchée contre lui, je me retrouverais prise à nouveau dans leur monde. J'étais déjà une fugitive dans ma propre ville. En aucun cas je ne serais de nouveau la complice du Dr Byrne pour trahir Deenie.

« Tout va bien ? » me demanda un jour James. On installait un faux sapin de Noël que sa mère nous avait donné. On insérait des branches dans un piquet vert, les feuilles en plastique chatouillant nos visages.

« Oui. Et de ton côté ?

— Tu sembles juste... » Il a examiné l'une des branches. « Hérissée.

— Pas mal. Ça ira dans le scénario ?

— Hein ?

— Branches. Hérissée.

— Oh. Bon. Ah. Non. » On aurait dit qu'il avait la nausée. Je me suis demandé ce que je ressentirais si c'était Carey que je n'avais pas le droit de voir alors qu'il vivait à un mile seulement. J'ai senti une soudaine douleur de solitude à sa pensée, la certitude désespérée qu'il était quelque part dans le monde, vivant encore sa vie, n'ayant pas même la décence d'être mort et de mettre ainsi un terme gracieux à notre liaison.

Depuis son retour à Derry, il ne m'avait envoyé qu'un seul texto, disant qu'il avait besoin de réfléchir pour nous deux. Je n'ai plus entendu parler de lui depuis. J'ai essayé, demandé des nouvelles de sa mère, mais pas de réponse.

J'ai fait semblant de démêler des guirlandes.

« Tu veux venir pour Boxing Day ? a-t-il demandé.

— Stephen's Day », ai-je corrigé. Il pouvait se montrer encore tellement anglais parfois. « Où ? À Fermoy ?

— Ouais. Maman organise une fête.

— Tu viendras me chercher ?

— Bien sûr.

— Bien sûr. »

On s'est reculés, surpris de voir à quel point toute la pièce paraissait jolie. J'ai été élevée dans l'idée que les arbres en plastique sont de mauvais goût, que les gros chiens c'est mieux que les petits, que les galettes de pommes de terre sont quelconques. Un si grand nombre de mes croyances au sujet du monde reposaient sur le fait qu'on avait un jour eu de l'argent. À présent, je savais qu'un sapin véritable à quarante euros c'est du gaspillage, surtout qu'il ne sert qu'une fois. Les petits chiens sont plus adaptés aux petites maisons. Les galettes de pommes de terre sont un bon moyen de caler l'estomac quand on n'a pas grand-chose d'autre.

Là, dans notre salon, les guirlandes lumineuses ondulant sur les épis de cire verte, j'ai réalisé qu'il n'y avait absolument rien de mal à avoir un sapin en plastique.

« On devrait nettoyer la maison, ai-je dit. Lui donner l'air un peu plus festive. »

On a balayé, passé l'aspirateur entre les coussins du canapé, pris des bougies dans nos chambres. Il y avait quelques pots en verre dans la poubelle de recyclage, alors on a mis des bougies chauffe-plats dedans. James est sorti et a rapporté une bouteille de vin chaud, du rhum épicé et un paquet de bûches au chocolat Cadbury.

On a mélangé le vin chaud et le rhum sur la plaque chauffante, et il y a eu de la buée sur la vitre de la porte donnant sur l'arrière. James avait l'air superbe, si différent de celui qu'il était l'année d'avant. C'était comme s'il avait trouvé son propre visage, la place faite pour son nez, et des ombres de gris pour ses yeux verts.

Il a versé le mélange de vin dans notre mug préféré et me l'a tendu. Les autres mugs étaient catalogués ainsi : grand mug *Flintstones*, mug gris banal, petit mug avec une carte de l'Espagne, mug un peu ébréché avec un joli cheval, et enfin un mug ayant servi de support pour un œuf de Pâques KitKat et qui brûlait les doigts si on le tenait trop longtemps. Carey utilisait toujours la carte d'Espagne. Le Dr Byrne le cheval. James et moi le *Flintstones* et le gris, en alternance.

« Je déteste l'espagnol maintenant », ai-je dit, soufflant sur la boisson. « Il me rend triste.

— Je déteste le cheval. » Il a dit cela avec une telle conviction que j'ai commencé à douter de ma théorie selon laquelle il voyait de nouveau le Dr Byrne. Nous avons bu un moment en silence.

« On les balance du toit ! »

Il y avait une batte de hurling dans la chambre de James qui semblait n'exister que pour lui permettre de dire aux personnes avec qui il couchait qu'il y avait joué un jour au lycée. On a grimpé sur la fenêtre, il m'a passé la batte, et aussi la casserole avec le vin.

« Je jette, a-t-il dit. Tu frappes. »

La batte a frappé le mug espagnol d'un seul coup net, le coupant en deux, de sorte que Gibraltar se retrouva d'un côté de la rue et San Sebastián de l'autre.

« Fuck ! ai-je crié, une vague de libération m'envahissant tout entière. Oui ! Fuck !

— Ok, à mon tour », dit-il. J'ai lancé en l'air le mug avec le cheval et il a frappé la base, la brisant au-dessus de nos têtes. Je me suis caché le visage dans ma manche tandis que les morceaux retombaient.

« Ça fait du bien, fit-il. *Merde.*

— Je me sens tellement forte. J'aimerais bien qu'on ait plus de choses à pulvériser.

— On n'en a pas, a-t-il répondu. On n'a pas tant de mugs que ça.

— Je déteste le KitKat. J'y vais ?

— Tu es sûre que tu veux faire ça ? Alors il ne nous restera que deux mugs. Fini les invités.

— Oui, ai-je dit. Fini les invités, et fini les connards. »

Il a lancé, et j'ai donné un coup, mais j'ai raté le mug, qui a rebondi sur le trottoir avant de s'écraser.

— Hum, ai-je fait. Ça plombe l'ambiance.

— Parce que le mug KitKat ne représentait rien, a-t-il dit avec sagesse. Le mug KitKat vivait sa vie, c'est tout.

— Le pauvre. »

Nous avons bu sur le toit jusqu'à ce qu'il fasse trop froid, et lorsqu'on est rentrés dans la maison les bougies étaient presque éteintes et toute la cuisine sentait les épices. C'était un peu comme le pont inférieur d'un vieux bateau, rude et chaleureux, et notre seul refuge contre la mer.

« Je crois qu'on les a exorcisés maintenant, a-t-il dit. Voilà. Ils sont partis. » Je l'ai enlacé, et nous nous sommes endormis sous la couverture au rez-de-chaussée. Je me suis réveillée quelques heures plus tard, une nouvelle pensée effrayante se déroulant comme un serpent.

Si ce n'était pas le Dr Byrne qu'il me cachait, alors c'était quoi ?

J'étais heureuse que nous ayons eu cette nuit sur le toit, car on s'est peu vus pendant le reste du mois de décembre. J'ai travaillé tous les soirs jusqu'à la veille de Noël, la saison des fêtes devenant de plus en plus chaotique à l'approche du Nouvel An. On entendait « Fairytale of New York » partout, et j'étais très surprise que les gens se laissent toucher par cette chanson alors que c'était un tel cliché.

« Qu'on en finisse avec ce putain de 2010 », me disaient souvent les clients au bar. « Que 2011 arrive, putain. Mort à cette putain d'année. »

J'étais soulagée de rentrer chez moi pour quelques jours. Chris était sorti la plupart du temps. Kev, qui n'avait encore que seize ans, était à la maison. On a regardé les rediffusions de *Buffy* sur la chaîne Syfy en mangeant du fromage pris dans le frigo, trouvant un nouveau rythme entre nous. Une personne commençait à émerger, ou peut-être était-elle depuis longtemps en train d'émerger. Il était drôle, me suis-je rendu compte. Il s'exprimait avec douceur mais assez sèchement.

« Il fait quoi, ton ami James, pour Noël ?

— Il va chez lui, à Fermoy.

— Il est gay, non ?

— Tu sais bien que oui. »

Kev se tut. On continua à regarder *Buffy*. James Marsters, cheveux blond peroxydé tirés en arrière, déblatérait furieusement contre « la tueuse » et ce qu'il allait lui faire.

« Et *toi*, tu es gay ? ai-je demandé.

— Je ne sais pas, finit-il par répondre.

— Eh bien, si tu l'es », ai-je dit, me sentant pleinement dans mon rôle de grande sœur, tu sais qu'il n'y a aucun problème, d'accord ? Tu n'as pas besoin de le cacher.

— Je sais », fit-il. En effet, il semblait le savoir. « Je suis encore en train d'explorer. »

On n'en a plus tellement parlé ensuite. J'avais l'impression qu'il ne voulait pas en discuter avec sa grande sœur, et je ne pouvais pas lui en vouloir. Cela faisait si longtemps que j'étais exclue de sa vie. Mais j'étais soulagée de voir qu'il pouvait aborder le sujet. Qu'il n'avait pas menti, ne s'était pas refermé sur lui-même. Il n'allait pas mener la double vie du Dr Byrne, ou mentir comme James pensait devoir mentir. Peut-être que ça devenait vraiment plus facile.

« Je vais me coucher », ai-je dit, et je n'ai pas pu m'empêcher de l'embrasser sur la tempe.

James est venu me chercher le lendemain de Noël avec la voiture de sa mère. Dress code décontracté mais chic, avait-il dit. Je portais une robe noire à paillettes au décolleté plongeant achetée d'occasion mais qui à l'origine venait de French Connection.

« Mon Dieu, fit-il en klaxonnant en signe d'appréciation. Rachel Murray, ces jambes remontent jusqu'à ton trou de balle.

— Ce n'est pas là que toutes les jambes se terminent en général ?

— C'est une figure de style. Entre. »

Il a parlé sans arrêt tout au long du trajet jusqu'à Fermoy, de ses cadeaux de Noël (plein de livres sur l'écriture de scénarios, l'after-shave Comme des Garçons, un sweat à capuche Hollister qu'il avait l'intention d'échanger) et des cadeaux de ses sœurs, et du projet de sa mère d'avoir un chien. Je n'aurais pas su dire si c'était les jours passés chez lui qui lui avaient tapé sur les nerfs, mais il semblait nerveux.

Quand on est arrivés, Nicola se tenait à la porte, distribuant des flûtes à champagne avec une fraise au fond. L'îlot de cuisine était couvert de hors-d'œuvre de luxe venant de Marks & Spencer, et j'en ai fait le tour avec plaisir, trempant des toasts à la crevette croustillants dans une sauce au piment doux. La maison fut bientôt remplie de gens, et j'ai apprécié de jouer le rôle de la Charmante Jeune Femme qui écoute avec attention et a le rire facile.

Je fus surprise de découvrir Sabrina, fumant dehors avec l'une des sœurs de James. Sabrina, partie vivre à New York cet été-là, et avec qui James m'avait un jour confondue.

« Hello, ai-je dit, ayant déjà un ou deux verres à mon actif, et m'approchant pour la serrer dans mes bras. Ça alors, ça me fait plaisir de te revoir. Tu es revenue pour Noël ?

— Rachel ! » Elle m'a enlacée à son tour. « Ouais, ouais, je suis arrivée le 23. Comment vas-tu ? »

Je me suis demandé comment James avait pu penser que Sabrina et moi on se ressemblait. Tout d'abord, elle était plus petite. Elle portait un carré blond et court, tandis que j'avais les cheveux longs, et d'un blond plus nuancé. Sabrina avait un petit visage effilé, un menton pointu, les yeux vifs. Mon visage était plus plein. « Comme un tableau classique », avait dit un jour James, par gentillesse.

La deuxième chose qui me surprenait, c'était de découvrir Sabrina ici. On avait traîné un peu avec elle quand elle travaillait avec nous, mais on traînait avec tous les gens d'à peu près notre âge. De l'avis général, Sabrina était sympa, bien qu'un peu prétentieuse. En fait, j'avais à peine pensé à elle depuis qu'elle avait émigré. Pourquoi diable était-elle venue à Fermoy, à mille lieues de tout, alors que Stephen's Day était la nuit la plus dingue de l'année en ville ?

« C'est comment, New York ? ai-je demandé, alors que ma vraie question était : *Pourquoi es-tu ici ?*

— Oh, tu sais. Glacial. Mais sympa. Les Américains sont tellement chaleureux, j'ai l'impression qu'il se passe un truc tous les soirs.

— J'ai toujours entendu dire que les New-Yorkais étaient malpolis.

— On dit ça, mais ils sont juste malpolis comparés aux autres Américains, je suppose. Ils sont chaleureux comparés aux Européens.

— Les gens disent que les Irlandais sont chaleureux. Je ne crois pas. Je crois qu'on est juste bruyants.

— C'est ça ! »

Nous avons continué sur ce ton-là, et au bout d'un moment j'ai eu la drôle d'impression que la dynamique était cassée.

Nous avions toujours été amicales l'une envers l'autre, et c'était encore le cas, mais j'avais ce sentiment irritant que nous étions une épouse et une ex-épouse, nous battant pour notre territoire. Je voyais ses yeux papillonner et j'ai ressenti le besoin de prouver ma place dans la vie de James en lui disant que j'étais déjà venue dans cette maison autant de fois que possible.

« Nicola élève des chats dans cet abri de jardin, ai-je dit. Nicola, c'est le prénom de sa mère.

— Je sais. Je l'ai rencontrée en arrivant.

— Elle fait des super sandwichs, ai-je dit, avec trop d'enthousiasme, réaffirmant ma longévité dans la maisonnée des Devlin. Elle m'a fait un sandwich au jambon, un jour. »

Même si mes réactions étaient étranges, je savais que mon instinct était juste. Quelque chose se tramait, avec la présence de Sabrina à ce dîner.

James est sorti dans le jardin avec un autre plateau de boissons. Il arborait un grand sourire, montrant toutes ses dents. Un sourire qui, je le savais, signifiait *oh merde* et non *youpi.*

« Salut, vous deux, a-t-il lancé d'un air joyeux.

— Salut », avons-nous fait à l'unisson.

Puis j'ai dit : « Tu n'avais pas précisé que Sabrina venait !

— Ouais », fit-il. Un silence suivit. « Rachel, tu veux bien m'aider avec les boissons à l'intérieur ? Les petits vieux descendent le sherry à toute allure, et maman m'a chargé de refaire le plein.

— D'accord. »

Il y avait un cagibi derrière la cuisine, et j'y ai suivi James.

« Qu'est-ce qui se passe ?

— Je vais aller vivre à New York. »

Son visage était tellement sérieux que ça m'a fait rire.

« Tu ne vas pas aller vivre à New York. Ça n'existe pas. Ça ne peut pas exister.

— Ça peut… ça existe. »

Je me suis accroupie en me tenant le ventre. Je n'arrivais pas à croire qu'en cette année où tout avait changé, les choses aient réussi à changer de nouveau.

« Je suis désolé.

— C'était à cause de ça que tu étais si secret ?

— Oui.

— Il faut que je rentre. Il faut que j'appelle un taxi.

— Tu ne peux pas appeler un taxi.

— Si, je peux.

— Tu n'en trouveras aucun, et même si tu y arrivais, ça te coûterait cinquante balles pour retourner à Douglas.

— Oui, mais je ne peux pas rester ici, ai-je dit, déjà en pleurs.

— Allez viens, a-t-il déclaré, prenant ma main. Suis-moi. »

Mon visage était strié de larmes, et je ne voulais voir personne. « Non, ai-je dit, hésitante.

— Viens. Allons faire un tour. »

Il m'a fait sortir par la porte de devant, mains serrées, tête baissée tous les deux, comme un couple marié sur le point de divorcer. On a descendu l'allée de ses parents et traversé un champ qui menait à un autre. Bientôt nous ne fûmes plus entourés que d'herbe et d'étoiles.

« Vas-y, a-t-il dit.

— Vas-y quoi ?

— Vas-y, crie-moi dessus, personne ne t'entendra.

— Je ne veux pas faire ça », ai-je répondu, alors que je voulais tellement lui crier dessus. « Je veux juste savoir pourquoi tu as participé à cette putain de *fiction* de Londres alors que tu vas vivre à New York, avec Sabrina en plus ! Est-ce qu'au moins tu l'apprécies ? Est-ce qu'au moins vous êtes *amis* ? »

Le champ sentait les bêtes et l'humidité, et j'eus l'impression d'être avalée par son immensité.

« Je ne m'attendais à rien de tout ça. Écoute, j'ai fait le tour des maisons avec les agents de Londres, et des agences de production, et ils disent tous qu'il faut que je me montre au grand jour en tant que comédien, que je participe à des festivals de comédie, que j'essaie le théâtre et, je ne sais pas, ça semble bien, mais ce n'est pas *moi.* J'ai commencé à chercher d'autres trucs, et j'ai trouvé ce stage.

— Un stage? ai-je raillé. Tu déménages en Amérique pour un stage?

— C'est un très bon stage. Une des émissions de *Late Night*, celles enregistrées à New York, avec ces programmes de stages pour les groupes sous-représentés qui tentent de percer dans la comédie. Tu commences comme assistant scénariste, et ils ont toute l'infrastructure pour t'aider à gravir les échelons. »

Je ne l'avais encore jamais entendu employer le mot « infrastructure ». Je l'ai imaginé en entretien téléphonique avec des gens de la télé qui devaient bien exister et dont je n'avais pourtant jamais entendu parler. Moi qui étais censée tout savoir de lui.

« Et c'est toi, ça? Tu es un groupe sous-représenté?

— Je suis un homosexuel. De la classe ouvrière. Alors oui. »

Je n'avais jamais réfléchi aux bases sociales de notre existence auparavant. Je fus surprise de voir à quel point cela me contrariait. Je ne voulais plus de rappels supplémentaires au fait que James et moi étions deux personnes différentes.

« Et ensuite? Quand as-tu postulé pour ça?

— En juin.

— En juin!

— Je n'ai jamais pensé que ça donnerait quelque chose! C'était plus un exercice d'écriture. Et puis ils m'ont appelé, et j'ai eu un entretien, et ils ont dit que j'avais franchi la deuxième étape, puis la troisième, et puis ils m'ont appelé le mois dernier et m'ont annoncé que c'était bon.

— Pourquoi tu ne me l'as pas dit ?

— Oh, Rache, tu traversais déjà tellement de trucs. Carey et... tu sais. Et au grand jamais je n'aurais imaginé que ça marcherait.

— Je n'arrive pas à croire que tu m'aies menti, James. On a économisé et parlé de Londres pendant des mois. Et toi tu étais déjà en train de participer à ce putain de concours pour aller vivre à New York. »

Bêtement, je me suis sentie mieux d'appeler ça un concours.

« Je n'ai rien fait d'autre que remplir un formulaire en juin. J'ai rempli un formulaire pour aller vivre à Paris, en février dernier, mais je n'en ai pas parlé non plus car ça n'a rien donné. Je fais juste ça, je ne sais pas, c'est ce qu'on fait, on pose sa candidature à des trucs, non ?

— Pas moi ! ai-je explosé. Je ne pose pas ma candidature à des trucs ! »

Il donna un coup de pied dans une motte de terre.

« Non, Rachel, parce que tu n'as pas besoin de le faire, c'est tout.

— Qu'est-ce que c'est censé vouloir dire, putain !

— Tu sais très bien ce que ça veut dire. » Il en avait marre de faire amende honorable. « Ça veut dire : ton père est dentiste et ton grand-père était banquier et tu as un diplôme universitaire. Le terrain de jeu n'est pas égal, Rache. »

Aujourd'hui, j'aurais sûrement accepté cette réplique sans broncher. J'avais lu tant d'articles sur les privilèges de la classe moyenne, j'en avais même écrit quelques-uns. Mais on était en 2010, et j'avais trop de colère en moi.

« Tu es défoncé ou quoi, James ? ai-je fait d'une voix stridente. Regarde autour de toi. »

J'ai fait un geste vers la grande maison derrière nous, les champs cultivables dont son beau-père était propriétaire. Il était celui qui pouvait appeler sa mère en cas de besoin urgent d'argent. Celui qui pouvait emprunter la voiture de sa famille. « Vous êtes plus riches que ma famille, et tu le sais. »

C'était censé être une discussion au sujet de Londres et de New York. Du secret, des mensonges. Pourquoi nous retrouvions-nous à parler de classes sociales, et de qui avait pour grand-père un banquier ?

« Bébé, je suis allé d'un lotissement pourri à l'autre jusqu'à mes neuf ans. J'ai changé trop souvent d'école pour apprendre à faire correctement une division longue. J'ai eu mon bac de justesse, aucune chance d'aller à la fac, et je n'ai pas de relations. À part trouver un boulot dans une porcherie, je suis foutu. Je suis condamné à être vendeur pour toujours. À la rigueur je peux travailler dans la téléphonie et gravir les échelons pour finir chef de bureau. Mais toi tu peux faire n'importe quoi, Rache. Avoir n'importe quelle carrière. De manière classique. Voilà pourquoi tu n'as pas besoin de participer à des concours. »

J'ai levé les yeux au ciel. Pour moi c'était du pur mélodrame, une pure tactique pour détourner l'attention de l'essentiel, qui était que James m'avait menti.

« Tu crois que je raconte des conneries, dit-il, les narines dilatées. Mais tu verras. Ces petites prérogatives qui te viennent de ta famille, de l'université, elles comptent. Entendre "Homère" et savoir qu'il ne s'agit pas de "Simpson". Savoir avec quelle partie de l'animal on fait le pâté. Tout ça s'additionne. Tout ça compte. »

Je ne sais pas si les mots de James étaient une prédiction ou une malédiction, mais il avait raison. Ça avait compté, et ça compterait encore. Quand je suis partie vivre à Londres, j'ai vu que mon accent, mes bonnes manières et ma vague capacité à citer Trollope ont contribué à créer une image pour mes pairs anglais qui était plus que la somme de ses parties. « Vous avez l'une de ces voix irlandaises agréables, m'a-t-on dit un jour. Douce. »

On pensait que je venais d'un milieu bohème, ou que j'avais peut-être une lointaine lignée aristocratique. Tout le monde croyait que j'étais allée à Trinity et connaissais des tas de poètes personnellement, tout le monde voulait des conseils pour les courses de chevaux. J'ai été invitée une fois à Ascot et on m'a demandé si je pouvais présenter le groupe à des jockeys. J'ai trouvé cela hilarant et je l'ai raconté à James, mais je ne démentais pratiquement jamais. La différence entre la vérité et la réalité était tellement marginale. Quelle différence entre la grande et la petite bourgeoisie au bout du compte ?

« Je n'arrive pas à croire que tu vas me quitter, ai-je dit. Après tout ce... »

Là, en plein milieu du champ de son beau-père, James m'a entourée de ses bras et a serré fort. « Moi non plus je ne veux pas te quitter. » Il s'est mis à pleurer. « Rache, j'ai tellement peur. »

On est restés enlacés comme ça un long moment. J'ai essayé de l'imaginer en train d'arpenter les rues de l'immense New York, son corps osseux et sa tête légèrement trop grosse se balançant alors qu'il allait chercher des cafés, des repas, son linge à la laverie. J'ai pensé à un monde où je ne le verrais que quelques fois par an. Et je me suis demandé ce que j'allais faire maintenant.

Nous sommes retournés à la fête, nous tenant par la taille, et je lui ai dit à quel point j'étais fière de lui, et comment Michael et Alice allaient continuer de vivre ensemble même si ce n'était plus notre cas. Comment Michael et Alice feraient fureur aux

Emmys un jour, et on foulerait le tapis rouge pour aller chercher les statuettes en leur nom.

La maison était illuminée, la fête battait son plein. C'est tellement difficile de choisir la musique pour le Stephen's Day. Celle de Noël, on en avait soupé, alors quelqu'un avait mis Elton John. Elton, qui est Noël sans être Noël. J'ai dit ça à James et il a ri en déclarant que j'étais drôle.

Il s'est arrêté devant le portail. « Je vais devoir piocher dans notre compte épargne. Je vais juste additionner tous mes dépôts et je prendrai la somme. »

Le compte approchait maintenant les quatre mille. Les deux mille que les Harrington-Byrne m'avaient payés pour disparaître m'appartenaient, j'imagine. James n'aurait jamais prétendu les revendiquer pour lui. C'était ma grossesse, mon prétendu avortement. Ma livre de chair.

Lorsque j'ai commencé à écrire tout cela, je vous ai dit que James et moi ne nous étions disputés qu'à une seule occasion, selon la version officielle. Celle à O'Connor, quand je l'ai poussé contre un mur. Celle qui a failli lui valoir des points de suture. Il y en a eu deux autres, le soir où j'ai raconté le chantage fait au Dr Byrne, et le soir où il m'a parlé de New York. Cela dit, je ne me souviens jamais de la nuit de Saint-Stephen 2020 comme d'une bagarre.

Je m'en souviens comme de la nuit où nous avons décidé de partager l'argent, et de prendre la fuite.

27

Je suis arrivée à Londres le 15 janvier 2011, un jour où l'ascenseur de la station de métro Elephant & Castle ne fonctionnait pas.

J'ai monté les cent vingt-quatre marches en tirant la plus grande des valises appartenant à mon père, essoufflée et espérant ardemment un acte de galanterie qui ne s'est pas présenté. Quand j'ai émergé dans l'air glacé, j'ai vu que mon nouveau quartier était une rue commerçante, tout à côté d'une grosse artère rugissante. Il y avait de la nourriture et des habits sur des portants et des os de poulet par terre. Tout sentait le pop-corn, les vêtements en polyester et les gaz d'échappement.

J'emménageais chez des inconnus. Il y aurait eu d'autres possibilités, bien sûr. Tout comme James avait trouvé Sabrina, son seul contact à New York, j'aurais pu chercher dans la liste de mes amis Facebook partis vivre à Londres et l'un d'eux aurait pu avoir une chambre de libre. Mais plus j'y pensais, plus ma ville natale semblait me poursuivre partout comme une ombre rampante. Jusqu'à la fin il y avait eu des filles venant me voir au bar et me posant des questions bizarres en jetant des coups d'œil à leurs amies. Et j'avais trop peur de me rendre dans un endroit où je pensais que les Harrington-Byrne pouvaient se trouver, et cela incluait les librairies, les salles de concert et l'English Market.

Est-ce que c'était à ce point-là ? C'est difficile à dire. J'étais le centre de mon univers, alors il semblait naturel de supposer que tout le monde à Cork savait qui j'étais et parlait de moi. Mais j'imaginais peut-être tout cela ?

Que les regards étranges soient réels ou non, ils l'étaient pour moi, et ils ont influencé tous les choix qui ont suivi. Je ne me suis adressée à personne qui venait de ma ville : ni avant que je parte, ni après.

J'étais, pour la première fois de ma vie, totalement seule.

J'avais eu un entretien par Skype pour une colocation, Old Kent Road. Le propriétaire était bizarre. Il voulait absolument faire un thème astral avant que j'emménage, pour vérifier si j'étais en harmonie avec la maison, et j'ai dû donner mes date et heure de naissance. Cela m'a beaucoup plu, bien sûr. Cela semblait tout à fait le genre de chose qui arriverait à une jeune héroïne s'installant seule à Londres. De plus, je voulais des anecdotes, pour James. Je ne supportais pas l'idée que lui vive des aventures et moi aucune.

L'appartement était au onzième étage, pas d'ascenseur, alors de nouveau j'ai tiré ma valise. Je suis arrivée, j'ai frappé à la porte, et j'ai trouvé mon nouveau propriétaire en maillot de corps et caleçon.

« Soleil en Taureau, a-t-il dit en guise de salutation. Lune en Scorpion ! Bonjour !

— Bonjour.

— De luxe et tête brûlée, a-t-il poursuivi. Passionnée. J'espère que vous ne m'empêcherez pas de dormir en faisant venir des garçons à toute heure du jour et de la nuit. »

Son nom était Justin. Ce n'était pas un homosexuel, comme ce type de langage pouvait le laisser supposer, mais un pervers.

Ma chambre avait la forme d'une ancienne pièce de cinquante pence. Il y avait un futon déplié et une lourde armoire sans tiroirs. Pendant trois mois, j'ai suspendu ce qu'il était possible de suspendre et gardé tous mes sous-vêtements et mes chaussettes dans ma valise.

Mon premier matin dans l'appartement, Justin n'a pas arrêté de me suivre partout, comme un chien avec un trouble de l'anxiété. Il m'a raconté son programme d'entraînement, son travail de vendeur d'électronique à l'aéroport, ses années de jeunesse comme danseur à Berlin, son rêve de redanser, à l'occasion des jeux Olympiques de Londres – ils faisaient passer des auditions, et c'était bientôt – et son amour pour la spiritualité et l'occulte en général. Il m'a parlé de mon thème astral, a fait un long baratin sur l'alignement des planètes, en terminant par une scène à la Austin Powers : « *Et ça, ça t'excite, bébé ?* »

Je n'avais jamais rencontré quelqu'un d'aussi bizarre et en même temps sans le moindre charme. Encore aujourd'hui je me revois échouer à le piéger avec des mots. J'avais toujours pensé que j'aimais les personnages excentriques, mais peut-être qu'à présent je ne pouvais plus les supporter.

Je suis allée prendre une douche et il m'a suivie jusqu'à la porte de la salle de bains, avant de s'asseoir de l'autre côté tout en continuant à me parler pendant que je me lavais.

« Justin ! ai-je crié, sous le faible jet d'eau tiède. *Allez vous faire foutre* s'il vous plaît. »

Il a compris. Lorsque je suis sortie de la douche, il était parti, mais avait laissé un wrap jambon-laitue sur une assiette par terre. Il y avait un post-it collé dessus, en plein sur la galette. Avec les mots : *Pour toi.*

J'ai pris l'assiette et j'ai mangé sur mon futon, encore mouillée, et j'ai éclaté en sanglots. C'était juste le genre de chose que

James aurait pu faire – un truc approchant, en tout cas –, et maintenant c'était un dingue qui le faisait.

Mais, même à travers les larmes, je pouvais sentir quelque chose se passer à l'intérieur de moi. J'avais dit à un inconnu d'aller se faire foutre, et je le pensais vraiment. J'avais tracé une frontière vis-à-vis de quelqu'un. Je n'avais encore jamais vraiment fait ça auparavant.

La récession n'avait pas épargné l'Angleterre, mais elle avait épargné Londres. Ou plutôt, Londres répondait à la récession en gardant exactement le même nombre d'emplois mais en payant moins les gens. Cela en avait peut-être aidé certains, mais pour moi c'était un puzzle mathématique. Je ne comprenais pas comment un poste d'assistant à dix-huit mille livres par an pouvait exiger un diplôme de première classe et plus d'une année d'expérience.

Mon CV représentait une plus grande énigme encore. J'avais fait un bon stage de cinq mois avec Deenie Harrington. J'avais mis au monde un livre avec elle. J'étais dans les remerciements. Mais que se passerait-il si on l'appelait ?

« Mets juste "références disponibles sur demande", a dit James, quand on a fait un Skype pour en parler.

— Mais s'ils les veulent ? ai-je répondu. Je leur donne quel nom ?

— Le mien. Je me ferai passer pour elle.

— Ça ne marchera jamais.

— Ne quitte pas. ». Il a emporté son ordi portable dans le hall de son immeuble. « Désolé. Sab prend sa septième douche de la journée et je l'entends chanter.

— Ça ne te plaît pas ?

— *Non.* »

Pour mon plus grand plaisir, James et Sabrina ne s'entendaient pas comme colocataires. Il la trouvait guindée et prompte à juger, et bien qu'elle lui ait fait miroiter les charmes de la sociabilité new-yorkaise, elle voulait occuper toutes les soirées à des travaux d'intérieur.

« Je la regarde tricoter, dit-il d'un ton cassant. J'ai vingt-trois ans, je suis dans la ville la plus géniale du monde, et je regarde cette pute débile regarder la télé et *tricoter.* »

À son stage, personne ne connaissait encore son nom. Ils s'étaient brièvement intéressés à lui le premier jour, quand ils essayaient de localiser les lieux de naissance de leurs grands-mères en répétant simplement le mot « Louth » ou bien « Longford, ça alors ! », mais depuis plus personne ne lui avait parlé. Son accent, très marqué Cork avec une pointe de Manchester, n'était pas particulièrement difficile à comprendre, mais il était inhabituel et difficile à situer, alors les gens n'arrivaient pas à se concentrer sur ce qu'il avait à dire quand il leur parlait.

« Aujourd'hui quelqu'un m'a dit que c'était "une bonne chose" que je ne veuille pas être devant la caméra. Ça veut dire quoi, putain ?

— Au moins tu as un véritable job. »

Moi je n'avais pas de véritable job. Je n'avais pas de numéro de Sécurité sociale non plus, c'est pourquoi je bossais dans un pub qui me payait en liquide en attendant que je puisse travailler légalement au Royaume-Uni. J'avais trouvé en arpentant toutes les rues du centre de Londres et en laissant mon CV dans les bars, jouant le plus possible de mon accent.

« Tu sais faire la mousse ? m'a demandé un patron de bar.

— Pardon ?

— Le trèfle dans la mousse ? Dans la Guinness ?

— Oui. »

Je ne savais pas faire le trèfle dans la mousse d'une Guinness. Quand il arrivait qu'on me demande ce trèfle, je prenais l'air triste et disais que ce fût de Guinness avait « mal voyagé » depuis l'Irlande et que le trèfle ne tiendrait pas. Curieusement, ils semblaient me croire.

Je croisais de nombreux repères sur le chemin pour aller au travail. Je traversais Tower Bridge en bus, comme une enfant dans une bande dessinée sur la capitale anglaise, et je voyais la tour de Londres et la cathédrale Saint-Paul. Ça m'aidait à tenir le coup. Un paysage ne coûte rien, alors ça aide toujours. Mais le plus souvent, je me demandais ce que je faisais là exactement. Londres n'était pas mon rêve. C'était celui de James. Je n'avais même jamais vraiment souhaité quitter Cork, avant qu'y vivre ressemble à une attaque de panique imminente.

James et moi avions évoqué l'idée que j'emménage à New York, mais c'était trop compliqué pour le visa, alors James a suggéré que je reste en Irlande et prépare ma candidature. Pour moi, c'était de toute évidence l'option la plus pathétique. La seule chose digne à faire était d'aller vivre à Londres et de m'arranger pour que ça marche. J'avais déjà perdu tellement de dignité en 2010. J'avais besoin d'en retrouver un peu.

J'ai fini par obtenir mon numéro de Sécurité sociale, et j'ai trouvé un travail intérimaire dans un bureau. Je n'avais toujours pas d'amis. Personne ne parle dans les bureaux d'intérim. Justin était toujours là quand je rentrais, et lui parlait sans arrêt.

Le printemps est arrivé. Je n'avais personne avec qui traîner le week-end, alors je partais seule pour de longues promenades dans Londres, ne dépensant rien, m'offrant de temps en temps un bao au porc à deux livres dans une boulangerie de Chinatown. Mes économies s'épuisaient. Un jour j'étais tellement épuisée à force de solitude et d'inquiétude que je me suis assise en plein Chinatown, à côté d'une table avec des flyers sur les manifestations pro-démocratie. J'espérais que les gens pensent que j'étais là par solidarité, une fille blanche qui d'une manière ou d'une autre « comprenait ». Une femme m'a demandé de faire un don, et quand je lui ai dit non, elle m'a poliment priée de partir.

Le même jour, j'ai trouvé une librairie. Il y en a beaucoup près de Charing Cross Road. Mais celle-ci était différente, parce que c'était la mienne.

Elle était immense et pleine de monde, mais tranquille, et il y avait un petit café à l'angle, avec des tabourets de bar pour siroter des expressos. On y vendait des livres neufs, d'occasion, et des éditions rares. Il y avait un rayon musique aussi, mais seulement du jazz, avec un seul vendeur qui s'en occupait avec un enthousiasme incroyable. Après avoir traîné une heure sans rien acheter, je me suis installée dans le café sur l'un de ces tabourets près de la fenêtre, comprenant avec une certaine émotion que je venais de découvrir le premier endroit dans Londres que j'aimais. J'ai pris la décision d'y trouver du travail.

Il a fallu un mois. Un mois pour qu'ils acceptent l'idée qu'ils avaient besoin de quelqu'un pour les aider le week-end, ce que j'ai fait en plus de mon travail intérimaire, puis trois mois encore avant que le type du café s'en aille, alors j'ai pris son boulot aussi. Puis on m'a transférée à la fiction. J'étais jeune, cherchant désespérément à me faire des relations, et je traitais tous ceux avec qui je travaillais comme s'ils étaient des célébrités. Je les étudiais comme s'ils étaient le programme de mon diplôme de master. Il y avait Sofia, qui mangeait un sandwich au saumon fumé de chez Pret tous les jours, même ceux où elle ne travaillait pas, et dont le père faisait partie de l'équipe du maire de Londres. Qui à l'époque, bien sûr, était Boris Johnson, et que, à l'époque toujours, on trouvait hilarant. Philippa, qui buvait du Fanta à l'ananas et avait un lointain lien de parenté avec la princesse Anne, côté Tindall. Byron, qui s'occupait du jazz, et organisait une nocturne à Shoreditch chaque vendredi, et où donc je me rendais chaque vendredi. Il avait dépassé la quarantaine, mais il aimait faire la fête, et était heureux de me présenter à des gens qui plus tard deviendraient des amis et/ou des amants. Radhika, qui s'occupait des éditions rares, avait eu son diplôme avec mention très bien à Oxford, où elle avait aussi, selon ses propres mots, « attrapé » l'anorexie. Elle s'en était sortie à présent, affirmait-elle. Elle m'a dit de ne jamais envier quelqu'un sortant d'Oxbridge, car ils étaient tous soit des brutes égocentriques, soit des froussards ayant peur de leur ombre.

Je suis devenue la fille qui déteste rentrer chez elle, qui propose toujours à tout le monde d'aller prendre un verre après le travail, qui accepte chaque invitation, les traque même. Au bout de quelques semaines, Radhika m'a avoué qu'elle n'avait jamais fait partie d'un groupe avant mon apparition. Je suppose qu'ils n'en avaient pas besoin. Ils venaient tous d'Angleterre. Ils avaient des réseaux, d'anciens camarades de classe, des loisirs. Mais ils étaient tous solitaires, à leur manière. Londres dévore tout le monde. Ma solitude est devenue une force galvanisante. Grâce à elle, les gens restaient plus longtemps, encore un verre, encore un bar, le G-A-Y à Soho, puis les horribles casinos de Leicester Square. Être irlandaise aidait. Les gens imaginaient que j'étais forcément drôle.

C'était étrange, car les personnes que je considère maintenant comme mes meilleurs amis à Londres me voyaient, à l'époque, comme une amie satellite. Mais pour moi ces filles de la librairie représentaient tout. Il y avait quelque chose de réjouissant à revenir dans le monde des femmes, non pas d'élèves ou d'étudiantes, mais de femmes. Elles étaient raffinées et exotiques, avec un savoir féminin anglais qui me paraissait secret et singulier. Je suis passée un jour devant Rigby & Peller avec Sofia et elle m'a dit que c'était le fournisseur officiel de sous-vêtements de la reine. J'ai cru que c'était une chose qu'elle seule avait le droit de connaître, et puis j'ai appris que la reine avait toutes sortes de fournisseurs. Elle a ri en m'expliquant cela, a passé son bras sous le mien, et m'a dit que personne n'avait jamais montré autant d'intérêt pour ce qu'elle racontait. Elle était juste une fille ordinaire et un peu chic, comme il y en avait beaucoup à Londres. Pour des raisons politiques, j'étais sûrement censée la détester, mais la distance entre nous m'a fait l'aimer encore plus.

J'ai été invitée à sa soirée de réveillon de Noël à Earl's Court, et lorsque je lui ai dit que je rentrais chez moi et ne pouvais pas venir, elle m'a enlacée. « Non, tu ne peux pas rentrer, a-t-elle fait d'un ton plaintif. Tu dois venir. Annule, d'accord ? »

J'ai ri dans ses cheveux et dit que je ne pouvais pas, car mon meilleur ami rentrait lui aussi, et il fallait que je le voie. Elle m'a lâchée et a acquiescé, mais elle était malgré tout ennuyée.

Lorsque j'ai fait mes bagages pour Cork ce Noël-là, j'ai regardé autour de moi et j'ai compris que j'avais une vie.

28

James était à New York, et faisait désormais partie du personnel permanent du *Late Night Show* qui lui avait proposé le stage. Il ne devait pratiquement rien écrire, mais il postait ses blagues sur Twitter et le nombre de ses followers grandissait. J'ai rejoint Twitter pour suivre ce qu'il faisait. J'ai commencé à tweeter pour la librairie. Puis j'ai fait des critiques de livres sur le blog de la librairie. Elle est plutôt célèbre, dans la sphère londonienne, alors on a fini par me proposer des recensions d'ouvrages pour ce type de magazines bien épais qui paraissent quatre fois par an. Une Irlandaise a sorti un livre qui a bien marché et *The Times* m'a demandé si ça me plairait de l'interviewer. Des opportunités comme celle-ci allaient et venaient, jamais très régulièrement, mais ça m'a permis de me faire un bon CV. J'ai créé un site web, ce qui n'était pas aussi facile que les publicités le laissaient croire, et j'ai pleuré à trois reprises quand j'ai essayé de le mettre en ligne.

J'ai commencé à passer du temps dans l'appartement de Sofia à Earl's Court. Il appartenait à ses parents. Elle me l'a dit timidement, craignant que je ne la déteste pour ça, mais j'étais trop heureuse d'avoir une amie. Si mes parents avaient des biens immobiliers à Londres j'y vivrais aussi, alors à quoi bon la faire chier là-dessus pour rien ? Elle fut enchantée de ma réaction et m'a proposé d'y emménager.

Elle était minuscule et délicate, du coup je me suis sentie mal dans ma peau, alors je me suis coupé les cheveux et les ai décolorés en blond-blanc. J'ai décidé d'être l'une de ces filles grandes mais sexy, imposantes. Je me suis souvenue de Carey disant que j'avais le corps de Wonder Woman. On ne s'était plus parlé depuis mon départ pour Londres. Trop de choses s'étaient passées. Mais la manière dont il me voyait a laissé une trace. Elle a changé la façon dont je me voyais moi-même.

Ce qui ne voulait pas dire que je ne manquais pas d'assurance. Il y avait tant de femmes magnifiques à Londres, et les régimes ne marchaient jamais sur moi. Sans ma dose de glucides trois fois par jour, je ne pouvais pas finir une phrase, c'était aussi simple que ça. Mais les hommes n'ont jamais été un problème. J'avais beaucoup de rencards, faisais plutôt souvent l'amour, le long sortilège de monogamie avait pris fin. Je m'habillais comme je n'aurais pas osé le faire en Irlande : imprimés voyants, couleurs vives, accessoires fous. « Vos vêtements, m'a dit un jour un rédacteur de mode, ont un sens de l'humour, n'est-ce pas ? »

Un journal local m'a proposé d'écrire pour cinquante euros par semaine une rubrique de mode, consacrée principalement à se moquer des tendances, et je l'écris encore aujourd'hui. Ils ont adapté mon salaire à l'inflation ; c'est maintenant soixante-quinze euros par semaine. Mais j'y prends du plaisir, et de temps en temps une marque m'envoie un foulard. Alors !

J'ai quitté la librairie deux ans après avoir commencé, quand il n'est resté qu'une seule personne de l'équipe originelle, Byron. Je m'occupais de la fiction mais j'avais de trop nombreuses responsabilités, les nouvelles personnes recrutées étaient plus jeunes que moi, et ça m'a semblé le bon moment pour partir. J'ai intégré l'équipe de rédaction d'une revue appelée *The Chelsea Buyer*, tenue par une femme qui mangeait du maquereau directement dans la boîte et dont le bureau était l'entresol de sa maison mitoyenne à Notting Hill. James a eu sa première blague télévisée. Au sujet du costume beige d'Obama. Je l'ai regardée sur YouTube le lendemain matin. J'ai pleuré et laissé un message vocal sur son téléphone pour dire que j'étais fière de lui.

Ce fut la première année où j'eus assez d'argent pour lui rendre visite à New York. Il m'a emmenée à une fête dans un entrepôt, dans un quartier où il n'avait pas les moyens de vivre, et m'a montré les trucs cool qu'il connaissait à New York. On a loué des vélos et on a traversé le pont de Brooklyn. Je lui ai demandé s'il faisait ça avec tous ses visiteurs et il a répondu oui. Je savais qu'il était fatigué et qu'il aurait préféré rester dans le canapé, mais il s'était tellement plaint de Sabrina qu'il avait l'impression de devoir prouver qu'il savait comment s'amuser.

« Est-ce que Cork te manque parfois ? a-t-il demandé le dernier soir. Et de connaître des gens ?

— Je connais des gens.

— Je veux dire, les connaître vraiment. »

Je pensais à eux sans arrêt. Quand je voyais des hommes imposants avec des femmes brunes, quand je trouvais d'occasion une anthologie de poètes irlandais, quand on me posait des questions sur la fac. Je n'ai jamais parlé à personne des Harrington-Byrne. La blessure était encore à vif, et l'histoire trop compliquée – une histoire tellement irlandaise que ça en devenait gênant. Elle ne pouvait être racontée autrement qu'en paraphrasant un roman de Maeve Binchy. Jeune fille brillante. Petite ville insulaire. Vie qui a failli être gâchée par une grossesse, sans l'être tout à fait. C'était humiliant. Une fois installée en Angleterre, je n'aimais plus tellement l'Irlande. J'étais furieuse contre l'avortement que j'avais failli extorquer à mes amis, et plus encore que mon pays m'ait mise dans cette situation, en premier lieu. Je continuais à attendre de leurs nouvelles. C'était facile de me contacter. J'avais un site web.

J'ai commencé à couvrir les récits irlandais d'avortements pour la presse anglaise, j'ai fait la une d'une édition d'été du *Guardian*, j'ai trouvé un travail pour une autre revue, avec un véritable bureau. Je ne gagnais pas beaucoup plus qu'à la librairie, mais d'un autre côté je ne dépensais rien. Il y avait toujours un événement où l'on pouvait boire gratuitement.

L'histoire d'une Irlandaise morte après avoir pris une pilule abortive illégale est parvenue à notre salle de rédaction anglaise.

« Pourquoi n'a-t-elle pas simplement pris l'avion ? a demandé quelqu'un.

— Parce que ça coûte de l'argent, ai-je répondu.

— Combien ? »

J'ai fait le total pour eux. Comme si c'était du calcul mental, et non un chiffre qui vivait dans ma tête depuis six ans.

« Écris là-dessus, m'a dit mon rédacteur en chef. "Le Vrai Coût d'un Avortement Irlandais." Hôtels, trains, tout. »

Je suis repassée par chaque étape, celles que j'avais franchies avec James quelques années plus tôt, remettant soigneusement mes pas là où je les avais alors mis. Je me suis demandé si le temps était venu d'en parler. Tant de gens ajoutaient leur voix au débat pro-choice, mais il s'agissait toujours de femmes dans une situation honorable. Des épouses avec anomalie fœtale fatale. Ce genre de choses. Même les femmes qui me ressemblaient plus, les adolescentes et celles dans la vingtaine et qui tout simplement n'avaient pas assez bien suivi leur calendrier de contraception, partageaient au moins la même histoire. L'arc traditionnel de l'avortement : aller seule à l'aéroport, passer outre les protestataires devant la clinique, sentir la douleur et la gêne physique à l'hôtel, puis l'avion de nouveau. C'était mal, mais familier, comme un conte de fées au moment le plus sauvage et transcrit de l'original danois.

De plus, mon histoire n'était pas une histoire d'avortement. Mon histoire était celle d'une fausse couche, mais je ne rentrais pas non plus dans la case des femmes à fauche couche, qui toutes semblaient vouloir le bébé.

Écrire l'article sur le « Vrai Coût » m'a donné un mal de tête si violent que j'ai dû demander à mon chef si je pouvais rentrer chez moi. Quelqu'un d'autre l'a rédigé à ma place.

Un mois avant le référendum irlandais sur l'avortement en 2018, mon poignet a commencé à gonfler alors que je tapais à l'ordinateur. Je travaillais toujours en équipe pour un journal, mais aussi en freelance le soir. Chaque journal du Royaume-Uni voulait un article bouleversant au sujet d'une femme ayant reçu les restes de son fœtus dans un bocal à confiture, et c'était mon travail de recueillir les témoignages. Tout d'abord mon poignet s'est figé, puis mes doigts se sont retrouvés temporairement bloqués dans la position de griffes. Un jour, en me lavant les cheveux, j'ai constaté que je ne pouvais pas faire mousser le shampooing avec mes doigts et que je devais malaxer avec le talon de ma main. J'ai acheté une attelle à la pharmacie, un modèle avec des bandes velcro qui s'enroulent autour des articulations. La nourriture, les miettes et les peluches y restaient collées.

Mon rédacteur m'a vue un jour me battre pour enfiler mon manteau, ma main emballée dans du velcro coincée à l'intérieur de la manche.

« Rachel, bon sang, a-t-il dit. Va voir un kiné. »

J'étais pratiquement certaine que je m'étais blessée à force de taper au clavier, sur le comptoir de la cuisine, sur la table basse, et dans mon lit. J'ai pris rendez-vous avec un kinésithérapeute, après que mon rédacteur a confirmé qu'ils paieraient. J'ai emmené ma personne et ma main en velcro à Pimlico et me suis retrouvée dans une salle de soins avec le modèle en fibre de verre d'une colonne vertébrale humaine.

« Rachel Murray ? »

J'ai levé les yeux, mon énorme main emmaillotée.

Et là, huit ans après m'avoir abandonnée à Shandon Street, se trouvait James Carey.

James Carey, âgé de trente-cinq ans, des rides au front.

James Carey, bâti comme un fox-terrier et tout aussi commun, d'une certaine manière plus large et plus carré que je ne l'avais jamais vu, les cheveux blond vénitien plus courts, mais tout à fait lui, tout à fait Carey.

James Carey, qui m'avait dit un jour que je ne comprenais pas l'intérêt d'aimer les gens, qui avait dit que lorsqu'on aimait quelqu'un, on aimait tout de lui.

James Carey, le premier partenaire sexuel avec qui j'ai légitimement eu un orgasme. Et le voilà, tenant un bloc-notes indiquant que j'avais un problème de poignet, pas d'antécédents de caillots sanguins et pas d'allergie à la pénicilline.

« Carey », ai-je dit.

Ce fut comme si le mot avait ouvert un portail, et à lui de décider s'il voulait ou non le franchir. Je me suis souvenue que j'étais la seule à l'appeler ainsi. Il a franchi le portail.

« Rachel. Tes *cheveux.* »

Ils étaient encore courts, un peu plus longs qu'une coupe à la garçonne, et d'un blond cendré.

« Je les ai coupés.

— Quand ?

— Hum... » J'ai pris le temps de réfléchir. « En 2013 ? »

Il a posé son bloc-notes et s'est mis à rire. J'ai ri moi aussi, plutôt par gêne. Je ne savais pas trop de quoi on riait, mes cheveux ou l'année 2013.

« Eh bien, viens donc là, espèce de petite folle. »

Il sentait comme une personne qui se douche tous les jours, et comme un homme qui se met du parfum, et la propreté comme le parfum m'ont paru si étrangers que je me suis demandé si c'était vraiment le James Carey qui m'avait brisé le cœur. Mais l'étreinte s'est prolongée, et mon odorat a perçu la légère odeur de terre présente sous le corps propre. Je me suis demandé s'il faisait la même chose, si c'était la raison pour laquelle l'étreinte durait six secondes de plus que celle de vieux amis. Je me suis demandé s'il arrivait à trouver Rachel derrière la patiente qui s'était simplement présentée à son cabinet.

Lorsque nous nous sommes écartés, nous avons continué à rire l'un de l'autre. « C'est quoi, ce bordel? ai-je bredouillé. Pourquoi fais-tu semblant d'être mon kiné?

— Parce que *je suis* ton putain de kiné.

— Excuse-moi. La dernière fois que j'ai vu James Carey, il travaillait au stand de pain. »

J'ai failli me mordre la lèvre à cause de ce mensonge. Non, ai-je pensé. La dernière fois que j'ai vu James Carey, il fixait la fenêtre de Shandon Street, se demandant s'il restait quelque chose de la fille qu'il croyait aimer.

« Je ne savais même pas que tu t'intéressais à ce... – j'ai fait un geste vers le modèle de colonne vertébrale – ... genre de trucs.

— Je sais, je sais. Mais c'était ou ça ou la prison, non?

— J'imaginais en effet quelque chose de plus glamour et de plus sordide, que tu finirais par mourir sous un pont à force de boire, par exemple.

— J'étais naze à ce point à l'époque?

— Dit l'homme qui piquait des grains de sel au centre commercial de Paul Street.

— Bon sang, Rache, même quand je faisais ça, je savais : cette fille le mettra dans un livre, un jour. »

J'ai souri, submergée par le bonheur de le voir.

« Carey, qu'est-ce que tu fais ici ?

— Eh bien, d'après ce tableau, je dois voir une femme souffrant de TMS.

— C'est quoi ?

— Trouble musculo-squelettique. Lésions dues à des efforts répétés. En t'acharnant sur ton clavier, je suppose ? Tu es écrivain maintenant, quelque chose comme ça ? Tu travailles dans l'édition, comme tu le voulais ?

— Journaliste. Je fais en effet des heures supplémentaires en ce moment, pour couvrir l'Abrogation.

— Mes sœurs s'y consacrent beaucoup à la maison. Ça touche maintenant le Nord, tu sais.

— Les femmes du Nord ont tendance à être ignorées dans ce débat », ai-je dit sur le même ton que si je participais à une discussion sur le sujet dans les médias.

« Oui, et tout ce qu'elles s'entendent dire, c'est à quel point elles sont ignorées. » On a recommencé à rire tous les deux, ébahis de voir qu'on semblait se comporter de manière si adulte l'un envers l'autre.

« Désolée, comment s'est-on retrouvés à parler de ça ? ai-je dit.

— Je sais ! Bon, reprit-il. Il faut que je regarde ton putain de poignet. Je finis à six heures. On peut aller prendre un verre après ? »

Il était quatre heures. Est-ce que je pouvais attendre Carey deux heures ? Est-ce que j'étais encore cette Rachel Murray ?

« Il faut que je retourne travailler, en fait. Mais je pourrais te retrouver ce week-end ? Pour qu'on se raconte tout en détail ? »

Il eut l'air déçu. « Ouais. Ouais, ouais. Le week-end. Écoute, je te donne mon numéro, et on arrange ça. Regardons ce poignet, tu veux ? » Il désigna mon horrible gant en velcro. « Enlève ça. »

Je me suis demandé s'il était marié, s'il avait des enfants, ou une petite amie. C'était un homme dans la trentaine, et les hommes dans la trentaine ne sont jamais célibataires sauf si quelque chose cloche chez eux. J'avais entendu ça de nombreuses sources sûres.

Il s'est assis sur la chaise en face de moi, et a pris mon poignet dans ses mains. Le cercle chaud de ses doigts comme un bracelet.

« Bon. Dis-moi où tu as mal. »

J'ai fait le tour de mes divers maux. Les doigts figés, la douleur au poignet, le pouce coincé.

« Tu travailles trop », a-t-il dit, et c'était difficile de faire la part entre l'opinion du kinésithérapeute et celle de James Carey.

Il m'a dit d'assouplir mon poignet. Ce que j'ai fait, les doigts pointant mollement vers le bas comme en un geste homophobe. Il a mis sa main à plat devant la mienne, la paume contre les articulations de mes doigts. « Maintenant pousse contre moi. »

J'ai poussé ma main contre la sienne, le bout de mes doigts effleurant les lignes de la paume.

« Plus fort, encore. Aussi fort que tu peux. »

J'ai rougi, et me suis demandé si je ne devais pas réclamer un autre kiné. C'était trop étrange. Comme un rêve dont j'allais me réveiller et que je raconterais à James.

« Plus fort, encore, tu ne fais pas d'effort. »

Mon poignet se fatiguait. « Si, j'en fais. »

De son autre main, il a placé son pouce plus haut sur mon bras, pressant fort, massant légèrement. « Ici », a-t-il fini par dire d'un air de triomphe. Il a appuyé le pouce sur un point juste sous le coude. « Ce muscle-là. Il est enflammé. »

Il a enfoncé son pouce plus profondément, roulant sur le muscle qu'il avait trouvé. J'ai senti un étrange relâchement, comme si quelque chose était brisé, malaxé, puis inondait le reste de mon corps. Le sang est remonté dans mon bras jusqu'à mon épaule, ma poitrine. Je n'arrivais pas à regarder Carey, alors je regardais la colonne vertébrale à la place. *Embrasse-moi*, ai-je pensé de toutes mes forces. *Baise-moi dans ta salle bizarre.*

« Il faudra que tu fasses des exercices. Pour renforcer tes muscles, là. Et si tu pouvais faire de la saisie vocale, ça aiderait. Repose ta main autant que possible.

— *No hand jobs for crack. Pas de branlettes contre du crack*, alors », ai-je dit, et aussitôt j'ai voulu mourir de honte. Ça appartenait à la dernière période où je l'avais connu. C'était une blague *South Park*, du temps où *South Park* comptait encore.

Il a ri, cette fois-ci par amusement plutôt qu'à cause de la coïncidence cosmique qui nous avait réunis de nouveau.

J'ai tout gâché, ai-je pensé. *J'ai vraiment tout gâché, de nouveau.* Il m'a montré les exercices, et j'ai fait le décompte des minutes qui restaient avant que je puisse sortir et appeler James.

Mais alors que je me levais pour partir, Carey le kinésithérapeute a disparu. « Bon, et maintenant Murray, si tu nous donnais ton numéro de téléphone. »

Carey a proposé qu'on se retrouve le samedi midi à South Bank, ce qui m'a montré qu'il ne vivait pas à Londres depuis longtemps. Je l'ai retrouvé dans la librairie devant le British Film Institute. Il lisait l'autobiographie de Cher.

« Tu savais qu'elle avait eu une liaison avec Warren Beatty quand elle était adolescente ? fut la première chose qu'il dit.

— Il avait une liaison avec tout le monde, non ?

— Je sais, mais quand même.

— Tu vas acheter ça ?

— Non, allons-y. »

Mon rendez-vous de kinésithérapie avait eu lieu le mercredi. Ça m'avait laissé beaucoup de temps pour penser à James Carey. J'avais eu d'autres petits amis les années suivantes, et ce serait facile pour moi de dire ici qu'ils n'avaient jamais compté autant que Carey, mais bien sûr ils avaient compté autant. Ils avaient compté pour beaucoup de choses, mais sur le moment je ne pouvais pas me souvenir desquelles. Ce samedi, ce fut comme si ma vie romantique était restée sur un écran de veille pendant des années. Je marchais à côté de Carey, *le* Carey, et mon cœur se dilatait et se faisait broyer en même temps.

« Je n'en ai pas cru mes yeux quand tu es entrée dans le cabinet. » Il gardait les mains dans ses poches, le visage baissé. « Rachel. C'était comme... Je ne sais pas, une sorte de rêve lucide.

— Tu devais pourtant savoir que j'étais à Londres. Celle qui a été surprise, c'est moi. Toi qui disais que tu ne vivrais jamais en Angleterre.

— Je n'ai jamais dit ça.

— Oh si, tu l'as dit. "Come Out, Ye Black and Tans" dans le métro. Tu as dit ça.

— Je ne me souviens pas d'avoir dit ça.

— Mais tu l'as dit, ai-je insisté, un peu trop fort. Tu l'as dit.

— Bon, c'est toi la journaliste.

— Et tu es kinésithérapeute ? » Je n'en revenais toujours pas de cette évolution.

« Vous êtes kinésithérapeute, point, monsieur Carey. Et pas "Vous êtes kinésithérapeute, point d'interrogation." Je sais que la ponctuation est essentielle pour vous, les gens de la presse.

— Désolée. Mais depuis quand ?

— Tu croyais que j'allais rester croupir à Derry, c'est ça ?

— Non », ai-je dit. Il a froncé les sourcils. « En quelque sorte, ai-je admis.

— Je comprends. Je ne t'en veux pas. » On remontait South Bank maintenant. Un cercle se formait autour d'un homme beatboxant avec micro, alors on avait du mal à s'entendre.

« Quand as-tu commencé la formation ? Ça a dû prendre du temps ? »

Sa mère était morte un an après qu'il m'avait vue pour la dernière fois. Ensuite, il avait vécu avec son père.

Son père, qui était de manière générale « infirme » mais pas spécialement souffrant, avait besoin de beaucoup de soins pour rester en bonne condition. Carey l'avait accompagné à ses séances, et pratiquait avec lui ses exercices à la maison. Il s'était rendu compte que les symptômes du lupus diminuaient après la kiné, et avait commencé à l'étudier à l'université d'Ulster, faisant le trajet plusieurs fois par semaine. Au bout de trois ans, il avait eu son diplôme. La quatrième année, il pratiquait à Derry. La cinquième, il étudiait l'acupuncture. Et la sixième, son père était mort, des complications d'une attaque.

« Je suis tellement désolée, Carc. Ça fait beaucoup.

— Tu sais quoi ? répondit-il d'un ton sérieux. Dit comme ça, ça paraît désespérant. Mais ce n'était pas si terrible, Rachel. Sincèrement. On était heureux comme deux poissons dans l'eau, on vivait ensemble mais sans être l'un sur l'autre. L'ambiance était bonne entre nous. Et Derry est fantastique. Et les filles aidaient, et mes nièces et neveux sont géniaux, et j'avais un tas de vieux copains dans les parages. Et je suis sorti avec une fille sympa pendant quelques années. Un nouveau métier. Ça m'a...

— Remis d'aplomb, ai-je terminé, un peu contrariée par l'allusion à la fille sympa, me demandant où elle se trouvait maintenant.

— Remis d'aplomb, a-t-il convenu. Oui. »

C'était une froide journée de printemps, et je m'étais habillée pour être remarquée. Minijupe léopard, col cheminée noir moulant, veste en cuir. J'avais très froid, tout près du fleuve. Il s'en est rendu compte. « On entre là ? » a-t-il fait, montrant le Giraffe.

J'ai ri. « Au *Giraffe* ?

— Quoi ? Ce n'est pas bien ?

— Non. » J'ai ri de nouveau. « Je ne sais pas. Je n'y suis jamais allée. C'est juste que... Je ne sais pas, c'est une chaîne. »

Mais, contrairement à mes amis, cela ne dérangeait pas Carey que Giraffe fasse partie d'une chaîne.

« Je n'arrive pas à y croire, ai-je dit, prenant le menu. Je suis assise à l'intérieur du Giraffe de South Bank avec James Carey.

— Pourquoi pas ?

— Parce que c'est un endroit où l'on se rend avec, disons, un cousin éloigné venu en visite, ai-je expliqué. Ce n'est pas l'endroit où l'on va avec son ex-petit ami devenu kinésithérapeute. »

Nous étions arrivés au milieu d'un brunch à volonté et nous nous sommes retrouvés entourés de femmes aux premières heures d'un enterrement de vie de jeune fille ou célébrant les trente ans de l'une, et qui avaient déjà bien forcé sur les Bloody Mary et les mimosas.

« Eh bien, Seigneur, si tu ne peux pas les battre, joins-toi à eux. Qu'en penses-tu, Rache ?

— Tu ne m'as pas vue depuis huit ans et tu veux partager un brunch à volonté avec moi ?

— Est-ce que tu vas commenter tout ce qu'on fait aujourd'hui ? a-t-il demandé, mais gentiment.

— Non.

— Toujours en train de prendre des notes.

— Comme la Gestapo ? » ai-je répondu, une petite phrase qui me trottait dans la tête depuis environ huit ans.

Il a souri, et je n'ai pas su dire s'il se souvenait ou non d'avoir prononcé ces mots. « Comme la Gestapo, oui. »

On a parlé et mangé et bu du prosecco allongé au jus d'orange. Cela faisait huit mois que Carey vivait à Londres. Il ne savait pas s'il voulait rester. La ville était si peu amicale, d'après lui. Et prétentieuse.

« Non, pas du tout, ai-je réagi avec ferveur. Londres est géniale. Fabuleuse.

— Mais c'est toi-même qui me fais dire ça. Tu es trop londonienne pour manger à l'Armadillo.

— C'est quoi l'Armadillo ?

— Ce n'est pas là où on est ?

— Non, au Giraffe ! »

Je lui ai parlé de ce que faisait James, et ça m'a surprise qu'il doive être mis au courant. Je supposais que tout le monde savait ce que faisait James. Il était à présent le producteur principal de l'émission où il avait débuté en tant que stagiaire, loyal jusqu'au bout malgré les offres qu'il avait reçues. La saison creuse était si longue qu'il pouvait s'envoler pour LA et travailler sur des scénarios, dont plusieurs comédies importantes dont vous avez forcément entendu parler. Il est souvent l'un des cinq auteurs derrière une comédie de femmes à grande production, et il a tellement de followers sur Instagram qu'il fait parfois des pubs pour la PrEP, la prophylaxie pré-exposition contre le sida.

« Bon sang, a dit Carey en s'adossant à sa chaise en plastique. Eh bien, c'était forcé qu'il devienne célèbre, non ?

— Tu as toujours pensé ça ? » Je formulais déjà cette information mentalement comme si c'était un texto à James. « J'imagine qu'il a toujours été très drôle. Et dévoué.

— Et il met facilement les gens sous sa coupe, non ? » dit Carey.

James, qui a eu d'innombrables amants ces dix dernières années, n'a jamais eu personne sous sa coupe de façon permanente. Tous les deux ou trois ans il essaie sans enthousiasme de s'engager dans une relation, mais en général il se lasse très vite. Il a un immense groupe d'amis à New York, et il est dévoué à chacun d'eux comme il l'est avec moi. Il m'appelle toujours depuis une voiture de location, toujours en route vers le nord de l'État pour un mariage, un enterrement, ou une orgie de millionnaires.

« Que veux-tu dire ?

— Eh bien, toi.

— Moi, j'étais sous sa coupe ?

— Oui.

— C'est une drôle de manière de présenter les choses, ai-je dit, un peu étourdie à cause des boissons sucrées. Je ne dirais pas que j'étais sous sa coupe. Juste qu'il était mon meilleur ami. Est. »

Maintenant j'étais certaine que Carey pensait à notre dernière virée au pub, le jour de ma remise de diplôme.

Il a regardé le menu. « Je crois que je vais prendre une bière, pour contrer l'effet du sucre. »

Nous avons discuté de ma vie à Londres et de ce qu'elle m'avait apportée, mais son commentaire au sujet de James restait coincé comme un caramel dur sur une dent du fond.

Comme James maintenant était plutôt riche et célèbre, je me persuadais parfois qu'il m'avait dépassée, et que j'étais sa petite parasite dans le besoin, le genre de personne triste qu'on emmène aux fêtes pour lui faire plaisir et pas parce qu'elle fait partie du groupe. Je voyais James sur les réseaux sociaux, en costume à une fête de *GQ* et parlant avec Jenny Slate, et je pensais, *Oh, c'est fini.* Je pleurais notre amitié, en privé, bien décidée à ne pas avoir de ressentiment. Et puis immanquablement il m'appelait et me demandait si j'avais su depuis le début que Ben de la librairie était homo, et alors je comprenais à quel point j'avais été dingue.

J'ai un jour confessé à un ami de James, un très bel homme gay du nom de Phil, que souvent je ne me sentais pas assez bien pour mon propre meilleur ami.

« Oh, personne ne se sent assez bien pour lui, avait-il répondu avec désinvolture. James pense secrètement qu'il devrait être avec un professeur de Harvard ou quelque chose comme ça, je crois. »

Cela m'avait surprise. J'avais cru que ça voulait dire que Phil était au courant pour le Dr Byrne, mais en fait non. Phil avait juste été témoin de l'ombre du Dr Byrne : l'impression persistante qu'avait James qu'un petit ami doit être une personne importante qui vous fait des conférences sur les livres.

Nous sommes restés très longtemps au Giraffe, jusqu'au moment où nous avons eu besoin de bouger et nous sommes donc sortis. On n'avait pas encore parlé de la seule chose dont l'autre se souciait vraiment, c'est-à-dire si on était tous les deux célibataires.

« Je n'ai pas envie de rentrer tout de suite, dit Carey. Et toi ?

— Moi non plus. »

Il a passé le bras autour de mes épaules. J'avais choisi des talons plats ce jour-là, pour ne pas être plus grande que lui. Ce genre de chose lui avait toujours été égal, mais il avait peut-être changé d'une manière ou d'une autre, il était peut-être devenu un homme pour qui ça comptait. « Putain, dit-il. Je n'arrive pas à croire que tu sois ici.

— J'ai toujours été ici, ai-je fait en riant. Il y a des années que je suis ici.

— Tu crois que je suis très différent ? » a-t-il demandé, et il semblait presque anxieux à cette idée. J'ai pris la question au sérieux.

« Je ne sais pas. Oui. Je crois. Ou peut-être que je suis différente. Je ne sais pas, j'ai moins peur de toi, aujourd'hui.

— *Peur de moi ?* Quand as-tu eu peur de moi ?

— J'étais toujours terrifiée à l'idée que tu allais t'enfuir. »

Il m'a alors poussée, et j'ai vacillé, me cognant contre le parapet du pont. « Oh ! C'était quoi ça ?

— Je ne me suis jamais enfui. J'étais partant pour du long terme avec toi, Murray. J'étais obsédé par toi.

— Care, tu as littéralement disparu.

— La première fois, oui. Mais pas la deuxième, pas du tout. Si tu prends notre relation dans son ensemble, Rachel Murray, tu verras – si on compte bien –, j'étais toujours celui qui te courait après. »

J'ai secoué la tête. « Tu ne peux juste pas faire comme si la première fois n'était pas arrivée. Ça m'a détruite.

— Comment étais-je censé le savoir ? » a-t-il répliqué. C'était toujours "James et moi, James et moi, James et moi". Tu avais l'air de t'en foutre d'avoir un petit ami. Tu avais déjà un James. C'est la toute première chose que tu m'as dite. »

Il m'avait déjà dit ça, ou quelque chose y ressemblant, mais avant ce moment je n'avais jamais pu y croire.

« C'est vraiment ce que tu ressentais ? ai-je demandé.

— Je ne mens pas. Jamais à toi. »

Il m'était arrivé de rester des semaines d'affilée sans penser à James Carey, mais jamais des mois. Il était toujours quelque part à l'arrière-plan, un « et si » empilé au sommet de si nombreux autres « et si ». Et si je n'étais pas tombée enceinte ; et si je n'avais pas perdu le bébé ; et si les Harrington-Byrne ne m'avaient pas chassée de Cork avec leur argent et leur réseau de commérages, à la fois réel et imaginé.

On a traversé Parliament Square, et Carey m'a fait part de ses opinions au sujet de chacune des statues. Il n'en tenait aucune en grande estime, étant donné le nombre d'entre elles ayant d'épouvantables connotations en Irlande.

« Henry John Temple, a-t-il dit. Il a expulsé de leurs terres pas mal d'Irlandais, tu sais, Rachel. Pendant la famine.

— Vraiment ? » J'ai levé les yeux sur la statue. « Quel con.

— Horrible type. Hé, je peux t'embrasser ?

— C'est une question ?

— Je ne sais pas, tu pourrais avoir un petit ami, ou quelque chose du genre. Toute la journée j'ai été mort d'envie de le savoir, et tu n'as pas dit un mot sur le sujet.

— Eh bien, je n'en ai pas.

— Tu n'as pas dit si je pouvais t'embrasser.

— Tu crois que ça mettrait en colère Henry John Temple ? ai-je demandé, regardant la statue.

— Oh, il serait furax.

— Eh bien, dans ce cas. »

Il a posé les mains sur mes hanches. Timide, tout à coup. Pendant une seconde ce fut comme si on était deux adolescents piégés par leurs amis à la boom de l'école. On a échangé un regard comme pour dire “c'est nous, vraiment nous”, et, très légèrement, il a incliné la tête pour m'embrasser.

Et le baiser ressembla à – à quoi ressembla-t-il ?

Ce fut comme trouver votre paire de chaussures préférées sous le lit. Les trouver le dernier jour de votre bail, les cartons déjà dans la camionnette, alors qu'on les croyait oubliées dans la maison d'un ex-amant, ou juste disparues du fait de votre propre négligence. *Oh, les voilà. Oh, oh, je les aime.*

Lorsque j'ai finalement arrêté de l'embrasser, j'ai mis les bras autour de sa taille, et posé la tête sur son épaule. Mon nez s'est enfoui profondément pour trouver l'odeur ancienne, mes mains sur le denim rugueux de sa veste. Il m'avait tellement manqué, et je ne l'avais même pas su.

« Carey, ai-je dit. Carey, Carey, Carey.

— Ma chérie, a-t-il répondu. Je crois que tu as passé l'âge de m'appeler par mon nom de famille. »

Et donc, à présent, tous ceux que j'aime s'appellent James.

AVRIL 2022

Nous n'avons pas appelé le bébé James, même si James Devlin pensait que c'était le seul prénom qui fasse sens.

« Je crois juste qu'il devrait y avoir un continuum infini de James veillant sur toi. Une confrérie. Un pacte.

— Non.

— Une meute de James. Une volée de James. Un *consortium* de James. »

Nous l'avons appelé Shay, finalement, diminutif de Séamus, le prénom du père de James Carey. Je l'avais à peine dit à James Devlin que j'ai reçu cette capture d'écran tirée de Wikipédia :

Séamus (prononciation irlandaise [ˈʃeːmˠəsˠ]) est un prénom irlandais masculin, d'origine latine. C'est l'équivalent irlandais du prénom James. Le prénom James est la variante anglaise du nom hébreu Jacob dans le Nouveau Testament en anglais.

D'accord, ai-je réagi par texto. Tu as gagné.

La confrérie des James accueille un nouveau membre, a-t-il répondu.

Des centaines de fois, je me suis entraînée à lui annoncer la nouvelle concernant le Dr Byrne, et malgré de nombreuses révisions de la manière dont je le ferais – accompagnées de nombreux choix de mots prudents et attentionnés –, je ne lui ai toujours pas dit. J'en ai parlé à Carey, ce qui marque une première, étrange et de taille, dans notre histoire : la première fois que je lui dis quelque chose avant de l'avoir dit à James. Son conseil a été d'attendre. Attendre que j'en sache plus, attendre que James vienne me voir cet été. Ce n'est pas le genre de chose qu'on veut apprendre par téléphone, a-t-il dit, et je suis d'accord, essentiellement parce que ça me donne un répit.

En attendant, j'ai tout mis par écrit. On me dit qu'écrire le soir enflamme mon syndrome du canal carpien, et j'ignore le conseil, parce qu'il est permis d'ignorer son kinésithérapeute une fois qu'on l'a épousé. C'est d'abord pour James que j'ai écrit, ensuite pour Deenie, avec l'arrière-pensée que je le montrerai soit à l'un soit aux deux. Je ne le ferai jamais, bien sûr – vous imaginez ? Votre mari est dans le coma, et quelqu'un vous donne une confession de trois cents pages ?

Je me demande pourquoi j'ai fait ça. Et alors je regarde James Carey, un homme apprécié approchant la quarantaine, et je me pose la question : es-tu capable de la même sorte de trahison ? Et si oui, est-ce que je la mérite ? J'ai environ le même âge que celui qu'avait Deenie Harrington-Byrne quand nous nous sommes rencontrées, l'âge qu'elle gardera toujours dans ma tête. L'âge adulte impossible qu'elle et le Dr Byrne symbolisaient, la sophistication aisée qui me semble toujours étrangère mais que, dans mon bureau, les femmes plus jeunes doivent sûrement observer. Est-ce que je suis leur Deenie ? La Deenie de quelqu'un ?

Je regarde mon bébé et je suis certaine qu'il est fait de velours. Il a juste oublié comment dormir, et donc immanquablement la nuit on se retrouve nous deux, nous deux seulement.

Il s'agrippe à des mèches de mes cheveux ou à un bijou ou à ma bretelle de soutien-gorge. « Chut, Ssssshay, dis-je, à la fois son prénom et une intimation. Shhhhay, Shay, Shay. »

Je me demande, souvent en fait, si Shay ressemble un tant soit peu au bébé que nous aurions eu en 2010, si mon cerveau ou mon corps avaient été capables de le garder.

Je me souviens, avec la sorte de clarté aiguë qui m'avait fuie pendant des années, à quoi ressemblaient exactement ces jours. Lorsque, encore à ses débuts, ma première grossesse avec Carey s'est échappée de moi sous forme de caillots, lorsque j'avais l'impression d'être un animal cherchant un endroit pour mourir. La douleur irradiant de mon estomac et traversant mon dos, se frayant un chemin vers chaque vertèbre de ma colonne vertébrale, appuyant sur la base de mon cou. Les jours au lit, les draps jetés car ils étaient fichus, l'argent déduit de la caution à cause du sang qui avait profondément imbibé le matelas, tachant le sommier. James Devlin, allant et venant avec des galettes de pommes de terre, des beignets de poulet, des haricots sur toast. James avec son propre cœur brisé, veillant sur moi.

On oublie la douleur de l'enfantement. Mais on oublie aussi les autres sortes de douleur.

Shay se rend à Cork pour la première fois. Les sœurs de Derry sont tellement habituées à de nouveaux bébés que pour elles, quelle importance ? Mais pour maman et papa et Chris et Kev, c'est une première. Les garçons sont tous les deux restés à Cork, passant leur diplôme juste au bon moment quand l'argent revenait, et ils ont tous les deux un travail dans la high-tech. Kev est à présent un bisexuel un peu bourru, et n'a jamais fait son coming out devant mes parents. Sans pour autant se cacher. Tout le monde paraît avoir compris sans avoir besoin qu'on lui dise, et pour être juste envers mes parents, je crois que ça les gênerait beaucoup de devoir discuter de la vie sexuelle de n'importe lequel de leurs enfants.

J'expédie une chronique sur la manière d'habiller votre bébé pour rencontrer vos parents – avez-vous la tentation de lui mettre un chapeau bizarre, ou avez-vous l'impression de compenser pour quelque chose ? – et nous allons prendre notre vol, alourdis d'équipement en plastique pour bébés.

Papa nous retrouve à l'aéroport, et il pleure en voyant Shay : « Mon Dieu, regardez-le, regardez ce petit bonhomme, le petit effronté, mon Dieu, Rachel, qui aurait cru ? » Il nous informe que maman a sorti le grand jeu à la maison, elle est allée chez Dunnes, la partie chic du magasin, est-ce qu'on ne trouve pas des trucs géniaux, de nos jours, chez Dunnes ?

Ils avaient finalement réussi à garder le cabinet. En faisant la part belle au botox, à l'obturation, à l'Invisalign et aux appareils qui blanchissent les dents, et qu'il fallait *vraiment* que j'envisage pour moi. « Tu le portes la nuit, deux semaines, Rachel, dit papa. Tu n'y croiras pas quand tu verras la différence. »

C'est en effet le grand jeu à la maison. Maman pleure quand elle voit Shay. Kev et Chris sont très émus aussi. Pour une raison ou une autre ils ont encore le droit d'appeler mon mari Carey, alors que moi je dois dire James, et seulement James. Il était sérieux sur ce point-là, depuis le début.

« On ne peut pas y arriver, avait-il dit, si ce n'est pas une relation totalement nouvelle. Il faut qu'on apprenne de nouveau à se connaître, Rachel. Nous sommes différents.

— Je ne suis pas différente. Je ne crois pas que tu le sois non plus.

— Tu es très différente, ne te fais pas d'illusions. Tu ne pourrais être que déçue.

— En quoi suis-je différente ? »

Il avait désigné les petits coussins d'ornement, par terre pour le moment.

« La Rachel Murray que je connaissais n'avait pas de coussins décoratifs.

— Je ne serai pas déçue. »

Regard inquiet de nouveau. « Ce n'est pas un pèlerinage dans le passé, Rache. Pour moi, en tout cas.

— Je sais.

— Vraiment ?

— James manque d'assurance. Carey était du genre imperturbable, tu sais.

— Tu es tellement glamour aujourd'hui, tu vois, je n'arriverai jamais à suivre.

— Stop ! avais-je dit, avant de me pelotonner dans les draps. Continue. »

Je ne comprenais pas pourquoi il était célibataire. En même temps, je le comprenais parfaitement. Il n'avait toujours pas la notion du temps. Il était toujours sale, même s'il le cachait mieux. Il avait toujours du mal à manifester de l'intérêt pour quelque chose qu'il trouvait un tant soit peu ennuyeux. Il pouvait soudainement quitter une fête, ou une conversation, parfois une conversation que je tenais encore avec lui. « Pourquoi es-tu parti ? » lui demandais-je en le suivant. « Oh... J'avais l'impression que tu savais déjà ce que tu pensais. »

Il a toujours de profondes convictions sur ce qu'est l'amour, et sur la manière dont il fonctionne.

On a très vite emménagé ensemble, louant un appartement à Chalk Farm. On s'en sortait mieux en étant des amants à demeure plutôt que des amoureux se donnant rendez-vous. On était du genre plutôt plan-plan, du genre « deux joints » le samedi soir, du genre à faire le guet quand l'autre pisse sur un chemin de campagne. Ce fut tout de suite cosy, même s'il pouvait encore me rendre folle. Un soir il n'est pas rentré à la maison après le travail, et son téléphone ne répondait pas.

C'était une soirée d'été parfaite pour déguster du vin dans le jardin d'un pub, et il la gâchait. J'étais morte d'angoisse à l'idée de ne plus l'intéresser et qu'en ce moment même il se joue de ma fidélité. Je me suis traînée jusqu'au magasin du coin, prête à noyer mon chagrin dans une bouteille de vin australien, et j'ai trouvé Carey assis par terre à côté d'une boîte à livres avec une canette ouverte de Bulmers. Il était presque neuf heures du soir.

« Putain qu'est-ce que tu fais là ?

— Je lis ? dit-il simplement, levant les yeux d'un ouvrage sur les pieuvres.

— Eh bien rapporte les livres à la maison, alors ! Ils sont gratuits ! Je me suis inquiétée.

— On en a assez chez nous. » Il a soulevé un sac en plastique noir du magasin du coin. « Tu en veux ? »

Alors nous sommes restés assis sur le trottoir en buvant du Bulmers et en regardant les bouquins de la boîte à livres jusqu'à ce qu'il fasse trop sombre pour lire. Carey pouvait se montrer distant et peu fiable, mais il ne vivait pas avec des secrets. Pas comme je le faisais moi.

Je lui ai raconté toute l'histoire : l'exil de Cork, tout le scénario avec les Harrington-Byrne, l'argent de l'avortement qu'on avait gardé pour émigrer. Nous vivions ensemble depuis six mois avant que je trouve le courage d'en parler. Pas parce que je pensais qu'il me quitterait, mais parce que je ne voulais pas qu'il haïsse James.

« Seigneur », a-t-il dit, impressionné, comme si je décrivais la fin d'une série télévisée qu'il avait arrêtée en cours de route. Et puis : « J'aurais aimé savoir.

— Je ne t'ai jamais vraiment laissé savoir quoi que ce soit.

— Non, a-t-il convenu, m'attirant plus près. Non, jamais. »

Nous sommes à la maison pour une semaine. Nous sortons avec le landau, et nous croisons toutes sortes de personnes. Des gens qui sont partis et revenus, des gens qui soutiennent que l'Irlande a les meilleures écoles primaires et qu'ils ne confieraient pas leurs enfants aux écoles d'Angleterre. Sans parler de l'horrible examen de sélection 11-plus, qui est un sujet de conversation étonnamment fréquent chez les Irlandais.

C'est mon premier séjour à la maison pendant lequel je n'ai pas peur de tomber sur les Harrington-Byrne. Il est malade. Il est même peut-être mort. Deenie n'est pas en train de se balader dans les rues de Cork. Elle est l'épouse d'une personne malade. Ils font des trucs différents.

Deux jours avant notre retour prévu à Londres, je reçois un mail.

Chère Rachel,

J'espère que cela ne t'ennuie pas que je prenne contact avec toi. Je sais que ça fait longtemps, et la dernière fois que nous nous sommes vues ce n'était pas en termes agréables. Je me rends compte aussi que c'est un euphémisme.

Tu sais peut-être déjà que Fred n'a pas été en forme l'année dernière. Ça a été une période éprouvante pour tous les deux, et tout en étant extrêmement occupée à prendre soin de lui, j'ai eu beaucoup de temps – vraiment trop de temps – pour réfléchir.

Je ne veux pas t'inquiéter ou te déranger, mais j'aimerais trouver un moyen de parler. J'ai lu dans ta (très amusante) rubrique cette semaine que tu envisages un retour chez toi – peut-être serais-tu d'accord pour une rencontre alors ?

Félicitations pour ta carrière, qui semble avoir été passionnante. J'ai lu un grand nombre de tes articles pendant le référendum. Je me sens fière de t'avoir connue.

En espérant que ce mail te trouvera en forme.

Deenie Byrne

Au moment où j'avais extorqué les Harrington-Byrne, j'étais persuadée que c'était la seule chose possible à faire. Le Dr Byrne nous avait horriblement trahis James et moi, et il me fallait l'argent pour l'avortement. Mais ensuite je n'en ai plus eu besoin pour l'avortement. J'en ai juste eu besoin, un point c'est tout.

C'est cette malhonnêteté fondamentale qui m'avait fait croire que je méritais les regards bizarres dans la rue, les filles venant me trouver dans les bars, l'incident à ma remise de diplôme. Que je méritais la haine des Harrington-Byrne. Et alors j'avais fui le pays tête basse et ventre à terre. Je voulais éviter les gens de Cork et, par prudence, de toute la province de Munster. Pendant des années, il n'y eut aucun Irlandais dans mon entourage et je pensais que c'était la punition appropriée pour la façon dont j'avais agi en tant que jeune fille de vingt et un ans en 2010. Et aujourd'hui je suis rédactrice dans un journal sur les Irlandais de Londres, et Deenie Byrne veut me parler.

Au moment où je décide que je vais vraiment rencontrer Deenie, mon mari est au golf avec mes frères, et mes parents au travail. Ce qui veut dire que je suis obligée de prendre Shay avec moi.

Je ne sais pas ce qu'il en a été du parcours de fertilité de Deenie depuis la dernière fois que je l'ai vue, mais quelque chose dans son mail me dit qu'elle n'a toujours pas d'enfant. Elle a écrit qu'elle « réfléchissait » beaucoup, ce que tout le monde peut faire à tout moment je suppose, mais qui semble plus difficile quand on a une progéniture de moins de dix ans.

Je la vois à une table, un manuscrit étalé devant elle, et de nouveau je suis en 2010, sans emploi, furieuse contre elle parce qu'elle ne me paie pas plus que cinquante euros par semaine.

Elle est dans sa quarantaine et n'a pratiquement pas changé. Ses racines un peu grises, ses yeux victoriens entourés de quelques rides, mais toujours Deenie. Petite et solide comme un bijou. J'ai encore les kilos de la grossesse, et les mots *grosse cruche qui a le béguin* me reviennent à l'esprit.

« Bonjour. » Je prononce ce mot en reculant avec précaution le landau près de la table.

« Rachel, dit-elle en se levant. Oh mon Dieu, tu es tellement adulte.

— Merci. »

Elle est déconcertée par Shay, et je peux voir la peur et la confusion traverser son joli visage. Elle a beau savoir que j'ai à présent un enfant, durant trois secondes elle se retrouve en 2010 elle aussi. J'ai gardé le bébé qui lui appartient, et le voici. Elle cligne des yeux avec force. Se dégage de cet instant.

« Et qui est *ce* petit bonhomme ?

— Shay.

— Quel âge a... ?

— Dix semaines.

— Bonté divine. Il semble si long.

— Je sais, je sais, c'était le plus grand du lot. »

Je m'assois tandis que Deenie manifeste poliment son intérêt pour mon fils, qui dort.

« Félicitations, Rachel. Il est magnifique.

— Merci. J'ai été désolée d'apprendre pour Fred. »

La dernière fois que j'ai vu cette femme, elle me tendait un chèque de deux mille euros, et je promettais qu'elle n'aurait plus jamais à me voir.

« Oui, fait-elle, habituée maintenant aux marques de sympathie. Ça a été difficile. Tu veux un café ?

— Juste une eau pétillante, ou un truc comme ça.

— J'y vais. »

Elle se lève et revient rapidement avec mon eau.

« Pendant des années je me suis retenue de te chercher sur Google, dit-elle. Puis j'ai vu ton article dans *The Irish Times*, pendant le référendum. Celui où tu interrogeais les Anglais qui pratiquent l'avortement pour les Irlandaises. »

J'acquiesce. « Plutôt difficile, celui-là. »

Elle acquiesce à son tour. « Il était vraiment très bien. Je suis tellement heureuse que ça ait bien marché pour toi. »

Je veux bien être patiente avec Deenie Byrne, mais je ne vais pas comparer mon profil LinkedIn avec le sien.

« Cela aurait été plus facile si j'avais pu utiliser mon expérience dans l'édition », dis-je sans ambages. Puis je m'en veux. Elle pensait que j'avais une liaison avec son mari, après tout. Et qui sait à quel point cette expérience aurait été utile ? Le nom de Deenie aurait-il eu une quelconque signification pour un éditeur anglais, alors que ce qui se passe en Irlande importe si peu aux yeux des Anglais ?

Elle acquiesce de nouveau, son regard se tournant vers son manuscrit.

« Est-ce que tu as… ? » Elle s'interrompt. « Est-ce que tu as couvert toute cette question d'avortement à cause de ta propre… expérience ?

— Comment ? Oh. Non. C'était juste, vous savez. C'était important.

— Bien sûr.

— Et je suis une journaliste irlandaise en Angleterre. Et pour les Anglais on n'a d'intérêt que pour certains thèmes.

— Le thème de l'avortement ?

— L'avortement, les enfants abusés, à la rigueur un sujet du genre "Les 10 astuces bohèmes à piquer aux Irlandaises". Voilà pour les principaux. »

Elle rit.

« Comment va-t-il ? je demande.

— Eh bien, il est réveillé.

— Oh, whaou !

— Oui. Depuis janvier.

— Et comment est-il... ?

— Il est très différent. » Elle dit cela comme une mère parlant de son enfant timide à un nouveau maître. « Tu ne le reconnaîtrais pas, je ne crois pas.

— Je suis désolée. Je ne sais pas vraiment ce qui s'est passé.

— Bien sûr. C'est... c'est quelque chose de très rare. On était en train de nager.

— *Nager ?*

— Nous sommes partis en Caroline du Sud l'année dernière. Pour notre anniversaire, tu vois. Quinze ans de mariage. On a fait un circuit dans les États du Sud. Et nous étions dans cette magnifique crique, dans cet immense parc national. Puis on est rentrés à l'hôtel, et il s'est mis à vomir, et on a cru que c'était une insolation.

— Oh mon Dieu.

— Je sais. » De toute évidence, elle avait raconté de nombreuses fois cette histoire. Les quelques phrases suivantes sont sorties à toute vitesse.

« Et donc, il existe une sorte d'amibe, qui vit dans l'eau, partout en fait, l'eau de Caroline du Sud n'a rien de spécial, et elle pénètre dans le sang par les oreilles et le nez, et ça peut aboutir à une infection cérébrale, et c'est ce qu'il a eu. Il a été hospitalisé, et on est restés coincés en Caroline du Sud pendant des semaines, et on pensait qu'il allait mourir, et être malade en Amérique c'est, niveau dépenses, comme rester au Ritz-Carlton et commander tout ce qu'il y a sur la carte au room service tous les soirs, mais il n'est pas mort. On a finalement pu le rapatrier en Irlande, et il a eu des moments de conscience et puis il est retombé dans le coma. Et son état se dégradait, et s'améliorait, et se dégradait à nouveau. Et maintenant il est réveillé. »

Parmi les nombreuses punitions dont j'avais rêvé pour les Harrington-Byrne ces dernières années, je n'aurais jamais permis à celle-ci d'entrer dans le plus sombre de mes fantasmes. C'était trop cruel, trop insolite. « Deenie. Je suis tellement désolée. »

Percevant l'angoisse dans la salle, Shay se réveille et commence à gémir. J'attends une minute, espérant que ce ne sont que des petits bruits sans importance, qu'il cherche simplement une position plus confortable pour dormir. Mais il ne veut pas dormir. Il veut être avec moi. Il continue de plus belle, et je le prends.

« Oh, dit Deenie. Il est si petit.

— Non. » Je ris, heureuse qu'il fasse baisser la tension. « Il est très long, vous vous souvenez ? »

Ses mains commencent à se rassembler en poings, et je comprends qu'il veut manger.

Est-ce que je peux vraiment sortir le sein devant Deenie Byrne ?

« Désolée, dis-je en bataillant avec mon haut et mon soutien-gorge de maternité si peu pratique. Cela vous dérange si...

— Non, je t'en prie, Rachel. Vas-y. »

J'ai toujours dit que je ne serais jamais une de ces mères qui recouvrent la tête de son enfant d'un torchon pendant qu'elle le nourrit. Je trouve cela prude et bizarre. *On sait tous ce qui se passe là-dessous.* À présent, je m'en veux de ne pas être une mère à torchon. Deenie Harrington peut voir mon énorme mamelon violet.

Les lèvres de Shay se referment sur moi. Ça fait énormément de bruit, et je me sens devenir écarlate. « Tu es si naturelle, me dit-elle. Une vraie mère nourricière. »

Personne ne dit jamais « mère nourricière » aux femmes de petite taille.

« Tu dois te demander pourquoi je voulais te parler.

— Un peu. »

Elle se permet un contact visuel direct avec Shay, et mon nichon. « Je me suis posé beaucoup de questions, à ton sujet.

— J'ai beaucoup pensé à vous, moi aussi.

— Ça n'est jamais arrivé, n'est-ce pas, Rachel ? »

Mes bras se figent. Shay sent que je me raidis et bat des jambes et des bras en signe de protestation.

« Que voulez-vous dire ?

— Tu n'as jamais couché avec lui, n'est-ce pas ?

— Qu'est-ce qui vous fait dire ça ? »

Je suis, une nouvelle fois, dans une autre situation impossible avec Deenie Byrne. Comment l'admettre maintenant, sans tout lui raconter ? Est-elle déjà au courant pour James Devlin ?

« J'ai été infidèle, dit-elle. Des années plus tard, j'ai été infidèle. Un homme avec qui je travaillais. En fait, je crois que tu l'as rencontré. Blond-roux ?

— Oui, je me souviens. Ce fameux dîner. »

Elle a un petit rire creux. « Oui, cet horrible dîner. Mais Fred l'a aussitôt su parce que ma façon de parler de Dominic a changé. C'était là, dans la texture ou quelque chose comme ça, comme si chaque phrase avait de nouvelles bosses et de nouveaux sillons. Il m'a dit au bout d'un mois, *Deenie, tu couches avec lui, n'est-ce pas ?* J'ai complètement craqué, et j'ai dit oui.

— Whaou. Je vois. Vous étiez donc à égalité en quelque sorte.

— En quelque sorte. Fred n'était pas un psychopathe. La manière dont il parlait de toi, Rachel, quand on était à la maison seuls tous les deux. Tous ces mois où tu étais dans les parages. Il t'aimait beaucoup de toute évidence, mais il ne parlait pas de toi de la façon dont on parle de son amante, même de son amante secrète.

— C'est-à-dire ?

— C'était parce que justement il t'aimait beaucoup, c'est ça qui m'a fait comprendre. Il disait toujours : *Rachel est une fille formidable, Rachel a tout pour réussir. On doit donner sa chance à Rachel. Rachel choisit des hommes qui ne lui conviennent pas.* C'était trop sain. S'il avait couché avec toi, il ne m'aurait jamais parlé comme ça, tu ne crois pas ?

— Non. J'imagine que non. »

Je me sens comme une personne qui depuis des années se trouve dans le couloir de la mort, et j'éprouve une étrange libération quand mon numéro est enfin appelé.

« Nous sommes allés consulter. Nous avons travaillé sur notre mariage. Qui en est sorti renforcé, en fin de compte. Il s'est si bien occupé de ma mère, Rachel. Tu n'imagines pas. » Submergée par la pensée de son mari dans son rôle précédent de soignant, et non de patient, sa voix se brise légèrement. « Mais au bout de toutes ces années de franchise, de discussions au sujet de nos craintes, pas une seule fois je n'ai eu le moindre éclaircissement sur l'Affaire Rachel.

— L' Affaire Rachel ? C'est comme ça que vous l'appeliez ?

— C'est comme ça que je l'appelais. » Elle hausse les épaules. « C'était mon Triangle des Bermudes personnel. Je sais que Fred a disparu dedans un certain temps mais je ne sais pas comment, ni pourquoi, ni ce que cela signifiait pour lui. »

Je hoche de nouveau la tête.

« Et maintenant je ne peux pas le lui demander. Un si grand nombre de ces souvenirs ont juste disparu. Une si grande part de langage. Je ne le saurais peut-être jamais. Ça me fait mal au cœur de devoir te poser la question, mais il faut que je te la pose.

— Quelle question ? »

Deenie fait courir son doigt autour de la circonférence de sa soucoupe à café. « As-tu couché avec mon mari, étais-tu sa maîtresse ? »

Je n'ai pas l'intention de mentir à Deenie, mais je n'ai pas la force de déconstruire cette réalité alternative que j'ai acceptée pour protéger l'homosexualité du Dr Byrne et l'anonymat de mon ami.

« Non, je n'ai jamais couché avec lui.

— Mais tu étais enceinte.

— Oui. Je l'étais.

— Avec... qui était ce garçon ? Celui que je t'ai accusée d'inventer ?

— Carey », dis-je. Puis je me souviens de la règle, il ne faut plus l'appeler comme ça. « James Carey. C'est mon mari, maintenant. »

Elle regarde Shay. « Et lui...

— Oui. C'est le père de Shay.

— Vous êtes restés ensemble ? Tout ce temps ? Après...

— Non, nous avons repris contact, il y a quelques années. C'est une longue histoire. Je n'ai jamais été enceinte de l'enfant de Fred. J'étais juste... J'étais acculée, et il voulait que vous pensiez qu'on couchait ensemble, alors j'ai décidé de tirer parti de cette situation comme je pouvais. »

Son corps se balance en avant, on dirait qu'elle essaie d'acquiescer mais ne peut que s'incliner. Tout un monde, brisé en un souffle. Dieu merci, son téléphone sonne. Les lettres DOM apparaissent sur son écran. Elle fronce les sourcils, refuse l'appel.

« Dom, c'est... ?

— Oui. Dominic. Celui que tu as rencontré.

— Alors il est encore... ?

— Oui. Nous sommes en quelque sorte... Nous sommes ensemble. »

Je veux garder un regard sans trace de jugement. Après tout, son mari menteur et infidèle est dans le coma pour un temps indéterminé, et ne retrouvera pas sa personnalité initiale. Je n'ai aucune idée de ce à quoi elle est confrontée.

« Il m'aime, tu sais. À l'époque aussi. Il était marié mais ne l'est plus. On s'est retrouvés, un peu comme toi et ton Carey.

— Et le Dr Byrne dans tout ça ? » Je ne suis pas en position de poser la question, mais on a traversé trop de choses ensemble. Il faut que je sache.

« Eh bien, nous sommes toujours mariés. Et je suis la personne qui s'occupe de lui, de manière officielle. Mais Dominic et moi vivons ensemble maintenant. »

Je ne peux résister, je creuse encore.

« Des enfants ? » dis-je, sans trop de tact.

« Il en a deux. » Elle sourit. « Un garçon et une fille. Ils sont adorables. »

Un instant, elle paraît sincèrement heureuse. Je suis soulagée, car Deenie doit être une si bonne belle-mère. Et bon sang, comme cela aurait été terrible si elle n'avait rien eu du tout.

« J'ai besoin de savoir, Rachel. »

Elle attend que je lui donne des informations.

« Rachel, je t'en prie. »

L'Affaire Rachel. L'idée d'être une silhouette dans leur vie, comme eux étaient des fantômes dans la mienne.

« Les reçus, insiste-t-elle. Ils étaient pour ton domicile.

— Oui. Oui. Mais ce n'était pas moi. » Je reste dans le vague. « C'était... c'était quelqu'un d'autre. »

Le lent mouvement de balance en avant, de nouveau. Le peu de couleur qui reste sur le visage de Deenie disparaît.

« Qui ? »

Nous sommes de nouveau douze ans en arrière, et je suis assise dans le canapé de Shandon Street, pleurant sur mon cœur brisé. Mon vieux professeur accepte gentiment ma rage à l'idée qu'il a osé me pénaliser pour mes dissertations en retard alors qu'il utilise ma maison pour faire l'amour. James se tient appuyé contre le mur du salon, disant au Dr Byrne d'un ton sévère de se montrer plus tolérant envers moi. *Pourquoi personne ne peut-il m'aimer comme ça?* avais-je pensé. *Pourquoi arrivent-ils à faire en sorte que ça marche, et pas moi?*

Mais ce n'était pas ça, faire en sorte que ça marche. Et d'ailleurs, je ne savais pas ce que ce « ça » avait donné ensuite, les longues années de mariage après que James et moi étions sortis de leurs vies. C'est une histoire que je ne connaîtrai jamais.

Je remets Shay dans son landau. Je me bats avec les sangles, les clips, le petit chapeau.

« Je ne peux pas vous le dire. » J'ouvre la fermeture éclair de mon sac à main, en sors stylo et carnet. « Ce n'est pas mon histoire. »

Je note son nom et son adresse mail. Je sais faire en sorte que les choses marchent, moi aussi.

Je prononce la phrase que je répète depuis des années, chaque fois un peu plus fièrement. Je déchire la feuille de mon bloc-notes et la plie en carré.

« Mon meilleur ami s'appelle James Devlin, dis-je en glissant le bout de papier vers elle. Et c'est un écrivain qui vit à New York. »

REMERCIEMENTS

Ce livre a été écrit pendant la période la plus froide et la plus triste du confinement de 2021, alors que j'étais censée me consacrer à l'écriture d'un autre. On dit qu'on ne doit jamais abandonner un projet en cours pour un tout nouveau. Bon. Parfois on doit le faire. Ceci en est un exemple.

Ryan Farrell n'est pas James Devlin, mais ils ont plusieurs choses en commun : merci de m'avoir laissée écrire sur ces sujets.

Merci à Natasha Hodgson pour son regard d'experte en écriture de scénarios pour Discs. Vous êtes l'artiste que James aspire à devenir.

Merci à Ella Risbridger, qui a lu absolument tous les brouillons de cette chose, même quand elle avait pour titre *Frogger.* Je ne sais vraiment pas comment je pourrais terminer un livre sans vous.

Merci à Dolly Elderton, qui m'a appris que les moments les plus infimes peuvent être cinématographiques.

Merci aux deux seuls groupes WhatsApp auxquels je participerai jamais : The Tub et Monica's Ass.

Merci à Sarah Savitt de m'avoir laissée écrire ce livre à la place de celui que j'avais promis d'écrire, sans le faire. Merci à Bryony Woods et Andrew Mills de représenter ce roman comme si c'était leur premier-né. Merci à Clare Gordon d'en être la sage-femme de la onzième heure. Merci à Jenny Jackson d'avoir vu son potentiel.

Merci, comme toujours, à toute l'équipe de Virago. Merci aussi à Page Boy, dont les notes intelligentes m'ont aidée à voir mon propre travail plus clairement, ce qui a parfois résulté en changements de dernière minute.

Merci à ma famille d'être là, toujours. Merci à tous ceux qui ont fait que ces années à Cork valent la peine : tous ceux qui travaillaient à HMV, tous ceux qui ont rendu visite à notre stupide petite maison, tous ceux qui travaillaient au pub The Brog, tous ceux à qui j'ai resquillé un verre.

Merci à Gaving Day, pour toujours prendre le temps de me dire ce qu'il y a dans la tête d'une baleine.

Les remerciements sont une partie du livre où l'on doit revenir sur tout ce qui a servi à la création de l'histoire. Un triste fait concernant ce roman est qu'il tourne autour de l'accès – ou de son manque – aux soins médicaux liés à la fertilité. Avec cela en tête, merci d'envisager de donner temps et argent à Planned Parenthood, BPAS, ou à un autre organisme aidant cette cause.

Composition : PCA/CMB Graphic
Achevé d'imprimer
par CPI Firmin-Didot
à Mesnil-sur-l'Estrée, en décembre 2023
Dépôt légal : décembre 2023
Numéro d'imprimeur : 177510

ISBN : 978-2-7152-6277-5/Imprimé en France

616267